VINACHIA BURKE

UHRWERK
SILBERSTAHL

UHRWERK
BAND I

Weitere Veröffentlichungen von Vinachia Burke:

2020
Rauer Glanz - Die Schatten der Vorgänger

2021
Rauer Glanz - Die gebrochenen Herrschaften

Impressum:
Cover & Umschlaggestaltung: Vinachia Burke
Buchsatz & Illustrationen: Vinachia Burke
Gesetzt aus: Palatino Nova Pro Light 9,5/13
Lektorat 1: Cao Krawallo – www.caokrawallo.de
Lektorat 2: David Pawn – www.davidpawn.de
Korrektorat: Monika Schulze – www.suechtignachbuechern.de

Rogue Books Impressum Service
Carolin Veiland
Franz-Mehring-Str. 70
D-08058 Zwickau
E-Mail: vinachia@vinachiaburke.com

Für das GlitzerSquad.

»As an adult, it's easy to dismiss this stuff as
girlish frivolity.
You forget the wonder it creates,
the light captured, secret wishes evoked.
It renders even the darkest days sparkly.
Never underestimate the power of glitter.«

Raymond Reddington
FBI's No. 1 Most Wanted Fugitive
(»The Blacklist«)

Vorwort

Mein drittes Buch und meine zweite Reihe. Ich liebe Uhrwerk Silberstahl von ganzem Herzen. Diese Geschichte ist alles geworden, was ich mir erhofft habe und ich wünsche mir, dass sie auch bei dir lieber Leser einen Platz im Herzen finden kann. Jeder kreative Aspekt dieses Werkes stammt aus meiner Feder, sei es das Cover, die Illustrationen oder die Karte. Ich wollte meine Vision so gut, wie es mir meine Fähigkeiten erlaubten, erlebbar machen, damit du zwischen diesen Seiten deinem Alltag entfliehen und eintauchen kannst in einer Welt voller Action, Mystik und Magie. An dieser Stelle danke ich dir von Herzen für den Kauf dieses Werkes, damit unterstützt du eine unabhängige Künstlerin die all ihr Herzblut in ihre Bücher fließen lässt.

Vielen Dank!
Vinachia ♡

Ein Hinweis zur Vorsicht:

Uhrwerk Silberstahl erzählt mehrere Geschichten in einem Sonnensystem fernab dem unsrigen. Begriffe wie Gott und gewählten Namen der handelnden Figuren werden in der vorliegenden Geschichte in einem von unserem Verständnis von Religionen und Glauben losgelösten und künstlerischen Kontext verwendet. Keine Glaubensrichtung soll im Rahmen der Geschichte diskreditiert werden.
Die Geschichte ist für Leser ab 14 Jahren empfohlen. Eine Liste möglicher Trigger findest du unter:

http://www.vinachiaburke.com/trigger-uss

Die Bizach

Pleu - Feuer

Eigenschaften: Willensstark, Aufbrausend, Leidenschaftlich, Ungeduldig
Merkmale: Rotbraune Hautfarbe, Krallen, Hörner

Tuk - Wasser

Eigenschaften: Intensiv, Emotional, Unstet, Sinnlich
Merkmale: Dunkle, feuchte Haut, individuelle Hautzeichnungen mit goldenen Schuppen

Ndei - Erde

Eigenschaften: Stetig, Stur, Pagmatisch, Protzig
Merkmale: Kräftiger Körperbau, braune Haut, trockene, rindenartige Haut

Kyal - Luft

Eigenschaften: Analytisch, Opportunistisch, Rational, Kühl
Merkmale: Flügel, schneeweiße Haut, weiße Haare

Sekundäre Talente

♃ Zinn = Former: Können ihre Gestalt wandeln und Stoffe transmutieren. Besonders Begabte besitzen mehrere Gestalten.

♄ Blei = Pakter: Können andere mit Energie versorgen oder sie rauben. Besonders Begabte können mehre Ziele gleichzeitig versorgen und berauben.

♂ Eisen = Bluter: Können Herzfrequenz und Blutdruck anderer manipulieren und damit heilen, verletzen, beruhigen oder aufregen. Besonders Begabte können Gruppen beeinflussen.

☽ Silber = Geistler: Können Gedanken anderer wahrnehmen. Besonders Begabte können auch Gedanken eingeben und mit Gewalt in den Geist eindringen.

☉ Gold = Zeitler: Können Zeit örtlich manipulieren und mithilfe von Tarotkarten Gegenwart, Vergangenheit und Zukunft sehen. Besonders begabte können dies durch Berührung und sie können örtliche Manipulationen länger aufrecht erhalten und in einem größeren Radius einsetzen.

🜍 Schwefel = Nekromanten: Können mit den Toten kommunizieren und ihre Seelen an das Diesseits binden. Besonders Begabte können Tote wieder zum Leben erwecken und ihrem Willen unterwerfen.

☿ Quecksilber = Merkurianer: Können lebende Personen vollständig übernehmen, aber leiden unter Merkurialismus. Bizachrei (Mischlinge) müssen daher alle paar Jahrzehnte ihren Wirt wechseln. Bizach können länger überleben, sind aber körperlich deutlich schwächer als andere.

DAS WORT ADONAIS

Ich existiere schon so viel länger als jedes andere lebende Wesen. Ich habe Spezies und Zivilisationen auftauchen und wieder verschwinden sehen, bezeugte das Entstehen der ersten Wälder ebenso wie ihren Zerfall zu Staub. Ich beobachtete Leben, Tod und alles dazwischen, griff ein und wurde selbst zum Schöpfer und Zerstörer.

Seit etlichen Jahrhunderten herrsche ich nun über meine ganz persönliche Stadt: Sidarap, das Uhrwerk an der Lin. Ich bin geradezu bescheiden, wenn ich sie mein Meisterwerk nenne. Eine Stadt, in der Menschen und Bizach Seite an Seite leben. Sobald ihr Gleichgewicht in Gefahr gerät, greife ich ein und schütze sie.

All meinen Bemühungen zum Trotz spüre ich, dass die Natur sich gegen mich wendet. Sie will, dass ich mich der von ihr vorgegebenen Ordnung beuge und vergehe. So wie all die anderen meiner Art. Ich bin der Letzte, der einzige Überlebende.

Die Natur kann sich aufbäumen, so viel sie will, ich gedenke nicht zu gehen, ohne ihr einen Kampf zu bieten. Einen, den diese Welt noch nie gesehen hat. Für sie bin ich ein Fehler ihrer Schöpfung. Ein unendliches Wesen, in einem Kreislauf von Endlichkeit und Erneuerung.

Aber wenn ich verschwinde, wer bleibt, um den Frieden zu wahren? Die Menschen brauchen mich.

Ich bin Adonai. Und vor knapp zweitausend Jahren gaben sie mir einen weiteren Namen: *Gott*.

1. DAS ENDE

Zanaa Maskyal hielt die Luft an. Ihre goldenen Krallen in die Höhe gestreckt, stemmte sie die Beine in den Boden, als wollte sie die Welt aus den Angeln heben. Eine Druckwelle durchfuhr sie, dann stand alles still. Sie ließ die Hände sinken und atmete aus. Vorsichtig sah sie sich um. Ihre Truppe stand stocksteif hinter ihr. Niemand rührte sich. Niemand konnte sich noch rühren.

Sie zog ihren Obsidianbogen vom Rücken und legte einen der schrecklich-schönen Pfeile an. Ihre goldenen Krallen bildeten einen eindrucksvollen Kontrast zu der schwarzen Waffe. Sie liebte den Anblick. Die Schönheit und Anmut ihrer Tödlichkeit, die einzigartige Ästhetik des Todes.

Zanaa schlich, den Bogen halb ausgezogen, weiter durch den verlassenen und verfallenen Backsteinbau. Sie musste wachsam sein, denn sie war nicht die Einzige hier, die sich in den Falten der Zeit bewegen konnte. Staub und Steinchen bedeckten den Steinboden, die in den Jahrzehnten des Leerstands von der Decke und den Wänden der Ruine gebröckelt sein mussten.

Unwillkürlich legte Zanaa ihre weißen Flügel enger an den Rücken an, als könnte sie die Schwingen so vor dem sie umgebenden Dreck schützen. Für die nächste Verbrecherjagd würde sie Gabriel den Vortritt lassen. Aber dieses Mal war es persönlich. Zanaa wollte dem Miststück eigenhändig das Handwerk legen.

Wenn nur diese meterdicken Wände nicht wären, die sie zu ersticken drohten.

Zanaa konzentrierte sich darauf, beim Schleichen keinen Kiesel anzustoßen und gleichmäßig weiterzuatmen. Ein. Aus. Ein. Aus. Es gab genug Luft hier drinnen. Ihr Verstand wusste das, doch ihr Körper rebellierte.

Als Kyal waren ihr geschlossene Räume ein Gräuel. Man sollte meinen, nach knapp dreitausend Jahren hätte sie das besser unter Kontrolle. Aber es schien, als würde sie die natürlichen Grenzen ihres Daseins nie vollständig sprengen können. Sie hielt jedoch definitiv mehr aus als einer der Frischlinge. Die Natur hatte ihrer Art aus einem guten Grund Grenzen gegeben – sie hatte gelernt.

Etwas sauste durch die Luft. Bevor Zanaa begriff, was geschah, durchfuhr sie ein heftiger Schmerz. Die empfindlichen Nerven ihres rechten Flügels flammten auf und die ganze Schwinge erzitterte. Der Griff eines nachtschwarzen Wurfmessers ragte heraus und der aus der Wunde strömende, warme Blutquell färbte ihre makellosen Federn rot.

Zanaa hechtete in Deckung und versuchte, ihren Angreifer zu erspähen. Nichts. Er war vermutlich schon zum nächsten Versteck geeilt. Am ganzen Körper bebend löste sie eine Hand vom Bogen und riss die Klinge aus ihrer Haut. Ein leises Wimmern entfuhr ihr. Obsidianwaffen waren grausam für einen Bizach wie sie. Grausam, aber keinesfalls tödlich.

Gabriel würde sie umbringen, wenn er wüsste, dass sie ihre Truppe zurückgelassen hatte. Doch für Zanaa gab es keine andere Option, diese Geschichte zu beenden. Sie würde nicht noch mehr gute Menschen und Bizach dieser Missgeburt opfern. Leider befand sie sich im Nachteil. Die Ruine war unbekanntes Terrain für sie und Byleth könnte sie mit weiteren Angriffen aus dem Hinterhalt zermürben. Da die Tam des Schwefelbezirks nun wohl von ihrer Anwesenheit wusste, hatte Zanaa ihren einzigen Vorteil verloren.

Zeit, die Taktik zu ändern. Mit gesenktem Bogen trat sie langsam in die Mitte des Raumes. Ringsum standen alte, verstaubte Maschinen, Fässer und Regale. Viel zu viele Verstecke, um abschätzen zu können, aus welcher Richtung der nächste Angriff kommen könnte.

»In Ordnung, Byleth, lassen wir das Versteckspiel.«

Zanaas Stimme echote durch die Halle. Gabriel würde sie jetzt definitiv umbringen, wenn ihre Kontrahentin ihm nicht zuvorkommen sollte. Eine längere Stille folgte ihren Worten, dann erklangen Schrittgeräusche und eine Frau mit dunkel schimmernder Haut kam hinter einem der Regale hervor: Byleth Spaantuk, Tam des Schwefelbezirks von Sidarap.

Die sinnlichen, vollen Lippen hatte sie zu einem halben Lächeln verzogen und trug wie immer nur einen Hauch von Stoff an ihrem Körper. Sie zeigte gern ihre wohlgeformten Rundungen und die goldenen Schuppen, die sich an Armen und Beinen über die Haut zogen. Ihre schwarzen Haare waren mit glänzenden Klammern fest um ihren Kopf drapiert. Doch der erste Eindruck trog. Nicht umsonst besaß Byleth den Beinamen ›die unerbittliche Furie‹.

Amüsiert ließ sie ihren Blick von den Stiefeln bis zum Haaransatz über Zanaa gleiten. »Wie komme ich zu der Ehre deines Besuchs?«

»Wir wissen beide genau, warum ich hier bin, Byleth, also lass uns doch die Etikette überspringen.«

In den Iriden der Tam schäumten Wellen in den Farben eines Ozeans. »Adonai hat kein Recht, dich herzuschicken.«

»Das hat er auch nicht. Ich bin aus eigener Überzeugung hergekommen.«

»Oh!« Byleth trat näher, blieb kaum eine Handbreit vor Zanaa stehen, nahm einen tiefen Atemzug und schloss für einen Moment die Augen. »Du kannst dir nicht vorstellen …«, raunte sie,

»... wie sehr ich diesen Augenblick herbeigesehnt habe. Die goldene Streiterin Zanaa Maskyal, Schwester des glorreichen Schoßhündchens. Hier. In meinem bescheidenen Heim. Allein.« Sie öffnete ihre Augen und die Wellen darin peitschten so aufgebracht, als bäumte sich die unendliche Kraft des Wassers in ihr auf.

»Adonai mag aus mir unerfindlichen Gründen die abscheulichen Experimente tolerieren, die du hier unter seiner Nase abziehst, aber ich gewiss nicht!«, zischte Zanaa.

Die Tam schob spielerisch ihre Unterlippe vor und schnippte mit den Fingern.

Zunächst geschah daraufhin nichts, doch dann nahm Zanaa eine Bewegung am Rande ihres Sichtfeldes wahr. Schritte ertönten. Nein, eher Schlurfen. Etwas näherte sich. Schatten lösten sich aus ihren Verstecken in der Dunkelheit. Schatten, die aus allen Richtungen näher strömten. Doch das waren keine bloßen Schatten. Eine unangenehme Gänsehaut überzog Zanaas Körper, sobald die ersten Gestalten in das fahle Licht traten. Das waren Menschen. Verwesungsgeruch erfüllte die Luft und drohte sie zu ersticken. Untote.

»Du hast es tatsächlich getan ...«, murmelte sie fassungslos.

»Nicht nur getan, auch geschafft!«, verkündete Byleth.

Zanaa trat zwei Schritte zurück. Ihre Knie zitterten. Blitzschnell hob sie den Obsidianbogen und ließ einen Pfeil auf die Tam losschnellen. Sie hatte genug gesehen. Dieser Albtraum musste enden.

Byleth sprang aus der Schussbahn, ehe Zanaa den Bogen vollständig ausgezogen hatte, und ließ lachend einen Eisspeer auf sie zurasen.

Nur mit einem beherzten Hechtsprung konnte Zanaa dem herbeibeschworenen Geschoss knapp ausweichen. Die Geräusche der Untoten wurden lauter, immer zielsicherer bewegten sie sich auf sie zu.

Das übertraf alles, was Zanaa bisher über Byleths Verbrechen vermutet hatte. Sie musste hier rauskommen und Gabriel von ihrer Entdeckung berichten. Es … er würde Adonais Meinung ändern. Das konnte der Unfehlbare nicht tatenlos hinnehmen. Nie zuvor hatte es etwas derartig Widernatürliches gegeben. Was das für das Gleichgewicht bedeutete, wollte sie sich gar nicht ausmalen. Zanaa legte einen neuen Pfeil an und schoss auf einen der Untoten. Das Geschoss durchschlug seinen Schädel und flog weiter.

Die Kyal konzentrierte sich auf ihre Macht, lenkte den Luftstrom und damit die Flugbahn. Der Pfeil vollführte eine Kurve, bohrte sich durch die nächsten Köpfe. Zanaa feuerte ohne Unterlass und manövrierte jedes der Geschosse, doch ihre Bemühungen reichten nicht aus. Zu ihrem Entsetzen hielten die Verletzungen die Erweckten kaum länger als ein paar Sekunden in Schach, bevor diese weiter auf sie zuwankten. Obsidian schien kein geeignetes Material zu sein, um ihre Angreifer zu schwächen. Der Kreis von Untoten zog sich mittlerweile bedrohlich eng um Zanaa, von Byleth fehlte jede Spur.

In dreitausend Jahren auf Theah war ihr nie etwas Vergleichbares untergekommen. Mit welch grauenvollen Mächten spielte die Tam hier?

Zanaa warf sich den Bogen über die Schulter und zog ihre beiden Schwerter. Mit einem wütenden Aufschrei stürzte sie sich in das Meer aus Untoten, in dem noch immer ihre Pfeile wüteten, und teilte Körper um Körper. Vielleicht würde sie die Horde damit aufhalten können. Unermüdlich kämpfte Zanaa sich vorwärts. Sie hatte einige der schlimmsten Kriege überlebt. Auch das hier würde sie hinter sich bringen.

Schneidender Schmerz durchfuhr sie plötzlich und ein sorgenvoller Blick zur Seite bestätigte ihre Befürchtung. Aus ihrer anderen Schwinge ragte ein weiteres Wurfmesser.

Die Zeit anzuhalten war die richtige Entscheidung gewesen. Dieser Kampf hätte für ihre Truppe kein gutes Ende genommen. Zanaa zweifelte inzwischen, ob er für sie ein gutes Ende nehmen würde. Blut quoll aus der frischen Wunde und besudelte auch die Federn ihrer zweiten Schwinge.

Die Untoten drängten sich immer enger um sie, eiskalte Hände griffen nach ihr. Sie musste hier raus. Der Raum drehte ihr die Luft ab. In ihrer Aufregung schaffte sie kaum noch, zu atmen. Finger schlossen sich um ihre Beine, ihre Arme, ihre Flügel.

Wütend schrie sie auf, schlug blind um sich, doch ihre Mühen blieben vergebens. Die Gegner waren zu zahlreich. Einige der Untoten zogen ihre Beine weg, sie fiel in die Menge und sofort warfen sich kalte Leiber auf sie. Die sowieso schon knappe Luft wurde aus ihren Lungenflügeln gepresst. Mit brutaler Gewalt kehrte die Angst vor dem Ersticken zurück. Panisch ließ Zanaa ihre Macht aufwallen. Heftige Winde zogen durch die Halle und peitschten Untote gegen die Steinwände. Und doch waren es zu viele. Zu viele, die zu schnell wieder aufstanden.

Während Zanaa mit den Angreifern auf ihrem Körper rang, drang Byleths Stimme zu ihr durch. »Ich habe große Pläne mit dir, Zanaa!«

Wie auf Kommando erhoben sich die Untoten von ihr, hielten sie jedoch an Armen, Schwingen und Beinen auf den Steinboden gepresst.

»Warum tust du das?«

Byleth ging in die Hocke und musterte ausgiebig das Gesicht der Kyal. »Ich muss es tun«, flüsterte sie.

Eine Klinge blitzte auf. Keine Gewöhnliche, wie Zanaa sofort feststellte. Das Metall leuchtete mit einem bläulichen Schimmer, der vor Macht und Hunger zu pulsieren schien.

»Byleth«, sagte sie eindringlich und darum bemüht, das Entsetzen aus ihrer Stimme zu verbannen. Was immer diese Waffe bedeutete, wo auch immer die Tam sie herhatte … sie war gefährlich. Mit magischen Waffen dieser Art durfte niemand leichtfertig umgehen. Sie dachte, die Letzten wären vor Jahrhunderten zerstört worden. Offenbar hatte sie sich getäuscht.

»Zanaa Maskyal. Wir sehen uns in der Hölle.«

Byleth hob die Klinge langsam mit beiden Händen über die Brust der Kyal.

»Byleth! Nicht!«

Blitzschnell sauste die Klinge auf sie nieder, durchstieß Haut und Knochen und zerfetzte ihr Herz.

Zanaas Todesschrei echote durch die Hallen, ein letztes Aufbäumen ihrer Macht würde der Truppe am Eingang als Warnung dienen. Sie sollten fliehen, sich retten.

Denn sie hatte versagt.

2. DER ANFANG

Vor ihrem Fenster herrschte noch immer stockfinstere Nacht. Ewanna schloss mit zitternden Fingern den letzten Knopf ihrer Schuluniform und presste zur Bewältigung der Aufgabe konzentriert die Lippen aufeinander. Zu dieser Jahreszeit fühlte sie sich jeden Morgen völlig ausgekühlt. Selbst wenn ihre Mutter sofort nach dem Aufwachen Kohle in den Ofen warf, dauerte es lang, bis die Wohnung eine erträgliche Temperatur erreichte – zu lang. Bis ihr Zimmer warm sein würde, säße sie längst in der Schule.

Feiner Staub rieselte von der Decke und die Wände erbebten, als ein Zug direkt an ihrem Wohnhaus vorbeirauschte. Neben dem Rattern und Zischen legte die Lokomotive auch durch die aus ihrem Rauchfang herausquellende Rußwolke Zeugnis ihrer Existenz ab. Ewannas Zimmer befand sich auf Höhe der vorbeifahrenden Wagons, nahe der Schienen, die von den städtischen Gaslaternen bestrahlt wurden. Sobald der Zug ihr Fenster passiert hatte, hinterließ er nur Stille, Gestank und einen von Rauchschwaden verhangenen Ausblick auf die Schornsteine, deren Silhouetten den Horizont prägten. Sidarap war eine reiche, aber auch eine dreckige, stickige und industrielle Stadt.

Zu der Zeit, als ihre Mutter noch ein Kind gewesen war, hatte kaum etwas davon gestanden. Ewanna konnte sich nicht vorstellen, wie das Leben ohne die erdrückenden Fabriken ausgesehen hatte. Das Stadtbild war durch deren massenhafte Errichtung in nur wenigen Jahrzehnten völlig verändert worden. Viele alte

Wohnhäuser hatten zugunsten der industriellen Backsteinklötze weichen müssen und auch große Teile der städtischen Grünflächen waren ihnen zum Opfer gefallen.

»Ewanna, träum nicht, sonst kommst du zu spät!«, rief Lutizil Kovanova vom Flur aus, als spürte sie, dass ihre Tochter an sie dachte.

Seufzend erhob sich Ewanna und betrachtete ihre schwache Reflexion in der Fensterscheibe. Ihr erster Tag in der Oberschule erwartete sie. Die Schuluniform war brandneu und hatte ein Vermögen gekostet. Geld, das ihre Mutter nicht besaß, doch immer wieder investierte, in der Hoffnung, ihrer Tochter eine bessere Zukunft zu ermöglichen.

Ewanna griff nach ihrer Schultasche und trat hinaus auf den Flur. Wie immer klemmte die Zimmertür. Sie musste mit Fingerspitzengefühl angehoben werden und auf den letzten Zentimetern quietschte das uralte Ungetüm auch noch in den Angeln. An der Wand direkt neben ihrem Türrahmen befand sich ein rostiger Eimer, von dem die Farbe abblätterte. Der stand da schon immer, weil das Dach darüber undicht war. Ewanna hatte sich an das stete Tropfgeräusch bei Regen gewöhnt. Das war auch nötig, denn in Sidarap regnete es gefühlt ständig.

Die Wohnung besaß nur zwei Räume. Ewannas Zimmer, in das geradeso ein Bett und ein schmaler Tisch passten, und das Schlafzimmer ihrer Mutter, das gleichzeitig als Küche und Badezimmer diente.

»Ewanna, Liebes, ich habe dir Brote geschmiert.«

Mit diesen Worten kam ihre Mutter herangerauscht und drückte ihr die alte Brotdose in die Hand, von der sie nicht erraten wollte, seit wann sie sich im Familienbesitz befand.

In Ewannas Augen war Lutizil Kovanova eine wunderschöne Frau. Sie besaß rabenschwarze Haare, in denen sich jedes Licht verlor, und stand stets aufrecht, was ihren schmalen Hals und die scharfe Kieferpartie betonte. Ihr Auftreten verlieh ihr eine Aura von Autorität und Strenge. Doch Lutizil war weder sonderlich autoritär noch streng und an diesem Morgen schien sie wegen Ewannas erstem Tag an der Oberschule deutlich aufgeregter als ihre Tochter zu sein.

»Hast du auch alles? Deine Uniform sieht einfach grandios aus.« Lutizil legte die Hände auf Ewannas Schultern und musterte sie stolzerfüllt mit einem hoffnungsvollen Glanz in ihren dunklen Augen, die im Kontrast zu ihrer schneeweißen Haut wie Kohlestücke wirkten.

Ewanna rang sich ein Lächeln ab, auch wenn ihr der zuversichtliche Blick ihrer Mutter den Magen umdrehte. In der Oberschule würde es genauso werden wie in allen anderen Schulen zuvor. Irgendjemand fände früher oder später heraus, wo sie lebte und was ihre Mutter tat, um sie beide zu ernähren. Und dann würde der Albtraum aus Ablehnung und Spott von vorn beginnen. Sie machte ihrer Mutter deswegen keinen Vorwurf, im Gegenteil. Ewanna verachtete ihre Mitmenschen in dieser Hinsicht. Zu beschäftigt damit, mit dem Finger auf andere zu zeigen, übersahen sie ihre eigene Scheinheiligkeit. Sie bemerkten auch nie, mit welcher Hingabe und Fürsorge ihre Mutter sie liebte und aufzog.

Die Wolke aus Orangenduft, die Lutizil stets umgab, hüllte Ewanna ein, als deren schlanke Finger sachte an ihrem streng gebundenen Flechtzopf zogen. Die Haare hatte sie eindeutig von ihrer Mutter geerbt.

»Zu schade, dass die Frisur Vorschrift ist. Sie sehen offen so viel schöner aus.«

Ewanna zuckte mit den Schultern. »Ich finde es nicht so schlimm.« Die Dose mit dem Essen verstaute sie in ihrer Tasche, während ihre Mutter sie schon mit sanftem Druck in Richtung Tür schob.

»Du solltest jetzt gehen. In ein paar Minuten kommt mein erster Kunde.«

Ewanna nickte und zwang sich erneut zu einem schmalen Lächeln. Ihre Mutter müsste nicht so hart arbeiten, wenn sie nicht darauf bestünde, dass ihre Tochter weiter zur Schule ging. Seit Jahren half Ewanna heimlich in einem kleinen Gemüseladen aus, der nur ein paar Straßen entfernt direkt auf ihrem Schulweg lag. Das Geschäft gehörte einer Witwe, der die Arbeit auf ihre alten Tage schwerfiel. Daher packte Ewanna morgens beim Entladen der Lattenkisten für eine halbe Stunde mit an und half nachmittags noch einmal, wenn es an das Einräumen der Auslagen ging.

Die paar Groschen, die die alte Frau ihr dafür gab, steckte sie ihrer Mutter immer wieder unauffällig zu. Da fanden sich unverhofft einige Münzen in der Kaffeedose, der Manteltasche oder zwischen den Laken des Bettes.

»Ich wünsche dir einen aufregenden ersten Tag, Liebes!«, sagte Lutizil zum Abschied und gab ihrer Tochter einen Kuss auf die Wange, von dem Ewanna wusste, dass er einen strahlenden Abdruck ihrer rot bemalten Lippen hinterließ.

»Danke«, antwortete sie leise und trat mit ihrer Schultasche unterm Arm hinaus in das Treppenhaus. Ihre Mutter winkte zum Abschied, bis Ewanna die Stufen hinabsteigend aus dem Sichtfeld verschwand. Auf dem nächsten Treppenabsatz zog sie ihr Stofftaschentuch hervor und wischte sich damit kräftig über die Wange, um die Reste des Lippenstifts zu entfernen.

Beim Verlassen des Hauses kam ihr ein Mann mittleren Alters entgegen. Unter seiner braunen Mütze lugten graumelierte Strähnen hervor und er trug einen farblich zu seiner Kopfbedeckung passenden, abgetragenen Hosenanzug.

„Danke", sagte er mit einem Nicken zur geöffneten Tür und schob sich an ihr vorbei ins Haus.

Auf dem Gehweg hielt Ewanna einen Moment inne. Der Unbekannte war kein Nachbar, sondern der erste Kunde ihrer Mutter. Sie schloss die Augen und legte den Kopf in den Nacken. Wenn Lutizil das für sie tun konnte, dann sollte sie sich zumindest ehrlich bemühen und sich für die Oberschule eine positive Einstellung zurechtlegen. Noch wussten die anderen Schüler nicht, wer sie war und was ihre Mutter tat. Und womöglich fänden sie es nie heraus.

Ewannas neue Schule lag auf dem gleichen Weg wie ihre alte, sie musste der Straße nur ein paar hundert Meter weiter folgen. Mit dem Betreten des Schulhofs schwand jedoch ihre neugewonnene Zuversicht. Kalte Angst ergriff ihre Eingeweide und Ewanna blieb stehen. Der Gebäudekomplex aus schwarzen Ziegeln wirkte mehr bedrohlich als einladend. Die vereinzelten roten Mauersteine, die mit ihrer Anordnung leuchtende Muster in dem Dunkel bildeten, erschienen ihr wie ein gutgemeinter, aber kläglich fehlgeschlagener Versuch, der Fassade eine fröhliche Note zu verleihen.

Durch ihre Angst und Zweifel hindurch hörte Ewanna im Geiste die Stimme ihrer Mutter, die ihr gut zuredete und sie bat, sich zumindest zu bemühen, ihren höheren Abschluss zu machen. Sich selbst zunickend sammelte sie sich und setzte ihren Weg fort. Ja, sie würde einen ehrlichen Versuch wagen.

Bald fand sie sich umringt von fünfundzwanzig wild durcheinanderredenden Klassenkameradinnen zur ersten Stunde wieder. Wenn sich jemand aus ihrer vorherigen Schule unter ihnen befand, bräuchte sie sich keinen Illusionen hinzugeben, wie lang es dauern würde, bis auch hier alle von der Tätigkeit ihrer Mutter erführen. Doch Ewanna erkannte niemanden und atmete erleichtert aus. Sie saß neben einem Mädchen mit goldblonden Locken und einem schmalen Gesicht. Ihre Banknachbarin hatte kaum Notiz von ihr genommen, abgesehen von einer knappen Begrüßung beim Hinsetzen. Einige der anderen Mitschülerinnen schienen sich jedoch zu kennen und tauschten sich aufgeregt über ihre Sommerpausen aus.

Die Tür wurde geöffnet und ein streng dreinblickender Mann mit Nickelbrille und weißem Haarkranz trat ein. Augenblicklich versiegten die Gespräche und alle eilten zu ihren Plätzen. Eingeklemmt unter seinem Arm trug er zwei Lehrbücher, die er auf dem Pult an der Stirnseite des Raumes ablegte. Dann richtete er sich auf, zog bedächtig die Weste seines karierten Anzugs zurecht und warf einen kritischen Blick auf die Klasse.

Ewanna fiel auf, dass er dabei ganz leicht die Nase krauszog. Die Aussicht auf neue Schülerinnen schien ihm nicht zu gefallen. Er fischte eine Taschenuhr aus seiner Westentasche und betrachtete wartend die Zeiger. Niemand machte ein Geräusch, der ganze Raum hielt scheinbar den Atem an.

»Willkommen in der Oberschule drei des Silberbezirks. Ich bin Mr. Matteon, Ihr Klassenlehrer.« Er wandte sich kurz um und schrieb seinen Namen an die Tafel. »In den kommenden zwei Jahren lernen Sie hier höhere Mathematik, Mechanik, Chemie, technisches Zeichnen, Schreibmaschinenbedienung, Politik und Dämonologie.«

Obwohl der Lehrer keinen sonderlich sympathischen Eindruck bei Ewanna erweckte, hörte sie interessiert zu. Trotz all der Sorgen um ihre Mutter wollte sie unbedingt Neues lernen und freute sich besonders auf die Fächer Chemie und Dämonologie. Dämonen, oder Bizach, wie sie sich selbst nannten, waren jene verborgenen Wesen, mit denen sich die menschlichen Einwohner Sidaraps die

Stadt teilten. Sie hatten Ewanna schon immer fasziniert. Obwohl oder vielleicht auch gerade weil die meisten Geschichten, die sie bisher über die Bizach gehört hatte, voll grauenerregender Übertreibungen steckten, zumindest meinte ihre Mutter das immer. Sie hatte Ewanna stets versichert, dass man sich vor diesen Wesen nicht fürchten müsse.

In der Schule durfte sie darüber jedoch kein Wort verlieren. Wer sich in einer Argumentation auf die Seite der Bizach stellte, musste mit Gängelungen durch Mitschüler und Lehrer rechnen. Schon in der Elementarschule hatte jeder eine Ausgabe von ›Lebendige Schatten‹ lesen müssen, einer Sammlung von Erzählungen über die größten Verbrecher unter den Bizach, aufbereitet als Kindermärchen. Ihnen war außerdem von den Lehrern eingebläut worden, im Falle eines Zusammentreffens mit einem Dämon sofort die Flucht zu ergreifen. Sollte jedoch in ihren Schauermärchen nur ein Körnchen Wahrheit stecken, wäre Weglaufen vermutlich völlig zwecklos.

Schon immer hatte Ewanna darüber fantasiert, wie es wohl wäre, einmal einem echten Bizach gegenüberzustehen. Aber wahrscheinlich war das längst passiert und sie hatte nichts davon mitbekommen, denn der sogenannte ›Schleier‹ ließ alle Dämonen in den Augen der Menschen wie Menschen erscheinen.

»Ich möchte, dass Sie sich mir der Reihe nach vorstellen und für die Anfangszeit Namensschilder aufstellen. Sagen Sie mir, wie Sie heißen und für welche Fächer oder Themen Sie sich interessieren. Vergessen Sie nicht, in ganzen Sätzen zu sprechen und Ihre Antworten zu begründen!« Die Anwesenden nickten ergeben und Mr. Matteon deutete auf die erste Reihe zu seiner Linken. »Wenn Sie bitte anfangen würden, Miss …«

»… Aspettin, Lyria, Sir«, murmelte ein dürres Mädchen in der ersten Reihe. Mit leidendem Gesichtsausdruck stand sie zögerlich auf. Ihre gesamte Vorstellung hindurch redete sie leise und stockte immer wieder. Offensichtlich sprach sie nicht gern vor anderen. Ewanna konnte gut mit ihr mitfühlen. Sie vermied es ebenfalls, im Mittelpunkt zu stehen, aber zumindest gelang es ihr meistens, ihre Unsicherheit zu überspielen. Sie wollte sich nicht ausmalen, wie sie sich fühlen würde, wenn ihr die Worte ebenso schwer über die Lippen kämen. Auf Lyria folgten acht weitere Mädchen, bevor Ewanna an der Reihe war.

»Mein Name ist Ewanna Kovanova und ich ...«

Der Rest des Satzes blieb ihr im Halse stecken, als ein intensiver Schwindel sie ergriff. Sie taumelte und hielt sich an der Pultkante fest. War sie zu schnell aufgestanden?

Ein Rauschen legte sich über ihre Ohren und ihr Sichtfeld verschwamm. Hoffentlich wurde sie nicht an ihrem ersten Tag ohnmächtig. Ihr Herz raste, als wollte es aus ihrer Brust springen und mit einem Mal kippte die Umgebung. Etwas riss sie aus dem Klassenraum fort.

Ewanna brauchte einen Moment, um sich zu orientieren. Sie war wieder zu Hause. Die Wohnung schien unverändert, doch ein Schluchzen drang aus dem Schlafzimmer ihrer Mutter. Was ging hier vor sich?

Mit unsicheren Schritten bewegte sich Ewanna durch den Flur, bis sie um die Ecke spähen konnte. Lutizil Kovanova kniete auf dem Boden. Ihre Frisur war in Unordnung geraten und etliche Strähnen hatten sich daraus gelöst. Von der sonst so erhabenen Haltung ihrer Mutter fehlte jede Spur.

»Bitte!«, rief sie verzweifelt. Tränen tropften von ihren Wangen, fielen auf die zitternden Hände in ihren Schoß.

Ewanna sah auf und schnappte erschrocken nach Luft. An der gegenüberliegenden Wand stand eine Gestalt – menschenähnlich, doch grotesk.

Das Gesicht war nicht zu erkennen, da die Sonne blendete, aber an den Armen entdeckte sie schneeweiße Haut, die in schwarze Hände mit goldenen Krallen mündete. Gigantische Schwingen mit weißen Federn umrahmten den männlich anmutenden Körper des Wesens, das scheinbar ungerührt auf ihre Mutter hinabsah.

»Bitte! Es muss doch irgendetwas geben …«, flehte Lutizil mit bebender Stimme.

Ewanna starrte auf die Szene, unfähig, einen klaren Gedanken zu fassen. Ihr Brustkorb fühlte sich mit jedem weiteren grauenvollen Moment enger an. Was geschah hier?

In einer geschmeidigen, mühelosen Bewegung zog die Kreatur eine Klinge hervor, ein Schwert, auf dessen Oberfläche Flammen tanzten.

»Nein!«, schrie Ewanna spitz auf, als die Gestalt mit der Waffe ausholte. Sie stürzte vorwärts, doch war zu langsam. Noch bevor sie ihre Mutter erreichte, trennte die Klinge Lutizil Kovanovas Kopf mühelos von ihrem Rumpf.

Das dumpfe Geräusch der auf die Dielen fallenden Körperteile jagte einen eisigen Schauer über Ewannas Rücken. Sie fiel hart auf die Knie. Doch der aufbrandende Schmerz verblasste vor der unendlichen Schwärze, die sich in der Gegend ihres Magens auftat. Ihr Körper verkrampfte und wurde unkontrolliert geschüttelt.

Mr. Matteon hatte Ewanna fest an den Schultern gepackt und rüttelte sie unsanft durch. Sie schrie wie am Spieß und schlug wild um sich. Jemand fixierte ihre Beine und die Hände ihres Lehrers packten sie noch kräftiger. Der Schmerz holte sie zurück. Sie blinzelte verwirrt und wurde sich ihrer Umgebung bewusst. Augenblicklich erschlafften ihre Glieder und sie lag kraftlos und schwer atmend auf dem Boden. Die Bluse ihrer Schuluniform klebte klatschnass an ihrem Oberkörper und die umstehenden Mädchen sahen sie skeptisch, besorgt oder schockiert an.

»Sind Sie wieder zurück, Miss Kovanova?«, fragte Mr. Matteon in einem Ton, als hätte sie soeben absichtlich versucht, seinen ersten Auftritt zu sabotieren.

Ewanna rang sich ein schwaches Nicken ab.

»Stehen Sie auf, packen Sie Ihre Sachen und folgen Sie mir«, verlangte er, erhob sich und marschierte voraus, ohne auf sie zu warten.

Zitternd brachte sie sich auf die Beine. Sie wischte sich über das Gesicht, um die feuchten Spuren ihrer vergossenen Tränen loszuwerden, schnappte ihre Tasche und eilte ihm hinterher. »Meine Mutter!«, rief sie, sobald sie das Klassenzimmer verlassen hatte. Ihr Lehrer hatte bereits das Ende des Ganges erreicht. »Sie ist in Gefahr … glaube ich.«

Mr. Matteon runzelte die Stirn und musterte sie eindringlich, während sie zu ihm aufschloss.

»Ich habe sie gesehen und einen Mann mit Flügeln und einem brennenden Schwert.«

Ihr Klassenlehrer presste die Lippen aufeinander, sodass die Farbe aus ihnen wich, packte Ewanna grob am Oberarm und zog sie mit sich.

»Ein Jammer …«, murmelte er kopfschüttelnd.

»Ich muss zu ihr«, protestierte sie, doch fühlte sich zu matt, um physischen Widerstand zu leisten.

»Es wird sich darum gekümmert, Miss Kovanova. *Sie* müssen sich beruhigen.«

Er schleifte sie zu einer unscheinbaren Tür. Dahinter befand sich ein enger Raum mit einem Schreibpult und einem Stuhl als einziger Einrichtung.

»Setzen Sie sich, ich bin gleich zurück«, kommandierte er.

Ewanna ließ sich von ihm in den Raum schieben. Er verschwand wieder, doch sie war zu aufgewühlt, um sich darum zu kümmern. Erst in der Einsamkeit des engen Zimmers beruhigte sie sich ein wenig und schaffte schließlich, das Erlebte noch einmal zu rekapitulieren. Kaum hatte sie ihre Gedanken geordnet, stand ihr Entschluss fest: Sie musste zu ihrer Mutter. Jetzt! Sie musste wissen, ob an dem, was sie gesehen hatte, etwas Wahres dran war.

Ewanna ging zur Tür und erkannte erst, als sie an der alten Klinke rüttelte, dass der Lehrer sie eingeschlossen hatte. Wütend hämmerte sie dagegen. Zum Teufel mit dem, was Mr. Matteon von ihr dachte. Sie war soeben schreiend in ihrer ersten Unterrichtsstunde zusammengebrochen. Viel schlimmer konnte ihr erster Eindruck vermutlich nicht werden. Doch niemand kam, um ihr zu öffnen, weshalb sie sich nach einigen Minuten auf den einsamen Stuhl sinken ließ und wartete. Sie hatte keinen Schimmer, wie viel Zeit verging, bis die Tür wieder geöffnet wurde.

»Da ist sie. Schwerer Fall von Hysterie«, hörte sie ihren Lehrer jemandem erläutern.

Hoffnungsvoll wandte sie sich um und wollte erklären, dass sie dringend nach Hause musste, doch erstarrte in der Bewegung. Im Türrahmen standen zwei Männer, die nicht besonders freundlich aussahen, und ein dritter in einem weißen Kittel.

»Miss Kovanova, Sie müssen jetzt ganz ruhig bleiben«, sagte der Kittelträger, als sie erschrocken vor den hereintretenden Männern zurückwich. Die Neuankömmlinge durchquerten mit wenigen Schritten den Raum und packten sie an den Oberarmen. Ewanna wusste nicht einmal wieso, doch ihre innere Stimme sagte ihr, dass das nicht gut war. Sie wehrte sich vehement gegen die Griffe, aber hatte keine Chance. Schließlich kam der Kittelträger, anscheinend irgendein Arzt, näher. Er hatte eine Spritze in der Hand und zog den Stoff ihrer Bluse an einem Arm hoch.

»Es geht Ihnen gleich viel besser«, murmelte er, bevor ein Schmerz ihren Arm durchfuhr und kühle Flüssigkeit in ihre Venen gedrängt wurde.

Der Mann trat zurück und wartete mit gelangweiltem Gesichtsausdruck, bis ihre Muskeln erschlafften und es ihr unmöglich machten, sich weiterhin zu wehren. Ihr ganzer Körper entspannte sich und sie bekam nur noch mit, wie man sie aus dem Raum trug. Danach verschwammen sämtliche Bilder.

3. DIE IRRUNG

Terry Dalton liebte es, mit Münzen zu spielen. Um ehrlich zu sein, war das die einzige Beschäftigung, die längere Zeit seine Aufmerksamkeit fesseln konnte: Hochschnippen, den Flug verfolgen, eine lockere Handbewegung und auffangen. Zu jeder Tageszeit hatte er ein glänzendes Stück Kupfer in der Hand. Selbst sein Klassenlehrer Mr. Calder hatte sich damit arrangiert. Denn wann immer er Terry eine Münze wegnahm, förderte der auf scheinbar magische Weise eine neue zutage. Nachdem selbst Schläge mit dem Rohrstock ein ums andere Mal wirkungslos geblieben waren, ließ er Terry mittlerweile kommentarlos einen Groschen in seinem Unterricht hervorholen, wann immer der vor seinen Mitschülern mit den Aufgaben fertig war. Und das geschah häufig.

»Mr. Dalton!« Die quäkige Stimme des Klassenlehrers hallte durch den Raum und ließ zwei Jungen aufsehen: Terry und seinen Bruder Francis. Doch der bohrende Blick von Mr. Calder lag auf ihm. Sofort setzte er eines seiner lang trainierten selbstsicheren Grinsen auf. Sein Lehrer hasste dieses Verhalten und das wusste Terry. Doch den Machtkampf hatte er schon vor langer Zeit für sich entschieden.»Kommen Sie nach vorn an die Tafel und präsentieren Sie ihre Lösung, Mr. Dalton.«

Es gab nur zwei Gründe, weshalb sein Klassenlehrer ihn zur Tafel zitierte. Entweder wollte er einen neuerlichen Versuch unternehmen, ihn vorzuführen, oder er hatte das Bedürfnis, den heutigen Unterricht so schnell wie möglich zu beenden.

Terry schob den Stuhl zurück und zog seine Weste zurecht. Mit immer wieder durch die Luft wirbelndem Groschen ging er zwischen den Pultreihen durch den Raum. Er hatte geübt und gelernt, selbstsicher und unantastbar aufzutreten.

Die meisten anderen Waisenkinder kauften es ihm ab. Aber von Francis erntete er dafür regelmäßig ein verständnisloses Kopfschütteln.

Terry hatte oft überlegt, ob sie wirklich Brüder sein konnten, schließlich befanden sie sich hier im größten Arbeiterwaisenhaus von Sidarap. Sie waren in derselben Nacht auf der Türschwelle zurückgelassen worden, aber vielleicht handelte es sich dabei nur um einen Zufall und zwei Familien hatten sich gleichzeitig dazu entschieden, sich ihrer Kinder zu entledigen. Ein Kärtchen mit dem Namen ›Dalton‹ hatte neben ihnen gelegen. Das hätte genauso gut nur für einen der beiden gelten können.

An der Tafel angekommen ließ Terry die Münze in seiner Westentasche verschwinden und griff nach einem Stück Kreide aus der Ablage. Zügig begann er, die Rechnungen und Formeln seiner Lösung niederzuschreiben.

Ein Räuspern entfuhr Mr. Calder. »Hrhm.«

Für Terry war das eine von vielen hassenswerten Eigenschaften seines Klassenlehrers. Statt direkt zu reden, versteckte er sich hinter einer Maske aus Höflichkeit und Selbstgerechtigkeit. Er war schließlich ein Heiliger, weil er sich dazu herabließ, die wertlosesten Geschöpfe von Sidarap zu unterrichten.

Terry verdrehte die Augen und wandte sich langsam, mit einem gekünstelten Lächeln auf den Lippen um.

»Haben Sie etwas anzumerken, Mr. Calder?«, fragte er mit der gleichen scheinheiligen Freundlichkeit, während er das grausame Blitzen in den Augen seines Lehrers genau beobachtete.

Terry hasste Mr. Calder wirklich. Aber diese Abneigung beruhte auf Gegenseitigkeit.

»Es wäre sehr viel hilfreicher, Mr. Dalton, wenn Sie die Lektion Ihren Mitschülern auch erklären würden.«

»Ist das nicht Ihre Aufgabe, Mr. Calder?«, entfuhr es Terry und er sah aus den Augenwinkeln, wie Francis' tiefdunkler, üppiger Haarschopf alarmiert in die Höhe schoss. Zugegeben, das war ein Fehler gewesen. Punkt für ihn.

Mr. Calder lächelte gönnerhaft. »Ich weiß, Sie sind gerade in einem schwierigen Alter, Mr. Dalton. Aber ich habe viele Generationen von Schülern vor Ihnen überlebt. Ich werde auch Sie eines Tages zu einem respektablen Bürger machen.«

»Respektabel«, höhnte Terry leise, aber deutlich genug, dass alle ihn verstehen konnten. Sofort biss er sich auf die Unterlippe. Der falsche Ort und die falsche Zeit, um sein Temperament mit ihm durchgehen zu lassen.

Das Lächeln von Mr. Calder wurde breiter. »Wenn Sie sich als unerziehbar herausstellen sollten, bekommen Sie keine Empfehlung für den Arbeitsmarkt. Sie wissen doch, was das für Sie bedeutet, oder, Mr. Dalton? Es wäre wahrlich ein Verlust, jemanden mit Ihren Talenten so weit unten zu sehen.«

Terry presste die Zähne zusammen. Diese scheinheilige Abscheulichkeit, die sich Lehrer nannte, würde seinen Abstieg in die Gosse vermutlich genießen. Wenn es nach ihm ginge, könnte der sich seine fabelhafte Empfehlung dahin stecken, wo die Sonne nicht schien. Damit wurde man in dieser Stadt auch nur Fabrikarbeiter oder mit viel Glück Sekretär. Terry hatte aufgehört zu atmen, und spürte, wie ihm vor Wut alle Farbe aus dem Gesicht wich. Aus den Augenwinkeln bemerkte er Francis, der mahnend den Kopf schüttelte. Sein Bruder hatte Recht, er durfte nicht die Kontrolle verlieren.

»Schön«, presste Terry hervor, machte auf dem Absatz kehrt und begann, eine Erklärung runterzurattern. Nach nur zwei Sätzen erklang ein weiteres Räuspern und Terry verschluckte sich beinahe an seiner Zunge. Die Hände zu Fäusten geballt, wandte er sich erneut zu Mr. Calder um. Dabei kontrollierte er jede Bewegung, aus Angst, er könnte vor Wut explodieren, wenn er nicht ausreichend Kapazität seines Bewusstseins auf die Koordination seines Körpers verwendete.

»Mr. Dalton, bitte etwas langsamer, damit Ihre Kameraden Ihnen folgen können.«

Terry biss sich so fest auf die Unterlippe, dass er Blut schmeckte. Er wusste, dass sein Lehrer nur einen Grund suchte, ihn zu bestrafen, und ihn darum vorsätzlich provozierte. Einzig dieser Gedanke hielt ihn davon ab, eine große Dummheit zu begehen. Stumm nickte er und fügte sich. Für heute.

»Terry! Wenn du so weitermachst, sorgst du nur dafür, dass sie dich vor die Tür setzen.« Francis' Stimme klang enttäuscht. Er war der Ältere von ihnen, der große Bruder, und das ließ ihn die unsägliche Angewohnheit haben, immer auf ihn aufpassen zu wollen.

Terry warf seinen Groschen in die Luft und das Metall blitzte im Sonnenlicht auf, das durch die hohen, bogenförmigen Fenster in den Flur fiel. Einige Blicke von jüngeren Waisenkindern klebten an dem Kunststück.

Manchmal machte er sich einen Spaß daraus, sie im Vorbeigehen plötzlich anzugrinsen. Die Meisten wurden dadurch verlegen und liefen schnell davon. Francis brummte missbilligend, als Terry einem rothaarigen Mädchen von vielleicht sieben Jahren zuzwinkerte.

»Ist sie nicht zu jung für dich?«, fragte er.

Terry lachte und fing den Groschen, nur um ihn im nächsten Moment wieder in die Höhe zu befördern.

»Du hast merkwürdige Ideen, Francis.«

»Jetzt aber mal im Ernst. Was soll aus dir werden?« Sein Bruder blieb stehen und packte Terry am Unterarm, um ihn ebenfalls zum Innehalten zu zwingen. Die Münze sauste an ihnen vorbei und landete klirrend auf dem Betonboden.

Sofort ergriff Terry ein brennendes Verlangen danach, Francis eine reinzuhauen, doch siebzehn Jahre Prügeleien unter Brüdern ließen die Sache mittlerweile eintönig werden. Nicht, dass er grundsätzlich einer ordentlichen Abreibung abgeneigt wäre, aber sein Bruder war ein denkbar langweiliger Gegner.

Ungehalten riss Terry sich los und trat dicht an ihn heran. »Die Frage sollte lauten: Was soll aus *uns* werden?« Bei den Worten bohrte er Francis einen Finger in den linken Oberarm.

Der wusste ganz genau, was Terry meinte, wie sein unsicherer Blick auf die gepikte Stelle verriet. »Willst du wirklich dein Leben lang so tun, als wäre nichts? Willst du allen Ernstes Dockarbeiter in dieser Kloake werden? Komm schon, Francis! Du weißt, dass wir zu Größerem bestimmt sind.« Terry sprach so leise, dass ihn unmöglich eines der umstehenden Kinder hätte verstehen können. »Ich hab was am Laufen.«

»Was hast du angestellt?« Francis zog eine Augenbraue in die Höhe.

»Es gibt da ein paar Jungs, die wollen groß rauskommen, und wir bekommen von denen eine Chance, wenn wir uns als fähig erweisen. Sie haben einen Auftrag für heute Abend.«

Sein Bruder sah ihn reglos an, dann packte er Terrys Finger und schob ihn von sich. »Ich habe nie gesagt, dass ich ein Krimineller werden will. Interessiert es dich überhaupt, was mir wichtig ist?«

»Du bist mein Bruder«, stieß Terry hervor. »Ich weiß, was dir wichtig ist!«

Francis schnaubte. »Offensichtlich nicht.« Mit diesen Worten marschierte er davon und ließ ihn irritiert stehen.

»Terry!«, schrie jemand mit hoher Stimme und im nächsten Moment fiel ihm die dazugehörige Person um den Hals. Honiggeruch kitzelte seine Nase, als dunkle Haare ihm ins Gesicht schlugen. So schnell das Mädchen sich ihm in die Arme geworfen hatte, so schnell löste es sich jedoch wieder von ihm.

»Claire«, erwiderte er und atmete tief ein. Ihm stand nicht der Sinn nach ihrer Gesellschaft. Sie war auch eine Waise in seinem Alter. Kein sonderlich kluges, aber ein hübsches Mädchen, das seine Fantasie anregte. Insbesondere die eine Fantasie, die sie ihm nur zu bereitwillig erfüllt hatte. Doch jetzt, hier, stand ihm nicht der Sinn danach. Er musste Francis umstimmen und dann dafür sorgen, dass sie für heute Nacht vorbereitet waren.

»Was willst du?«, fragte er daher und bemühte sich, nicht zu genervt zu klingen.

Claire schenkte ihm ein verschwörerisches Grinsen. »Ich dachte, du hast vielleicht Lust, deine Mittagspause mit mir zu verbringen … in einem der leeren Klassenräume.«

»Oh.«

Oh. Das war das Beste, was ihm als Antwort in dem Moment einfiel. Er hatte nicht mit einem solchen Angebot gerechnet. Claire war berüchtigt unter den Jungs. Sie galt als das Mädchen, zu dem man ging, wenn man Sehnsucht hatte. Zwar hatte sie zuletzt ein paar Typen übel abblitzen lassen, nicht jedoch Terry.

An jedem anderen Tag hätte er kaum gezögert, doch heute Abend könnte sich seine und die Zukunft von Francis entscheiden. Dafür brauchte er jetzt noch Zeit, um seinen Bruder umzustimmen. Er haderte und versuchte, sich die richtigen Worte für eine Absage zurechtzulegen, als Claires Blick von anzüglich zu zornig wechselte. »Bin ich dir schon langweilig?«, fragte sie und zog eine ihrer schmalen Augenbrauen in die Höhe.

Terry hob abwehrend beide Hände. »Nein! Claire, ich komme morgen darauf zurück, aber ich muss etwas Wichtiges mit meinem Bruder …«

»Morgen?«

»Ja, ich muss jetzt nur …«

»Sehe ich aus wie eine, die du beliebig rumschubsen kannst?« Ihre Stimme überschlug sich und neben Zorn schob sich ein wilder Ausdruck in ihre Augen.

Terry konnte nicht anders, als sie verblüfft anzustarren. War sie übergeschnappt? Wie kam sie auf solche Ideen und was gab ihr das Recht, so aus der Haut zu fahren?

»Warum besorgst du es dir morgen nicht einfach selbst? Mögen die Dämonen dich dabei holen!«, spie sie ihm entgegen und rauschte davon.

Kaum war sie um die nächste Ecke verschwunden, atmete Terry tief ein und fuhr sich durch die Haare. Er warf einen Blick nach links und rechts, doch anscheinend hatte niemand das Spektakel mitbekommen. Gott sei Dank! Was dachte sie bloß? Dass er sofort sprang, nur weil sie mit den Wimpern klimperte und wusste, wie sie diese Hüften richtig schwang? Gut, vielleicht würde er sich morgen an einer Entschuldigung versuchen. Aber das war morgen, darüber konnte er morgen nachdenken. Heute musste er Francis umstimmen. Terry investierte noch ein paar Augenblicke, um sich wieder seine erhabene Maske aufzusetzen, dann ging er zum Speisesaal, in dem er seinen Bruder zur Mittagspause vermutete.

Die geradezu bedrohlich schlecht gelaunte Bedienung hinter der Theke würdigte ihn keines Blickes, als Terry mit seinem Tablett vor ihr stand und seine Mahlzeit entgegennahm. Er kannte ihren Namen. Er kannte die Namen aller Küchengehilfinnen. Ihren chronischen Mangel jedweder Wertschätzung hatte er schon immer geschickt zu nutzen gewusst.

»Berenda! Sie sehen heute ein bisschen müde aus. Anstrengender Tag gewesen?«

Die stämmige Frau Ende fünfzig sah auf und sofort zeichnete sich ein Lächeln auf ihren Lippen ab. Eine Mimik, die so unbeholfen wirkte, als wäre sie zuletzt vor Jahrzehnten zum Einsatz gekommen.

»Täglich wird's schlimmer, mein Junge!«

In all den Jahren hatte sie sich seinen Namen nicht gemerkt.

Terry nickte betroffen. »Kann ich mir vorstellen und, ganz ehrlich, ich bewundere Ihr Durchhaltevermögen mit jedem Tag mehr. Ich weiß nicht, wie ich das verkraften würde.«

Berenda lachte dröhnend auf. Ihr Lachen klang kratzig. Nach einem Leben voll Alkohol und Tabak. »Ach mein Junge, du schmeichelst mir.«

»Niemals!«, beteuerte Terry.

Mit einem vielsagenden Kopfschütteln tat sie ihm eine Kelle extra auf. »Hier, mit dem Zuschlag schaffst du es vielleicht, mich eines Tages abzulösen.«

Terry grinste und verabschiedete sich gekonnt charmant, bevor er den Tisch ansteuerte, an dem er Francis sitzen sah. Sobald er sein Tablett abstellte, standen alle anderen Jungs auf. Einige warfen ihm vernichtende Blicke zu. Er nahm das kaum zur Kenntnis. Mit seinem losen Mundwerk hatte er sich etliche Feinde im Heim gemacht, aber auch gelernt, sie kategorisch zu ignorieren.

Francis warf einen flüchtigen Blick auf Terrys Portion und schüttelte den Kopf. »Warum machst du das jeden Tag? Das heutige Gericht magst du nicht einmal.«

Terry ließ sich sinken und begann zu essen. »Ich kanns halt«, antwortete er mit einem Schulterzucken.

»Was hast du mit Claire zu schaffen?«

»Du hast sie gesehen?«, fragte Terry betont unbeteiligt und sah nicht von seinem Essen auf.

»Ja, ich habe noch einmal zurückgeblickt.«

»Schön für dich. Hast du sie auch schon in der Kiste gehabt?«

Francis atmete geräuschvoll aus. »In Ordnung, dann wechseln wir halt wieder das Thema. Du willst über heute Abend reden, oder?«

»Nein«, antwortete Terry langsam und überdeutlich. »Ich will wissen, was Claire mit deinem Schwanz angestellt hat.«

Sein Bruder rollte mit den Augen, verkniff sich jedoch eine Entgegnung.

»Natürlich will ich über heute Abend reden!«, sagte Terry schließlich.

»Gut. Die Antwort lautet nein«, erwiderte Francis entschieden.

Terry schlug mit der flachen Hand so heftig auf den Tisch, dass das Geschirr klirrte und einige Waisen sich erschrocken umdrehten. »Das ist nicht dein Ernst, Francis!«, schrie er und sämtliche Gespräche im Saal verstummten. Terry stand auf, um allen eine gute Sicht zu ermöglichen. »Du hast *was* getan? Du weißt, dass das gegen *jegliche* Regeln verstößt!«

»Was tust du?«, fragte Francis ruhig.

»Ich werde nicht mit ansehen, wie sich mein großer Bruder in den Abgrund stürzt!«, rief Terry laut und deutlich.

Aus dem Augenwinkel nahm er Bewegung wahr. Die Aufsicht kam. Gut.

»Hör auf mit dem Scheiß.«

»Sobald *du* aufhörst!«

»Schön«, sagte Francis leise und verschränkte die Arme vor der Brust. »Du bist die Ausgeburt der Hölle, Terry.«

»Das trifft dann wohl auf uns beide zu, *Bruder*.«

In dem Moment trat die Speisesaalaufsicht an ihren Tisch heran. »Was ist hier los?«

»Falscher Alarm«, erklärte Terry mit Unschuldsmiene und ließ sich wieder sinken. »Ich dachte, mein Bruder hätte gesagt, er wolle kriminell werden, aber ich habe mich nur verhört. Er sprach von konventionell.«

Skeptisch sah die Aufsicht zu Francis. »Ist das wahr?«

»Vollständig«, bestätigte der.

»Gut, aber keinen Lärm mehr.« Damit wandte sie sich ab und marschierte davon.

Francis stand auf und verließ den Saal, ohne Terry eines weiteren Blickes zu würdigen.

»Dreiundzwanzig Uhr!«, rief der ihm hinterher.

Nach einem letzten, lustlosen Bissen von der Pampe auf seinem Teller, die er wirklich nicht sonderlich mochte, stand Terry ebenfalls auf. Lange brauchte er sich nicht umzuschauen, bevor er den dicken Jungen entdeckte, der abseits von allen anderen saß.

Terry ging zu ihm und stellte das Tablett geräuschvoll neben ihm ab.

»Was war das für ein Aufstand?«, fragte der Dicke und zog den angebotenen Teller zu sich heran.

»Geht dich nichts an«, entgegnete Terry und streckte auffordernd eine Hand aus.

Der Junge hielt ihm ein winziges Säckchen hin. Darin klimperten zehn Groschen. Jene Kupferstücke, die Terry ständig in die Luft warf. Er sammelte sie jede Woche aus dem Taschengeld der anderen Heimkinder und erhielt dafür eine Extraportion zum Mittag.

Terry nahm eine Münze heraus und schnippte sie in die Luft. Sofort fühlte er sich ausgeglichener.

»Erstick nicht an dem Dreck. Bis nächste Woche.«

Er klopfte zweimal auf die Tischplatte und trat dann seinen Rückzug aus dem Speisesaal an. Im ganzen Waisenhaus fühlte er sich dort am unwohlsten.

4. DAS ERWACHEN

Da war sie. Wie war sie hierhergekommen? Panisch sah sie sich um. Dunkelheit und Stein umgaben sie, nichts als Wände. Sie streckte die Hand aus, um die raue Oberfläche zu berühren, und hielt mitten in der Bewegung inne.

Ihre Hand? Sie sah … merkwürdig aus.

»Wa…«

Erschrocken stockte sie. Was war das für ein Laut? Konnte das ihre Stimme sein? Wie klang ihre Stimme überhaupt?

Hastig tastete sie nach ihrem Gesicht. Sie spürte einen Widerstand, dort, wo ihre Knochen sein mussten, aber sonst nichts. Keine Wärme, keine Kälte, nicht das samtene Gefühl ihrer Haut.

»Ah. Du bist erwacht.«

Diese Stimme kam ihr bekannt vor, doch sie wusste nicht, woher. Die Laute echoten in jeder Faser ihres fremdartig anmutenden Körpers wider und ließen ein ungutes Gefühl in ihr aufsteigen. Schritte erklangen. Lichter gingen an.

Vor ihr stand eine Frau mit dunkler Haut, deren Oberfläche an einigen Stellen goldene Schuppen zierten. Eine Tuk. Sie hatte den Kopf interessiert schiefgelegt. »Wie ist dein Name?«

Schon halb zu einer Antwort ansetzend stockte sie und schloss ihren Mund wieder. Ja, wie hieß sie? Wer oder was war sie? Sie wollte der Frau antworten. Etwas in ihr drängte sie dazu, aber sie hatte keine Antwort auf die Frage. Wieder öffnete sie den Mund, doch kein Ton drang hervor. Sie musste aussehen wie ein Fisch auf dem Trockenen.

Der Blick der Frau wurde hart. »Sag es mir oder schlag deinen hübschen Kopf gegen die Wand. Ich hörte einst, Schläge erhöhten das Denkvermögen.«

Abermals öffnete sie ihren Mund. Wie war ihr Name? Sie konnte der Aufforderung nicht nachkommen. Aber sie musste. Ein Brennen, ätzte sich durch ihren tauben Körper und brachte sie zum Aufstehen. Unfähig sich dagegen zu wehren, warf sie sich schwungvoll gegen die Wand. Erschrocken keuchte sie auf. Das, was Substanz an ihr zu sein schien, vibrierte heftig, doch der erwartete Schmerz blieb aus.

»Härter«, kommandierte die Frau.

Wieso gehorchte sie? Die Fremde musste sie irgendwie kontrollieren, anders konnte sie sich nicht erklären, weshalb sie erneut gegen den Stein rannte. Ein Knacken hallte von den Wänden wider und sie sank zu Boden, aber noch immer spürte sie keinen Schmerz.

»Komm zu mir.«

Sofort rappelte sie sich auf und näherte sich der Dunkelhäutigen. Kaum in Reichweite packte die sie fest am Unterkiefer und sah ihr eindringlich in die Augen. »Wer bin ich?«

»Byleth«, antwortete die fremdartige Stimme aus ihrem Mund sofort. Dieser Name fühlte sich wie das einzig Wichtige an, das sie wissen musste.

Die Lippen der Tuk kräuselten sich vergnügt. »Ich nenne dir jetzt deinen Namen. Du wirst ihn niemandem verraten, verstanden?«

Sie nickte.

»Sag ›jawohl‹.«

»Jawohl.«

Byleth blinzelte heftig, als wäre sie plötzlich bewegt, und ließ sie los. »Du bist ein Meisterwerk. Das Juwel meiner Sammlung. Dein Name ist ›Zanaa Maskyal‹ und du und ich, meine Liebe, wir beide haben einen Gott zu töten.«

5. DER FALL

Nach Beginn der Schlafenszeit schlich sich Terry aus dem Waisenhaus. Eine solche Aktion barg stets ein großes Risiko. Es gab keine Garantie, dass den Aufsichtspersonen seine Abwesenheit im Schlafsaal unbemerkt blieb. Es gab auch keine Garantie, dass niemand von seinen Altersgenossen ihn verpfiff.

Die Schwierigkeit bestand demnach nicht im Hinausschleichen. Die wahren Gefahren lauerten, sobald er zurückkehrte. Entsprechend gelassen näherte er sich dem Treffpunkt unweit des Hinterhofs, der den Waisenkindern tagsüber als Ausgang diente. Ein einziger Baum stand in der Mitte dieses Hofes, ein tapferer Kämpfer, der entgegen allen Widrigkeiten überlebte. Betonplatten bedeckten den Boden und die den Hinterhof umgebende Mauer ragte so hoch empor, dass niemand über sie hinwegsehen konnte.

Um das Gelände zu verlassen, war Terry tatsächlich auf Francis' Hilfe angewiesen. Hätte sein Bruder sich nicht dazu breitschlagen lassen, ihn zu begleiten, hätte er ein anderes Waisenkind dafür einspannen müssen. Terry fühlte sich jedoch wohler bei dem Gedanken, mit Francis zusammenzuarbeiten. Selbst, wenn sie keine echten Brüder sein sollten, verband sie diese Annahme dennoch, solange er zurückdenken konnte. Das war eine Stabilität, die ihm in jeder anderen Beziehung bisher unbekannt geblieben war.

Francis wartete schon an der Mauer auf ihn. Ohne sich mit einer Begrüßung aufzuhalten, brachte Terry sich in Position und gab seinem Bruder Hilfestellung, um auf die Mauer zu gelangen. Dann wurde er von ihm ebenfalls hinaufgezogen. Sie sprangen auf der anderen Seite runter und begaben sich in einem größeren Bogen auf die ›Zweite Straße‹, die gleichzeitig die Grenze zwischen dem Gold- und dem Schwefelbezirk markierte.

Wortlos folgten sie dem Verlauf des mit Gaslaternen erleuchteten Fußweges, bis sie in eine der engeren Seitenstraßen abbogen. Mehrere Kreuzungen weiter entdeckten sie schließlich ihr Ziel. Hinter der Fensterfront des Juweliers brannte kein Licht. Nichts deutete darauf hin, dass sich jemand in dem Geschäft aufhielt. Das Fehlen von Straßenbeleuchtung in der Gegend sorgte für zahlreiche Schatten, die ihnen Deckung boten. Obwohl ein Juwelier, war der Laden doch eher klein und unscheinbar.

Der Überfall stellte also nichts weiter als eine Probe dar. Terry und Francis sollten nur den Beweis erbringen, dass sie ihre kriminellen Ambitionen ernst meinten. Im Grunde konnte absolut nichts schiefgehen.

Wenn sie mit dem erfolgreichen Auftrag erst einmal ihre Eintrittskarte zu Sidaraps Unterwelt besaßen, würden sie sich bis ganz nach oben arbeiten. Diese Gelegenheit symbolisierte alles, wovon Terry je geträumt hatte: Geld, Unabhängigkeit, Ansehen. Alles, was ihm durch das Fehlen seiner Eltern in dieser Stadt bisher verwehrt worden war. Und Francis würde ihm für seinen Einsatz schon noch danken.

An der Tür des Geschäfts angelangt, sahen sie sich ein letztes Mal verstohlen um. Nachts sorgten Patrouillen der Stadtwacht für Recht und Ordnung auf den Straßen, doch um auf eine von denen zu treffen, musste man wahrlich Pech haben. Die meisten Wächter durchstreiften reichere Wohngegenden.

Sobald sie sicher waren, dass sich wirklich nichts rührte, schob Terry den gestohlenen Ladenschlüssel, den ihm sein Kontakt am Morgen hatte zukommen lassen, ins Schloss, und drehte ihn behutsam. Es klickte einmal, zweimal, dann schwang die Tür auf. Francis war ihm direkt auf den Fersen, Terry konnte jeden seiner zögerlichen Schritte hören.

Sie würden zuerst die Hinterräume plündern, dann die Auslagen. So konnten keine aufmerksamen Passanten fehlende Schmuckstücke bemerken, während er und Francis noch in den Hinterzimmern beschäftigt waren. Gemeinsam durchquerten sie den Verkaufsraum und steuerten die Tür hinter der Theke an.

Sie war nicht abgeschlossen. Bemerkenswert leichtsinnig für einen Juwelier, aber Terry sollte es recht sein. Wer seine Schafe nicht besser sicherte, lud die Wölfe förmlich zur Selbstbedienung ein.

Hinter der Tür gelangten sie in einen schmalen Gang, in dem es so finster war, dass selbst Terry kaum etwas erkennen konnte. Fast blind tastete er sich bis zu einer weiteren Tür vor, die sich ebenfalls als unverschlossen herausstellte. In dem dahinterliegenden Raum sollte sich der Tresor befinden, doch beim Eintreten empfing sie warmer Lichtschein und ... jemand.

Eine brennende Laterne stand auf einem dunklen Holztisch und erhellte den kleinen Raum, der wohl als Verwaltungsbüro fungierte. Der Tresor, den der Besitzer des Ladens hinter einem Ölgemälde versteckt hatte, war bereits geöffnet worden. Davor stand ein junger Mann, der den Inhalt interessiert betrachtete, bevor er sich den Neuankömmlingen zuwandte. Terry hielt unwillkürlich die Luft an und trat einen Schritt zurück.

Der Fremde musterte ihn aus strahlend gelben Augen. ›*Unnatürlich*‹ war das einzige Wort, das ihm bei dem Anblick in den Sinn kam und ein seltsames Gefühl ergriff ihn.

Obwohl das Wesen äußerlich in seinem Alter zu sein schien, wirkten seine Gesichtszüge weich – zu weich für einen jungen Mann. Er machte einen merkwürdig geschlechtslosen Eindruck auf Terry. Der Fremde hatte eine stocksteife und kerzengerade

Haltung eingenommen, als wüsste er nicht, wie er mit ihm und Francis umgehen sollte.

»Timothy Dalton«, sagte das Wesen mit einem breiten Singsang in der Stimme und begann, die Lippen zu einem angedeuteten Lächeln zu verziehen.

»Ein Dämon!«, entfuhr es Terry erschrocken, als er endlich verstand, was da vor ihm stehen musste.

Dämonen, oder Bizach, waren die Schurken jeder Gruselgeschichte. Im Waisenhaus war er sein Leben lang eindringlich vor den magischen Wesen gewarnt worden, mit denen sich die Menschen Sidarap teilten. Eine seltsam kindliche Angst ergriff ihn und er taumelte einen weiteren Schritt zurück. Der Fremde kannte seinen Namen. Wie war das möglich? Und warum konnte er die gelben Augen sehen? Sollte der Schleier nicht genau das verhindern? Terry stand nun ein paar Zentimeter hinter seinem Bruder. Francis wirkte wie eingefroren und starrte auf den Fremden. Sein Gesicht verriet keine Regung.

»Ich fürchte, da liegst du falsch, junger Mensch.«

»Aber …«, begann Terry, doch verstummte. Es kam selten vor, dass er keine Worte fand. Dies war einer jener Momente und instinktiv sah er hilfesuchend zu Francis, der jedoch noch immer dastand, als wäre ihm beim Anblick des Fremden der Verstand geschmolzen.

Nach einer Weile schnalzte das Wesen ungeduldig mit der Zunge. »Erlaube mir, mich vorzustellen. Ich bin Adonai.«

»A…« Terry stand der Mund offen und lediglich der eine Buchstabe löste sich aus seiner Kehle. Eiskalte Angst packte ihn und wirbelte seine Organe durcheinander. Adonai. Gott! Der Herrscher über alle Bizach. Das war unmöglich! Wieso sollte ausgerechnet ihn diese kleine Gaunerei kümmern?

»Du fragst dich zu Recht, warum ich hier bin. Für gewöhnlich nähme ich keinerlei Anteil an diesen … Kindereien, aber ich sehe mich einer außergewöhnlichen Situation gegenüber und muss ein paar … Vorkehrungen treffen.«

Terry verstand kein Wort. Ihn interessierte auch nicht, was der Fremde zu sagen hatte, denn allmählich war er ernstlich um Francis besorgt, der nach wie vor völlig reglos dastand.

Eine Weile herrschte Ruhe, dann sprach Adonai erneut. »Ich habe ein Angebot für dich, Timothy Dalton. Du sollst alles bekommen, was du dir je gewünscht hast.«

Skeptisch zog Terry die Augenbrauen zusammen und sah nun doch wieder das Wesen an, das behauptete, Adonai zu sein. »Warum? Und was ist mit meinem Bruder?«

Mittlerweile vermutete er, dass der Fremde etwas mit dessen ausbleibender Reaktion zu tun hatte.

Adonai wandte seinen stechenden Blick Francis zu und blinzelte. Der keuchte im selben Moment auf und taumelte erschrocken zurück.

»Francis!«, rief Terry und packte ihn an der Schulter, um ihm Halt zu geben.

»Hallo Francis«, säuselte Adonai. »Vielleicht möchtest du deinem kleinen Bruder verraten, was du getan hast.«

Terry sah verwirrt zwischen den beiden hin und her. »Was soll das heißen?«

Francis sah noch immer ziemlich durch den Wind aus. Er hatte eine Hand auf die Brust gepresst, als würde ihm das Herz jeden Moment stehen bleiben, und atmete schwer.

Anscheinend ging es Adonai nicht schnell genug. Er stöhnte leise, wandte den Blick zur Decke und verdrehte die Augen. »Für so viel Dramatik bleibt leider keine Zeit. Francis hat dich verraten, Terry. Er hat sich ganz doll Sorgen gemacht, dass du dich auf die falsche Bahn begibst und deswegen der Stadtwacht einen Tipp bezüglich eures kleinen Ausflugs gegeben. Sie sollten jeden Moment hier sein, um euch oder vielmehr dich festzunehmen.«

»Francis?«

Sein Bruder schloss schuldbewusst die Augen, schluckte schwer und nickte.

»Wie kannst du nur?«, brauste Terry auf und ließ ihn los. »Du weißt, wie viel mir das alles bedeutet!«

»Terry … Das ist doch kein Leben.«

»Es ist mein Leben, Francis!«

Sein Bruder wollte zu einer Erwiderung ansetzen, doch wurde von Adonai unterbrochen.

»Das ist alles ganz bedauerlich, aber uns läuft die Zeit davon. Timothy Dalton, ich will dir geben, wonach dein Herz sich am meisten sehnt. Im Gegenzug erwarte ich lediglich deine Kooperation in einer kleinen Sache.«

»Was für eine Sache?«

Adonai legte den Kopf schief und betrachtete ihn wie ein Forschungsobjekt. »Das wirst du erfahren, sobald die Zeit gekommen ist. Jetzt ist es zu früh. Du musst erst noch … werden.«

»Werden?«, fragte Terry. Er verstand gar nichts und das frustrierte ihn zunehmend. Für gewöhnlich waren nur andere nicht dazu in der Lage, Dinge zu verstehen.

»Ich mache dich zu einer großen Nummer in der Unterwelt von Sidarap. Willst du das?«, fragte Adonai und kam näher. Gott. Der Gott. Er streckte ihm eine Hand entgegen. »Schlag ein und wir haben ein Abkommen.«

»Nein!«, fuhr Francis dazwischen.

Terry wandte sich kurz zu seinem Bruder um. »Du hast mich verraten.«

»Ich …«

Bevor Francis ein weiteres Wort hervorbringen konnte, ergriff Terry aus einem trotzigen Impuls heraus Gottes Hand. Sie war eiskalt und an der Stelle, wo sich ihre Haut berührte, prickelte es.

Adonai lächelte und zeigte dabei seine Zähne, dann glitt sein stechender Blick erneut zu Francis. »Timothy wird dir das nie verzeihen.«

»Das ist eine Sache zwischen mir und meinem Bruder«, entgegnete Francis mit fester Stimme.

Zischend atmete Gott ein und ließ Terrys Hand los. Er hob einen Zeigefinger, als gäbe er eine Lektion. »Siehst du, Francis, das ist technisch so nicht ganz richtig. Schließlich hat dein Bruder gerade mit mir eingeschlagen, was bedeutet, dass ich jetzt in eurem tollen Duo mit drin hänge. Und du weißt sicherlich, was das Essentielle eines Duos ist: Es besteht aus zwei Personen.«

Adonai tat im Anschluss an diese Worte nichts anderes, als die Hand sinken zu lassen und ein weiteres Mal zu blinzeln. Dann knackte es. Es knackte, als hätte jemand einen Ast zerbrochen und Francis sackte zu Boden. Irritiert blickte Terry ihn an. Was war gerade geschehen?

»Nein!«, rief er und stürzte ihm hinterher, wohl ahnend, dass seine Bemühungen völlig fruchtlos sein würden.

Von irgendwoher hörte er das Heulen von Sirenen, doch für ihn zählte nur, seinen Bruder an den Schultern zu packen und ihn herumzudrehen. Dabei schlackerte sein Kopf merkwürdig herum. Er konnte nicht fassen, was er direkt vor sich sah. Adonai, Gott, hatte seinem Bruder das Genick gebrochen. Er wiederholte die Worte im Geiste immer wieder, doch der Sinn erreichte ihn nicht. Er fühlte sich taub, als hätte jemand sein Hirn durch Watte ersetzt. Kein Gefühl regte sich. Da waren nur sein Bruder und der verstörte Ausdruck in seinen Zügen.

Jemand warf Terry unsanft zu Boden und verdrehte ihm den Arm, Befehle wurden gebrüllt und Handschellen klickten. Erst der Schmerz holte ihn zurück in die Realität.

5 Jahre später

6. Wenn Wünsche in Erfüllung gehen

Ich bin nicht verrückt«, flüsterte Ewanna leise vor sich hin. Ihr Kinn juckte, doch die unbequeme Zwangsjacke verhinderte, dass sie sich dem lästigen Gefühl widmen konnte. Neben ihr saßen zwei Wärter, die sie von beiden Seiten wie drohende Felsen flankierten und zeigten auf Ewannas leises Gemurmel keine Reaktion. Sie hatte sich an ihre ständige Anwesenheit gewöhnt. Seit Jahren hatte sie keine Sekunde Privatsphäre gehabt und in manchem Moment vergaß sie die Männer einfach.

Nervös warf sie zum zwölften Mal in den letzten fünf Minuten einen Blick auf die Standuhr ihr gegenüber. Es war zu spät. Ihre Ergebnisse hätten längst da sein sollen. Warum dauerte das so lang? Sie beugte sich vor und beobachtete gebannt die Bewegungen des Pendels, als sie von einem festen Griff an der Schulter wieder zurückgezogen wurde. Einer der beiden massigen Männer warf ihr einen missbilligenden Blick zu. Sie durfte sich zwar wie eine Verrückte verhalten, sollte dabei jedoch jederzeit in der Reichweite ihrer Aufpasser bleiben. Ihr Kinn juckte noch immer, weshalb sie umständlich den Kopf neigte und mit der betroffenen Stelle über den Stoff an ihrer Brust rieb. Einer ihrer Wärter verschränkte die Arme und gab einen leisen Laut von sich. Ewanna sah ihn fragend an, doch er würdigte sie keines Blickes. Sie unterdrückte ein Seufzen und sah abermals zur Uhr hinüber.

Seit fünf Jahren saß sie in der Nervenheilanstalt des Silberbezirks fest. Die galt als die modernste ihrer Art und zeigte sich nach außen als ein humanitärer Zufluchtsort, ein Ort der Gnade. Doch Ewanna hatte einen völlig anderen Eindruck von dem Leben hinter den hohen Mauern und dem Stacheldraht gewonnen. ›Zufluchtsort‹ bedeutete ein leeres Zimmer und ein Wachmann vor der vergitterten Zimmertür. Jeder konnte ständig hineinsehen. Auch nachts mussten alle Lichter eingeschaltet bleiben. Selbstverständlich nur zu ihrem eigenen Schutz, denn sie sollte sich nicht selbst verletzen können.

Ewanna war allerdings vollkommen schleierhaft, weshalb die Ärzte ihr dann allerlei Verletzungen zufügen durften, wenn sie wieder ein neues Experiment mit ihr starteten. Eine neue Methode, die Heilung versprach. Doch wovon sie konkret geheilt werden sollte, konnte ihr niemand sagen. Wahnsinn lautete die allgemeine Antwort. Aber was bedeutete Wahnsinn überhaupt?

Eine Gänsehaut breitete sich über ihren Rücken aus und Ewanna schluckte einen Anflug von Übelkeit hinunter. Sie musste unbedingt an etwas anderes denken. Doch noch bevor sie ihrem selbstgegebenen Kommando Folge leisten konnte, wurde sie von einem Zittern ergriffen.

Vorsichtig schloss sie die Augen, um ihr aufgewühltes Inneres zu beruhigen. Das entpuppte sich als ein fataler Fehler, denn prompt strömten die verstörenden Bilder auf sie ein: Bruchstücke von Situationen, an die sie sich nur durch einen Nebel von ihr unbekannten Medikamenten hindurch erinnerte. Alles krampfte sich in ihr zusammen und sie begann, sich auf ihrem Platz zu winden. Wieder packte einer ihrer Wärter sie unsanft an der Schulter.

»Reiß dich zusammen!«, brummte er genervt.

Ewanna zwang sich, die Augen wieder zu öffnen, und erblickte den anderen Mann mit einer Spritze Beruhigungsmittel in der

Hand. Angestrengt starrte sie die silbern glänzende Spitze der Kanüle an. Sie wollte um jeden Preis verhindern, dass man sie damit zudröhnte. Für ihr Testergebnis brauchte sie einen klaren Kopf. Also konzentrierte sie sich auf das Atmen. Einatmen. Ausatmen. Langsam nickte sie. Der Wärter gab einen missbilligenden Laut von sich und ließ sie wieder los.

Heute war ihr einundzwanzigster Geburtstag. Der Tag, an dem all ihre Zukunftserwartungen hingen. Seit fünf Jahren fieberte Ewanna diesem Ereignis entgegen. Nur ihre Hoffnung hatte sie davor bewahrt, wirklich den Verstand zu verlieren. Nachdem in den letzten fünf Jahren jedoch jeder das Gegenteil behauptet hatte, fiel es ihr nicht immer leicht, sich selbst zu vertrauen. Der Wartebereich des Regierungsarztes von Sidarap war trostlos. Graue Wände, grauer Boden, graue Stühle und eine schwarze Standuhr. Der Raum wirkte genauso wie die Anstalt, dabei hatte Ewanna auf einen Tapetenwechsel gehofft, wenn sie schon einmal rauskam.

Am Morgen hatte ihr der Arzt Blut abgenommen. Eigentlich hätte er das Ergebnis längst mitteilen sollen. Ewanna hob den Kopf und sah zum vierzehnten Mal auf das Ziffernblatt. Es war auch das Einzige in diesem tristen Raum, was sich anzusehen lohnte. Das geräuschvolle Ticken des Pendels durchbrach einsam die bleierne Stille. Der Arzt hatte gesagt, sie würde am Mittag ihre Auswertung erhalten. Mittlerweile war es halb eins.

So sehr Ewanna dem Ergebnis entgegenfieberte, so sehr fürchtete sie sich auch davor. Was, wenn sie wirklich verrückt war? Nein, das konnte nicht sein. Vielleicht wäre dann nur der Test vertauscht worden. Sie würde auf eine Wiederholung bestehen. Sie konnte und durfte nicht verrückt sein. Waren denn ihre Gedanken nicht vollkommen logisch?

Die Tür zum Wartezimmer wurde geöffnet und ein älterer Mann mit runder Brille und einem weißen Kittel trat herein. Sie erkannte den Regierungsarzt vom Morgen. »Miss Kovanova, wenn Sie mir bitte folgen würden!«

Ewanna stand sofort auf. Es bereitete ihr ungeahnte Befriedigung, ihre beiden Wärter hinter sich zu lassen. Selbst für eine Verrückte waren medizinische Ergebnisse nur eine Sache zwischen ihr und ihrem Arzt. Sie hielt den Atem an, als sie das Behandlungszimmer betrat. Was erwartete sie hier? Der Arzt schloss hinter ihr in gemächlichem Tempo die Tür, da ihr die Hände nach wie vor mit der Zwangsjacke an den Leib gebunden waren.

»Nehmen Sie Platz«, sagte er mit einer Handbewegung zum Stuhl vor seinem dunkelbraunen Schreibtisch und zog ihn für sie ein Stück zurück. Immerhin behandelte er sie nicht wie eine Verrückte. Ewanna hielt das für ein gutes Zeichen.

Mit einem Räuspern ließ er sich ihr gegenüber sinken und nahm ein Schreiben zur Hand, dessen Inhalt er überflog. »Miss Ewanna Lutizil Kovanova, Sie sind heute vor genau einundzwanzig Jahren hier in Sidarap geboren worden. Ist das richtig?«

»So ist es«, antwortete sie kooperativ. »Auf der anderen Seite des Bezirks im Hospital Santa Anna.«

»Und Ihre Eltern sind ...«

»Meine Eltern sind tot«, unterbrach sie ihn entschieden.

In den Augen des Arztes blitzte es auf und er räusperte sich gestellt. Es gab vermutlich nicht viele einundzwanzigjährige Frauen in der Stadt, die sich erlaubten, auf diese Weise mit ihm zu reden.

»Ihre Eltern waren Lutizil Kovanova und ...?«, fragte er und sah sie erwartungsvoll an. Nun würde die Retourkutsche für ihr vorlautes Mundwerk kommen, doch sie schämte sich nicht für diese Dinge.

»Ich weiß es nicht.«

Das falsche freundliche Lächeln des Arztes wurde breiter. »Sie sind unehelich empfangen worden?«

»Ja, meine Mutter war eine Prostituierte. Hat das etwas mit meinen Testergebnissen zu tun, Doktor?«

Sie sah ihm unverwandt in die grauen Augen und erwiderte das gespielte Lächeln. Menschen wie er hatten sie vor fünf Jahren eingesperrt wie ein Tier. Er konnte ihr nichts Schlimmeres mehr antun.

»Möglicherweise«, erwiderte er jedoch zu ihrer Überraschung und schob ihr das Papier über den Tisch hinweg zu. »Das sind Ihre Werte.« Er machte eine bedeutungsschwere Pause. »So etwas habe ich in meiner Zeit noch nicht gesehen. Ich dachte, Ihre väterliche Seite würde das womöglich erklären.«

Hastig überflog Ewanna die Verteilung ihrer sieben Elemente. Bei sechs von ihnen stand eine Eins. Der Wert, der sie als absolut menschlich auszeichnete, wobei die wenigsten Menschen eine glatte Eins besaßen. Viele hatten Werte im Bereich um Null-komma-acht und Eins-komma-zwei. Jede darüber hinausgehende Abweichung würde sie automatisch zu einem Bizach deklarieren. Nicht zu einem vollen Dämon selbstverständlich, sondern zu einer Bizachrei, einem Mischling.

Ihr Blick blieb allerdings an ihrem vorletzten Wert hängen, dem Goldwert. Dort stand eine Zwei-komma-zwei.

Ewanna runzelte die Stirn. »Ist das ein Tippfehler?«

Sie hätte erleichtert sein sollen, glücklich gar, doch der Wert ergab keinen Sinn. Niemand hatte einen höheren Wert als zwei und niemand besaß darüber hinaus sechs weitere Werte mit einer glatten Eins.

Seine faltigen Lippen verzogen sich zu einem schmalen Lächeln. Die Geste schien Bedauern, Mitleid und Genugtuung auszudrücken, jedoch keine Freude. »Ich fürchte nein, Miss Kovanova. Ich habe es dreimal geprüft.«

»Aber … wie ist das möglich?« Wieder starrte sie die Zahlen an.

Er räusperte sich gekünstelt. »Nun, es ist nicht unmöglich, aber sehr ungewöhnlich. Nur wenige erreichen einen Wert jenseits der Zwei. Der letzte bekannte Fall liegt etliche Jahrzehnte zurück. Aber von jemandem mit einem Goldwert in dieser Höhe habe ich noch nie gelesen. Womöglich sind Sie der erste Fall«, fügte er nach einer nachdenklichen Pause hinzu.

»Der erste Fall seit ...?«

»Seit dem Beginn unserer Aufzeichnungen.«

Ewanna entglitten die Gesichtszüge und sie fragte sich, ob der Arzt sie auf den Arm nehmen wollte. »Aber wir reden von hunderten von Jahren!«, protestierte sie. Das konnte nicht stimmen. Gerade als sie dachte, dass nichts sie noch schockieren könnte.

»Wie gesagt, ich hatte gehofft, dass womöglich Ihre väterliche Linie Aufschluss darüber geben würde.« Er atmete tief ein und trommelte bedächtig mit den Fingern auf die Tischplatte. »Ihre Mutter ist vor fünf Jahren gestorben.«

»Ich rede nicht über diesen Tag«, antwortete Ewanna entschieden. »Das sollte Ihnen in den Akten, die sie von mir bekommen haben, aufgefallen sein.«

Sie hatte aufgehört, zu zählen, wie viele Ärzte versucht hatten, sie zum Reden zu bringen. Für den Regierungsarzt würde sie keine Ausnahme machen.

»Durchaus«, entgegnete der Mann und lehnte sich in seinem Stuhl zurück. »Allerdings existieren auch Berichte von Zeugen, die ausgesagt haben, was an diesem Tag geschehen ist.«

Und Ewanna kannte jede einzelne Zeugenaussage. Sie waren ihr oft genug vorgelesen worden.

Der Arzt musste ihre Unterlagen in den letzten Stunden gründlich studiert haben, denn ihr fiel auf, dass er nicht eine Angabe nachlas. »Die Berichte besagen, Sie wären im Unterricht zusammengebrochen und hätten Ihre Mitschülerinnen mit panischen Schreien bezüglich ihrer Mutter in Aufruhr versetzt.«

Ewanna zwang sich zu einem freudlosen Lächeln. »Eine einmalige Vorstellung, die mir direkt eine Einladung hinter verschlossene Mauern eingebracht hat.«

Er lehnte sich mit auf der Tischplatte verschränkten Händen vor, als würde er eine Verhandlung beginnen. »Ihr seid ein Schimmerblut, Miss Kovanova. Ihr wisst, was das bedeutet?«

Seine Stimme war plötzlich kaum mehr als ein Flüstern, als hätte er Sorge, sie könnten belauscht werden.

»Ich kann in die Zukunft sehen?«, fragte Ewanna lapidar.

»Die Zukunft, die Vergangenheit, die Gegenwart, und, wenn man den Gerüchten glauben kann, dann könnt Ihr sie nicht nur sehen … sondern auch manipulieren, eingreifen … Miss Kovanova, vielleicht haben Sie damals tatsächlich gesehen, was Ihrer Mutter zugestoßen ist.«

Ewanna hatte immer gewusst, dass sie Zeugin der Wahrheit gewesen war. Doch was sie gesehen hatte, war ihr Geheimnis und das würde sie niemals verraten. Daher begnügte sie sich mit Schweigen und zuckte unbeteiligt mit den Schultern.

Ihr Verhalten ließ den Regierungsarzt resigniert seufzen und sich zurücklehnen. »Es ist eine Schande, dass eine solch seltene Fähigkeit an jemanden wie Sie verschwendet wird«, sagte er nun in normaler Lautstärke. Ein flüchtiges, kaltes Lächeln umspielte seine Lippen, aber sein Blick blieb starr, bohrend. »Mit diesen Talenten sind Sie zu Großem bestimmt, Miss Kovanova. Doch Ihnen wird vermutlich nur eine kurze Lebensspanne vergönnt sein.«

Ewanna hatte davon gehört, dass es Bizachrei gab, deren Macht sie selbst zerstört haben soll. Sie fragte sich, ob er darauf anspielte, aber ging nicht auf die Provokation ein, sondern senkte den Blick wieder auf die Zahlen vor sich.

»Ich bin nicht verrückt«, murmelte Ewanna leise, als ihr klar wurde, was das Ergebnis für sie bedeutete. Ruckartig zuckte ihr Kopf wieder in die Höhe. »Was passiert jetzt?«

Der Regierungsarzt schob seine Unterlippe ein Stück hoch. »Ihre Ergebnisse befinden sich bereits auf dem Weg in die Stadtverwaltung. Dort wird man sie an die Verwaltung von Purson Rakpleu weiterleiten.«

Bei der Erwähnung des Namens stellten sich Ewanna die Nackenhaare auf. Purson war der Tam, der diesen Teil von Sidarap für die Bizach regierte, den Silberbezirk, der zwischen der ›Vierten‹ und ›Sechsten Straße‹ lag. Ein alter und mächtiger Bizach, über den sie bisher nur in der Schule etwas gelesen hatte. Als Kinder hatten sie sich untereinander Schauergeschichten über den Feuerdämon erzählt, der nachts durch den Schleier käme und Kinder entführe.

»Seine Verwaltung wird Eure Werte prüfen und bis zum Abend bestätigen, dass Sie ... zu ihnen gehören.«

Ewanna war nicht entgangen, dass der Arzt penibel darauf achtete, sie nicht als Bizach zu bezeichnen und doch war es das, was sie von heute an in den Akten der Stadt sein würde. Sie schluckte. Obwohl sie sich freute, existierte ein kleiner Teil in ihr, der sich Sorgen machte.

»Und dann?«, fragte sie und hörte sich ein wenig heiser an. Ihr Hals war mit einem Mal trocken und kratzig geworden.

»Dort wird man Ihre Werte in Ihren Ausweis eintragen und diesen Ihren … Begleitern vor der Tür übergeben. Danach werden Sie aus der Anstalt entlassen werden. Noch heute Abend werden Sie vollkommen auf sich allein gestellt sein, Miss Kovanova.«

»Noch heute Abend? Aber wo soll ich dann schlafen? Ich wohne doch in der Anstalt«, fragte sie irritiert.

Er zuckte mit den Schultern, als hätte er dieses Gespräch bereits hunderte Male geführt. »Ich fürchte, dafür ist die Gemeinschaft der Menschen nicht mehr verantwortlich.«

»Aha«, erwiderte Ewanna verdattert. So einfach machten sie sich das also.

»Ich glaube allerdings nicht, dass ein Schimmerblut mit einem solchen Wert lange unbeachtet bleiben wird. Wesen wie Purson sammeln seltene Talente wie unsereins Schreibfedern.«

»Ist das alles?«, fragte Ewanna, den abwertenden Ton in seiner Stimme ignorierend.

Der Regierungsarzt nickte. »Ja.«

Kein ›viel Glück‹. Keine aufmunternden oder mitfühlenden Worte. Aber was hatte sie auch erwartet? Er war wie alle Ärzte und betrachtete sie mit diesen analytischen Augen, die nur ein Problem sahen, das repariert werden musste.

Schließlich erhob sich Ewanna. Sollten die Menschen doch von den Bizach halten, was sie wollten. In den letzten fünf Jahren hatte man ihr Dinge im Namen der Medizin angetan, die sie jede Nacht verfolgten. Vielleicht, so flüsterte die leise Hoffnung in ihrem Inneren, würde sie nun endlich den Ort finden, an den sie gehörte. Eine Heimat, in der sie respektiert werden würde. Wenn Purson sie als Trophäe seiner Sammlung hinzufügen wollte, dann sollte ihr das recht sein. Jetzt gerade war Ewanna fest davon überzeugt, dass sie dort … wo auch immer dort wäre, zumindest eine Tür hätte, hinter der man ihr Zeit für sich allein gewährte.

7. DIE HÖLLE

Terry nahm einen letzten tiefen Zug von seiner Zigarette. Die qualmende Spitze glomm auf und der in seine Lunge dringende Rauch beruhigte ihn ein wenig. Wenn er jedoch ehrlich zu sich war, konnte er sich nie richtig entspannen. Ständig nagte etwas an ihm. Ohne den Tabak würde sehr bald eine diffuse Aggression in ihm aufsteigen, der er nur durch körperliche Verausgabung Herr werden konnte. Mit einem unzufriedenen Laut ließ er den traurigen Rest seiner Kippe achtlos fallen. Sie landete in einer der vielen Pfützen, zischte und erlosch.

Wie immer in dieser elenden Stadt fielen vereinzelte Regentropfen vom Himmel. Terry klappte den Kragen seiner Manteljacke hoch, zog die graue Schirmmütze zurecht und trat aus der Gasse. Er bog um die nächste Ecke und vor ihm eröffnete sich der Anblick, der ihn jeden Morgen aufs Neue mit Resignation und Wut erfüllte.

Nichts konnte ihn davor bewahren. Egal wie viel er trank, egal wie sehr er seine Nerven mit Nikotin zu betäuben versuchte. Wie von selbst wanderte seine Hand in die Jackentasche und fischte eine kupferfarbene Münze hervor. Er warf sie in die Luft, fing sie. Es war vermutlich die einzige Sache, die sich in den letzten Jahren nicht geändert hatte. Seit Francis' Tod hatte sein Leben genau den Verlauf genommen, den er immer hatte vermeiden wollen. Eine große Nummer in der Unterwelt von Sidarap zu sein war ihm versprochen worden. Pah, dass er nicht lachte! Diese Bizach waren wahrlich Dämonen.

Terry zwang sich, trotz des Dranges fortzulaufen, einen Fuß vor den anderen zu setzen und weiterhin auf die qualmenden Schornsteine und Lagerhallen zuzugehen. Die Schlange wartender Tagelöhner schien an diesem Morgen besonders lang. Ob er heute wohl noch eine Arbeit bekommen würde?

Die letzten fünf Jahre seines Lebens hatte er im Ketterer verbracht, dem Arbeitslager von Sidarap. Da er zum Zeitpunkt seines Verbrechens noch minderjährig gewesen war, hatte sich der Richter glücklicherweise gnädig gezeigt. Er verurteilte Terry damals zu sieben Jahren Zwangsarbeit. Für Mord hätte er eigentlich nie wieder auf freien Fuß gesetzt werden dürfen. Terry erinnerte sich nur noch an wenige Details aus dieser Zeit. Vielleicht hatte er unter Schock gestanden. Er hatte nur daran denken können, dass Francis seiner dummen Träume wegen hatte sterben müssen.

Terry ergab sich seinem Schicksal und kam gefügig der auferlegten Strafarbeit nach. Vermutlich war er der beste Häftling, der je seinen Weg in den Ketterer gefunden hatte. Ein Teil von ihm hatte gehofft, er würde bei der Arbeit einfach umfallen. Er hatte jeden Drecksjob, jede zusätzliche Schufterei freiwillig auf sich genommen. Doch wie durch ein Wunder hatte er überlebt und vor drei Monaten holten ihn unerwartet ein paar Männer der Stadtwacht. Wegen vorbildlicher Führung sollte er zwei Jahre früher entlassen werden.

Bei der Verkündung der Neuigkeit hatte er genickt – genickt und sonst nichts. Hätte er eine andere Reaktion zeigen sollen? Es gab nichts, worauf er sich bei seiner Entlassung hätte freuen können. Wo hatte er hingehen sollen?

Nun, er war hierher gekommen, und zwar an jedem Tag seit seiner Freilassung. Die Arbeit war mindestens genauso beschissen wie im Arbeitslager und die Bezahlung so mies, dass er sich geradeso einen Schlafplatz und etwas zu essen leisten konnte. Nur dass er sich nun selbst um diese Dinge kümmern musste.

Wirklich besser als im Ketterer war das Leben hier draußen nicht. Zumindest gab es Alkohol und Tabak.

Terry stand am Ende der Reihe wartender Arbeiter, ließ die Münze wieder verschwinden und klaubte eine weitere Zigarette aus der Tasche. Es verging eine gute Stunde, bevor er die Tische erreichte, hinter denen ein Stadtwächter mit vorstehendem Bauch und einem schwachen Kinn saß und ihn aus blutunterlaufenen Augen ansah.

»Ausweis«, sagte er.

Terry hielt das labberige Ding längst in der Hand und reichte es dem Wächter. »Ah, Ex-Häftling. Gut. Kannst wohl zupacken. Melde dich bei Halle drei.«

Terry tippte sich an die Mütze, steckte das Dokument wieder ein und schlug die Richtung von Halle drei ein. Dort war er meistens zum Arbeiten eingeteilt. Vor dem Eingang zeigte er den Ausweis einem weiteren Stadtwächter, dann ging es an die Schufterei.

Terry arbeitete unermüdlich und redete nie mit irgendwem. Gelegentlich kam er in die Verlegenheit, mit einem von der gesprächigen Sorte zusammenarbeiten zu müssen. Einige von ihnen stellten nur Fragen und akzeptierten nach einer Weile, wenn er sich ausschwieg. Andere begannen, schamlos von sich und ihrem Leben zu erzählen. Terry hörte nie wirklich zu. Ihn interessierte nicht, was Fremde umtrieb. Dementsprechend antwortete er selten mit mehr als einem ›Hm.‹

Heute hatte er Glück; unter seinen Kollegen fanden sich keine neuen Gesichter. Er würde also ungestört malochen können.

Zur Mittagspause mussten alle Arbeiter die Hallen verlassen. Terry setzte sich draußen auf einen der kreuz und quer stehenden Container und zündete sich eine Zigarette an. Genüsslich inhalierte er den aromatischen Qualm und sah gen Himmel. Wie lange wollte er so weitermachen?

»Entschuldigung?«

Er wandte den Kopf. Eine junge Frau in seinem Alter stand vor dem Container und betrachtete ihn interessiert. Sie trug ihre dunklen Haare entsprechend der aktuellen Mode kinnlang gewellt und hatte sich recht selbstbewusst geschminkt. In ihrem dunkelgrünen Kostüm mit einem Rock, der knapp unter ihren Knien endete, sah sie aus wie eines der Modelle von diesen bunten Klatschblättern für Frauen. In der Hand hielt sie einen Notizblock und einen Stift und an ihrer Armbeuge baumelte eine große Handtasche.

»Entschuldigung angenommen«, antwortete Terry.

Sie hob eine Augenbraue. »Mein Name ist Emma, Emma Skelling. Ich arbeite für die Sidarap Tagesthemen.«

»Schön für Sie.« Er zog ausgiebig an seiner Zigarette und atmete langsam ein.

Sie erwiderte nichts mehr, doch rührte sich auch nicht vom Fleck. Nachdem er wieder ausgeatmet hatte, stand sie noch immer da und sah ihn an.

Terry legte den Kopf schief. »Was macht mich so wertvoll, dass Sie mir bereits geschlagene drei Minuten ihrer Zeit widmen? Lust auf ein Abenteuer?« Er zog einen Mundwinkel spöttisch in die Höhe.

Sie räusperte sich. »Sie sind doch Timothy Dalton, oder nicht? Der Mann, der bei einem missglückten Raubüberfall im Streit um die Beute seinem Bruder das Genick gebrochen und dann fünf Jahre im Ketterer gesessen hat, richtig?«

»Ich sehe, Sie haben Ihre Hausaufgaben gemacht, Miss. Brav. Was jetzt?«

»Ich habe ein Angebot für Sie.«

Terry lachte resigniert, zog noch einmal fest an seinem Glimmstängel und schnippte ihn von sich. »Ich nehme aus Prinzip keine Angebote von Fremden an.« Er stand auf und wollte an ihr vorbeigehen, doch sie stellte sich ihm in den Weg.

»Dieses sollten Sie annehmen.«

»Beim letzten Mal, als ich das getan habe, ist mein Bruder verreckt, also nein, danke.«

Sie holte eine Visitenkarte hervor und steckte sie Terry in die Brusttasche.

»Die werde ich nicht brauchen.«

»Auch nicht, wenn es mir um ein Abenteuer geht?«, fragte sie kokett. Dann wandte sie sich ab und stolzierte im Eilschritt davon.

Terry starrte ihr eine Weile hinterher. Was wollte sie jetzt? Mit ihm in die Kiste springen oder irgendeine Story für ihr Käseblatt? Womöglich beides. Im Gefängnis hatte er genug Post von Damen aller Art bekommen, die sein Gesicht in der Zeitung gesehen und für ganz nett befunden hatten.

Er sah an sich hinab und zog die Visitenkarte hervor. Sofort strahlte ihn das Logo der Sidarap Tagesthemen an. Darunter stand ›Emma Skelling, Volontär‹. Es folgte eine Telefonnummer und eine Adresse. Vermutlich die Anschrift des Redaktionsgebäudes.

»He, Dalton!«

Terry sah auf. Sein Vorarbeiter stand an der Ecke und zeigte mit dem Daumen über die massige Schulter. »Pause ist vorbei. Zurück an die Arbeit, sonst lasse ich das von deinem Lohn abziehen.«

Terry ging auf den kräftigen Mann mit Stiernacken zu und hielt ihm die Visitenkarte der Journalistin hin.

»Was ist das?«, fragte der Bullige misstrauisch, riss ihm jedoch die dargebotene Karte aus der Hand.

»Die Kleine war gerade hier. Scheint auf der Suche nach einem Kerl von deinem Schlag zu sein. Ich fühle mich der Sache nicht gewachsen.«

Sein Vorarbeiter las die Aufschrift der Karte und legte die Stirn in Falten. »Sidarap Tagesthemen. Hat die was über unsere Arbeit wissen wollen? Das wird dem Chef nicht gefallen, wenn die Presse hier rumschnüffelt. Du hast der aber nichts erzählt, oder?«

»Was sollte ich ihr groß erzählen?«, fragte Terry schulterzuckend. »Läuft doch überall so wie hier. Das ist ja kein Geheimnis. Denke, die ist eine von denen, die auf böse Jungs steht.«

»Warum gibst du mir dann die Karte? Ist sie hässlich?«

»Keineswegs«, sagte Terry. »Aber wie ich schon sagte, ich fühle mich nicht so, als könnte ich ihre Erwartungen erfüllen.«

Sein Vorarbeiter sah noch einmal die Karte an, zuckte mit den Schultern und steckte sie ein. »Danke.«

Terry tippte sich an die Mütze.

»Jetzt aber zurück an die Arbeit, klar?«

»Klar«, antwortete er und kehrte zu Halle drei zurück. Es war ihm schleierhaft, was die kleine Praktikantin von ihm wollte, und er hatte keinerlei Interesse, es herauszufinden. Sie wusste, wer er war und kannte seine Geschichte. Das allein war Grund genug, ihr aus dem Weg zu gehen.

8. Trautes Heim

Ewanna starrte auf das Dokument aus rauem graugrünem Papier zwischen ihren Fingern. Alles war genau so verlaufen, wie der Regierungsarzt es vorausgesagt hatte. Zurück in der Anstalt hatte man ihr den Beutel mit den Dingen gegeben, die ihr vor fünf Jahren abgenommen worden waren. In ihrer Schultasche fand sie noch alle unberührten Lehrbücher und Notizhefte für ihre neue Schule. Selbst die alte Brotdose lag oben drauf. Ewanna hätte es beinahe den Boden unter ihren Füßen fortgerissen, als sie so unerwartet dieses letzte Erinnerungsstück an ihre Mutter erblickte, als wäre die Zeit nur für einen Augenblick stehengeblieben. Ein Moment, der für sie fünf Jahre gedauert hatte. Ihr ganzer Körper zitterte. Selbst ihre Schuluniform, die man ihr dazu gab, passte noch. Sich erneut in diese Sachen zu zwängen, fühlte sich falsch an, doch ihr blieb keine andere Wahl.

Angezogen wie ihr sechzehnjähriges Selbst stand sie nun in der Bezirksverwaltung und hielt ihren neuen Ausweis in der Hand. Den Alten, den sie gerade erst mit ihren Schulsachen zurückerhalten hatte, hatte man ihr erneut abgenommen und vernichtet. Nun fehlte das vertraute Wappen der Stadt Sidarap darauf. Stattdessen prangte Pursons Siegel in der linken oberen Ecke und anstelle von ›Mensch‹ stand ›Bizachrei‹ unter ihrem Namen.

Während ihrer Zeit in der Anstalt hatte sie sich unzählige Male ausgemalt, wie dieser Moment wohl für sie sein würde. Wie es sich anfühlen könnte, wenn sie entgegen allen äußeren Anzeichen doch nicht verrückt war. Sie hatte angenommen, sie würde erleichtert, begeistert oder zumindest befriedigt sein, weil die Ärzte falschgelegen hatten. Aber nichts davon traf auf die vorliegende Situation zu. Vielmehr fühlte sie sich überwältigt und ratlos. Alles war derart schnell geschehen, dass sie nicht wusste, wie sie mit ihrer plötzlichen Freiheit umgehen sollte. Eine frustrierende Leere breitete sich in Ewanna aus, die ihr ein Gefühl bescherte, als müsste sie sich jeden Augenblick übergeben. Ihr Leben lang hatten die Menschen sie wieder und wieder fallengelassen, aber dieses Mal hatte die Situation etwas Endgültiges. Von nun an würde sie gezwungen sein, sich in einer völlig neuen Welt zurechtzufinden. Ewanna kramte in ihrer Erinnerung nach Dingen, die ihr helfen könnten. In der Schule hatte sie gelernt, dass der Tam Purson Rakpleu seit mehr als einem Jahrhundert den Silberbezirk regierte. Sie hatte nie mit einem echten Bizach gesprochen, zumindest nicht bewusst. Der Schleier verhinderte, dass sie es je mitbekommen hätte. Wie es wohl sein würde, mit solch einem alten Wesen zu reden?

»Miss Kovanova?«

Ewanna schreckte aus ihren Gedanken auf und musste blinzeln, um sich zu orientieren. In der Anstalt hatte sie sich so sehr daran gewöhnt, von allen ignoriert zu werden.

Eine Frau mit kurzgeschorenen weißen Haaren und karamellfarbener Haut stand direkt vor ihr und sah sie aus strengen dunklen Augen an.

»Ja?«

Die Fremde senkte das Kinn zu einer knappen Begrüßung. »Mein Name ist Sudette. Ich habe Anweisung, Euch zu Tam Purson zu geleiten.«

Der Regierungsarzt hatte mit seiner Prognose wirklich nicht übertrieben. Der Tam musste sofort nach Ewanna geschickt haben. Unsicher, wie sie auf Sudettes Begrüßung und ihr dominantes Auftreten reagieren sollte, schluckte sie schwer und nickte nur. Was wohl nun geschehen würde? Der Gedanke ließ in ihrer Brust ein aufregendes Kribbeln aufsteigen.

»Folgt mir«, sagte Sudette und wandte sich mit einer energischen Drehung ab.

Perplex starrte Ewanna der Fremden hinterher. Als sie begriff, dass die sich nicht noch einmal zu ihr umsehen würde, folgte sie ihr so schnell wie möglich und eilte auf den Ausgang des klobigen Verwaltungsgebäudes zu. Sie traten hinaus auf den Bordstein und durchquerten zügig einige Straßen.

Sidarap war wie immer belebt. Wenige Kutschen, aber viele Autos und Fußgänger strömten in alle Himmelsrichtungen durch die Stadt. Bestrebt Geld zu machen oder Geld auszugeben, schien jeder es eilig zu haben, irgendwo hinzukommen. Und es regnete. Daran hatte sich in den letzten Jahren nichts geändert. Die feuchte Luft fühlte sich vertraut an, beinahe heimisch und das, obwohl sie schon so lange nicht mehr durch den klammen Dunst dieser Metropole gewandert war. Sudette sah sich nicht zu ihr um und Ewanna hatte Mühe, der Fremden zu folgen.

Aus ihr unerfindlichen Gründen marschierte die Frau zwischen den Kutschen und Autos hindurch, als könnten ihr diese Gefährte nichts anhaben. Ewanna hingegen rannte und stoppte immer wieder, bis sie eine weitere Straße mit klopfendem Herzen überquert hatte.

Ihre Ausdauer war ein Albtraum. Auch die vielfältigen Eindrücke der Stadt kamen ihr nach so vielen Jahren der einsamen Verwahrung schlicht überwältigend vor. Auf der anderen Straßenseite angekommen, fehlte plötzlich jede Spur von Sudette. Warme Regentropfen perlten von Ewannas Gesicht und sie sah sich in dem Meer aus Menschen hektisch um. Die Fremde war verschwunden.

Mühevoll die aufsteigende Panik kontrollierend schob sich Ewanna durch den Strom der Menge bis nahe an die nächste graue Wand heran. Sie presste sich gegen die großen flachen Steine unter einen schmalen Vorsprung, um sich vor dem Regen zu schützen. Unablässig flog ihr Blick über die Menge hinweg, in der Hoffnung, den auffälligen weißen Haarschopf in den dunklen Fluten aus Hüten, Mänteln und Regenschirmen aufblitzen zu sehen. Doch nichts. Was sollte sie jetzt tun?

Im nächsten Moment packte jemand Ewanna so barsch an der Schulter, dass sie vor Schreck aufschrie.

Sudette stand neben ihr und sah sie stirnrunzelnd an. »Warum seid Ihr so langsam, Miss Kovanova?«

»Weil ich ein Mensch bin?«, fragte sie gereizt. Was sollte das?

Sudette lachte hell auf und ihr Griff um Ewannas schmale Schulter wurde fester, schmerzhaft. Keiner der vorbeieilenden Menschen nahm von ihnen Notiz. Ewanna versuchte, die Hand der Fremden abzuschütteln, was ihr jedoch nicht gelang.

»Hört auf, das tut weh!«, protestierte sie, als etwas vor ihrem geistigen Auge aufblitzte. Klauen, die auf ihr Gesicht zujagten.

Reflexartig hob sie den Arm und tatsächlich hatte sich Sudettes Hand in eine Klaue verwandelt, die Ewanna mit ihrem Unterarm gerade noch rechtzeitig abwehrte. Die Fremde lächelte zufrieden und ließ sie los.

»Ihr seid kein Mensch, also tut mir einen Gefallen und stellt Euer Geheule ein. Nutzt Eure Fähigkeiten und folgt mir, Miss Kovanova!« Mit diesen Worten wandte sie sich ab und setzte ihren Weg unbeirrt fort.

Fähigkeiten? Ewanna überkam das Bedürfnis, hysterisch aufzulachen. Vor einer Stunde hatte sie sich noch gefreut, dass sie in den Jahren ihrer Verwahrung nicht vergessen hatte, wie sie ihre Schnürsenkel binden musste, und diese Frau wollte, dass sie … mal eben mit der Zeit herumspielte oder so? Ja klar.

Ewanna rieb sich die Schulter. Das würde ein fieser Bluterguss werden. Was war da gerade geschehen? Hatte sie sich das nur eingebildet?

Sie unterbrach ihre Überlegungen, um zügig hinter Sudette her zu sprinten. Das war gewiss nicht das, was sie sich unter ihrer Begrüßung bei den Bizach vorgestellt hatte. Immerhin brachte die Fremde sie zu Purson, vielleicht konnte er ihr weiterhelfen. Was brauchte sie eigentlich? Antworten? Hilfe? Orientierung? Noch immer schenkte ihr keiner der Umstehenden einen zweiten Blick. Hatte sie es sich eingebildet, dass Sudette plötzlich eine Klaue gewachsen war, oder warum hatte niemand sonst reagiert? Ewanna verstand nicht, doch sie musste sich viel zu sehr darauf konzentrieren, die Fremde nicht wieder aus den Augen zu verlieren, als dass sie länger darüber hätte nachdenken können.

Sich zwischen den Menschen hindurchzuzwängen gelang ihr tatsächlich mit einem Mal leichter, und das, obwohl sie mittlerweile völlig durchnässt war und am ganzen Leib zitterte. Kaum überraschend bogen sie in einen überwiegend von Bizach bewohnten Teil des Silberbezirks ein. Die Menschenmenge lichtete sich. Weniger Personen bevölkerten Gehwege und Straßen, besonders nach der Dämmerung mieden Menschen diese Gebiete.

Vor einem feinen Stadthaus aus schwarzem Stein mit kleinem Vorgarten, den ein in der gleichen Farbe gehaltener, schmiedeeiserner Zaun umgab, blieb Sudette abrupt stehen, sodass Ewanna beinahe in sie hineingerauscht wäre.

Sie traten durch das quietschende Tor und durchquerten den Vorgarten. An der Außenwand des Hauses, direkt neben der ebenso schwarzen Eingangstür, fiel Ewanna ein kupfern glänzendes Schild ins Auge. ›*Tam Purson Rakpleu, Bizach-Regierung Silberbezirk, Justizverwaltung Sidarap*‹, war darin eingraviert.

Die Tür summte, als Sudette ihre vollkommen normale und in keiner Weise Ähnlichkeiten mit einer Klaue aufweisende

Hand auf die Klinke legte. Mit einem Klicken schwang die Tür auf und gab den Blick auf einen opulenten, hell erleuchteten Raum frei. Kaum hatte Ewanna einen Fuß über die Schwelle gesetzt, knallte die Tür wieder zu und ließ sie nervös zusammenzucken. Das Geräusch erinnerte sie unangenehm an die Anstalt, deren Fängen sie gerade erst entkommen war.

Sudette warf ihr über die Schulter einen Blick zu. Ihre Augen waren zwar nach wie vor dunkel, schienen jedoch im warmen Schein der Innenbeleuchtung in einem leichten Orangeton zu glühen.

»War doch gar nicht so schwer, Miss Kovanova.«

Ewanna zwang sich zu einem schwachen Lächeln. Ihre Schulter brannte noch immer an der Stelle, an der die Fremde sie gepackt hatte.

»Folgt mir«, kommandierte sie und marschierte auf eine Tür am anderen Ende des Garderobenflurs zu. Sudette bewegte sich mit der geschmeidigen Anmut einer Raubkatze. Wieder bemühte sich Ewanna, ihr zügig zu folgen, und kam dabei aus dem Staunen nicht mehr heraus. Das Haus strotzte nur so vor Prunk. Sie passierte Gold, Marmor, kristallene Kronleuchter, Gemälde, Stuck und so viele weitere Schätze, die sie auf die Schnelle nicht einmal benennen konnte. Sudette stoppte wieder so abrupt, wie schon am Eingang. Dieses Mal hatten sie vor einer Flügeltür gehalten. Die Bizach warf Ewanna einen kurzen Blick zu, um sich zu vergewissern, dass diese auch direkt hinter ihr stand. Dann schlossen sich ihre Finger um die goldenen Knäufe und öffneten die Türen mit entschiedenem Schwung. Sudette trat ein, doch Ewanna blieb verblüfft und sprachlos im Türrahmen stehen.

9. Purson

Die Wände in dem länglichen Raum ragten bis zum Dach des Gebäudes in die Höhe. Das bestand aus einer Glaskuppel, durch die das leise Tröpfeln des Regens bis zu ihnen am Boden hinabhallte. Der Raum wurde links und rechts von Bücherregalen gesäumt, die ebenfalls bis unters Dach ragten. Die oberen konnten über zwei Wendeltreppen zu beiden Seiten des Raumes erreicht werden. Sie schraubten sich am Ende der Buchreihen aufwärts und führten alle paar Meter auf einen schmalen, metallenen Vorsprung, der von einem Geländer mit geschmiedeten Blättern und Blüten umsäumt wurde. An der dem Eingang gegenüberliegenden Wand befanden sich deckenhohe Fenster und eine lederne Couchgarnitur. Die Mitte des Raumes wurde von einem schwarzen Schreibtisch dominiert, der auf den ersten Blick aus massivem Stein zu bestehen schien. Dahinter saß ein Mann. Er war in Schreibarbeit versunken, doch hielt inne und sah auf, sobald sie eintraten.

Der Anblick des Raumes hatte Ewanna verblüfft, aber das Antlitz des Mannes ließ sie einen Augenblick an ihren Sinnen zweifeln. Er sah aus wie ein Mensch.

Wenn sie jetzt offiziell zu den Bizach gehörte, sollte der Schleier dann nicht aufgehoben sein? Oder handelte es sich bei der Person gar nicht um Purson? Er erhob sich und kam um den Schreibtisch herum. Seine locker zurückgekämmten Haare glänzten feuerrot, ebenso der ordentlich gestutzte Bart. Der leichte Braunton seiner Haut erschien je nach Lichteinfall in einem orangefarbenen

Schimmer, aber das war auch die einzige Auffälligkeit, die sie an ihm entdeckte.

Seine Kleidung glich der eines Menschen, er bewegte sich wie ein Mensch und auch das amüsierte Lächeln, mit dem er sie musterte, als könnte er ihre Gedanken lesen, sah vollkommen menschlich aus.

In angemessenem Abstand blieb er stehen und streckte ihr eine Hand entgegen – eine völlig gewöhnliche Hand, wohlbemerkt.

Ewanna hatte so viele Geschichten über die Bizach gehört. Nicht selten handelten sie von den Verbrechen der monstergleichen Tams. In ihren Lehrbüchern wurde von Bestien mit Klauen und Fell geschrieben.

»Mein Name ist Purson«, sagte der Mann, der Dämon, mit einer Stimme, die samtig und kratzig zugleich klang.

Ewanna zuckte zusammen, brachte jedoch kein Wort über die Lippen.

Nach einer längeren Pause schnalzte Sudette mit der Zunge. »Sie ist nicht die Schnellste.«

Purson ließ die Hand sinken, doch wandte den Blick nicht von ihr ab. »Hm«, machte er nachdenklich und zog leicht die Augenbrauen zusammen.

Plötzlich ergriff eine angenehme Wärme Ewannas Knöchel und hinterließ ein prickelndes Gefühl, das langsam ihre Beine hinauf, dann über ihre Hüften, ihren Brustkorb bis zu ihrem Kopf stieg.

Unwillkürlich wurde sie rot, doch so schnell wie die Wärme gekommen war, so schnell verflog sie auch wieder.

»Besser?«, fragte Purson mit einem flüchtigen Lächeln auf den Lippen, doch Ewanna starrte ihn weiterhin nur unverwandt an.

»Der Tam hat Eure Kleider getrocknet«, erklärte Sudette mit wachsender Ungeduld.

Ewanna sah an sich hinab und tatsächlich war ihre Schuluniform so trocken, als kämen die Sachen frisch aus einem Kleiderschrank. Ruckartig hob sie wieder den Kopf und blickte den rothaarigen Mann an. »Danke«, murmelte sie.

»Ihr könnt also sprechen«, schnurrte er und Ewanna hätte schwören können, so etwas wie eine Flamme durch seine Iriden flackern zu sehen. Womöglich sah er nur wie ein Mensch aus, schoss ihr durch den Kopf und sie wich ungewollt einen Schritt zurück. Wahrscheinlich funktionierte der Schleier doch noch für sie. Sie wollte sich nicht ausmalen, was sie hinter der Maske erwarten würde.

»Hm«, gab Purson von sich, als wüsste er einmal mehr, was in ihrem Kopf vor sich ging. Er trat an seinen Schreibtisch, wo er einen Zettel hervorkramte, und kehrte damit zurück. Ewanna fiel auf, dass er dieses Mal in größerem Abstand vor ihr stehen blieb.

»Zeigt mir Euren Ausweis«, forderte er und streckte ihr eine offene Handfläche entgegen.

Sie zog das neue Dokument aus der Tasche und reichte es ihm. Dabei streifte sie seine Haut und zuckte erschrocken zurück. Ihre Oberfläche brannte heiß wie Feuer.

»Vorsicht«, raunte er wieder mit dieser Stimme, die sich so angenehm anhörte, dass sie Ewanna schon unangenehm war.

Eine Weile verglich Purson die Angaben auf dem Ausweis mit den Informationen auf seinem Zettel. »Ewanna Lutizil Kovanova«, las er vor.

Beim zweiten Namen schluckte sie einen Kloß hinunter. Den Vornamen ihrer Mutter hatte sie nie benutzt.

Im nächsten Moment streckte er ihr den Ausweis wieder entgegen und sie packte ihn zurück in ihre Tasche. Ein warmer Lufthauch streifte ihre Schultern. Sofort versteifte sich Ewanna und sah alarmiert auf.

Der Blick des Tams fixierte sie, musterte sie wie ein Raubtier, abschätzend, abwägend, doch dann blinzelte er und wandte sich an Sudette. Die Wärme verschwand sofort.

»Bring Ewanna auf ihr Zimmer und suche ihr ein paar angemessene Kleider raus. Wir reden morgen, Miss Kovanova. Ich bin mir sicher, Ihr hattet einen kräftezehrenden Tag.«

Er wandte sich ab und setzte sich hinter seinen Tisch. Die Konversation war also beendet.

Ewanna stand wie angewurzelt da, unfähig ihren Blick von Purson zu lösen, doch der Tam hatte sich erneut in seine Schreibarbeit vertieft. Schließlich packte Sudette sie am Oberarm und zog sie mit sich hinaus auf den Flur.

Sie stiegen einige Treppenabsätze hinauf und betraten ein Schlafzimmer, das ebenso vor Prunk strotzte wie der Rest des Hauses. Während Ewanna von dem Anblick überwältigt war, schien Sudette keinen Sinn dafür zu haben. Sie marschierte schnurstracks durch den Raum und öffnete eine weitere Tür, hinter der ein Badezimmer zum Vorschein kam.

»Zieht Euch aus und nehmt ein Bad. Ich suche in der Zwischenzeit neue Kleidung für Euch«, kommandierte sie. Ihre Stimme ließ keinen Widerspruch zu, doch Ewanna hätte ohnehin keinerlei zusätzliche Ermunterung gebraucht. Sie würde ein Bad nehmen können, allein! Sie musste ein aufgeregtes Quieken unterdrücken, kaum dass Sudette den Raum verlassen hatte. In der Anstalt hatte man sie nie allein gelassen. Ihre Wärter hatten sie einmal am Tag in die schmucklosen Gemeinschaftsduschen mit dem kalten Wasser gestellt. Alles zu ihrem Schutz, wie sie nie müde geworden waren zu betonen.

Aufgeregt drehte Ewanna das Wasser auf und seufzte erleichtert, als der Strahl tatsächlich warm wurde. Sofort riss sie sich die Kleider vom Leib und glitt in die Wanne. Das Bad fühlte sich noch besser an, als sie erwartet hatte. Sie stellte das Wasser so heiß, dass ihre Haut rot wurde, und schloss die Augen. Ein Großteil der Anspannung des Tages fiel von ihr ab und ihre Muskeln wurden lockerer. Plötzlich stoppte jemand das Wasser und schnaubte. »Ich sagte *baden*. Nicht Euer Schlafzimmer überschwemmen.«

Sudette.

Müde hob Ewanna die Lider. »Was seid Ihr?«, fragte sie.

»Eine Bizach. Mein Element ist Pleu, Feuer, genauso wie Pursons.«

Sudette hatte ihr einige Kleidungsstücke hingelegt und begann, einen weiteren Haufen auseinanderzusortieren und im Kleiderschrank ihres Schlafzimmers zu verstauen.

»Warum mögt Ihr mich nicht?«

Die Bizach hielt abrupt inne und sah Ewanna an, als wäre sie übergeschnappt. Sie richtete sich auf, hob drei Finger in die Luft und kam langsam auf die Wanne zustolziert. »Erstens kenne ich Euch nicht. Meinen Respekt müsst Ihr Euch erst verdienen, Mädchen. Zweitens bin ich eine Pleu. Falls Ihr in Eurer unzulänglichen Schule nicht geschlafen habt, Miss Kovanova, solltet Ihr wissen, dass wir weder die geduldigsten noch die beherrschtesten Gesellen sind. Drittens … nun, das werdet Ihr früh genug erfahren.« Sie stand jetzt direkt neben der Wanne. »Steigt aus dem Wasser und macht, dass Ihr ins Bett kommt. Morgen beginnt Eure Ausbildung.«

»Meine Ausbildung?«, fragte Ewanna irritiert. »Was für eine Ausbildung?«

Sudette verschränkte die Arme und fuhr sich mit der Zunge über die untere Zahnreihe. »Du bist wirklich schwer von Begriff, was?«, fragte sie und ohne Vorwarnung wurde das Wasser unerträglich heiß.

Ewanna sprang auf und hüpfte aus der Wanne. Die Kälte des Badezimmers umfing sie, ließ ihr kurz schwarz vor Augen werden und Sudette packte sie an den Schultern, damit sie nicht zu Boden stürzte.

»Ich werde Euch darin unterweisen, Eure Talente zu kontrollieren«, sagte sie, griff nach einem Handtuch und hielt es ihr hin.

Ewanna schwankte noch immer. »Warum seid Ihr dann so viel unbeherrschter als Purson?«, wagte sie leise zu fragen.

Ein überlegenes Lächeln umspielte die vollen Lippen der Bizach. »Macht nicht den Fehler, ihn für den Netten zu halten.«

Nachdem Ewanna sich abgetrocknet hatte, schlüpfte sie in ihre neuen Sachen. Eine weite Hose und eine lockere Tunika. Damit konnte sie sich anfreunden. Sudette gab ihr noch einmal die Anweisung, sich so bald wie möglich schlafen zu legen, dann verließ sie den Raum.

Ewanna setzte sich an den Frisiertisch und bürstete ihr langes schwarzes Haar. Das hatte sie seit Jahren nicht mehr getan. In der Anstalt hatten Pfleger mit spitzen Kämmen diese Aufgabe übernommen, die ständig geziept und auf ihrer Kopfhaut gekratzt hatten. Ewanna flocht sich einen lockeren Zopf über die Schulter, dann legte sie sich in das ausladende Himmelbett. Sie lag eine ganze Weile wach und ließ den Tag Revue passieren. Auch bei den Bizach schien nicht alles gut zu sein, doch das kümmerte sie wenig. Sie hatte ein Bad nehmen dürfen und lag in einem richtigen, warmen Bett. Dafür waren ihr auch ein paar Unannehmlichkeiten recht. Mit Sudette würde sie sich schon früher oder später arrangieren, davon war sie überzeugt. Sie musste sich erst einmal etwas einleben und verstehen, wie die Dinge hier funktionierten. Sie atmete tief ein und beruhigender Rosenduft stieg ihr in die Nase.

Ihre Gedanken wanderten zu Purson. Der Tam hatte etwas an sich, das sie vom ersten Moment an fasziniert hatte. Aber gleichzeitig zweifelte sie keinen Augenblick am Wahrheitsgehalt der Aussage von Sudette. Er war vermutlich das gefährlichste Wesen, dem sie jemals gegenübergestanden hatte.

10. DAS AUGE DES STURMS

Gabriel landete unweit der Türen des Quecksilberpalastes. Staub wirbelte auf, als er die weißen, kräftigen Flügel ein letztes Mal schlagen ließ und auf dem Rücken faltete. Adonai hatte ihn außerhalb ihrer üblichen Sitzungen zu sich gerufen und das zum ersten Mal seit fünf Jahren. Bei ihrem letzten außerplanmäßigen Treffen hatte er ihm mitgeteilt, dass Gabriels kleine Schwester, Zanaa, verschollen war. Daher nagte ein ungutes Gefühl an ihm. Erwarteten ihn Neuigkeiten über seine Schwester? Aber auf welche gute Nachricht konnte er nach fünf Jahren noch hoffen?

Einige der Wachbizach warfen ihm argwöhnische Blicke zu, als er an ihnen vorbeischritt und das Herz der Stadt betrat. Gabriel war um ein Vielfaches älter als die Ältesten unter ihnen. So alt, dass jeder ihn kannte und niemand töricht genug wäre, sich ihm in den Weg zu stellen. Der Geruch ihrer Angst hing schwer in der Luft und verfolgte ihn bis zu den schwarzen Stufen auf der gegenüberliegenden Seite des Atriums. Der Quecksilberpalast besaß die Ausmaße eines Schlosses, bot jedoch den Anblick einer natürlichen Kristallformation, die auf einem Obsidianmassiv thronte. Gabriel erklomm unbehelligt die glatten Stufen und sein Mundwinkel zuckte spöttisch. Der Name ›Quecksilberpalast‹ konnte nur ironisch gemeint sein. Adonai ließ seit ihrem Frieden mit den Menschen alle Quecksilberbegabten konsequent verfolgen und töten. Freiheit der Allgemeinheit auf Kosten der Unbeliebten.

Er durchquerte die Flure, die ihn zum üblichen Versammlungsraum führten. Die sechs Tams der Stadt trafen sich dort vierteljährlich mit Adonai, um Regierungsangelegenheiten der Bizach zu besprechen. Gabriel schüttelte den Kopf. Eigentlich nahmen sie nur Befehle entgegen. Die Tams berichteten dem Unfehlbaren über Entwicklungen in ihren Bezirken und jeweiligen Zuständigkeiten, dann beschloss Adonai geeignete Maßnahmen und entließ sie in der Erwartung, dass jeder seinen Willen umsetzte. Ein einfaches System, aber eines, das seit jeher funktionierte.

In Gedanken vertieft, stieß Gabriel beinahe mit einem Wasserbizach zusammen, der unerwartet in seinem Weg stand. Der Tuk hatte die Schultern hochgezogen und rang nervös die Hände. Da Bizach seiner Art immer feuchte Haut hatten, wirkte er zudem, als würde er über alle Maßen schwitzen.

»Der Unfehlbare erwartet Euch im Turm, Exzellenz«, brachte der junge Tuk stockend hervor, dann lief er eilig davon.

Gabriel sah ihm hinterher. Die schmale Statur und der leicht vorgebeugte Gang verrieten ihm, dass der Tuk ein Quecksilberbegabter sein musste. Er seufzte und rieb sich das Nasenbein. Dass Adonai ihm einen solchen in den Weg gestellt hatte, konnte kein Zufall sein.

Gabriel brauchte nur ein paar Minuten, um die Spitze des Turmes zu erklimmen. Der höchste Punkt der Stadt. Ihn empfing ein rundum verglaster Raum, der einen atemberaubenden Blick auf ganz Sidarap bot.

In dessen Mitte erhob sich eine Bank aus geschliffenem, farblosem Kristall, auf der Adonai häufig saß und stundenlang, manchmal tagelang seine Stadt beobachtete. Früher hatte Gabriel ihm dabei des Öfteren Gesellschaft geleistet, aber die Zeiten waren lange vorbei.

Er fand den Raum verlassen vor, weshalb er an eine der Scheiben herantrat und seine Aufmerksamkeit der Aussicht widmete.

Gabriel atmete tief durch. Zu seinen Füßen erstreckte sich das berühmte ›*Uhrwerk an der Lin*‹ in seiner ganzen Pracht. Dass die Stadt aussah wie das Ziffernblatt einer Uhr, war Adonai geschuldet. Weshalb er Sidarap dieses Antlitz verliehen hatte, blieb jedoch seither sein Geheimnis. Vielleicht lag es an der Vorliebe des Unfehlbaren für Ordnung. Gabriel konnte sich allerdings auch vorstellen, dass Adonai in ironischer Weise darauf anspielte, dass er das einzige lebende Wesen war, dem Zeit nichts anzuhaben schien.

Die Lin, der Fluss, der wie zwei Uhrzeiger eine gebogene Linie zwischen den zwölf strahlenförmigen Hauptstraßen beschrieb, führte gerade Niedrigwasser, weshalb nur wenig Schiffsverkehr zu beobachten war. Die Menschen transportierten neuerdings viele Waren mit diesen gigantischen, metallenen Ungetümen, die die Luft mit Unmengen schwarzen Qualmes verpesteten.

Seit Sidaraps Gründung vor rund fünfhundert Jahren atmete Gabriel die Luft der Stadt. Aber erst in den letzten Jahrzehnten schmeckte sie bitter und unnatürlich.

Obwohl ihm die jüngsten Entwicklungen der Menschen nicht behagten, galt er als einer der größten Verfechter des Friedens und der Stadt, die diesen symbolisierte. Das brachte ihm unter seinesgleichen sowohl Bewunderung als auch entschiedene Verachtung ein. Bei weitem nicht jeder war glücklich mit den Friedensbedingungen, die sie vor zweitausend Jahren mit den Menschen eingegangen waren. Aber bei welcher Abmachung waren jemals alle zufrieden?

»Gabriel«, ertönte die klare Stimme, die natürlich und unnatürlich, männlich und weiblich zugleich klang.

Er sah sich um. Vom Eingangsportal aus musterte ihn der Unfehlbare aus seinen gelben Augen. Er sah so jung aus, dass die brutale Wahrheit seiner Existenz jedem unbegreifbar sein musste. Adonai, eines der ersten Wesen, die auf Theah gelebt hatten, war nun der Letzte seiner Art. Er besaß das Antlitz eines Jugendlichen. Nur in seinen Augen spiegelte sich ein Funken seiner unendlichen Existenz wider. Sie wirkten kalt und berechnend und bewegten sich beunruhigend wenig. Abgesehen von seinen Augen sah Adonai den Menschen im Gegensatz zu allen Bizach zum Verwechseln ähnlich.

Gabriel sank auf ein Knie und neigte das Haupt. Die Spitzen seiner für Kyal typisch weißen Haare fielen ihm dabei in die Stirn.

»Erhebe dich, Gabriel«, sagte der Unfehlbare.

Er kam näher und trat an den Rand des Turmes. Eine Weile sah er stumm hinunter auf die Stadt. In südöstlicher Richtung tippte er gegen die Glasscheibe. »Ewanna Lutizil Kovanova«, murmelte er und doch erfüllten seine Worte den Raum, als würde er schreien. »Sie ist da.«

Gabriels kräftige Rückenmuskeln spannten sich an. Eine Erinnerung zupfte an seinem Geist. Er hatte den Namen Kovanova schon einmal gehört.

»*Sie* ist das neue Schimmerblut«, sagte Adonai.

»Seid Ihr Euch sicher?«, wagte Gabriel zu fragen.

Der Unfehlbare nickte andächtig. »Ich habe ihre Ergebnisse gesehen.«

»Wo befindet sie sich jetzt?«

»Bei Purson im Silberbezirk. Ich denke, er versucht sein Glück.« Gabriel musste sich die Zurschaustellung seines Unwillens verkneifen. Purson war ein Narr, wenn er dachte, er könnte irgendetwas vor Adonai verbergen. Er war ein noch viel größerer Narr, wenn er außerdem glaubte, irgendetwas verändern zu können. »Soll ich die Sache beenden?«, fragte er vorsichtig.

Adonai schüttelte den Kopf. »Nein.« Er machte eine Pause, in der er den Blick über seine Stadt schweifen ließ. »Beobachte das Mädchen. Dieses Mal lassen wir die Angelegenheit ihren Lauf nehmen.«

»Sicher?«, fragte Gabriel irritiert.

»Nur so lange, bis ich weiß, ob ein Funken Wahrheit in den Geschichten steckt.«

»Und wenn dem so sein sollte?«

»Sobald wir wissen, was passiert, darfst du sie in Stücke reißen. Sie und jeden, der ihr eine Hand gereicht hat.«

»Natürlich«, antwortete Gabriel mit einer angedeuteten Verbeugung.

Adonai wandte sich mit ausdrucksloser Miene um. Plötzlich durchschnitt ein rasender Schmerz Gabriels Geist, wie tausend Nadeln, die sich zugleich in sein Bewusstsein schoben. Er keuchte auf und sank auf ein Knie. Adonai ging vor ihm in die Hocke und die Qualen verschwanden schlagartig. Kühle, weiche Finger berührten ihn unter dem Kinn, hoben es an, sodass er dem Unfehlbaren in die Augen sehen musste.

»Vergiss nicht, an wessen Gunst du gebunden bist. Mir ist klar, dass das Schimmerblut besondere Herausforderungen an dich stellen wird, aber ich warne dich nur einmal: Wag es nicht, deinen Bruder zu informieren. Du weißt, ich kenne deinen bemitleidenswerten Wunsch. Purson zu verlieren ist bereits ein Ärgernis zu viel. Verstanden?«

»Verstanden«, murmelte Gabriel.

Adonai lächelte und strich ihm über die Wange. »Gut.« Er richtete sich auf, vollführte auf dem Absatz eine absurd elegante Vierteldrehung und kehrte zum Portal zurück. Auf der Schwelle hielt er noch einmal inne und fixierte Gabriel. »Erledige im Hinausgehen deine Arbeit und säubere meinen Regierungssitz von diesem dreisten Tuk, den ich dir geschickt habe.« Adonai wartete nicht auf eine Antwort, sondern wandte sich endgültig ab.

Gabriel atmete aus.

Er hatte die Luft angehalten. Der Unfehlbare erschien so unscheinbar mit diesem schmalen androgynen Körperbau, der durchschnittlichen Größe und den weichen Gesichtszügen, die weder weiblich noch männlich anmuteten. Adonais Haare waren hell, jedoch nicht so farblos wie die der Kyals, und er trug ausschließlich cremefarbene Garderobe, meistens einen Frack, mit Weste und Stoffhose. Die dezente Farbe seiner Kleidung brachte Gabriels Meinung nach diese grauenvollen Augen erst recht zur Geltung.

»Beichte, was du zu beichten hast«, sagte Gabriel mit ruhiger Stimme.

Der junge Wasserbizach schien nicht überrascht, ihn so bald schon wiederzusehen, und folgte stotternd der Aufforderung. Sobald er endete, trat Gabriel dicht an ihn heran.

»All deine Verfehlungen seien dir vergeben«, flüsterte er voller Gefühl, dann riss er dem Tuk in einer einzigen kraftvollen Bewegung das Herz aus der Brust. Augenblicklich sackte der Bizach zusammen. In Gabriels schwarzer Hand mit den goldenen Fingernägeln schlug es noch einmal, zweimal, dann stoppte der Muskel, verkrampfte und erschlaffte schließlich. Er ließ das tote Herz achtlos zu Boden fallen und führte die Hand an seinen Mund. Er kostete das Blut des Bizach und wusste im selben Augenblick, dass der Tuk tatsächlich über eine Quecksilberbegabung verfügt hatte. Was ihn gerade hierher in Adonais Arme getrieben hatte, blieb Gabriel ein Rätsel. Aber er hatte sich daran gewöhnt, keine Antworten zu bekommen.

Seufzend zog er das brennende Schwert seines Bruders aus der Scheide und spaltete den Körper des toten Bizach. Die Hälften zerfielen zu Asche. Eine Windhose wirbelte die Überreste auf.

Freigewordene Macht, Lebensenergie, die einen neuen Wirt brauchte, heftete sich an ihn. Wie jene der zahllosen anderen Toten, die er in den letzten Jahrtausenden in sich aufgenommen hatte. Gabriel war zweifellos nach Adonai das zweitmächtigste Wesen in Sidarap und doch hatte er die Hoffnung darauf, mit seiner Macht jemals der des Unfehlbaren ebenbürtig zu sein, schon vor langer Zeit aufgegeben.

11. Der Schleier

Verschlafen blinzelte Ewanna. Dicke dunkle Strähnen hingen ihr ins Gesicht. Sie schob sie aus dem Blickfeld, drehte sich herum und genoss die warmen, weichen Stoffe und die bequeme Matratze. Einen solchen Luxus hatte es für sie nie gegeben und sie plante, ihn ausgiebig zu nutzen.

»Woah!«, rief sie im nächsten Moment und fuhr erschrocken hoch. Sie presste sich eine Hand auf die Brust, verzweifelt bemüht, ihr wild schlagendes Herz zu beruhigen. Sie war nicht allein.

Sudette stand über sie gebeugt neben dem Bett und taxierte sie. »Ausgeschlafen?«, fragte sie mit einem Lächeln, das alles, nur nicht freundlich wirkte.

»Ich habe mich zu Tode erschreckt! Was soll das?«

»Heute beginnt Eure Ausbildung, schon vergessen? Wir haben keine Zeit zu verlieren, allerdings will Purson Euch zuvor sehen. Ihr solltet Euch beeilen. Er wartet nicht gern.«

Ihre ominöse Ausbildung. Nein, die hatte sie nicht vergessen. Was sie wohl erwartete? Kooperativ schob sie die Bettdecke von sich und rappelte sich auf. Auch wenn sie nicht mochte, wie Sudette mit ihr umging, wollte sie unnötigen Ärger erst einmal vermeiden. Dies alles hier, war für sie so etwas wie eine zweite Chance und die würde sie nutzen.

Auf nackten Füßen tapste sie über Parkett und Teppiche zum Kleiderschrank. Sie zog eine weiße Bluse mit langen Puffärmeln heraus, die an den Handgelenken eng zuliefen. Dazu Unterwäsche und eine dunkle Stoffhose, die sie skeptisch beäugte.

Ewanna hatte selten eine Hose getragen. In ihrer Schulzeit hatte jede Schuluniform einen Rock gefordert und in der Nervenheilanstalt … nun, da hatte sie in den letzten fünf Jahren praktisch nur ein Nachthemd angehabt.

»Die werdet Ihr brauchen«, kommentierte Sudette, die ihr Zögern bemerkt zu haben schien.

Ewanna nickte, warf sich die Hose mit den anderen Sachen über den Arm und ging ins Badezimmer, um sich umzuziehen. Unablässig den Stoff an ihrem Körper zurechtzupfend kehrte sie kurz darauf zurück.

»Ihr werdet Euch daran gewöhnen. Jetzt bindet Eure Haare zusammen und kommt endlich!«, herrschte Sudette sie an.

Ewanna bürstete ihre Haare und band sie hastig zu einem locker geflochtenen Zopf, der ihr seitlich über die Schulter fiel. Ihr blieb kaum ein Moment, um ihre Erscheinung im Spiegel zu prüfen, bevor sie von der Bizach am Arm fortgerissen wurde.

Sudettes Berührung fühlte sich angenehm warm an, nicht so glühend heiß wie Pursons. Ob Feuerbizach, die sogenannten Pleu, die Temperatur ihrer Haut wohl beliebig regulieren konnten?

Sie wüsste gern, ob an der Theorie etwas dran war, doch wagte nicht, ihre Ausbilderin danach zu fragen. Sudette sah noch düsterer drein als gewöhnlich, während Ewanna sich von ihr hinterherschleifen ließ. Anscheinend hatte sie für das Empfinden der Pleu zu viel Zeit mit ihrer Morgentoilette verbracht.

Sudette führte sie zu dem Raum, in dem sie schon am Vortag auf den Tam getroffen waren. Purson saß dieses Mal jedoch nicht hinter seinem Schreibtisch, sondern stand an einem der Bücherregale und hielt ein aufgeschlagenes Buch in der Hand. Bei ihrem Eintreten klappte er es geräuschvoll zu.

»Ah.« Er kam näher, wobei sein Blick auf ihrer Ausbilderin ruhte.

Hatte Ewanna gerade eine Stichflamme in seinen Augen auflodern sehen?

Ruckartig senkte Sudette den Kopf. »Entschuldigt …« Unvermittelt ließ sie Ewanna los und stöhnte gequält auf, während Purson unverwandt in ihre Richtung starrte.

»Ich habe getrödelt!«, rief Ewanna dazwischen, die mit einem Mal den Drang verspürte, etwas zu sagen.

Sudette entspannte sich, als Purson den Blick von ihr abwandte und seine Aufmerksamkeit Ewanna widmete.

Er legte den Kopf schief und musterte sie interessiert. Wie schon am Vorabend streifte ein warmer Lufthauch ihre Schultern.

»Ihr seid sehr menschlich, Miss Kovanova«, sagte er schließlich.

Was sollte sie von der Aussage halten? Keine Spur von Feuer fand sich in seinen Augen. Vielleicht hatte sie sich das nur eingebildet.

»Sudette, Ihr könnt gehen. Eure Schülerin wird Euch in wenigen Minuten zur Verfügung stehen«, sagte er, ohne ihr den Blick zuzuwenden.

Die Pleu deutete eine Verbeugung an, dann entfernte sie sich lautlos aus dem Raum. Ewanna wagte nicht, ihr hinterherzublicken. Obwohl sich Sudette häufig unfreundlich verhielt, wünschte sie sich, sie würde bleiben. Die Vorstellung, mit Purson allein zu sein, behagte ihr nicht sonderlich. Doch das Geräusch der ins Schloss fallenden Tür bestätigte ihr, dass jede Hoffnung vergebens blieb.

»Wenn Ihr im Verlauf Eurer Ausbildung zusätzliches Wissen benötigen solltet, stehen Euch die Bücher dieser Sammlung jederzeit zur Verfügung«, erklärte er ruhig. Die Ruhe schien jedoch so verlässlich wie ein Seidentuch über brodelnder Lava.

Seltsam, dass dies die ersten Worte waren, die er an sie richtete, aber Ewanna nahm die Gesprächseröffnung hin und nickte.

Purson hob das Kinn und fuhr nachdenklich mit einem Finger über die Haut unterhalb seines Kiefers. »Ich habe ein Geschenk für Euch, Miss Kovanova.«

Abwartend musterte Ewanna ihn. Erst runzelte er die Stirn, dann schlich sich ein wissendes Lächeln auf seine Züge. Er machte auf dem Absatz kehrt und ging zu dem steinernen Schreibtisch. Aus einer der oberen Schubladen holte er einen schwarzen Samtbeutel hervor und hielt ihn Ewanna über den Tisch hinweg entgegen.

»Das ist für Euch bestimmt.«

Zögerlich trat Ewanna näher und ergriff den Beutel, auf dem das Siegel des Tams prangte. Sie achtete penibel darauf, Pursons Haut nicht zu berühren, und öffnete den Bund des Säckchens. In seinem Inneren lagen … Spielkarten?

»Tarotkarten«, kommentierte er, als hätte er ihre Gedanken gelesen. »Habt Ihr davon schon einmal gehört, Miss Kovanova?«

»Ja …«, sagte sie leise. Sie hatte davon gehört, aber nicht viel. Manche Menschen nutzten sie, um die Zukunft vorherzusagen. War das nicht nur dummes Geschwätz alter Frauen?

»Sudette wird Euch alles beibringen, was Ihr darüber wissen müsst.«

»Danke«, sagte sie, noch immer ein wenig verdutzt.

»Wollt Ihr, dass ich für Euch den Schleier lüfte?«

War die Frage ein Angebot oder eine Prüfung?

Seine Lippen kräuselten sich amüsiert.

Der Schleier sorgte dafür, dass alle Bizach wie Menschen aussahen. Ewanna war schon immer neugierig darauf gewesen, wie es sein würde, wenn er nicht existierte. Doch war sie bereit für die Wahrheit?

Sie hielt die Luft an und ihr Griff um den Stoff des Beutels wurde fester. Ein neuerlicher warmer Luftzug strich über ihre Schultern und sofort wich die Anspannung aus ihren Muskeln.

Doch im nächsten Moment erschauderte sie und trat instinktiv einen Schritt zurück.

»Ich bin sehr geduldig mit Euch, Miss Kovanova«, sagte Purson. Die Art, wie er die Worte betonte, beruhigte sie keineswegs. Er wurde ungeduldig. Also traf sie ihre Wahl aus dem Bauch heraus.

»Ja ... bitte lüftet den Schleier.« Hatte sie damit eine kluge Entscheidung getroffen?

Er hob beide Hände, als würde er einen Vorhang teilen. Anscheinend war das alles, was erforderlich gewesen war.

Reglos starrte Ewanna den Pleu an. Purson war unverkennbar der gleiche Mann und doch hatte er sich auf eine Art verändert, die ihn nun eindeutig als nicht-menschlich auswies. Seine Haare schimmerten noch immer in einem seidigen orange-roten Farbton, wurden nun jedoch von zwei dunkelbraunen Hörnern geteilt, die nahe dem Haaransatz in die Höhe ragten. Seine vormals braunen Augen hatten die Farbe verloren und in seinen Iriden tanzten nun tatsächlich vereinzelte Flammen. Schließlich entdeckte Ewanna auch noch verhornte Krallen, in die seine Fingerspitzen mündeten.

Er grinste.

Vermutlich konnte er ihr den Schock deutlich im Gesicht ablesen. Zu allem Überfluss entblößte er dabei eine Reihe raubtierhafter, spitzer Zähne, die mitnichten zu ihrer Beruhigung beitrugen.

»Wie kann das sein?«, hauchte sie.

Obwohl die physischen Besonderheiten aller Bizach im Schulunterricht durchgenommen wurden, lag zwischen dem Lehrbuch und einem echten Dämon ein himmelweiter Unterschied.

Purson kam um den Schreibtisch herum.

Befand sich da wirklich ein menschenähnliches Wesen vor ihr? Kreatur, Tier oder Monster wären wohl treffendere Begriffe.

Kein Wunder, dass Bizach zumeist in Schauermärchen Erwähnung fanden.

»Ihr werdet Euch an den Anblick gewöhnen«, sagte er.

Immerhin seine unvergleichlich angenehme Stimme war dieselbe geblieben.

Ewanna nickte mechanisch. Ob sie sich wirklich daran gewöhnen könnte, vermochte sie nicht zu sagen. Haltsuchend krallten sich ihre Fingerspitzen in den Stoff des Samtbeutels. Warum war sie von seinem Anblick derart tiefgreifend schockiert? Was hatte sie denn anderes erwartet? Er war ein Feuerbizach und diesem Bild entsprach er nun auch, selbst, wenn er auf groteske Weise einem Menschen nicht so unähnlich sah. Vielleicht machte gerade das seinen Anblick so unerträglich.

Eine ganze Weile ruhte der Blick dieser flammenden Augen auf ihr. Als wägte Purson ab, was er als Nächstes tun sollte, was er ihr zumuten konnte. Schließlich atmete er tief ein und zog eine schwarze Taschenuhr mit filigranen, eingravierten Mustern aus seiner Weste. »Sudette sollte Euch jeden Moment abholen. Gewöhnt Euch beizeiten an den Anblick unseresgleichen, Miss Kovanova. Wir haben noch viel zu tun und nur wenig Zeit.«

Ewanna wollte gerade etwas erwidern, als hinter ihr das Türschloss klickte. Sie wandte sich um und zuckte zusammen. Nach Purson hätte Sudettes Erscheinung kein gewaltiger Schock sein sollen und doch gelang es Ewanna nicht, ihre erste Reaktion beim Anblick der Pleu zu kontrollieren.

Die Bizach verschränkte die Arme und zeigte ihre spitzen Reißzähne. »Tam Purson hat den Schleier gelüftet, hm?«

Ewanna konnte noch immer nur nicken. Sudette hatte nach wie vor kurze, weiße Haare, aber auch in ihren Augen loderten nun Flammen und die langen, dünnen Finger endeten in diesen grotesken Krallen. Unwillkürlich fiel Ewanna eine Reihe von Tätigkeiten ein, bei denen diese Krallen extrem hinderlich wären.

Wie kamen die Bizach damit nur zurecht? Purson hüstelte und es klang, als versuchte er, ein Lachen zu verstecken.

»Vom Anstarren werde ich nicht weniger Bizach, Miss Kovanova. Wir sollten anfangen«, sagte Sudette und bedeutete Ewanna, ihr aus dem Raum zu folgen.

»Sudette«, erklang Pursons Stimme, kaum dass sie einen Schritt auf die Tür zugemacht hatten.

»Versuch doch bitte, ein wenig sanfter zu Miss Kovanova zu sein. Wir wollen schließlich nicht, dass sie sich von uns schlecht behandelt fühlt.«

»Aber natürlich«, erwiderte die weißhaarige Bizach mit knirschenden Reißzähnen.

12. DIE AUSBILDUNG

Gemeinsam betraten Ewanna und Sudette einen schwach beleuchteten Raum, in dessen Mitte ein aus Metall und Kristallen konstruiertes Planetenmodell stand. Ein Abbild ihres Sonnensystems, bestehend aus Theah und elf weiteren Planeten, die sanften Lichtschein in unterschiedlichen Pastelltönen von sich gaben. Nur der Kristall in der Mitte, jener, der die Sonne symbolisierte, strahlte heller. Der Anblick fesselte Ewanna und sie näherte sich fasziniert der mystisch anmutenden Apparatur. Ein leises Ticken ging von ihr aus.

»Es läuft mit einem umgebauten Uhrwerk«, beantwortete Sudette ihre noch ungestellte Frage.

»Und wie kommt das Leuchten zustande?«, fragte Ewanna und deutete auf die Sonne.

»Feuer«, erklärte Sudette. »Purson selbst hält es permanent mit seiner Macht am Strahlen.«

»Warum? Wäre es nicht sinnvoller, einen Mechanismus dafür zu entwickeln, anstatt seine Kräfte darauf zu verschwenden?«

Die Pleu gab einen Laut von sich, den Ewanna irgendwo zwischen einem Schnauben und Kichern einordnete. »Wisst Ihr, es gibt wenige Dinge, zu denen wir Bizach eine Art sentimentale Beziehung aufbauen. Für den Tam ist es dieses Modell. Und bevor du fragst: Ich weiß nicht warum«, sagte sie.

Begeistert beobachtete Ewanna weiterhin die gleichmäßigen Bewegungen der Planeten, bis ein ungeduldiges Zungenschnalzen von Sudette sie aus der Bewunderung riss.

Die Pleu saß an einem Tisch an der Wand und deutete auf den Platz ihr gegenüber. »Ab jetzt sind die Höflichkeiten vorbei.«

»In Ordnung«, sagte Ewanna und setzte sich, wenn auch ein wenig besorgt, wie wohl Sudettes unhöfliche Seite aussehen würde.

»Wie ich sehe, hat Purson dir deine Karten gegeben«, sagte die mit Blick auf den schwarzen Beutel.

»Ja.« Ewanna hob das Säckchen ein Stück höher. Nach wie vor war sie sich unsicher, was sie damit anfangen sollte.

Sudettes Augen flackerten in dem matten Lichtschein wie zwei Kerzen, doch strahlten, wenn überhaupt, nur schwach. Mit einer legeren Handbewegung entzündete sie die Gaslampen und die bis eben noch vorherrschende, gemütliche Stimmung verflog. Der Raum erstrahlte und eine dunkelgrüne Wand mit goldenem Weinrebenmuster kam zum Vorschein. »Kennst du die Fähigkeiten der sieben Sekundärelemente?«, fragte Sudette.

»Gold lässt jemanden die Vergangenheit, Gegenwart und Zukunft sehen«, antwortete Ewanna, als hätte sie den Text aus einem Lehrbuch auswendig gelernt. Bei den übrigen Elementen musste sie tiefer in ihrer Erinnerung wühlen. Die Schulzeit lag schon lange hinter ihr und in der Anstalt hatte man es nicht für nötig erachtet, ihr irgendetwas beizubringen. »Eisen bringt Blutler, Schwefel Nekromanten, Silber Geistler hervor ...« Sie kam ins Stocken. Die drei verbleibenden Elemente waren Blei, Zinn und Quecksilber, so viel wusste sie noch, doch deren Befähigungen waren ihr bei weitem nicht so geläufig. Schwefel und Eisen hatte sie immer gut herleiten können. Schwefelgeruch assoziierte sie mit dem Tod und Eisen war ein Bestandteil des Blutes. Silber war ihr durch Zufall noch eingefallen, aber der Rest …

»Es tut mir leid, aber mehr weiß ich nicht«, gab sie offen zu.

Sudette presste kurz missfallend die Lippen zu einer schmalen Linie zusammen. »Blei bringt Paktler hervor, die die Fähigkeiten anderer Begabter verstärken oder schwächen können. Zinn ermöglicht Stoffmanipulation und Quecksilber ist das Element der Beherrschung«, erklärte sie gelangweilt. »Mit dir werde ich wohl alle Grundlagen durchgehen müssen. Hat man dir denn gar nichts beigebracht?«

Bevor Ewanna auch nur den Mund öffnen konnte, zeigte Sudette mit einer Kralle auf den schwarzen Samtbeutel, an den sie sich noch immer klammerte, als könnte er ihr Schutz bieten.

»Hol die Karten raus und mische sie, dann halte sie in deiner Linken und bilde drei gleichmäßige Stapel.«

»Warum die linke Hand?«, fragte Ewanna.

»Sie ist näher an deinem Herzen.«

»Spielt das eine Rolle?«

»Sonst würde ich dich nicht dazu auffordern«, knurrte Sudette.

Ewanna wertete dies als ein Zeichen dafür, dass sie zu viel fragte. Also konzentrierte sie sich darauf, der Anleitung so gut es ging nachzukommen. Sie stellte sich beim Mischen jedoch ausreichend ungeschickt an, um von Sudette ein genervtes Augenrollen zu ernten, bevor sie schlussendlich die geforderten drei Stapel vor sich platzierte.

»Pack die Karten wieder zusammen und konzentriere dich auf Purson«, sagte ihre Ausbilderin.

Wieder zusammenpacken? Ewanna konnte sich beim besten Willen nicht erklären, was diese Übung zeigen sollte. Ihre Fingerspitzen berührten die Karten. Gleichzeitig konzentrierte sie sich auf den Tam, seine absurd angenehme Stimme, die Krallen und flammenden Haare. Dieser Teil der Übung fiel ihr leicht. Unvermittelt begannen ihre Finger zu kribbeln. Das Gefühl kroch ihren Arm hinauf, bis zu ihrer Brust. Instinktiv schloss sie die Augen und wusste, welche Karte sie ziehen musste. Sie ließ sie zwischen sich und Sudette auf den Tisch fallen.

Die Pleu lächelte zufrieden.

Da Ewanna nicht verstand, was die Karte bedeutete, betrachtete sie nur stirnrunzelnd die Abbildung.

»Tarotdecks bestehen aus genau achtundsiebzig Karten«, erklärte Sudette überraschend ruhig. »Sie können grundsätzlich jeden mentalen Zustand und jedes Gefühl abbilden. Wir beide betrachten gerade die gegenwärtige Repräsentation von Purson.« Eine ihrer Krallen strich beinahe liebevoll über den Rand der Karte.

»Der Herrscher«, las Ewanna die Unterschrift des Bildes.

»Disziplin und Ordnung«, erläuterte Sudette. »Das ist die Bedeutung der Karte. Kennst du die Eigenschaften der vier Primärelemente?«

Die vier Primärelemente waren Feuer, Wasser, Erde und Luft. Menschen und Bizachrei besaßen ausgeglichene Werte, doch Bizach hatten stets ein dominantes Element. Ewanna erinnerte sich gut an die ersten Lektionen aus der Elementarschule. Feuerbizach hießen Pleu, Wasserbizach wurden als Tuk bezeichnet, Erdbizach als Ndei und Luftbizach als Kyal. Sie wusste, dass den vier Elementen spezifische Persönlichkeitseigenschaften zugeschrieben wurden. Aber welche genau, daran konnte sie sich nicht mehr erinnern. Frustriert schüttelte Ewanna den Kopf. Allmählich schämte sie sich für ihre Wissenslücken. Wenn sie in einer Schule gewesen wäre, hätte sie solche Dinge jetzt gewusst. Aber das war sie nicht und das tat sie nicht. Sie konnte nichts dafür, dass sie die letzten fünf Jahre ihres Lebens in einer weißen Zelle verbracht hatte, trotzdem kam sie sich verantwortlich vor.

»Feuer ist willensstark, aufbrausend, leidenschaftlich und zerstörerisch«, erklärte Sudette nach einer Weile, in der Ewanna stumm blieb. »Tam Purson ist einer der mächtigsten, wenn nicht sogar der mächtigste Pleu in Sidarap. Je stärker das Feuer, desto schwerer sind seine Eigenschaften zu beherrschen. Der Feuerbizach auf der anderen Seite dieses Hauses ist ein Meister der Selbstdisziplin. Die wenigsten Pleus erreichen sein Alter, die meisten bringen sich zuvor selbst um.« Sie senkte die Stimme zu einem Flüstern und tippte erneut auf die Karte. »Er ist nicht böse, Ewanna, doch an deiner Stelle würde ich niemals seine Geduld herausfordern.«

Zum ersten Mal verwendete Sudette ihren Vornamen.

Mit einem Knall flog die Tür hinter Ewanna auf und ließ sie heftig zusammenzucken. Sudette schnalzte missbilligend mit der Zunge. Eine Frau kam auf hohen Absätzen in den Raum gestakst. Purson folgte ihr. Er sah nicht erfreut aus.

»Wenn das nicht dein kleines Schimmerblut ist«, sagte die Unbekannte und lächelte. Ihre Zahnreihen waren nicht so spitz wie die der Feuerbizach, doch die zwei unnatürlich langen Eckzähne, die selbst bei geschlossenem Mund zwischen ihren knallrot bemalten Lippen hervorblitzten, wiesen sie zweifelsfrei als nichtmenschlich aus. Wesentlich beeindruckender fand Ewanna die blütenweißen Flügel auf dem Rücken der Frau. Die Schwingen waren fast so groß wie die Bizach selbst. Die Unbekannte streckte eine Hand aus und ließ Ewanna durch die Geste erschrocken zurückweichen. Ihre Finger waren rabenschwarz und mündeten in lange goldene Nägel. Kaum hob Ewanna zögerlich ihre Hand, schnappte die Luftbizach danach und schüttelte sie energisch.

»Ich bin Belia. Es freut mich, dass wir uns auch kennenlernen, obwohl Purson da hinten dich lieber für sich allein haben möchte.«

Belia. Der Name hallte in Ewannas Kopf wider und eine Erinnerung drängte sich in den Vordergrund. Belia Luchkyal. Vor ihr stand die Tam des angrenzenden Stahlbezirks.

Die Kyal zeigte zur Untermalung ihrer Worte mit einem Daumen über die Schulter auf Purson, der mit gebleckten Zähnen neben der Tür stand. Die Augen des Tams glühten unheilverkündend. Belias Auftritt schien ihn zu verärgern. Seine Reaktion verunsicherte Ewanna. Wie sollte sie sich der Neuen gegenüber verhalten?

»Jetzt hast du sie gesehen, Belia. Wenden wir uns den wichtigen Themen zu«, erklang seine unvergleichlich seidige Stimme, ohne dass er jedoch seine Haltung änderte.

Die Kyal kicherte. Der graue Nebel, der in ihren Augen waberte, wurde heller. »Mein lieber Purson, du willst mir doch wohl nicht erzählen, dass ein Schimmerblut *nicht* das Wichtigste sei, was wir auf der Tagesordnung haben könnten.«

»Du hast recht, sie ist *mein* Schimmerblut, in meinem Bezirk. Mit *unseren* Themen hat sie also nichts zu schaffen«, knurrte er.

Belia ließ Ewannas Hand los. »So besitzergreifend«, brummte sie. »Aber das Mädchen ist doch keine Gefangene, oder?«

»Was hast du vor?«, fragte Purson skeptisch.

Belia ignorierte ihn und wandte Ewanna erneut ihre ganze Aufmerksamkeit zu. »Weißt du, Liebes, ich besitze einige Lokale, in denen du mich gern jederzeit besuchen kommen kannst, wenn dir hier die Decke auf den Kopf fällt.«

Ihre goldenen Fingernägel fischten eine Visitenkarte aus ihrem Dekolleté und hielten sie ihr hin.

Purson grollte leise, wurde aber von allen ignoriert.

Weiße Lettern auf schwarzem Papier strahlten Ewanna an. ›Himmel und Hölle‹ verkündete die Aufschrift zwischen zwei schematischen Flügeln. Darunter stand eine Adresse.

Belia tippte mit dem langen Nagel ihres Zeigefingers sachte darauf. »Dort findest du mich jeden Abend ab acht Uhr.«

Sie zwinkerte Ewanna zu und stakste dann Richtung Ausgang davon. »Beruhige dich, ich bin schon fertig«, sagte sie im Vorbeigehen zu Purson.

Der hatte die Hände zu Fäusten geballt und schien kurz davor, zu explodieren. »Lass Miss Kovanova nicht einen Moment aus den Augen!«, herrschte er Sudette an. ›Sonst kratze ich dir diese nutzlosen Dinger aus‹, schien sein wütender Blick noch hinzuzufügen, bevor er den Raum verließ und die Tür energisch hinter sich ins Schloss knallte.

»Was war das?«, fragte Ewanna verdattert.

Sudette seufzte schwer. »Das war Belia. Die Tam des Stahlbezirks und immer mal wieder Pursons Geliebte. Ich habe allerdings den Überblick über deren Beziehungsstatus verloren. Der ändert sich bei den beiden stündlich. Wenn du mich fragst, ist sie eine Plage. Und seit sie weiß ...« Sudette winkte ab und kratzte am Ansatz eines ihrer Hörner. »Nicht so wichtig, aber neuerdings versucht sie, sich auf Schritt und Tritt an Pursons Fersen zu heften. Anscheinend glaubt sie, sie hätte ein Mitspracherecht, nur, weil die beiden sich in einer politischen Meinung über Sidarap einig sind.«

»Das hört sich jetzt nicht unbedingt schlecht an«, kommentierte Ewanna vorsichtig.

»Wenn sie etwas beitragen würde«, fügte Sudette hinzu und wirkte für einen Moment in ihre Gedanken versunken.

Ewanna nutzte die Gelegenheit einer beinahe normalen Konversation mit ihrer Ausbilderin, um eine Frage zu stellen, die sie seit ihrer Ankunft beschäftigte. »Was für eine Position hast du bei Purson inne?«

»Ich bin seine Zweite, seine *Teatro*, und damit Mädchen für alles.«

»Dann bist du ähnlich mächtig wie er?« Bei der Frage fiel Ewanna auf, dass sie zum zweiten Mal in die informelle Anrede gerutscht war. Bisher schien sich Sudette glücklicherweise nicht daran zu stören.

Die Bizach richtete sich auf und straffte die Schultern. »Zieh eine Karte, dann weißt du es.«

Ewanna legte die Herrscherkarte zurück in den Stapel und mischte erneut. Sie hielt sich penibel an die Anweisung, die Sudette ihr einige Minuten zuvor gegeben hatte. Es war ihr wichtig, den Frieden zwischen ihnen zu wahren. Das machte alles deutlich angenehmer.

»Ritter der Stäbe«, las sie die Unterschrift der Karte laut vor. »Was bedeutet das?«

Die Bizach streckte ihr eine Hand entgegen und Ewanna ließ den restlichen Kartenstapel hineingleiten.

Sudette drehte die Karten herum und legte weitere neben den Ritter der Stäbe. »Page, Ritter, Königin, König«, las sie vor. »Das Tarot ist nicht umsonst in vier Farben geteilt, wie jedes andere Kartenspiel. Doch im Gegensatz zu gewöhnlichen Spielkarten sind die Farben des Tarots den Elementen zugeordnet. Stäbe symbolisieren Feuer. Neben den Karten von Ass bis Zehn gibt es zu jeder Farbe die sogenannten Hofkarten. Die Hofkarten der Stäbe liegen nun vor dir.«

»Page, Ritter, Königin und König der Stäbe«, wiederholte Ewanna die Titel der Karten.

Sudette nickte. »In dieser Reihenfolge. Die Hofkarten symbolisieren immer den Prototypen einer Person mit bestimmten Eigenschaften.«

»Und was bedeutet der Ritter?«

»Der Ritter ist mächtig wie der König, aber unerfahren wie der Page und zudem besonders ungestüm«, sagte sie und lächelte verschmitzt.

Merkwürdigerweise fühlte sich Ewanna von der Mimik nicht sonderlich beruhigt. »Ich verstehe.«

Es waren die einzigen Worte, die sie als Antwort hervorbringen konnte. Ihr Kopf qualmte und sie hatte mit Sicherheit schon wieder mehr als die Hälfte von dem vergessen, was Sudette ihr erklärt hatte. Doch zumindest machte sie sich im Geiste eine Notiz, neben Pursons auch Sudettes Geduld besser nicht auf die Probe zu stellen.

13. Ein unmoralisches Angebot

Die Nacht stand kurz davor, in den Morgen zu münden, als Terry aus der Tür seiner Stammkneipe torkelte. In seinem Mundwinkel hing eine verbogene Kippe, die er vor einer halben Stunde vergeblich zu entzünden versucht und seither vergessen hatte. Die kühle Nachtluft prickelte auf seinen Wangen und er verzog das Gesicht. Brummend stützte er sich am Eisenzaun eines der zahlreichen städtischen Vorgärten ab.

»Mister Dalton.«

Terry kniff die Augen zusammen. Hatte da jemand gerade seinen Namen genannt oder war das nur Einbildung? Die Stimme kam ihm vage bekannt vor, aber dass musste bei seinem Pegel nichts heißen.

»Sie sehen ganz schön mitgenommen aus.«

»Ging mir nie besser«, lallte er, ohne sicher zu sein, ob da wirklich jemand war.

Terry konnte das herzlich egal sein, er hatte andere Probleme. Der Boden schien permanent in Bewegung zu sein, was den aufrechten Gang erschwerte. Immer wieder packte er die kühlen, rückversichernden Metallstäbe des Vorgartenzauns, um sich vor einem Fall zu bewahren.

»Mister Dalton.«

Waren das Absätze, die da über den Asphalt klackerten? Welche Frau sollte sich um diese Uhrzeit noch auf den Straßen dieser verfluchten Stadt herumtreiben? Ein Schatten überholte ihn und versperrte ihm den Weg. »Was zum …?« Terry verengte die Augen zu Schlitzen und starrte auf die Gestalt. Vor ihm stand die kleine Praktikantin von den Tagesthemen. Skelett oder so ähnlich.

Angestrengt stöhnte er. »Hartnäckig sind Sie, Miss.«

»Nun, ich sagte, ich habe ein Angebot für Sie, und es tut mir leid, aber ›nein‹ ist keine Option.«

»Doch«, erwiderte Terry, schwankte prekär zurück und klaubte eine Schachtel Streichhölzer aus der Jackentasche. Vielleicht könnte er mithilfe des Zauns als Stütze seine alte Kippe doch noch entzünden. Die verfluchte Packung ließ sich kaum öffnen. Ungeschickt fummelte er daran herum, dann fiel sie zu Boden. »Scheiße …«

Er wollte sich bücken, da spürte er einen Widerstand auf der Brust. Eine Hand. Nicht seine.

»Lassen Sie mich«, sagte die Journalistin und hob die kleine Schachtel für ihn auf. Sie nahm eines der Streichhölzer heraus und entzündete es. Dankbar reckte Terry ihr seine krumme Kippe entgegen und inhalierte genüsslich den langersehnten ersten Zug.

»Hören Sie mir jetzt zu?«, fragte sie.

»Kurz«, entgegnete er betont gleichgültig und lehnte sich in einer, wie er hoffte, lässigen Pose an den Zaun. Tatsächlich war er dankbar für den Vorwand, sich erneut irgendwo abstützen zu können.

Sie räusperte sich und straffte die Schultern.

»Vor drei Wochen tauchte Adonai bei den Tagesthemen auf und wollte aus heiterem Himmel mit mir sprechen. Er meinte, ich solle Sie finden, Mister Dalton. Erklärte mir, Sie würden bald entlassen werden. Dann sagte er, wir bräuchten einander und müssten eine Abmachung treffen, um unser beider Ziele zu erreichen.«

Terry schnaubte abfällig. »An Ihrer Stelle würde ich diesem Wicht kein Wort glauben.«

»Sie sprechen von dem Unfehlbaren, das ist Ihnen klar?«

»Klar wie Gin«, murmelte Terry.

»Haben Sie ihn je getroffen?«

»Einmal, danach hatte ich einen toten Bruder mehr, aber den Teil meiner Geschichte kennen Sie ja schon.«

Stille folgte den Worten. Terry nutzte den Moment, um einen weiteren tiefen Zug zu nehmen. Das leise Knistern des Tabaks klang wie Musik in seinen Ohren.

»Mister Dalton, ich kann mir nicht vorstellen, dass Adonai …«

»Ach ja?«, fragte Terry und stieß sich vom Zaun ab. »Kennen Sie ihn so gut?« Vor der Frage war er nahe an sie herangetreten und registrierte erstaunt, dass sie nicht zurückwich. Sie verzog nicht einmal die Miene, als er aus nächster Nähe mit ihr sprach und dabei musste er wahrlich bestialisch riechen.

»Nein«, sagte sie schlicht und presste ihre Lippen kurz zu einer dünnen Linie zusammen. »Aber ich glaube, ich kann *Sie* einschätzen, Mister Dalton. Adonai hat mich nur in Ihre Richtung gewiesen, aber das hat nichts mit ihm zu tun. Das ist eine Sache zwischen Ihnen und mir, denn ich weiß, was ich will.«

»Ist das so?«, fragte er. Sein Blick hatte sich in den Bewegungen ihrer Lippen verfangen. Sie waren rot bemalt, die Unterlippe ein wenig voller als die Oberlippe. Ein wahrlich verführerischer Anblick.

»Sie wollen doch auch nicht für den Rest ihrer Tage in den Hallen arbeiten. Ich hörte, Sie seien ein Mann mit Ambitionen«, beharrte sie.

»Gewesen«, murmelte Terry. »Und eher ein Junge denn ein Mann, um korrekt zu sein.«

Ihre Lippen verzogen sich zu einem koketten Lächeln.

Oh, jetzt wollte er sie küssen. Noch während er den Gedanken hatte, nahm er die Kippe aus dem Mundwinkel und gab dem Drang nach. Verblüfft stellte er fast, dass sie weder erschrak, noch ihm augenblicklich eine Ohrfeige verpasste. Sie schmeckte süß und fühlte sich so warm und weich an, dass er sich in diesem Gefühl hätte verlieren können, hätte sie ihn nicht kurz darauf an den Schultern gepackt und entschieden von sich geschoben.

»Nun gut, ich denke das bedeutet, die Stadtwacht hatte nicht viele Frauen im Ketterer.«

»Zu wenige«, lallte Terry und klemmte sich den Glimmstängel wieder zwischen die Lippen.

Sie holte eine neue Visitenkarte aus ihrem Kostüm und steckte sie Terry in die Brusttasche seiner Arbeiterjacke. »Ich erwarte Sie in ein paar Stunden im Büro der Sidarap Tagesthemen, Mister Dalton. Bitte sehen Sie dieses Mal davon ab, meine Kontaktdaten einem Ihrer bedürftigen Kollegen weiterzugeben.«

Terry grinste. »Ich denke drüber nach.«

»Seien Sie vernünftig und glauben Sie mir, wenn ich Ihnen sage, dass es sich für Sie lohnen wird. Guten Tag.« Bei diesen Worten hörte er, wie sich ihre Absätze im Marschtempo entfernten.

»Die ist schmerzlos«, lallte er in die einsame Dunkelheit. Dann warf er sich ins Gefecht. Es nannte sich Heimweg.

Sieben Stunden, eine Kanne Kaffee und eine Dusche später stand Terry mit heftigen Kopfschmerzen, aber frisch eingekleidet und mit einer Sonnenbrille auf der Nase inmitten der Redaktion der Sidarap Tagesthemen.

Wo beim Arsch des Unfehlbaren steckte das Mädchen jetzt?

Links und rechts von ihm erstreckten sich endlose Tischreihen mit aufgeregt tippenden Männern und Frauen. Andere Mitarbeiter liefen eilig umher und Telefone klingelten wild durcheinander.

»Urgh, das ist die Hölle«, stöhnte Terry und rieb sich die pochenden Schläfen.

»Mister Dalton, Sie sind wirklich gekommen.«

Langsam wandte er den Kopf und entdeckte rechts neben sich die erfreut dreinblickende Emma Skelling.

»Sie haben mir ja praktisch keine Wahl gelassen, es sei denn, ich habe Sie mir letzte Nacht nur eingebildet.«

Ihre wie immer farbig betonten Lippen verzogen sich zu einem schmalen Lächeln. »Folgen Sie mir, mein Platz ist da hinten.«

Ihre schwarzen Haare waren perfekt frisiert und sie trug heute ein marineblaues Kostüm. Sie sah aus wie die rebellische Tochter einer reichen Familie. Zu reich, um ihren Willen nicht zu bekommen, aber immer noch zu sehr Frau, um wirklich eine berufliche Perspektive in dieser Tipp-Verdammnis zu haben. Sie führte ihn zu einem ordentlichen Schreibtisch in der allerhintersten Ecke des riesigen Büros.

»Scheint so, als seien Sie wirklich nur die Praktikantin«, sagte er, ließ sich auf den bereitstehenden Besucherstuhl fallen und legte die Beine auf dem Tisch ab.

Die Journalistin blieb stehen und warf ihm einen pikierten Blick zu. »Mister Dalton, ich bin Volontärin und nicht Praktikantin. Das ist ein Unterschied. Bitte nehmen Sie Ihre Füße von meinem Schreibtisch.«

Er grinste breit, kam ihrer Aufforderung jedoch nach. »Also, wie lautet nun das Angebot, das ich nicht ablehnen kann?«

Emma ließ sich ebenfalls sinken und sah sich verstohlen um. »Ich will erfolgreich sein.«

Verschwörerisch beugte sich Terry vor und senkte die Stimme. »Adonai bewahre!«

»Machen Sie sich über mich lustig?«, fragte sie in ernstem Ton.

Er schnappte sich einen gläsernen Briefbeschwerer und besah ihn sich von allen Seiten.

»Würde mir nicht einmal im Traum einfallen«, sagte er, achtete jedoch genauestens darauf, seiner Stimme die deutlichste Note von Ironie beizumischen, zu der er in der Lage war.

Emma lehnte sich blitzschnell über den Schreibtisch, riss ihm die Glaskugel wieder aus der Hand und legte diese an ihren angestammten Platz zurück. »Sie nehmen das besser ernst, Mister Dalton.«

Terry kicherte und deutete mit einer Geste in das Büro. »Sie wollen wirklich *hier* Karriere machen?«

»Ist das verwunderlich?«, fragte sie und setzte sich etwas aufrechter hin.

»Haben Sie sich mal umgesehen? Die ganzen Telefone und Schreibmaschinen sind reine Folter für jedes Paar Ohren.«

»Sie haben einen Kater, Mister Dalton«, entgegnete sie nüchtern, doch er winkte ab.

»Das ändert nichts an meiner Einschätzung.«

Sie senkte den Blick auf die Tischplatte und atmete tief ein, als müsste sie sich sammeln. »Sie wollten auch einst erfolgreich sein.«

»Schon, aber nicht als Tippse.«

»Nein, Sie zogen es vor, das Gesetz zu brechen und Ihren Bruder kaltblütig zu ermorden. Das ist natürlich viel besser«, giftete sie aufgebracht, doch schlug sogleich erschrocken die Hand vor den Mund. »Ich wollte nicht … Es tut mir …« Ihre Wangen erröteten.

Terry erstarrte, doch zwang sich ein Lächeln auf die Lippen. »Sie brauchen sich für Ihre niedere Meinung von mir nicht zu entschuldigen. Aber wissen Sie, wie es ist, in Sidaraps Waisenhaus aufzuwachsen, Miss Skelling?«

Sie schüttelte den Kopf und wich seinem Blick aus.

»Natürlich nicht«, höhnte er. »Sie scheinen mir Papas Tochter aus wohlbehütetem Hause zu sein. Ein bisschen rebellisch vielleicht, mit einem Geschmack für Nervenkitzel, indem Sie hier arbeiten und Profit aus den tragischen und schockierenden Geschichten von wertlosem Abschaum wie mir schlagen.«

Auf diese Worte herrschte eine Weile betretenes Schweigen. Schließlich räusperte sie sich. »Falls es Sie beruhigt, Mister Dalton, mein Vater ist fuchsteufelswild wegen meiner Berufswahl. Er hat mich enterbt und weigert sich, mit mir zu sprechen, solange ich nicht bereit bin, mich in ein ›angemessenes‹ Leben zu fügen.«

Terry schnaubte. »Erwarten Sie keine Tränen.«

»Und ich halte Sie nicht für Abschaum, Mister Dalton.«

Er verschränkte die Arme vor der Brust und zog es vor, nicht darauf zu antworten.

Emma wartete eine Weile, doch Terry blieb beharrlich stumm. »Ich denke, wir können einander aus der Misere holen.«

»Wie das?«

»Nun, Sie tun, was Sie immer tun wollten: Verbrechen begehen, Geld stehlen und was auch immer jemand wie Sie so anstellt.«

»Und Sie?«

»Ich sitze hier und tippe. Aber anstatt über das Radioprogramm und entlaufene Haustiere zu berichten, schreibe ich über Sie. Verstehen Sie, worauf ich hinaus will?«

Eine Weile ließ er sich ihre Worte durch den Kopf gehen, dann nickte er langsam. »Sie bekommen die Informationen aus erster Hand und schreiben eine gute Story nach der nächsten für Ihre Beförderung und ich erhalte die notwendige Aufmerksamkeit, um mir einen Namen zu machen.« Aus seiner Westentasche zog er einen Zehnergroschen und warf ihn gedankenverloren in die Luft. Ein eigenartiges Gefühl ergriff ihn. Aufregung? Nein. Begeisterung? Nein. Überzeugung oder Ehrgeiz? Schon eher.

»Das könnte sogar funktionieren.«

Emma beugte sich über den Schreibtisch. Ihre dunkelgrünen Augen glänzten erwartungsvoll. »Das könnte es nicht nur, Mister Dalton. Das wird es.«

14. Unverzeihlich

Nachts wurden nur die zwölf Hauptstraßen von Sidarap ausreichend beleuchtet, um nächtlichen Spaziergängern eine Illusion von Sicherheit zu vermitteln. Doch Sicherheit hatte in Sidarap nichts mit den Lichtverhältnissen zu tun.

Zanaa stand im Schatten einer Seitengasse und beobachtete die sechste Straße auf der Suche nach Beute. Byleth benötigte neues Forschungsmaterial für ihre Nekromantieexperimente, und was die Tam des Schwefelbezirks brauchte, stand seit fünf Jahren auch für Zanaa an der Spitze ihrer Bedürfnisse.

Während Byleths andere Schergen Jagd auf Menschen und insbesondere Kinder machten, bestand Zanaas Rolle in diesem Albtraum darin, Vertreter ihrer eigenen Rasse einzufangen. Oder vielmehr jener Spezies, der sie vor ihrem Tod angehört hatte. Darüber, was sie jetzt war, konnte sie nur spekulieren.

Eine Eingangstür klapperte. Ein Ndei verließ seinen Vorgarten und folgte zügigen Schrittes dem Straßenverlauf.

Zanaa heftete sich lautlos an seine Fersen. Sie fühlte sich leer und unvollständig. Ihre Tage waren zu einem endlosen Kreislauf aus Byleths Befehlen und einem unerklärlichen Schmerz in ihrem nicht mehr vorhandenen Herzen geworden. Ihr Körper fehlte ihr. Zanaa glaubte, dass ihre Trauer und ihre Sehnsucht darin begründet lagen.

Vielleicht würde sie deswegen eines Tages den Verstand verlieren und zu einer körperlosen, kreischenden Furie werden. Wer wusste das schon? Bisher war sie die Einzige ihrer Art. Wie lang sollte sie so existieren? Seit ihrem Tod waren fünf Jahre vergangen. Die Zeit seither kam ihr vor wie eine Ewigkeit. Zanaa hatte zuvor tausende Jahre gelebt. Sie wusste also, was das Wort Ewigkeit bedeutete. Wie sollte einer der jungen Bizach das aushalten, wenn nicht einmal sie sicher war, wie lange sie noch bei Verstand bleiben könnte? Aber das zu hinterfragen, war nicht an ihr. Sie konnte sich Byleth nicht widersetzen und – bei Adonai! – sie hatte es versucht. Der Erdbizach bog in eine ruhigere Seitenstraße ab, in der es weniger Fenster und somit weniger potenziell neugierige Zuschauer hinter ordentlichen Spitzengardinen gab.

Zanaa nutzte die Gelegenheit und wurde eins mit der Luft. Ihre Fähigkeiten hatten sich mit ihrem Ableben verändert. Früher hatte sie die Luft kommandiert, nun konnte sie wortwörtlich zu einem Teil ihres Elements werden. Sie heftete sich an dessen kleinste Bestandteile und ließ sich tragen, wohin sie wollte, oder in ihrem Fall meistens: sollte. Aber das Beste war, dass die Fähigkeit nicht nur für sie funktionierte, sondern auch für andere. Alles, was sie tun musste, war jemanden in ihrem halbkörperlichen Zustand zu berühren.

Direkt vor dem Ndei sprang sie aus der Luft und materialisierte sich. Noch bevor er einen überraschten Laut von sich geben konnte, packte sie ihn und entmaterialisierte sie beide. Nur einen Augenblick später landeten sie in Byleths selbstproklamiertem Thronsaal. Die Tam des Schwefelbezirks räkelte sich auf dem aus schwarzem Stein gehauenen Platz, ein Bein locker über die Lehne gelegt und ihre Fingernägel feilend.

Der Erdbizach stand kurz mit offenem Mund da und brachte dann panisch mehrere Schritte Abstand zwischen sich und Zanaa. »Woah … was … was bist du?« Abwehrend hob er die Hände.

Zanaa hörte seinen rasenden Herzschlag und sein verängstigter Blick versetzte ihr einen Stich.

»Sie ist dein Schicksal«, antwortete Byleth gelangweilt von ihrem Platz aus. »Bringt den Dolch«, befahl sie im nächsten Moment drei untoten Wachposten. Erst als die sich in Bewegung setzten, schien dem Ndei aufzugehen, dass Zanaa nicht die einzige anormale Kreatur im Raum war.

»Sind ... Was geht hier vor sich?«, fragte der Erdbizach und nun schien Ärger die Oberhand in ihm zu gewinnen. »Byleth Spaantuk, Ihr seid eine Tam von Sidarap! Weiß Adonai hiervon?«

In einer blitzschnellen Bewegung ließ die Tam ihre Nagelfeile durch den Raum sausen. Das ungewöhnliche Geschoss durchbohrte glatt die Schulter des Ndei. Da Erdbizach über eine besonders harte Haut verfügten, war der Anblick für ihn wie für Zanaa überraschend. Die Feile musste ihn genau im richtigen Winkel getroffen haben – oder im falschen, je nach Perspektive – andernfalls wäre sie mit Sicherheit nur unspektakulär von ihm abgeprallt.

Der Ndei brauchte einen langen Moment, um zu verstehen, was geschehen war. Fassungslos starrte er auf die Wunde und sein daraus hervorquellendes Blut hinab, dann verzog er das Gesicht und stöhnte schmerzerfüllt auf.

Byleth hatte sich zwischenzeitlich erhoben und kam in einer fließenden, aber unendlich langsamen Bewegung die Stufen vor ihrem Thron herabgestiegen.

»Adonai ist der Unfehlbare«, verkündete sie. »Zweifelst du daran? Oder bist du so naiv zu glauben, dass Gott nur Gutes täte?«

Der Erdbizach antwortete nicht. Doch seine Antwort schien weder erwartet noch von Belang zu sein, denn Byleth wandte demonstrativ ihre Aufmerksamkeit den zurückkehrenden Wachen zu. Einer von ihnen trug ein unscheinbares schwarzes Kästchen auf dem Arm.

»Ah!«, rief Byleth erfreut. »Bringt ihn zu Zanaa.«

Zanaa spürte die pulsierende Macht des Dolches durch das Kästchen hindurch. Sie fühlte sich falsch und widernatürlich an. Vielleicht nur deshalb, weil die Klinge ihr den Tod gebracht hatte, aber in ihrer Nähe zu verweilen war Zanaa zuwider. Instinktiv wich sie zurück.

Byleths Miene verzog sich zu einer wütenden Grimasse. »Zanaa Maskyal, bleib verdammt nochmal stehen und nimm den Dolch an dich.«

Zanaa erstarrte an Ort und Stelle. Trotz aller Bemühungen wollten ihre Beine ihr nicht mehr gehorchen. Sie war in ihrem eigenen Geist auf die Zuschauerbank verbannt worden und konnte nur panisch zusehen, wie die Wachen näher kamen und das Kästchen öffneten.

Der Dolch schimmerte bläulich und weiße Lichtpunkte tanzten wie ein Puls über seine makellose Oberfläche. Für Zanaa bestand kein Zweifel daran, dass die Klinge irgendwie lebendig war. Voll Terror, als würde sie sich dabei beobachten, wie sie ihre Hand in ein offenes Feuer hielt, packte sie den Griff des Dolches und ein abstoßendes Gefühl durchfuhr sie. Es war so sicher wie Adonais Unsterblichkeit, dass diese Klinge nicht existieren durfte. Jemand musste sie direkt aus den Klauen der Hölle gerissen haben.

»Töte ihn. Mach ihn zu deinem Sklaven«, erklang Byleths Stimme wie aus weiter Ferne.

Zanaa wandte sich zu dem Ndei um, der sie mit weit aufgerissenen Augen anstarrte. Offensichtlich gefiel ihm nicht, was er in ihrem Blick sah, denn er machte auf dem Absatz kehrt und rannte davon.

Byleth kicherte. Natürlich wusste sie, was geschehen würde.

Zanaa entmaterialisierte sich und tauchte direkt vor dem Ndei wieder auf, sodass der geradewegs in ihren Dolch rannte. Die Klinge versank bis zum Heft in seinem Rumpf und er sackte auf die Knie. Zanaa tat es ihm gleich. Sie spürte nichts von dem warmen

Blut, das über ihre Hand floss und zu Boden tropfte. »Es tut mir leid«, hauchte sie.

Er schnaubte gurgelnd. »Ich hoffe, du brennst in der ewigen Verdammnis.«

Immer weiter sackte er zusammen, lehnte sich auf ihre Schulter, bis ihn seine Lebenskraft verließ. Byleth kam herbeigeschlendert. »Das war doch gar nicht so schwer, Liebes. Wie fühlt sich die Klinge jetzt an?«

Zanaa zog den Dolch aus dem Toten und wog das pulsierende Metall vor sich in der Hand.

»Weniger … falsch«, murmelte sie und war selbst von ihren Worten irritiert.

»Hervorragend. Gib den Wachen den Dolch zurück und dann bring unseren Freund in eine der Zellen, damit er in Ruhe aufwachen kann.«

Zanaa neigte den Kopf. »Wie Ihr wünscht.«

15. Treffen bei Mitternacht

Schweißdurchtränkt und wild um sich schlagend schreckte Ewanna aus dem Schlaf hoch. Ihr Handgelenk knallte gegen einen der Bettpfosten und ließ sie schmerzerfüllt wimmern. Die Hand umklammert lag sie eingerollt zwischen den Laken des großen Bettes. Sie war nicht gefesselt, trug keine Zwangsjacke.

Niemand kam und drückte ihr gefühllos eine Nadel in den Arm, damit sie sich beruhigte. Nur Stille, Schwärze und auf ihrer Haut klebender, feuchter Stoff umgaben sie. Allmählich ebbte das unangenehme Pochen in ihrem Handgelenk ab. Sie drehte sich auf den Rücken und betrachtete den Baldachin des Himmelbettes, der sich wie eine schützende Hand über ihr wölbte. Während sie so dalag, wandelte sich dieses behütete Gefühl in etwas Erdrückendes. Ein Gewicht breitete sich auf ihrer Brust aus und sie bekam Angst, nicht mehr atmen zu können. Sie musste aufstehen!

Eilig stellte sie sich an die Bettkante und japste, als wäre sie einen Marathon gerannt. Eine Hand krallte sie in den Stoff ihres Hemdes, an der Stelle, unter der ihr Herz wild trommelte. Vielleicht hatte man sie freigelassen, doch ein Teil der Anstalt war ihr gefolgt.

Zitternd durchquerte sie die Dunkelheit und betrat das Badezimmer. Sie warf sich an dem marmornen Waschbecken einige Hände kühlen Wassers ins Gesicht, dann sah sie zu ihrem Spiegelbild auf. Ihre Haare waren völlig zerzaust und sie wirkte müde und blass.

Die Sonne war bislang nicht aufgegangen und würde wahrscheinlich noch einige Stunden auf sich warten lassen, trotzdem wechselte Ewanna in frische, lockere Kleidung. Sie würde sowieso nicht mehr einschlafen können. Am Frisiertisch bürstete sie ihre langen Strähnen und bändigte sie zu einem geflochtenen Zopf. Dabei bemerkte Ewanna den kleinen Samtbeutel mit den Tarotkarten. Sie hatte ihn am Vorabend achtlos auf dem Schreibtisch abgelegt, nachdem sie mit dröhnendem Kopf von Sudettes Lektion zurückgekehrt war. Niemals hätte sie sich träumen lassen, dass ein essentieller Teil ihrer Ausbildung darin bestehen würde, die Bedeutungen von Karten auswendig zu lernen.

Ohne näher darüber nachzudenken, öffnete Ewanna den Bund des Beutels und holte den Kartenstapel heraus. Sie mischte auf die gleiche Weise, wie Sudette gefordert hatte, und zog eine Karte, bei der sie das Kribbeln spürte: *Ass der Schwerter.*

Verständnislos runzelte Ewanna die Stirn. Sie hatten am Vortag nicht über Asse gesprochen.

»Soll ich das sein?«, fragte sie sich leise.

Schwerter standen für das Element Luft, daran erinnerte sie sich. Konnte die Karte etwas mit Belia, der Luftbizach, zu tun haben?

Eine ganze Weile betrachtete Ewanna die Abbildung, als könnte sie dadurch all ihre Geheimnisse lüften. Vermutlich standen in Pursons Arbeitszimmer Bücher über Tarotkarten. Er hatte gesagt, sie könne sich jederzeit bedienen. Um diese Uhrzeit würde er wahrscheinlich nicht einmal dort sein und sie könnte sich ungestört umsehen. Vielleicht fände sie bei der Gelegenheit auch irgendetwas über die merkwürdige Verteilung ihrer Elemente. Bisher hatte sie sich nicht getraut, Purson oder Sudette direkt darauf anzusprechen.

Hastig schlüpfte Ewanna in ein Paar Stoffschuhe und schlich aus dem Zimmer. In der Dunkelheit der Flure kam sie sich wie eine Einbrecherin vor. Aber Purson hatte ihr ausdrücklich die Erlaubnis gegeben, Bücher aus seiner Sammlung zu nehmen. Dass sie um diese ungewöhnliche Uhrzeit auf den Beinen war, sollte daran nichts ändern. Ewanna versuchte, mit diesen Gedanken ihre Nerven zu beruhigen. Die dicken Teppiche verschluckten die Geräusche ihrer Schritte, während sie sich vorsichtig an der Wand bis zur Treppe entlangtastete und langsam die Stufen hinabstieg. Sie hätte die kleine Gaslampe aus ihrem Zimmer mitnehmen sollen.

Erst vor der Tür von Pursons Arbeitszimmer, atmete sie erleichtert auf und drückte leise die Klinke hinunter. Durch einen Spalt schob sie sich in den Raum und schloss lautlos die Tür.

»Könnt Ihr nicht schlafen, Miss Kovanova?«

Erschrocken schnappte Ewanna nach Luft und wirbelte herum. Sie erkannte Pursons Umrisse hinter seinem Schreibtisch.

Mit einer fließenden Handbewegung entzündete er zwei Gaslampen, die dämmriges Licht spendeten. Die Haltung des Tams wirkte im Gegensatz zu ihren früheren Aufeinandertreffen merkwürdig angestrengt, als wäre er krank oder erschöpft.

»Soll ich wieder gehen?«, fragte Ewanna anstelle einer Antwort.

Er winkte ab und stand auf, wobei ihr nicht entging, dass er sich dafür mit beiden Händen auf der Tischplatte abstützte. »Nein. Was führt Euch zu mir?«

»Ihr sagtet, ich könne mir Bücher für meine Ausbildung leihen.«

»Nun dann, seht Euch um.« Purson vollführte eine einladende Geste.

Ewanna nickte und beäugte die Regalreihen zu beiden Seiten des Raumes. Wo sollte sie nur anfangen?

Der Tam blieb neben seinem Schreibtisch stehen und beobachtete sie wortlos, was ihre Unsicherheit verstärkte.

Zögerlich näherte sich Ewanna den Regalen zu ihrer Rechten und ließ den Blick über die zahlreichen Buchtitel gleiten. Wäre sie unbeobachtet, hätte sie ein Buch nach dem anderen in die Hand genommen und durchgeblättert. Doch das Wissen darum, dass der Tam sie genauestens im Auge behielt, hemmte ihren Drang.

Ewanna wagte nicht, sich zu Purson umzusehen. Er musste nach wie vor regungslos neben seinem Tisch stehen. Gab es keine wichtigere Beschäftigung für den Tam des Silberbezirks, als sie zu beobachten?

»Warum seid Ihr noch auf?«, fragte sie schließlich, ohne den Blick von den Buchrücken abzuwenden.

»Ich muss nicht schlafen.«

»Aber Ihr seht erschöpft aus.« Sie kniff die Augen zusammen. Hoffentlich hatte sie mit der Bemerkung keine Grenze überschritten. Da eine Reaktion ausblieb, sah sich Ewanna zögerlich um. Wie aus dem Nichts stand der Raum plötzlich in Flammen. Mit einem Aufschrei torkelte sie von dem brennenden Bücherregal zurück. Alles brannte, abgesehen vom Boden zwischen ihr und Purson. Der Pleu stand mit erhobenen Armen da und ein Schweißtropfen rann an seiner Schläfe hinab.

»Was tut ihr?«, hauchte sie, dann verschwand das Feuer und hinterließ den Raum ruhig und unversehrt. Ewanna zitterte am ganzen Körper.

»Ich nutze die Nacht, um mein Element besser kontrollieren zu lernen«, murmelte er plötzlich dicht an ihrem Ohr. Instinktiv floh Ewanna einige Schritte von ihm fort. Wie hatte er unbemerkt so nah an sie herantreten können?

»Ihr seid noch immer verängstigt«, stellte er nüchtern fest.

»Ich bin keine zwei Tage hier!« Was erwartete er? Stumm sahen sie einander an, bis Ewanna die Stille zu unangenehm wurde. Sie räusperte sich und gab sich Mühe, einen möglichst neutralen Ton anzuschlagen. »Sudette sagte, dass Eure Macht viel Disziplin benötigt. Wieso ist das so herausfordernd?«

»Die Menschen mögen ignorant und herablassend sein, doch in einer Hinsicht haben sie recht: Wir Bizach sind Fehlkonstruktionen der Schöpfung.«

Überrascht zog Ewanna die Augenbrauen in die Höhe. Sie hätte nie gedacht, eine solche Aussage von einem Tam zu hören.

»Es gab zwei Fehler, die die Schöpfungsmacht bei uns begangen hat, die sie bei den Menschen später korrigierte.«

»Welche sind das?«

»Unsere Langlebigkeit und unsere Unausgeglichenheit.« Er kam einige Schritte auf sie zu, bis er direkt vor ihr stand. Ewanna musste sich überwinden, nicht vor ihm zurückzuweichen. »Von allen Bizach haben Pleu in der Regel die kürzeste Lebensspanne. Wisst Ihr, warum?«

Sudette hatte etwas Vergleichbares angedeutet. »Weil Feuer zerstört?«

Langsam nickte er und lächelte. »Ihr scheint ja doch nicht allzu schwer von Begriff zu sein.«

Ewanna senkte den Blick. Das Kompliment war ihr unangenehm, vor allem, weil er ihr dazu dieses groteske Lächeln voll spitzer Zähne schenkte.

»Jeder Bizach, Miss Kovanova, wird mit jedem Tag seines Lebens stärker. Pleus tragen das zerstörerischste der vier Elemente in ihrem Inneren. Wenn sie den Umgang damit nicht kontinuierlich trainieren, wird das Feuer ihrer Kontrolle entgleiten und sie verzehren.«

»Wie alt seid Ihr?«

Sein Lächeln wurde breiter. »Mein Leben währt einen Wimpernschlag, verglichen mit den Ältesten meiner Art.« Er musterte jede Regung in ihrem Gesicht, während er eine längere Pause entstehen ließ. »Dreihundertsiebenundsechzig Jahre, Miss Kovanova.«

Ewanna hatte gewusst, dass er mehrere Jahrhunderte alt war, und trotzdem traf sie seine Antwort unerwartet. Was bedeutete es, so lange zu leben? »Vielleicht sollte ich doch zu einer anderen Zeit wiederkommen«, sagte sie leise und ging im großen Bogen um ihn herum auf die Tür zu.

»Nach was für einem Buch habt Ihr gesucht?«, fragte er, als sie den Raum schon fast durchquert hatte.

»Eines über die Bedeutungen der Tarotkarten.«

»Wartet einen Moment.«

Purson marschierte durch den Raum und erklomm die metallene Wendeltreppe. Auf dem dritten Absatz betrat er den schmalen Balkon und fuhr mit einer Kralle die Buchrücken ab. Schließlich zog er ein schwarzes Werk hervor und kehrte damit zurück.

»Das sollte Euch alle dringenden Fragen beantworten.«

Ewanna nahm das in Leder gebundene Buch entgegen. Die Worte ›*Ars Magica Tarot*‹ waren in roten Lettern auf den Deckel aufgeprägt worden.

»Danke«, murmelte sie, doch Purson war bereits zu seinem Schreibtisch zurückgekehrt und hatte sie vermutlich nicht gehört. Zumindest zeigte er keinerlei Reaktion, weshalb sie sich schließlich umdrehte und den Raum verließ.

Zurück in ihrem Schlafzimmer schloss Ewanna die Tür hinter sich und lehnte sich haltsuchend dagegen. Das Buch hielt sie fest umklammert an ihre Brust gedrückt. Das konnte nicht real sein. Der ganze Raum hatte in Flammen gestanden. Träumte sie? Oder hatte sie womöglich doch den Verstand verloren und bildete sich, noch immer in ihrer Anstaltszelle gefangen, all das nur ein? Zitternd atmete sie ein und rutschte kraftlos zu Boden. Lange Zeit saß sie mit dem Rücken an die Tür gelehnt nur da und döste vor sich hin. Ununterbrochen tanzte die Erinnerung an die nächtliche Begegnung durch ihren Geist. Purson machte ihr Angst und gleichzeitig faszinierte er sie auf merkwürdige Weise. Sie wollte mehr erfahren. Über ihn, aber auch über die Bizach im Allgemeinen.

Die Sonne färbte den Himmel bereits violett, als Ewanna aufstand, sich an ihren Schreibtisch setzte und die Gaslampe entzündete. Dann nahm sie die Karten in die Hand und begann zu mischen. Ihr Blick fiel auf die schwarze Visitenkarte, die Belia ihr am Vortag zugesteckt hatte. Die weißen Lettern der Adresse lächelten sie an. Vielleicht könnte sie dort mehr erfahren. Aber war das klug? Purson schien von Belias Angebot nicht begeistert gewesen zu sein. Resigniert atmete sie geräuschvoll aus.

Ass der Schwerter.

Sie zog das Buch von Purson zu sich heran und schlug die entsprechende Seite auf. Die Überschrift, die ihr unter der Bezeichnung der Karte entgegensprang, lautete ›*Saat der Wahrheit*‹.

16. DAS MONSTER

»Du bist unkonzentriert«, knurrte Sudette über den Tisch im Zimmer mit dem Planetenmodell hinweg.

Sie hatte recht. Die Geschehnisse der vergangenen Nacht lenkten Ewanna immer wieder ab. Hinzu kam, dass sie kaum geschlafen hatte. »Tut mir leid.«

Die Pleu überging die Entschuldigung mit einem genervten Laut und trommelte mit ihren Krallen ungeduldig auf die polierte Tischplatte. »Nenn mir die Eigenschaften der Elemente, jetzt!«

Sie waren bei der informellen Anrede geblieben. Mehr Erfreuliches konnte Ewanna über die Entwicklung ihrer Beziehung zu Sudette jedoch nicht berichten.

»Feuer ist ungeduldig, aufbrausend, leidenschaftlich, willensstark.« Dieses Element fiel ihr aus naheliegenden Gründen besonders leicht. »Luft ist analytisch, opportunistisch, rational und kühl.«

Sudette nickte, was Ewanna half, sich zu entspannen. Bei Erde und Wasser hatte sie ihre Probleme, doch das lag aus ihrer Sicht vor allem daran, dass sie noch keinem Vertreter dieser Elemente über den Weg gelaufen war. »Wasser ist unstet, emotional … ähm … intensiv und sinnlich.«

»Es wird doch! Und Erde?«

»Erde … ist stetig, stur, pragmatisch und …« Nur ein Wort. Ihr fehlte eine Eigenschaft. Ewanna versuchte angestrengt, sich daran zu erinnern, aber der Begriff wollte ihr partout nicht einfallen.

»Protzig«, sagte Sudette schließlich.

»Ich weiß ehrlich nicht, was ich mir unter protzig vorstellen soll.«

Die Pleu warf ihr einen vielsagenden Blick zu. »Warts nur ab, bis du einem Ndei gegenüberstehst. Dann wirst du dir diese Frage nicht mehr stellen. Wasser- und Erdbizach vertragen sich gut miteinander, genauso wie Luft und Feuer. Aber versuche nicht, die anderen Kombinationen länger als notwendig in einem Raum zu behalten.«

Ewanna nickte automatisch, obwohl ihr schleierhaft war, wie sie einen Bizach dazu bringen sollte, irgendetwas zu tun, ohne, dass er sie in der Luft zerriss.

»Wann hast du vor, Belias Klub aufzusuchen?«

»Klub?«, fragte Ewanna verwundert.

Sudette verdrehte die Augen. »Die Adresse, die sie dir gestern zugesteckt hat. Das ist ein Nachtklub.«

»Ich weiß nicht, ob ich überhaupt vorhabe, diesen … Klub … aufzusuchen«, gestand sie ehrlich.

Die Pleu fuhr sich mit den krallenbewehrten Händen durch die kurzen weißen Haare. »Pass auf, Mädchen. Wenn du im Sidarap der Bizach länger als eine Woche überleben willst, dann präge dir neben der ›*Gehe keinem Pleu auf die Nerven*‹-Regel auch Folgendes ein: Wenn ein Tam etwas von dir möchte, tust du das, ohne Fragen zu stellen, klar?«

Ewanna hatte nie zuvor einen Nachtklub besucht. Wozu auch? Ordentliche Mädchen trieben sich nicht in einem derartigen Lokal herum. Nun gut, sie galt nicht als Musterbeispiel für ein ordentliches Mädchen, aber trotzdem wollte sie da nicht hin. Allerdings hatte sich Sudette unmissverständlich ausgedrückt.

»Begleitest du mich?«

»Ich?« Die Flammen in den Augen der Pleu flackerten auf und ein amüsierter Ausdruck schlich sich auf ihre Züge. »Ich habe Hausverbot bei Belia.«

»Warum das?«

Sie machte eine wegwischende Handbewegung. »Nichts Wildes. Einer ihrer Tänzer ist mir auf die Nerven gegangen und ich habe den Laden abgefackelt. Das ist aber bestimmt schon fünfzig Jahre her. Damals war meine Geduld noch nicht so ... ausgeprägt.«

Ausgeprägt? Ewanna strengte sich an, ihrem Erstaunen keinerlei Ausdruck zu verleihen.

»Jedenfalls kann ich dich nicht begleiten, selbst wenn ich wollte«, sagte Sudette entschieden.

»Darf ich da wirklich allein hingehen?« Irgendwie erschien Ewanna der Gedanke absurd. Sie hatte seit fünf Jahren nirgendwo mehr allein hingehen dürfen.

»Natürlich, du bist keine Gefangene. Pass nur auf, dass du nicht in Schwierigkeiten gerätst. Am besten hältst du dich von anderen fern. Grundsätzlich.«

Das brauchte Sudette ihr nicht zweimal zu sagen. In einer Welt voller Wesen mit den unterschiedlichsten Kräften, wollte sie ganz sicher nicht auffallen. Sie fühlte sich selbst so nutzlos. Feuer zu beherrschen schien in vielerlei Hinsicht eine praktische Sache zu sein. Sie hingegen spielte mit Tarotkarten herum.

»Ich kann dich aber zumindest vorbereiten. Denk an Belia und zieh eine Karte.«

Ewanna holte ihren Stapel aus dem Samtbeutel und kam der Aufforderung nach. An das Kribbeln hatte sie sich mittlerweile gewöhnt.

»Königin der Schwerter«, las sie von der aufgedeckten Karte ab.

»Was kannst du mir über die Karte sagen?«

»Schwerter stehen für das Element Luft.«

»Gut.«

»Die Königin ist ziemlich mächtig im Hinblick auf typische Eigenschaften des Elementes.«

»Die da wären?«

»Analytisch, opportunistisch, rational und kühl.«

Sudette lachte auf und klatschte. »Vielleicht bist du nicht die Schnellste, aber immerhin besitzt du ein gutes Gedächtnis. Kennst du den Unterschied zwischen dem König und der Königin?«

Ewanna schüttelte den Kopf.

»Der König kontrolliert und erobert, die Königin bewahrt und lässt wachsen.«

Die Augenbrauen zusammenziehend sah Ewanna wieder auf die Karte hinab. Sie versuchte zu verstehen, was das konkret bedeutete. »Heißt das ... sie fördert diese Eigenschaften in anderen?«

Ihre Ausbilderin verschränkte die Arme und zog einen Mundwinkel anerkennend in die Höhe. »Exakt.«

Ihr Blick wanderte zu der aus schwarzem Stahl gefertigten Standuhr. Über das dunkle Ziffernblatt schlängelten sich goldene Verzierungen. »Ich habe heute einigen Pflichten nachzukommen. Hol dir aus Pursons Bibliothek ein paar Bücher über die Schwächen der Elemente. Die will ich morgen von dir hören.«

Ewanna nickte. Sudette erhob sich und wollte den Raum verlassen, wandte sich im Türrahmen jedoch noch einmal um. »Oh und gib darauf acht, dass du heute Abend nicht deinen Kopf verlierst. Andernfalls fürchte ich, wird Purson den ganzen Bezirk in Schutt und Asche legen.«

Damit machte sie auf dem Absatz kehrt und verschwand im Flur. Die Tür ließ sie angelehnt.

Den ganzen Bezirk? Wäre er dazu fähig? Ewanna wurde anders zumute, wenn sie dabei an die ahnungslosen Menschen dachte, die hier lebten. Die Vorstellung erschien absurd, doch wieso hätte Sudette das erwähnen sollen, wenn es nicht möglich wäre? Oder verbarg sich dahinter nur eine Redensart der Bizach?

Ewanna warf einen letzten Blick auf die Königin der Schwerter, dann packte sie die Karten zurück in das Samtsäckchen. Sie war nicht erpicht darauf, Purson einen erneuten Besuch abzustatten. Er hatte eine Art an sich, die sie zugleich abstieß und anzog und das löste seltsame Gefühle in ihr aus.

Kein Geräusch erfüllte den Raum, abgesehen von dem steten Ticken des Planetenmodells und der Standuhr. Ewanna stützte ihren Kopf auf der Tischplatte ab und beobachtete die elliptischen Bewegungen der kristallenen Kugeln. Sie fühlte sich an den steten Rhythmus eines Herzschlags erinnert. Vielleicht war das Universum nur eine gigantische Maschine? Was würde wohl passieren, wenn eines der Zahnräder zerbrach – würde die Zeit anhalten? Der Gedanke zog Ewanna mit sich, immer tiefer in einen Strudel. Der Abgrund der Zeit tat sich vor ihr auf. Sie bemerkte zu spät, was geschah, verlor sich, zerfiel zu Nichts. Sie sah ihre Unterrichtsstunde mit Sudette rückwärts ablaufen. Die Planeten vor ihren Augen drehten sich schneller und schneller in die Vergangenheit.

Ewanna holte Luft, doch nichts füllte ihre Lungen. Panik brach über sie herein. Vor ihr spielten sich Szenen ab, die sie nicht verstand. Dinge, die in diesem Raum geschehen waren. Ihre Hände glitten zu ihrem Hals und sie stürzte auf die Dielen. Ein scharfer Schmerz fuhr ihr durch die Knie, dann löste sich abrupt der Druck auf ihre Lunge. Sie keuchte und kauerte zitternd am Boden. Eine Hand noch immer auf ihre Brust gepresst, hielt sie die Augen geschlossen und kämpfte gegen den hartnäckigen Schwindel.

Unendlich langsam stand Ewanna mit wackeligen Knien auf, packte das Säckchen mit den Tarotkarten und flüchtete aus dem Raum. Sie vermied es, ein weiteres Mal das Planetenmodell anzusehen. Ungesehen huschte sie zur Treppe und schlich zu ihrem Zimmer hinauf. Hinter sich schloss sie die Tür ab. Der Sog hatte sich genauso angefühlt wie der erste vor fünf Jahren, bevor die Männer sie in die Anstalt verfrachtet hatten. Noch immer zitternd knöpfte sie das klamme Hemd auf und streifte es sich von den Schultern. Kurzerhand entledigte sie sich auch aller übrigen Kleidungsstücke und ließ heißes Wasser in die Wanne ein. Dankbar entspannten sich ihre Muskeln, kaum dass sie darin eintauchte. Den geflochtenen Zopf legte sie über den Rand der Wanne. Sie wollte nicht mit tropfenden Haaren bei Purson auftauchen.

Ewanna badete ausgiebig und verließ das Wasser erst, als es unangenehm kühl wurde. Insgeheim versuchte sie, Zeit zu schinden, um dem Zusammentreffen mit Purson länger auszuweichen. An den späteren Abend wollte sie gar nicht erst denken. Sie rubbelte sich mit einem Handtuch trocken und beschloss, ihren Besuch im Arbeitszimmer so kurz und schmerzlos wie möglich zu halten. Sie würde hineingehen, ihn nach einem Buch über die Schwächen der Elemente fragen und anschließend damit wieder verschwinden. Ohne Auseinandersetzungen und ohne einen in Flammen stehenden Raum.

Erstaunt musste Ewanna beim Betreten seines Arbeitszimmers feststellen, dass vom Tam jede Spur fehlte. Eine Weile verharrte sie an der Tür und sah sich ausgiebig um. Eigentlich erwartete sie, dass er zwischen den Bücherregalen stand und jeden Moment hervorkommen würde. Nur, weil er nicht hinter seinem Schreibtisch saß, musste das keineswegs bedeuten, dass sie sich allein im Raum befand. Doch weder hörte sie Schritte noch konnte sie den Tam auf einer der oberen Etagen erspähen. Schließlich entspannte sie sich. Anscheinend war er wirklich nicht da. Deutlich gelassener wandte sie ihre Aufmerksamkeit den endlosen Reihen lederner Einbände zu. Wenn sie schon einmal die Gelegenheit bekam, sich ungestört umzusehen, warum dann nicht gleich ein paar Bücher mehr mitnehmen?

Gedankenversunken durchstöberte sie ausgiebig die Buchtitel und legte eine Auswahl von interessanten Werken auf einen Stapel. Der wuchs schnell auf eine lächerliche Größe an, aber sie hatte so viel Spaß dabei, dass sie sich nicht darum scherte. Zum ersten Mal seit … Sie wusste nicht einmal mehr, wann sie sich das letzte Mal so unbeschwert gefühlt hatte. Die Zeit flog nur so dahin, bis schließlich die Tür klapperte.

Ewanna zuckte bei dem Geräusch zusammen und kam langsam zwischen den Regalreihen hervor.

Purson stand am Eingang und beäugte den gewaltigen Bücherturm.

»Hallo«, sagte sie vorsichtig. Sofort kehrte die Erinnerung an letzte Nacht zurück und mit ihr die Anspannung.

Purson runzelte die Stirn, dann umwehte Ewanna ein warmer Lufthauch, als würde er sie umarmen. Doch statt sich zu entspannen, ballte sie die Hände zu Fäusten und trat einen Schritt zurück.

»Ich hatte nicht vor, Euch letzte Nacht dermaßen zu erschrecken«, sagte er ruhig, doch die Tiefe der Falten auf seiner Stirn hatte zugenommen.

»Ich wäre Euch dankbar, wenn Ihr damit aufhören würdet«, antwortete Ewanna und wirbelte mit einem Zeigefinger durch die noch immer warme Luft.

»Warum?«, fragte er.

»Es ist … Es ist, als würdet Ihr mich berühren, und das finde ich nicht … angenehm.«

»Ah«, entgegnete er schlicht und marschierte zu seinem Schreibtisch. Ewanna starrte ihm hinterher, doch er zeigte keine weitere Reaktion. Ein merkwürdiges Schuldgefühl verknotete ihre Eingeweide. Sie hatte ihn nicht verärgern oder beleidigen wollen.

»Ihr habt mich weder verärgert, noch beleidigt, Miss Kovanova.«

Sie riss die Augen auf. »Woher …?«

Doch sie kam nicht weiter, als die Erkenntnis sie mit ganzer Wucht traf. Purson war der Tam des Silberbezirks. Das bedeutete, er musste ein Silberbegabter sein. Wie hatte sie nicht daran denken können? Er konnte ihre Gedanken lesen.

Er nickte. »So ist es.«

Ewanna taumelte einen Schritt zurück und stieß schwungvoll mit einem der Bücherregale zusammen. Instinktiv warf sie die Arme über den Kopf und wartete auf die Lawine von Seiten und Einbänden, die sie unter sich begraben würde, doch nichts dergleichen geschah. Zögerlich sah sie auf und bemerkte Purson, der neben ihr stand und die Bücher vor dem Fall bewahrte. Erschrocken machte sie einen Satz vorwärts und brachte ausreichend Abstand zwischen sich, ihn und den bedrohlich wankenden Turm.

»Miss Kovanova, Sie verhalten sich völlig irrational.« Aus seiner Tonlage hörte sie heraus, dass er verärgert war. »Ich habe Ihnen nie etwas getan, und Sie begegnen mir, als wäre ich ein Monster.«

Aber er war ein Monster, schoss es ihr durch den Kopf.

Ehe Ewanna irgendetwas tun konnte, bewegte er sich mit unnatürlicher Geschwindigkeit auf sie zu und packte sie am Oberarm. Vor Schreck entfuhr ihr ein Aufschrei.

»Wie können Sie es wagen?«, presste er zwischen zusammengebissenen Zähnen hervor.

»Raus aus meinem Kopf!«, schrie sie ihm ins Gesicht. Ihre Angst wandelte sich in Wut. Die kannte sie aus der Anstalt. Nach Angst kam immer Wut.

Sein Ärger entlud sich in Form einer Feuerkaskade, die am anderen Ende des Raumes aus dem Boden bis zur Decke hinaufschoss.

Ewanna war am Ende ihrer Nerven. Sie wollte nur weg von ihm.

Der Tam ließ sie los, als wäre sie diejenige mit dem Kern aus Feuer, und trat einen Schritt zurück. »Verschwindet!«, zischte er.

Ewanna benötigte keine zweite Aufforderung. Erleichtert beobachtete sie, dass Purson zu seinem Schreibtisch zurückkehrte. Er schien verstanden zu haben, dass sie Abstand von ihm brauchte oder er hatte erneut ihre Gedanken gelesen.

Sie sammelte den ersten Teil ihres Bücherstapels ein und verließ den Raum. Fünf weitere Male musste sie zurückkehren, um alle Werke mitzunehmen. Am liebsten wäre sie auf ihrem Zimmer geblieben, doch der Tam schien weiterhin ein offenes Ohr für ihre Gedanken zu haben. Bei ihrer ersten Rückkehr war Purson glücklicherweise verschwunden. Sie beeilte sich dennoch, die Bücher zügig in ihr Zimmer zu bringen, und zog mit pochendem Herzen die Tür hinter sich zu, als alles erledigt war. Das Schloss würde den Pleu selbstverständlich nicht aufhalten. Trotzdem fühlte sich Ewanna einen Hauch sicherer.

Am liebsten wollte sie das Zimmer für den Rest des Tages nicht mehr verlassen und bei dem Gedanken, am Abend in Belias Klub zu gehen, verließ sie endgültig jede Motivation. Warum musste sie das nochmal tun? Wäre es wirklich so schlimm, wenn sie der Aufforderung von Belia nicht nachkam? Nach dem zu urteilen, was Sudette gesagt hatte, würde sich Purson der Tam des Stahlbezirks doch bestimmt in den Weg stellen, bevor sie Ewanna in der Luft zerriss, oder? Ein angestrengtes Seufzen entrang sich ihrer Kehle. Worauf hatte sie sich hier eingelassen?

Hinzu kam, dass ein anderer Gedanke in ihr keimte. Die Frage danach, was Purson eigentlich von ihr wollte. Ihre Behandlung konnte nicht die Standardbehandlung für einen Bizachrei sein. Jährlich wurden Dutzende, wenn nicht sogar Hunderte von ihrer Sorte entdeckt. Sudette müsste ganze Klassen unterrichten, um jeden so einzuführen wie Ewanna. Auch der Regierungsarzt hatte angedeutet, dass Purson wegen der ungewöhnlichen Verteilung ihrer Werte ein besonderes Interesse an ihr haben könnte. Doch ihre gelegentlichen Anfälle und ein paar Kartentricks konnten für ihn kaum eine so außerordentliche Bedeutung haben. Nein, es musste mehr dahinterstecken. Sie würde Sudette dazu demnächst auf den Zahn fühlen. Und um zuvor nicht ihren Unmut auf sich zu ziehen, musste sie wohl oder übel in den Klub gehen.

Ewanna setzte sich an ihren Schreibtisch und kramte die Visitenkarte hervor. *Himmel und Hölle*. Ja, das klang tatsächlich nach einem Nachtklub. Ob die Karten ihr irgendetwas Hilfreiches für den heutigen Abend verraten konnten? Oder waren sie nur dazu gedacht, etwas über andere Personen preiszugeben? Sie öffnete das schwarze Samtsäckchen und deckte eine Karte auf. Sie blickte auf die Abbildung der *Drei der Kelche*. Sofort zog sie das *Ars Magica Tarot* hervor und las die Bedeutung nach. Die Karte stand für Gemeinschaft und Geselligkeit. Am liebsten hätte Ewanna eine Weitere gezogen, denn so, wie sich das anhörte, sollte sie heute Abend wohl ausgehen. Widerwillig lehnte sie sich in ihrem Stuhl zurück und sah aus dem Fenster.

Auf dem Fensterbrett erblickte sie einen unerwarteten Besucher. In aller Seelenruhe hockte dort ein weißer Rabe mit roten Augen. Früher hätte sie das nicht verwundert oder aus der Ruhe gebracht, aber seit sie tagtäglich Bizach sah und immer mehr über sie lernte, wurde sie skeptisch. Purson konnte ihre Gedanken lesen. Wenn er zudem gute Werte im Element Zinn besaß, wäre er womöglich dazu in der Lage, seine Gestalt zu wandeln.

In einem unerwarteten Anfall von Wut stand sie auf und zog die Vorhänge entschlossen zu. Nur, weil sie bei den Menschen schlecht behandelt worden war, hieß das nicht, dass sie sich ein solches Verhalten unter den Bizach gefallen lassen musste.

17. Himmel und Hölle

Für ihren Ausflug entschied sich Ewanna, eine schwarze Hose, eine schlichte weiße Bluse und eine lange Weste zu tragen. Sie verließ das Haus und blieb für einen Moment vor der Tür stehen. Ein kräftiger Wind pfiff durch die Straßen Sidaraps und am Himmel sah es mal wieder nach Regen aus. Aber was Ewanna völlig überwältigte, war das Gefühl, allein in der Stadt zu stehen. Niemand zog sie irgendwo hin. Sie konnte tun und lassen, was sie wollte. Dennoch kam sie sich komisch vor. Hätte sie nicht besser Purson Bescheid sagen sollen, dass sie das Haus verließ? Allerdings würde das seiner Aufmerksamkeit wohl ohnehin kaum entgehen. So stand sie eine Weile auf der Treppe vor dem schwarzen Stadthaus und beobachtete die vorbeiziehenden Menschen, die ihr immer wieder irritierte oder neugierige Blicke zuwarfen. Immerhin stand sie im Vorgarten des Tams, im Vorgarten eines Dämons.

Da Ewanna keine überflüssige Aufmerksamkeit brauchte, stieg sie zügig die Stufen hinab und bewegte sich durch den schmalen Stadtvorgarten auf den Gehweg zu. Sie folgte den anderen Fußgängern bis zur nächsten Informationstafel, die zum Glück nicht weit entfernt stand, und fischte erneut Belias Visitenkarte hervor. Der Klub befand sich näher als erwartet, nur einen Steinwurf hinter der Grenze zum Stahlbezirk. Sie würde nur zehn bis fünfzehn Minuten zu Fuß brauchen.

Ewanna fand die Adresse ohne böse Überraschungen, zögerte jedoch vor der Tür. Die Fassade des Ladens war mit Engeln und

Teufeln gespickt, die ein Relief in dem dunkelgrauen Stein bildeten, und die Tür sah aus wie der Mund eines überdimensionalen Dämons. Diese Aufmachung trug nicht zu ihrer Beruhigung bei. Doch schließlich gab sich Ewanna einen Ruck.

Im Inneren empfing sie ein süßlicher Geruch und dämmriges Licht. Dunkelroter Samt zierte die Wände rundherum. Ein Mitarbeiter nahm ihr die Jacke ab und hängte sie in einen Garderobenschrank.

Ewanna ließ ihren Blick durch den Innenraum gleiten. Der Klub machte einen stilvollen Eindruck. Sämtliche Einrichtung war in dunklen Rot- und Brauntönen gehalten, einschließlich der großen Bar, sie sich zu ihrer Linken befand. Da sie recht früh hier war, saßen nur vereinzelte Gäste an den Tischen. Das beruhigte Ewanna ein bisschen.

Sie trat einige unsichere Schritte in den Raum hinein und der Barkeeper richtete einen erwartungsvollen Blick auf sie. Erschrocken stellte Ewanna fest, dass sie gar kein Geld hatte. Schnell wandte sie sich von ihm ab und hielt nach Belia Ausschau. Doch von der Tam fehlte jede Spur.

Ewannas Blick streifte einen der wenigen Gäste. Verwundert verharrte sie, unfähig, sich von seinem Anblick loszureißen. Er schien wie sie selbst ein Bizachrei oder ein Mensch zu sein, denn sie konnte weder Krallen noch Hörner oder Ähnliches an ihm entdecken. Seine dunklen Haare trug er auf einer Seite kurzrasiert und auf der anderen schulterlang. Aber deswegen starrte Ewanna ihn nicht an. Der Grund war auch nicht die merkwürdige silberne Klaue, die auf einer seiner Schultern prangte – sondern die Tatsache, dass er ein Buch las und darüber hinaus in dem schummrigen Licht eine Sonnenbrille auf der Nase sitzen hatte. Der Mann trug eine Sonnenbrille und las ein Buch – in einem Nachtklub. Ewanna blinzelte verwirrt und wiederholte den Gedanken in ihrem Geist, weil er ihr so absurd erschien. Als hätte sie ihn angesprochen, hob der Fremde den Kopf und sah sich irritiert um, dann entdeckte er sie, tippte an seine Sonnenbrille und musterte sie scheinbar ungeniert von oben bis unten.

Was war das denn für einer? Ewanna marschierte direkt auf ihn zu. Wenn er sich die Frechheit herausnahm, sie so anzusehen, dann sollte er ihr mindestens die Sache mit dem Buch im Klub erklären. Außerdem kam ihr dadurch gelegen, dass sie nicht mehr verloren und allein im Raum rumstand.

Bevor sie jedoch ein Wort an ihn richten konnte, begrüßte er sie mit einem merkwürdig schüchternen Lächeln, das so gar nicht zu dem Eindruck passte, den sie eben noch von ihm gehabt hatte.

»Hallo Ewanna.«

Sie erstarrte. Woher kannte er ihren Namen?

»Möchtest du dich nicht setzen? Ich erzähle dir gern mehr über dieses Buch. Darin verbirgt sich eine wahrlich faszinierende Geschichte. Ich lade dich selbstverständlich auf ein Getränk ein. Dann brauchst du dir keine Sorgen wegen des Geldes zu machen.«

Schon wieder ein Silberbegabter. Das durfte nicht wahr sein! Doch der Mann nickte nur mit einem stolzerfüllten Gesichtsausdruck.

»Ertappt! Du scheinst ganz neu zu sein und das frische Blut muss ich mir natürlich schnappen.«

Ewanna überlegte noch, wie sie ihm ihre Empörung am besten zeigen könnte, als aus heiterem Himmel Belia auftauchte und ihr eine schwarz-goldene Hand auf die Schulter legte.

»Du schnappst dir hier gar nichts, Lucian! Ich werde die liebe Ewanna erst einmal herumführen. Danke, dass du meinen besonderen Gast fast verscheucht hast.«

»Jederzeit wieder«, entgegnete er und legte zwei Finger an die Schläfe, dann zog er seine Brille ein Stück runter und zwinkerte Ewanna zu. »Wir sehen uns nachher, Kleine.«

Hatte er sie gerade ›Kleine‹ genannt?

Leise kichernd wandte er sich wieder seinem Buch zu.

Wenn die Tam sie nicht entschieden mit sich geschleift hätte, hätte Ewanna diesem unverschämten Mann das Buch aus den Händen gerissen und es ihm auf den Kopf geschlagen.

Sein herzhaftes Lachen, das erklang, während Belia sie durch eine Seitentür schob, verriet Ewanna, dass er nach wie vor ihre Gedanken ausspionierte. Sudette musste ihr unbedingt beibringen, wie sie sich vor so etwas schützen konnte.

Belia führte sie durch einen düsteren Flur in eine hell erleuchtete Garderobe, in der sich die unterschiedlichsten Bizach, Bizachrei und möglicherweise sogar Menschen schminkten und Kostüme präparierten. Doch auch durch diesen Raum führte die Tam sie hindurch, nachdem sie einige der Männer und Frauen begrüßt hatte. Schließlich erreichten sie ein Zimmer, in dem sich auf einem riesigen Bett ein Jaguar räkelte. Ewanna blieb bei dem Anblick wie angewurzelt stehen.

Belia lachte nur kurz auf. »Beachte ihn gar nicht, er ist ein Gestaltwandler.« Dann kam sie ganz nah. »Unter uns: Ich denke, jede Frau sollte einen Gestaltwandler in ihrem Schlafzimmer haben.«

Ewanna sah erneut zu dem Jaguar und schluckte. Das wollte sie sich nicht vorstellen. Die Kyal ging zu einer Couchgarnitur auf der anderen Seite des Raumes. Ihre riesigen Flügel wippten leicht im Takt der Bewegung, bevor sie sich elegant hinlegte. Der Jaguar verließ das Bett, stolzierte mit erhobenem Kopf zur Couch und sprang zu Belia hinauf. Er schmiegte sich der Länge nach an sie und sie begann, ihm mit ihren goldenen Krallen den Rücken zu kraulen.

Der Anblick war so absurd, dass Ewanna nur steif dastand und die Tam anstarrte. Eigentlich bewegten sie so viele Fragen, doch die waren in dem Moment wie weggewischt.

Belia deutete mit einem goldenen Fingernagel auf den Sessel ihr gegenüber. »Setz dich, Schimmerblut.«

Der Jaguar hob den Kopf von seinen Vorderpfoten und beobachtete ihr Näherkommen aufmerksam. Die Bizach kraulte ihn nun hinter den Ohren. »Ja, sie ist genau das, was du denkst«, sagte sie zu dem Tier.

»Euer Geliebter?«, fragte Ewanna und ließ sich auf den angebotenen Platz sinken.

»Mein Gefährte«, verbesserte Belia.

»Wo liegt der Unterschied?«

»Geliebte sind Spielzeuge, Gefährten sind Partner. Bizach haben immer einen Gefährten, aber das hält sie nicht davon ab, auch Geliebte zu haben.«

Ewanna nickte nur. Sie wusste nicht so recht, was sie dazu sagen sollte. Wenn man tausende Jahre alt werden konnte, wurde wohl vieles relativ.

»Danke, dass du meiner Einladung gefolgt bist«, schnurrte Belia.

»Was wollt Ihr von mir?«

Die Tam zuckte mit den Schultern und betrachtete den Jaguar, als wären ihre Worte völlig beiläufig. »Ich wollte dir eine Gelegenheit geben, einmal aus dem Haus zu kommen. Purson ständig um sich zu haben, kann ein wenig … anstrengend sein.«

»Danke«, antwortete Ewanna automatisch. Sie hatte das Gefühl, Belia hätte ihr soeben einen wichtigen Teil verschwiegen. Auch, wenn sie gern mehr wissen wollte, ließ ihre Erfahrung mit Purson sie zögern. »Und Ihr kennt diesen Mann dort draußen? Den, der mich angesprochen hat?«, fragte sie stattdessen.

Belia verdrehte die Augen. »Lucian Moldley.« Sie spuckte den Namen aus, als würde er unangenehm schmecken. »Ich würde ihm Hausverbot verpassen, wenn er nicht jeden Abend Unsummen in meine Kasse spülen würde.«

»Wie das?«, fragte Ewanna.

Belia zuckte wieder mit den Schultern. »Er mag Geld und Geld scheint ihn zu mögen und wie es der Zufall will, scheint er ein Faible für das Ambiente im Himmel und Hölle zu haben, sodass sein Geld auch mich mag. Daher habe ich ihn lieber hier als bei der Konkurrenz. Mehr muss ich für meinen Teil nicht wissen.«

»Und warum würdet Ihr ihm gern Hausverbot erteilen?«, hakte Ewanna nach.

Belia grinste und stellte dabei ihre Reißzähne zur Schau, die denen des Jaguars an ihrer Seite verblüffend ähnlich sahen. »Weil er zu den besonders Talentierten zählt, sich jedoch mit diesem Mistvieh Ivy zusammengetan hat und sich seither jedem Einfluss durch einen der Tams entzieht.«

»Den besonders Talentierten?«

»Hat Purson dir denn gar nichts erzählt, Mädchen?«

»Zumindest nicht viel«, gab Ewanna kleinlaut zu.

»Als besonders talentiert gelten all jene, die auf ihren Sekundärelementen einen Wert größer als zwei besitzen.«

»Dann ist Lucian so wie ich?«

Belia nickte. »In gewisser Weise schon. Ich denke, es ist nicht schwer zu erraten, dass sein überragender Wert auf dem Element Silber liegt. Besonders Talentierte werden sehr selten geboren und sterben darüber hinaus auch noch in der gewöhnlichen Lebensspanne eines Menschen. Na ja, außer sie sind zinnbegabte Former.«

Ewanna erinnerte sich, dass Verjüngung mit dem Element Zinn verknüpft war, dem Gestaltwandlertalent. Bizachrei mit einem guten Zinnwert konnten ihre Lebensspanne teilweise drastisch verlängern. Eine Möglichkeit, die offenbar weder ihr noch Lucian zur Verfügung stand.

»Ist das der Grund, warum ich von Sudette unterrichtet werde? Weil ich zu den besonders Talentierten zähle?« Sie wusste nicht, ob es klug war, Belia statt Purson diese Frage zu stellen, doch aus einem Impuls heraus entschied Ewanna, dass sie die Luftbizach als die angenehmere Gesprächspartnerin empfand.

Lachend warf Belia den Kopf in den Nacken und klatschte vor sich in die Luft, was ihr einen vorwurfsvollen Blick vom Jaguar einbrachte. »Hast du das gehört?«, fragte sie das Tier. »Er hat es ihr nicht gesagt!«

»Was nicht gesagt?«, entgegnete Ewanna sofort.

»Was ist dir dieses Wissen wert?« Erwartungsvoll legte die Kyal den Kopf schief.

Ewanna zuckte ratlos mit den Schultern. »Eigentlich nichts, schließlich habe ich Purson selbst noch nicht danach gefragt. Wenn Ihr es mir nicht sagen wollt, dann frage ich ihn.«

Belia grinste auf eine wunderschöne und gleichzeitig verstörende Art. »In Ordnung. Dann frag ihn. Anschließend kannst du gern wiederkommen und mir dein Angebot machen.«

»Ihr denkt nicht, dass er es mir sagen wird?«

»Ich denke, er wird dir eine hübsche Geschichte erzählen, die nichts mit der Wahrheit zu tun hat.«

»Warum sollte er das tun?«

»Weil er dich für seine Ziele nutzen will.«

»Und Ihr denkt, wenn ich die Wahrheit erführe, würde ich ihm nicht mehr helfen wollen?«

Belia zog einen Mundwinkel herunter und sah sie abschätzend an. »Man kann nie wissen, aber wenn er nichts sagt, wird er seine Gründe haben.«

»Und Euch sollte ich glauben, weil …?«

»Weil wir Schwestern sind. Mir blutet das Herz, wenn eine talentierte Frau von einem Mann kleingehalten wird. Das finde ich an den Menschen so merkwürdig. Ich will nur aufzeigen, dass es Alternativen für dich gibt. Vielleicht sind dir nicht viele Möglichkeiten angeboten worden, aber du hast welche.«

Irritiert schüttelte Ewanna den Kopf. »Ich verstehe nicht …«

»Natürlich nicht. Aber glaube mir, wenn ich dir sage, dass die Sache längst in Bewegung ist. Der Tam des Silberbezirks wird dich nicht beschützen können.«

Ewanna schwirrte der Kopf. Was war in Bewegung? »Sudette hat recht. Ihr Kyal besitzt zweifellos ein Talent für Worte.«

Ein breites Grinsen teilte Belias blutrote Lippen und sie lehnte sich entspannt auf der Couch zurück. »Geh ruhig in den Klub und genieß die heutige Show. Getränke gehen aufs Haus.« Die nebelgrauen Augen der Tam zwinkerten ihr amüsiert zu.

Ewanna stand auf. »Wenn Purson es nicht kann … könntet Ihr mich dann beschützen?«, fragte sie zögerlich.

»Letzten Endes kann dich niemand beschützen, Liebes«, antwortete Belia mit einem ernsten Kopfschütteln. »Ich fürchte, du bist deinem Schicksal ausgeliefert und wenn du mehr darüber erfahren willst, musst du mir ein Angebot machen.«

»Danke«, sagte Ewanna nur, bevor sie den Raum verließ.

Im Gastraum herrschte mehr Trubel als bei ihrer Ankunft. Ewanna stand nicht der Sinn danach, länger in dem Laden zu verweilen. Sie steuerte auf die Tür zu und bat den Mitarbeiter am Einlass darum, ihre Jacke herauszusuchen. Während sie wartete, legte ihr jemand einen Arm um die Schultern.

»Schon gut, die Dame bleibt noch einen Moment.« Lucian.

Ewanna gab einen unwilligen Laut von sich, ließ sich jedoch widerstandslos von dem Silberbegabten zu seinem Tisch dirigieren. Auf dem Weg bestellte er bei dem Barmann zwei Drinks und schob Ewanna anschließend auf die gepolsterte Sitzbank ihm gegenüber.

»Na dann mal immer raus mit der Sprache. Was für Hiobsbotschaften hat Belia dir verkündet?«, fragte er, einen Unterarm locker auf der Tischplatte abgelegt.

»Warum durchwühlst du nicht einfach meinen Kopf und ziehst dir die gewünschten Informationen raus?«, erwiderte Ewanna giftiger als beabsichtigt. Sie hatte im Moment keinen Nerv für die Spielchen dieses Mannes.

»Hey, hey!«, rief er und hob beschwichtigend die Hände. »Ich war nicht derjenige von uns beiden, der mir seine Gedanken förmlich ins Gesicht geschmiert hat. Darf ich dich daran erinnern, dass du nicht nur nette Gedanken hast? Hast du dabei einmal an meine Gefühle gedacht?«

»Deine Gefühle?« Verdattert zog sie die Augenbrauen hoch.

»Ich bin sensibel!«

Ewanna schnaubte. »Du hast doch keine Ahnung, wie es ist, wenn sich jemand unerlaubt Zutritt zu deinem Kopf verschafft«, grummelte sie, während ein Kellner ihre Getränke servierte. Lucian seufzte und stürzte sein mit einer blutroten Flüssigkeit gefülltes Glas hinunter.

»Keine Sorge, Kleine. Ich hab jetzt einen Schutzschild gegen dich aufgebaut«, sagte er und tippte an seine Schläfe. »Es macht nämlich überhaupt keinen Spaß, wenn jemand einem ungefragt seine Meinung aufdrückt. Außer, es ist etwas Versautes, dann sag mir vorher Bescheid, damit ich wieder zuhören kann«, fügte er mit einem breiten Grinsen hinzu.

Ewanna verdrehte die Augen.

Scheinbar hielt sich der Vogel für besonders witzig. Sie trank ebenfalls ihr Glas leer. Die Flüssigkeit schmeckte wie Saft, doch brannte wie etwas Hochprozentiges. Angesichts dessen, dass sie sich in einem Klub befanden und Lucian die Bestellung aufgegeben hatte, handelte es sich wohl um Letzteres. »Was willst du von mir?«, fragte sie.

»Dich kennenlernen«, erwiderte er, als wäre jede andere Erklärung völlig abwegig. »Schließlich kommt nicht täglich so ein hübsches junges Ding wie du hier reinspaziert.«

»Also, wenn du vorhattest mich rumzukriegen, bewegst du dich mit sicheren Schritten immer weiter von deinem Ziel fort.«

Er grinste, als hätte sie ihm ein Kompliment gemacht, dann lehnte er sich auf den Polstern zurück. »*Nein* lautet der Beginn einer Verhandlung, nicht das Ende, Kleine. Nun, Ewanna, erzähl mir etwas über dich. Du kennst meine Fähigkeit, also verrat mir deine.«

»Ich bin wie du, aber ein Schimmerblut.«

Der Ausdruck in Lucians Gesicht erstarrte und er nahm die Sonnenbrille ab.

»Sag das nochmal«, forderte er eindringlich.

Verwirrt über die plötzliche Ernsthaftigkeit in seiner Miene zog sie die Augenbrauen zusammen. »Ich bin wie du, aber ein Schimmerblut«, wiederholte sie laut und deutlich.

»Pssscht!«, machte Lucian aufgeregt, beugte sich weit über den Tisch und senkte die Stimme. »Das kannst du nicht einfach so rausposaunen. Bist du verrückt?«

Ewanna sah sich um, doch niemand schien ihnen Beachtung zu schenken. »Du hast mich gefragt!«, verteidigte sie sich.

Skeptisch zog er eine Augenbraue hoch und legte den Kopf schief. Eine Weile schien er zu grübeln, während sie sich verwirrt und zunehmend genervt fühlte.

»Was ist?«

»Du hast keine Ahnung, was das bedeutet«, schlussfolgerte er mit einem triumphierenden Blitzen in den Augen.

Der Anblick ließ sie trotzig mit den Schultern zucken und das Kinn ein kleines Stück heben. »Ich weiß, dass es sehr selten ist.«

Lucian lachte auf und gab dem Kellner ein Zeichen, zwei neue Gläser zu füllen. Dann beförderte er die Sonnenbrille zurück auf die Nase.

»Was soll die Sache mit der Sonnenbrille eigentlich?«, fragte Ewanna ungehalten.

»Du willst also gar nicht wissen, was es bedeutet?«

»Nicht von dir.«

»Von Belia?«, bohrte er weiter.

Ihre Getränke wurden gebracht und er stürzte seines erneut sofort hinunter.

Ewanna ließ sich dieses Mal etwas mehr Zeit. Sie wollte ihre sieben Sinne lieber beisammenhalten, wenn der Mann ihr gegenüber ihre Gedanken lesen konnte. »Nein, nicht von Belia«, sagte sie und ließ wohlweislich unerwähnt, dass die Tam ihr einen Deal angeboten hatte.

»Von wem dann?«

Ewanna wollte es ihm nicht sagen. Vermutlich würde er auf Purson mit einer weiteren Verhöhnung reagieren und das wahrscheinlich zu Recht. Sie wusste selbst, dass der Pleu sich bisher nicht darum gerissen hatte, ihr irgendetwas zu erzählen.

»Das geht dich nichts an.« Ewanna trank ihren Drink aus und stand auf. »Danke für die Getränke«, sagte sie und ging.

Dieses Mal hielt Lucian sie nicht auf.

18. DER ERSTE EINDRUCK

Es gab keine zweite Chance für den ersten Eindruck. Das galt für einen Kriminellen doppelt. Deshalb steckte in jedem begnadeten Verbrecher ein mindestens ebenso begnadeter Schauspieler. Terry wusste das aus den Büchern, die ihm ältere Jungs im Waisenhaus geschenkt hatten. Damals träumte er von einem Leben als Gesetzloser. Doch wie alle Träume zeigte seine Vorstellung nur eine verklärte romantische Variante, die schnell an Attraktivität verlor, sobald die Erinnerung an das Knacken des Genicks seines Bruders zurückkehrte. Oder an die Einsamkeit, die Kälte und den Schmutz im Ketterer. Verbrecher zu sein schien nur so lange erträglich, bis man geschnappt wurde und nach Terrys Erfahrung fiel jeder früher oder später seiner Bequemlichkeit zum Opfer und wurde eingebuchtet. Oder erledigt.

Wieso tat er das hier also? Er nahm einen tiefen Zug von seiner Zigarette und schnippte sie achtlos fort. Der Grund lag für ihn auf der Hand. Gemächlich schlenderte er auf die Lagerhallen zu, bei denen er seit Wochen als Tagelöhner anheuerte. Bei dem Anblick presste er wütend die Kiefer fest aufeinander. Diese Stadt gab einem armen Bastard wie ihm keine Chance. Er und tausende andere waren dazu verdammt, zwischen den Mühlsteinen der Interessen jener Leute mit Geld zermahlen zu werden. Mit dieser deprimierenden Aussicht auf den Rest seines Lebens hatte er nie Frieden schließen können. Dagegen vorzugehen, war ein hehres Motiv, sagte er sich. In Wahrheit hatten weder der Tod seines

Bruders noch der Ketterer irgendetwas an seinen Überzeugungen geändert. Gewalt machte selten aus einem schlechten Mann einen besseren. Eigentlich nie. Die kleine Praktikantin wusste das genau. Terry sah es jedes Mal in ihrem Blick. Sie suchte seinen schlimmsten Part, und – bei Adonai – seine dunkelste Seite wollte sich nur zu bereitwillig von ihr aus dem Käfig holen lassen.

An der Spitze der Schlange angekommen, wurde er wie jeden Tag dazu aufgefordert, seinen Ausweis zu zeigen. Dieses Mal nutzte er die Gelegenheit, das Namensschild des Wachpostens zu lesen, während der den labbrigen Papierfetzen mit seinen Daten prüfte: Bernard.

Dass Terry seit Wochen hier arbeitete, musste noch lange nicht bedeuten, dass er bei dem Wachmann eine bleibende Erinnerung hinterlassen hatte. Es wurde also Zeit für den ersten Eindruck.

»Ah, Ex-Häftling. Kannst wohl zupacken, was? Melde dich bei Halle drei«, sagte Bernard so wie beinahe jeden Tag in den letzten Wochen. Nein, dieser Mann hatte bisher keine Meinung von ihm.

»Danke! Schönen Feierabend nachher, Bernard.«

Der Wachmann, der sich bereits dem Mann hinter Terry zugewandt hatte, stutzte und sah ihn erstaunt noch einmal an. »Äh … danke.«

Terry schnalzte zum Abschied mit der Zunge und marschierte dann Richtung Halle drei. Sein Vorarbeiter erwartete ihn wie immer am Eingang des gigantischen Gebäudes und konnte kaum schnell genug die neuen Leute zum Arbeiten einteilen. Zwischendurch warf er derbe Flüche durch die Gegend. Er war einer der wenigen, von denen Terry wusste, dass er bei ihnen schon einen Eindruck hinterlassen hatte. Glücklicherweise einen ganz guten.

»Ah, Dalton!«, rief der Schrank von einem Mann ihm im Näherkommen zu. »Endlich einer, der sich auskennt!«

»Viele Neue heute?«, fragte Terry.

Der Vorarbeiter winkte ab. »Frag nicht, ich weiß nicht, wie wir heute irgendetwas gebacken kriegen wollen.«

»Soll ich ein paar von denen übernehmen?«

Sein Gegenüber verengte die Augen. »Dafür gibts aber keine extra Kohle.«

»Nicht nötig, ich muss nur auf andere Gedanken kommen.« Terry beugte sich vor, als wollte er seinem Vorgesetzten ein Geheimnis anvertrauen. Jeder liebte Geheimnisse. Sie gaben einem das Gefühl, wichtig zu sein. »Meine Freundin ist abgehauen«, brummte er.

Der Vorarbeiter lachte dröhnend auf. »Ah, die Weiber, unstet wie das Wetter, eh? Na dann will ich dich nicht aufhalten. In Sektor C bis E sind eine Handvoll Anfänger. Bring die mal auf Trab.«

Terry klopfte seinem Vorgesetzten kameradschaftlich auf die Schulter, nickte und eilte davon. Das hätte er nicht besser planen können. Lagerhalle drei teilte sich in verschiedene Sektoren. Jeder Sektor besaß Regalreihen, die für bestimmte Waren optimiert waren. In den Sektoren C bis E lagerten trockene Genussmittel, also im wesentlichen Kaffee, Tabak und Tee.

Die Aufgabe der Arbeiter bestand darin, Anlieferungen von Schiffen oder Zügen aus allen Teilen von Theah einzusortieren und Bestellungen für die einzelnen Stadtteile aus dem Lager versandfertig vorzubereiten.

Die ganze Nacht hatte Terry wachgelegen und über Möglichkeiten nachgedacht, wie er Teile der Waren verschwinden lassen könnte. Natürlich war ihm klar, dass dies nicht die Art von Story sein würde, auf die seine kleine Praktikantin hoffte. Aber wie jede vernünftige Unternehmung sollte auch eine kriminelle Karriere nicht auf Sand gebaut werden. Er brauchte ein solides Einkommen, bevor er größere Sachen planen konnte.

Am Ende hingen Erfolg oder Niederlage jedoch immer von den Personen ab, die am Vorhaben beteiligt waren. Ein einziger singender Vogel besaß die Macht, alles zu zerstören. Viel wichtiger als das ›Wie‹ war demnach das ›Wer‹. Eine Lektion, die er durch Francis' Tod schmerzlich hatte lernen müssen. Sein eigener Bruder hatte ihn an die Stadtwacht verraten. Den Fehler, blind zu vertrauen, wollte er keinesfalls wiederholen.

Terry erreichte Sektor C und entdeckte drei Männer, die sich beim Abladen der Kaffeesäcke ohne jede erkennbare Routine bewegten. Das waren wohl einige der Neuen.

»Hallo!«, rief er über den Lärm einer Sortiermaschine hinweg.

Die Arbeiter erwiderten seinen Gruß mit moderater Begeisterung. Terry konnte ihren fehlenden Enthusiasmus zutiefst nachfühlen. Über den mürrischen Empfang sah er daher gutmütig hinweg. Für den größten Teil des Vormittags gab er ihnen Hinweise und zeigte einige Kniffe, die die körperlich fordernde Arbeit deutlich erleichterten. Denn wenn er etwas in den letzten Jahren gelernt hatte, dann, zu arbeiten.

Zum ersten Mal seit einer gefühlten Ewigkeit hörte er Fremden aufmerksam zu und merkte sich kritische Informationen aus ihren Erzählungen. Jeder wollte eine Rolle im Leben anderer spielen und um dieses Bedürfnis zu erfüllen, half es enorm, wenn Terry sich an die kranke Mutter, das schreckliche Essen der Ehefrau oder die nervtötenden Nachbarn erinnern konnte.

In der Mittagspause suchte er sich einen günstigen Platz, von dem aus er die Anlieferung der Waren beobachten konnte.

Nach ein paar Minuten gesellte sich einer der Neuen zu ihm. Walkie. Eigentlich hieß er Walter Walker, bestand aber auf den Namen Walkie. »Ist da noch Platz?«, fragte er und deutete auf eine Kiste neben ihm.

Terry nickte knapp und Walkie ließ sich zu seiner Rechten nieder. Er entpackte ein paar Brote und aß einige Minuten schweigend.

Derweil beobachtete Terry in einer möglichst gedankenversunken erscheinenden Pose den Wiegeprozess der Waren und versuchte einzuschätzen, ob der Buchführer wohl empfänglich für Sondereinnahmen sein könnte.

»Ich hab dein Tattoo gesehen«, sagte Walkie und deutete auf Terrys Handgelenk. Dort stand unsauber eine Nummer auf seiner Haut. 14467. Terrys Häftlingsnummer. »Weshalb warst du im Lager?«

»Raubüberfall und Mord.« Er sagte es nüchtern und ohne den Mann neben sich anzusehen.

»Oh.« Walkie klang überrascht. »Ich dachte, dafür kriegt man lebenslang.«

»Ist auch so«, bestätigte Terry. »Aber ich war noch nicht volljährig, deswegen bin ich wieder rausgekommen.«

»Steile Karriere«, kommentierte Walkie.

Terry schnaubte.

»Wie lange hast du geschuftet?«, fragte er weiter.

»Fünf Jahre.«

»Hm.«

Wieder breitete sich Stille zwischen ihnen aus, gelegentlich unterbrochen von dem Rascheln von Walkies Brotpapier.

»Ich habe auch eins«, sagte er unvermittelt, zog den Hemdsärmel ein Stück hoch und hielt Terry das ähnlich unsaubere Tattoo unter die Nase.

Dass Walkie den Beweis seiner Verurteilung wie eine Trophäe präsentierte, verleitete Terry beinahe zu einem sarkastischen ›Glückwunsch‹. Er biss sich jedoch auf die Zunge. »Weshalb hast du geschuftet?«, fragte er stattdessen.

»Betrug, Veruntreuung, Unterschlagung«, zählte Walkie mit einem Schulterzucken auf.

Terry warf ihm einen Blick über die Schulter zu. »Und jetzt bist du geläutert?«

Walkie zog seine Schirmmütze zurecht, unter der dünne rote Strähnen hervorlugten. »Bist du's?«

Terry grinste breit.

Eine Antwort blieb ihm jedoch erspart, da der Vorarbeiter sie harsch auf das Ende der Pause hinwies.

Im Verlauf seiner Beobachtung des Buchführers hatte Terry entschieden, dass es zu riskant wäre, direkt an den Mann heranzutreten. Damit blieben ihm nur zwei Möglichkeiten: Ware vor der Eintragung oder Ware nach der Eintragung verschwinden zu lassen. Eigentlich war es keine Wahl. Sobald auffiel, dass Waren nach der Eintragung verschwanden, stünden sofort die Arbeiter unter Verdacht. Die Lagerbesitzer würden dafür sorgen, dass keiner mehr ungefilzt das Gelände verließ. Er musste einen Weg finden, Waren schon beim Abladen abzuzweigen. Sollte er sich dafür auf die Docks oder auf den Bahnhof konzentrieren?

Ganz in seine Gedanken vertieft, erledigte Terry mechanisch seine Aufgabe und achtete kaum auf die Arbeiter um ihn herum. Doch als er am späten Nachmittag an Walkie vorbeilief, registrierte er den wissenden Blick, den der ihm zuwarf. Mist, der hatte definitiv irgendetwas gerochen!

Nun, nüchtern betrachtet war er ein Anfänger. Dennoch behagte ihm der Gedanke nicht. Terry dachte von sich lieber als jemand, dem es vielleicht an Erfahrung fehlte, der diesen Mangel jedoch durch Gewitztheit auszugleichen vermochte.

Am Ende des Arbeitstages steuerte Terry seine Stammkneipe an, als Walkie wieder neben ihm auftauchte. »Egal, was du vorhast, ich will mit rein.«

»Nein.«

»Doch.«

Terry blieb stehen und musterte den Rothaarigen abschätzend. »Was kannst du?«

Walkie grinste breit und offenbarte damit eine Zahnlücke im hinteren Bereich seines Oberkiefers.

»Ausweise. Ich bringe dich überall rein.«

»Du hast geschuftet, wie gut kannst du da sein?«

»Meine Ausweise sind nicht aufgeflogen!«, entrüstete sich Walkie. »Meine Exfrau hat mich verpfiffen.«

Terry schnaubte. »Vermutlich hatte sie jeden Grund dazu.«

»Ja«, gab der Rothaarige kleinlaut zu. »Aber das ist jetzt vorbei. Und ich sehe dir doch an, dass du ebenso wenig wie ich für den Rest deines Lebens nur noch Kaffeesäcke stapeln willst.«

Terry dachte kurz nach. Walkie schien mindestens zehn Jahre älter zu sein als er. Wenn der ebenfalls etwas anleiern wollte, wäre Terry besser damit beraten, den Rothaarigen selbst zu rekrutieren, statt sich unnötige Konkurrenz zu machen.

»Lass uns ein Bier trinken gehen«, sagte er schließlich.

Walkies Miene hellte sich auf. »Das hört sich gut an.«

19. Das Gefängnis

Sudette saß längst auf ihrem Platz und trommelte ungeduldig mit den Krallen auf der Tischplatte, als Ewanna den Unterrichtsraum betrat. Das Geräusch machte sie nervös. Nach dem Vorfall in der Bibliothek und dem denkwürdigen Abend im Himmel und Hölle hatte sie nichts mehr über die Schwächen der Primärelemente nachgelesen, und ahnte, dass der Unmut ihrer Ausbilderin groß sein würde. Wortlos setzte sie sich auf ihren Platz und erwiderte Sudettes Blick. Stille hing zwischen ihnen. Eine Stille, die so ungewöhnlich für die Pleu war, dass sie Ewanna noch viel mehr aus der Fassung brachte als ihre übliche Ungeduld.

»Erzähl mir von deinem gestrigen Tag«, forderte Sudette.

Ewanna atmete tief ein. Sie hatte sich nichts zu Schulden kommen lassen. Demzufolge hatte sie keinen Grund, sich schlecht zu fühlen, oder? »Kurz nachdem du gegangen bist, hatte ich einen Anfall«, begann sie kleinlaut.

Die Pleu zog eine Augenbraue in die Höhe. »Was für einen Anfall?«

»Ich habe das Planetarium betrachtet und … plötzlich ist die Zeit in rasendem Tempo rückwärts gelaufen und ich … ich weiß nicht, ich habe die Kontrolle verloren, oder so. Ich verfiel in Panik, aber dann war die Sache abrupt wieder vorbei.«

Sudette legte eine Hand an ihr Kinn und schüttelte nachdenklich den Kopf. »Du hast noch so viel zu lernen und uns rennt die Zeit davon.«

»Wieso rennt uns die Zeit davon?«, platzte Ewanna heraus. »Belia …«

Sudette machte eine Handbewegung und ließ sie damit verstummen. »Reden wir erst einmal weiter über deinen gestrigen Tag.«

Die Ruhe, die die Feuerbizach an diesem Vormittag ausstrahlte, sorgte dafür, dass Ewanna sich mehr und mehr Sorgen machte. Sie räusperte sich. »Ich habe Bücher aus dem Arbeitszimmer geholt. Eines über die Schwächen der Elemente und noch einige mehr, da Tam Purson meinte, ich könne mich bedienen.«

»Und?«

»Und dann bin ich zum Himmel und Hölle gegangen.«

»Du hast da etwas ausgelassen.«

Ewanna kratzte sich an der Schläfe. »Ich habe … den Tam verärgert.«

»Weshalb?« Sudette legte den Kopf schief und ihre trommelnden Krallen verharrten in der Luft.

»Ich war ungehalten, weil er immer wieder ungefragt seine Magie auf mich anwendet und darüber hinaus meine Gedanken liest.«

»Wie ich hörte, haben dir deine freilaufenden Gedanken bei Belia auch noch weitere interessante Kontakte eingebracht«, sagte Sudette unbewegt.

»Woher …?«, setzte Ewanna an, doch ihre Ausbilderin unterbrach sie mit einem ungeduldigen Wedeln ihrer Krallenhand.

»Ich habe meine Quellen«, erklärte sie kryptisch. »Du solltest wirklich aufpassen, wem du dein Vertrauen schenkst, Ewanna. In Sidarap existiert eine Vielzahl von Mächten, die nur darauf brennen, deiner habhaft zu werden.«

»Warum?«

Sudette zuckte mit den Schultern, doch wandte den Blick ab, um ihre Krallen zu studieren.

Eine Geste, die Ewanna verdächtig vorkam.

»Jemand wie du ist selten und das zieht nun einmal Gestalten an, die aus den unterschiedlichsten Gründen Interesse an deinen Fähigkeiten haben. Du solltest besser einen Bogen um jemandem wie Lucian Moldley machen.«

»Rätst du mir das, weil er wirklich gefährlich ist oder weil er sich dem Einfluss der Tams entzieht?«

Die Flammen in den Iriden der Pleu züngelten angriffslustig und sie knurrte. »Wir trainieren deine mentale Barriere. Jetzt!«, sagte sie anstelle einer Antwort und wischte damit jede Vertiefung des Themas beiseite.

Ewanna nickte. Das war die Grenze, bis zu der sie sich vorzudringen traute. Außerdem hatte auch sie ein besonderes Interesse an der Privatsphäre ihrer Gedanken.

»Eine mentale Barriere erfordert Disziplin«, begann Sudette ihre Lektion. Sie sprach ruhiger, aber die Flammen in ihren Iriden zuckten noch immer aufgeregt. »Bisher sind deine Gedanken offenbar ein ziemlich undisziplinierter Haufen. Für den Anfang musst du dir darüber bewusst werden, sobald du an jemand anderen denkst. Am besten führst du eine Strichliste.«

»Und wie soll das bei der Barriere helfen?«

»Es ist nicht so, als würde jemand mutwillig in deinen Kopf eindringen, Ewanna. Du musst deinem Gegenüber schon eine mentale Einladung schicken. Durchschnittliche Silberbegabte können nur aufschnappen, was du aussendest, und das trifft insbesondere dann zu, wenn du an diese Person denkst. Zuerst musst du dir also darüber im Klaren sein, wann du jemandem potenziell etwas schickst.«

»Sie dringen nicht in meinen Geist ein?«, fragte Ewanna ein wenig verblüfft.

Sudette schmunzelte, aber ging nicht weiter auf das Thema ein. »Erzähl mir von Belia«, forderte sie.

»Sie hat mir einen Handel angeboten.« Ewanna entschied sich spontan für die Wahrheit. Vielleicht ergab sich dadurch ein Weg, Sudette irgendeine Information zu entlocken. Immer mehr verhärtete sich ihr Verdacht, dass Purson und ihre Ausbilderin tatsächlich etwas vor ihr verschwiegen.

»Einen Handel?«, fragte die Pleu und zog die Augenbrauen so hoch, dass ihr Erstaunen aufgesetzt wirkte.

»Informationen über Pursons Pläne für mich im Austausch für einen Preis. Weißt du irgendetwas über seine Pläne?«

Sudette sah sie abwägend an. »Ich bin seine Stellvertreterin«, sagte sie schließlich, als erklärte das alles.

Das Thema schien damit auch beendet, denn Ewanna sollte einige Seiten über die Schwächen der Elemente lesen, während die Pleu den Raum verließ.

Ob Sudette wohl direkt zu Purson rannte und von ihren Fragen und Zweifeln berichtete?

Ewanna malte sich einen Strich auf ihre mentale Liste und versuchte, sich auf die Inhalte des Textes unter ihrer Nase zu konzentrieren. Sie lernte, dass die Schwächen der Elemente immer in relativem Verhältnis zu ihrer Macht standen. So konnte sowohl Feuer Wasser, als auch Wasser Feuer schlagen, abhängig davon, wer älter und stärker war. Nichtsdestotrotz mieden Feuerbizach Wasser ganz natürlich. Bei den übrigen Elementen sah das ähnlich aus.

Da Sudette nicht zurückkehrte, blätterte Ewanna auch zur nächsten Passage. Die behandelte das Thema, wie Bizach getötet wurden. Während Bizachrei ähnlich wie Menschen starben, einige Vertreter jedoch widerstandsfähiger waren und geringfügig verbesserte Selbstheilungskräfte aufwiesen, konnte ein Bizach nur durch Entfernung seines Herzens oder Enthauptung getötet werden. Das Buch enthielt eine detaillierte Zeichnung, die illustrierte, an welchen Stellen ein entsprechender Schnitt anzusetzen sei, um das Herz mit der bloßen Hand entfernen zu können. Angewidert wollte Ewanna das Buch gerade zuschlagen, als sich eine schaurigschöne Stimme hinter ihrer Schulter zu Wort meldete.

»Auf der Suche nach Inspiration, Miss Kovanova?«, fragte Purson.

»Ich …«

Ewanna schoss das Blut in die Wangen. Natürlich musste er auftauchen, wenn sie über solche Themen brütete. Er lachte leise, doch in ihren Ohren klang er eher bedrohlich als erheitert.

»Ich weiß, dass Ihr noch keine Mordfantasien hegt, andernfalls hätte ich die mit Sicherheit aufgeschnappt. Das war nur ein kleiner Scherz, Miss Kovanova, kein Grund zur Panik.«

Ewanna war nicht entgangen, dass er ›noch‹ gesagt hatte. Angestrengt versuchte sie, ihm diesen Gedanken nicht entgegenzuschleudern, doch scheiterte kläglich, wie ihr sein kurzes Auflachen offenbarte.

»Zu Eurer Beruhigung, Miss Kovanova, das war schon deutlich leiser als bisher.«

Pursons Nähe wurde ihr allmählich unangenehm. Prompt richtete er sich auf und ging zur Tür. »Aber vielleicht solltet Ihr einfach weiterhin so deutlich sein. Das hat unbestreitbar auch seine Vorteile.«

Ewanna sah sich zu ihm um und er winkte sie heran. »Folgt mir.«

Wenig enthusiastisch stand sie auf und ließ ihre Sachen liegen. Sie erwartete, dass er sie zu seinem Arbeitszimmer dirigierte, doch überraschenderweise verließ er mit ihr das Haus.

Sie reihten sich zwischen den zahlreichen Fußgängern ein, die die Straßen Sidaraps füllten. Ewanna konnte nicht anders, als Purson am helllichten Tag inmitten der Menschen anzustarren. Er sah so völlig fehl am Platz aus, doch niemand warf ihm einen zweiten Blick zu. Der Schleier verhinderte, dass jemand sein wahres Antlitz erkannte.

Sie beobachtete, wie er einen Mundwinkel hochzog. Zweifellos hatte er sie schon wieder gehört. »Lasst Euch nicht so schnell entmutigen, Miss Kovanova, Ihr macht bereits Fortschritte.«

Ewanna nickte.

»Aber Ihr habt recht. Ich finde es erstaunlich, dass wir Bizach uns verstecken müssen, damit die heile Welt der Menschen nicht durch unser schreckliches Antlitz ins Wanken gerät.«

»Seit wann ist das so?«

»Seit dem letzten Krieg. Ich bin selbst zu jung, um Euch Näheres verraten zu können. Aber die Menschen haben ein bekanntes Buch darüber verfasst.« Er warf ihr einen vielsagenden Blick zu. »Das liest sich aus der Perspektive der Bizach ziemlich wirr, aber ich schätze, sie haben es damals einfach nicht besser verstanden.«

»Welches Buch meint Ihr?«

Er lachte auf und zeigte ihr seine spitzen Zahnreihen.

»Die Chasa, oder wie ihr sie nennt: Die alte Offenbarung.«

Ewanna hatte Teile davon in der Schule gelesen, doch konnte sich nur noch an einige abstruse, überaus brutale Ausschnitte erinnern. Die Menschen stritten sich seit Ewigkeiten darüber, wann diese Ereignisse stattgefunden hatten.

»Gibt es Bizach, die so alt sind, dass sie diese Zeit noch erlebt haben?«, fragte sie vorsichtig und kam sich bei der Frage gleichzeitig unglaublich blöd vor.

Er gab ein brummendes Geräusch von sich, das wie eine Zustimmung klang, ging jedoch nicht weiter darauf ein. Nach einer Weile gab Ewanna die Hoffnung auf, mehr darüber zu erfahren und versuchte stattdessen herauszufinden, wo sie sich befanden, und wohin er sie bringen würde.

Sidarap war riesig.

Mehrere Millionen wohnten in der Stadt, von denen mindestens eine halbe Million Bizach oder Bizachrei waren. Jeder der sieben Bezirke trug den Namen eines der Sekundärelemente. Wenn man die Stadt aus der Luft beobachtete, dann erinnerte sie mit der Lin, dem reißenden Fluss, der sie teilte, an eine Uhr. Deshalb trug sie auch ihren Beinamen: *Das Uhrwerk an der Lin.*

Purson blieb im Silberbezirk, führte Ewanna jedoch immer weiter ins Stadtinnere. Schließlich steuerte er einen riesigen Gebäudekomplex an. Dahinter konnte Ewanna die Umrisse des Quecksilberbezirks erkennen, der Mittelpunkt von Sidarap und das Regierungsviertel der Bizach. Die Regierung der Menschen befand sich im Goldbezirk. Purson blieb unerwartet stehen und sie rannte völlig gedankenversunken in ihn hinein. »Oh« entfuhr ihr und sie taumelte erschrocken zurück.

»Wir sind da«, sagte er.

Ewanna sah sich um. Ein meterhoher schwarzer Zaun, dessen Spitzen sich zum Innenhof bogen, ließ in ihr ein ungutes Gefühl aufsteigen. Dies war ein Ort, den jemand nicht wieder verlassen sollte. Sie atmete tief ein, als ein extrem muskulöser Wachmann mit rindenartiger Haut ihnen das Tor öffnete. Ewanna kam nicht dazu, den Ndei näher anzusehen. Irgendetwas schien nicht zu stimmen. Ihr Sichtfeld verengte sich zu einem Tunnelblick. Purson marschierte zielstrebig durch das Tor, doch für Ewanna wurde jeder Schritt zu einer Überwindung. Was war das für ein Ort? Vielleicht eine Anstalt für Bizach? Gab es sowas? Sie schaffte es gerade so durchs Tor, doch als es hinter ihr geschlossen wurde, blieb sie mit pochendem Herzen stehen und starrte ihren soeben versperrten Ausweg an. Ihr Brustkorb fühlte sich plötzlich viel zu klein für ihre Lunge an und sie musste sich zum Weiteratmen zwingen.

»Miss Kovanova?«, hörte sie durch das Rauschen in ihren Ohren hindurch die Stimme von Purson.

Zögerlich sah Ewanna sich zu ihm um. Ihr war klar, wie panisch sie aussehen musste. »Ich muss hier raus!«, brachte sie atemlos hervor.

Mit zwei großen Schritten stand er direkt vor ihr und packte sie an den Schultern. Erschrocken verkrampfte sie sich noch mehr, versuchte sich loszureißen, und schnappte nach Luft.

Mit einem Mal verlangsamte sich alles um sie herum. Ihre Kraft schwand, als würde jemand sie ihr rauben. Ihr gelang es, eine von Pursons Händen zu packen, um sie von ihrer Schulter zu lösen. Sobald Ewanna jedoch seine Haut berührte, verlor sie jeden Bezug zur Realität.

Sie stand vor einem angeketteten Ndei. Der Erdbizach brüllte und tobte. Ewanna fühlte bei dem Anblick eine tiefe Befriedigung. Gedanken, die nicht ihre waren, flogen durch ihren Kopf. Der Ndei war ein Verbrecher, einer, der den Tod verdiente. Sie hob ihre Hand und entdeckte Klauen. Ein Feuer brannte in ihr, ungezügelter Hass brodelte an die Oberfläche und dann traf eine Flammenwalze den wehrlosen Ndei.

Wie von etwas gestochen, schrie sie auf und ließ die Hand des Tams los. War sie gerade Purson gewesen? Aber wann? Und wie?

Ihre Knie gaben nach und nur der eiserne Griff des Pleus bewahrte sie davor, hart auf dem Boden aufzuschlagen. Gleichzeitig stieg eine sanfte Wärme in ihr auf, die nichts mit dem lodernden Hass zu tun hatte, den sie soeben in Purson gespürt hatte. *In Purson.* Was zum Teufel war hier gerade geschehen?

Die Wärme sorgte dafür, dass sich ihre verkrampften Muskeln ein wenig lockerten.

»Atmet, Miss Kovanova. Ganz langsam. Erst ein, dann aus.«

Ewanna bemühte sich, seiner Anweisung nachzukommen. Doch noch immer wollten ihre Lungenflügel nicht gehorchen. Nach zwei Versuchen wurde die Angst zu ersticken übermächtig und Ewanna schnappte verzweifelt nach Luft. Die Wärme stieg höher, wärmte jede Zelle in ihrem Körper, während Purson laut und deutlich vor ihr ein- und ausatmete, in einem gleichmäßigen, beruhigenden Rhythmus. Sie schloss die Augen und unternahm wieder einen Versuch. Am liebsten wollte sie zu Boden sacken, doch Pursons Krallen hinderten sie daran. Mehrmals atmeten sie gemeinsam ein und aus, bevor sich sein Griff lockerte.

Ein warmer Lufthauch streichelte ihr Gesicht.

»Was …?«, brachte sie hervor. Sie war noch immer außer Atem und ihre Bluse klebte an ihrem Körper.

Purson schüttelte den Kopf. »Das war unaufmerksam von mir. Ich hätte bedenken sollen, dass so etwas passieren könnte, Miss Kovanova.«

»Was ist das für ein Ort?«, fragte sie leise.

»Ein Gefängnis … oder vielmehr *das* Gefängnis für die Bizach von Sidarap.«

Ewannas Blick glitt zu den massiven schwarzen Mauern, die sich mehr als hundert Meter zu beiden Seiten vor ihnen erstrecken mussten. Im Schätzen war sie nicht besonders gut, doch für ihre Begriffe besaß der Komplex gigantische Ausmaße.

Pursons flackernde Iriden folgten ihrem Blick, dann sah er sie fragend an. »Meint Ihr, Ihr haltet es da drin aus?«

Sofort breitete sich wieder Kälte in ihr aus und die warme Flamme schoss ihr Rückenmark hinauf, wärmte sie, entspannte sie. Das war dem Tam wohl Antwort genug.

»Ich …«, begann Ewanna. Sie wollte, aber sie wusste, dass sie nicht gegen diese überwältigende Angst ankommen würde.

Er schüttelte den Kopf. »Ich hätte bedenken sollen, dass Eure Vergangenheit es Euch erschwert, einen solchen Ort zu betreten, Miss Kovanova. Gehen wir wieder zurück«, sagte er ruhig aber entschieden, und wandte sich von ihr ab. Sie folgte ihm nur zu bereitwillig vor den Hof. Erst nachdem sie das Tor passiert hatten, fühlte sich Ewanna, als könnte sie wieder frei atmen. Dennoch blieb eine seltsame Schwäche in ihren Gliedern zurück.

»Was hattet Ihr dort vor?«, fragte sie.

»Ich wollte Euch jemandem vorstellen. Aber das kann warten, Miss Kovanova. Ihr solltet Euch erst einmal ausruhen.«

Das musste er ihr nicht zweimal sagen. Der Gedanke an Schlaf war zu verlockend.

20. Das Gleichgewicht

Ewannas Muskeln protestierten schmerzhaft, als sie am nächsten Morgen zwischen ihren Decken erwachte. Wiederkehrende Träume von dunklen Räumen und Sackgassen hatten sie heimgesucht und ihr einen unruhigen Schlaf beschert. Verstohlen öffnete sie ihre Lider einen Spaltbreit und ließ den Blick langsam durch den Raum wandern. Niemand sonst schien sich außer ihr im Schlafzimmer zu befinden. Seit Sudette sie einmal erschreckt hatte, überprüfte Ewanna stets beim Erwachen, ob sich unerwartete Besucher im Raum aufhielten. Ihre Kiefermuskulatur sendete einen dumpfen Druckschmerz die Schläfen hinauf. Weshalb sie ausgiebig gähnte und sich streckte, dann rollte sie träge aus dem Bett und tapste zum Badezimmer. Im Türrahmen blieb sie wie angewurzelt stehen und starrte auf die Person, die ihr aus dem Spiegel an der Wand gegenüber entgegenblickte.

»Was?«, fragte sie entgeistert. So hatte sie gestern noch nicht ausgesehen! Ihre Haut wirkte gespenstisch weiß und ihre Haare hatten jeden Glanz verloren. Was war mit ihr geschehen?

Mit weichen Knien ging Ewanna zum Waschbecken, wusch sie sich notdürftig und wankte anschließend zum Kleiderschrank, wo sie frische Sachen heraussuchte. Jede Regung erwies sich als ein Kraftakt, dabei hatte sie doch direkt nach ihrer gestrigen Rückkehr geschlafen. Ein Blick auf die Schreibtischuhr, die mit beruhigender Gleichmäßigkeit vor sich hin tickte, verriet ihr, dass bereits Nachmittag war. Warum hatte keiner sie geweckt?

Sobald Ewanna eingekleidet war, verließ sie ihr Zimmer. Ihr erster Weg führte sie zum Raum mit dem Planetenmodell. Auch dort traf sie niemanden an, weshalb sie als nächstes Pursons Arbeitszimmer aufsuchte. Sie war gewiss nicht erpicht darauf, wieder mit ihm zu reden, aber welche Wahl blieb ihr? Den Rest des Tages auf ihrem Zimmer sitzen? Sie fühlte sich ohnehin wie der blühende Tod. Der Tam würde sich anstrengen müssen, um ihren Tag noch schlimmer zu machen. Ohne anzuklopfen drückte sie die Klinke hinunter und trat ein.

Purson saß wie gewöhnlich hinter seinem Schreibtisch und hantierte mit einigen Papieren herum. Sobald er Ewanna bemerkte, hielt er in seiner Tätigkeit inne. Er musterte sie mit einer ungewöhnlichen Ernsthaftigkeit in seinen Zügen. Sie kannte ihn bisher überwiegend mit einem abwägenden Gesichtsausdruck, der gelegentlich in eine Art überhebliche Belustigung umschlug, aber nie hatte sie dieser steinharten Miene gegenübergestanden.

»Ihr wollt wissen, was gestern geschehen ist, Miss Kovanova«, sagte er nüchtern und lehnte sich in seinem lederbezogenen Drehstuhl zurück.

»Das ist richtig«, antwortete sie leise und knetete ihre Finger, um sich ein wenig zu beruhigen.

»Ihr habt Euch und Eure Macht mit der gestrigen Panikattacke beinahe vollständig verausgabt.«

Ewanna hatte die tiefschwarze Tischkante beäugt, um Pursons Blick auszuweichen, doch bei seinen Worten sah sie überrascht auf. »Meine Macht?«

»Ihr habt die Zeit verlangsamt, oder nicht? Und Ihr habt eine meiner Erinnerungen gesehen.«

»Das habt Ihr … bemerkt?« Beschämt senkte Ewanna den Blick. Ihre Wangen glühten. Sie hatte nicht in seine Erinnerung eindringen wollen.

Ehrlich gesagt, wollte sie sich gar nicht vorstellen, wie sie sich fühlen würde, hätte das jemand mit ihr getan.

»Ja, ich habe die Erinnerung mit Euch zusammen gesehen.«

»Ich …«, setzte Ewanna zu einer Entschuldigung an.

»Miss Kovanova, ich weiß, dass Ihr keinerlei Kontrolle hattet. Es gibt nichts, wofür Ihr Euch entschuldigen müsstet. Ich wünschte nur, ich hätte Euch das alles erspart. Menschliche Emotionen sind für mich zuweilen verwirrend.«

Verwundert hob sie den Kopf. »Fühlen Bizach denn gar nicht?«

Die Frage hatte ihren Mund verlassen, bevor sie sie hatte zurückhalten können. Der Gedanke kam ihr zu absurd vor.

»Nur eine gedämpfte Version menschlicher Empfindungen – ausgenommen Hass und Leidenschaft. Die sind zumindest für Pleus um ein Vielfaches verstärkt.«

»Wozu ist das gut?«

Ewannas Neugier gewann die Oberhand über ihre Sorgen und Ängste bezüglich des Tams.

Er lachte auf und die Flammen in seinen Augen züngelten hoch. »Gegenfrage: Wozu soll dieser überschäumende menschliche Emotionscocktail nützlich sein?«

Sie zuckte mit den Schultern. So recht wollte ihr keine plausible Antwort darauf einfallen.

»Lasst mich Euch etwas erklären«, sagte er mit einem gönnerhaften Lächeln, das sogar charmant hätte aussehen können, wären da nicht jedes Mal diese verstörenden Zähne. »Bizach überleben zahlreiche Menschengenerationen. Wenn wir ähnlich intensive Gemütsregungen hätten wie sie, würden wir scharenweise in den Freitod springen. Menschen hingegen brauchen mitreißende Emotionen, um in der Kürze ihres Daseins den natürlichen Trieben nachkommen zu können. Anders ließe sich ihr Kreislauf von Leben und Tod nicht aufrechterhalten.«

Nachdenklich nickte Ewanna. Das ergab Sinn.

»Und was ist mit Bizachrei?«

»Einige können die Emotionskaskade ein- und ausschalten, andere behalten stets ihre menschlichen Empfindungen.«

Unvermittelt musste sie an Lucian denken. Ob er wohl dazu in der Lage war, seine Emotionen zu kontrollieren?

»Und wie legt man den Schalter … sozusagen um?«, hakte sie nach.

»Ihr müsst Eure Gefühle abschalten wollen, und zwar aus voller Überzeugung. Wiedereinschalten ist jedoch, soweit ich weiß, für viele schwerer. Vor allem, wenn sie sich aus Schuld oder Scham von ihren Emotionen abgewandt haben.«

Purson saß noch immer zurückgelehnt in seinem Stuhl, die Ellenbogen auf den Lehnen abgestützt und die Krallenhände zu einem Dach geformt. Er wirkte ungewöhnlich entspannt und mitteilsam, weshalb Ewanna einen weiteren Vorstoß wagte.

»Was ist gestern geschehen?«

»Nun, wie Ihr festgestellt habt, seid Ihr nicht nur dazu in der Lage, mit den Karten die Gegenwart einer Person in Erfahrung zu bringen. Ihr könnt darüber hinaus die Vergangenheit eines Wesens erforschen, und dazu ist nichts weiter notwendig als eine achtlose Berührung. Gestern habt Ihr zu allem Überfluss auch noch die Zeit verlangsamt. Eine überaus beeindruckende, aber sehr anstrengende Fähigkeit. Ihr könnt mir das mit Sicherheit bestätigen. Für einen Moment hatte ich Sorge, ich könnte Euch verlieren.«

Ewanna riss die Augen auf. »Ich habe … *deswegen* sehe ich so aus und fühle mich, als zöge ich einen Felsen hinter mir her?«

»Ganz recht.« Purson lehnte sich vor und legte die Ellenbogen auf der Tischplatte ab. Er sah aus, als warte er auf etwas. Womöglich wusste er, welche Frage Ewanna als nächste stellen würde. Sie sollte dringend an den Übungen arbeiten, die Sudette ihr aufgegeben hatte.

»Belia sagte mir, dass ich ein Schicksal habe, dem ich nicht ausweichen könne.«

Purson verdrehte die Augen. »Hat sie das? Und hat sie sich auch erbarmt, Euch zu verraten, welches das sei?«

»Nein, aber sie will es mir sagen, wenn ich bereit bin, einen Preis dafür zu zahlen.«

Schnaubend schüttelte der Tam den Kopf und beugte sich weit über die steinerne Tischplatte. »Geht diesen Handel nicht ein, Miss Kovanova. Der Preis wird alles übersteigen, was Ihr Euch vorstellen könnt.«

»Deswegen stehe ich hier und frage Euch.«

Pursons Mienenspiel gefror. Ewanna ahnte seine Antwort, bevor er auch nur ein Wort sagte.

»Ich habe meine Gründe, Miss Kovanova. Ihr habt kaum genug über diese Seite von Sidarap gelernt, um Euch allein aus dem Haus zu wagen. Ihr solltet froh sein, dass Euch jemand die Bürde dieses Wissens noch erspart.«

Seine Antwort stieß Ewanna sauer auf. »Ich brauche niemanden, der mich bevormundet!«

Purson hob eine Augenbraue und reckte das Kinn. An seinem Kiefer zuckte ein Muskel, doch er blieb stumm, weshalb sie fortfuhr.

»Während eines Anfalls musste ich mitansehen, wie meine Mutter enthauptet wurde. Ich denke, ich komme mit einem Sprung ins kalte Wasser klar!«

Ruckartig legte Purson den Kopf schief. Sie musste etwas gesagt haben, das ihn überraschte. Oh nein …

»Eure Mutter wurde enthauptet? Das stand nicht in Euren Akten.«

Ewanna räusperte sich und trat einen Schritt zurück. Verflucht, sie musste ihre Gedanken wirklich disziplinieren. »Ich rede nicht darüber.«

Der bekannte abwägende Ausdruck kehrte auf Pursons Miene zurück, einen Moment später nickte er. »Gut.«

»Wieso habt Ihr mich gestern zu dem Gefängnis mitgenommen?«

Der Tam schob seinen Drehstuhl zurück und stand auf. Er zog die Weste zurecht und warf einen kurzen Blick auf seine schwarz glänzende Taschenuhr.

Einen Moment schien er zu überlegen, dann ließ er das Schmuckstück wieder zuschnappen und in seiner Tasche verschwinden, ehe er zielstrebig auf eines der Bücherregale zumarschierte. »Seit fast vierhundert Jahren lebe ich in dieser Stadt, Miss Kovanova. Hundert davon verbringe ich jetzt in der Position des Tams des Silberbezirks. Ich war und bin verantwortlich dafür, jede durch einen oder an einem Bizach verübte Straftat aufzuklären, einen Bericht für Adonai anzufertigen und sein Urteil zu vollstrecken.«

Er warf ihr einen ausdauernden Blick zu, bis sie bestätigend nickte. »Nach all der Zeit kommt man nicht umhin, gewisse Muster unter den Straftätern festzustellen.«

Purson zog ein in Leinen gebundenes Buch aus dem Regal und blätterte durch die Seiten. »Die Bizach leiden unter dem Schleier, Miss Kovanova. Früher haben die Menschen uns respektiert, aber jetzt? Sie haben nichts weiter als Geringschätzung für uns übrig, weil sie uns nicht mehr kennen. Für sie sind wir die Figuren ihrer Schauermärchen. Monster, die ihre Kinder stehlen und verzehren.«

»Kratzt das an Eurem Stolz?«, fragte Ewanna und verschränkte die Arme. Sie konnte einen Funken Wahrheit in den Worten des Pleus nicht verleugnen. Aber in welche Richtung wollte er das Gespräch mit dieser Eröffnung führen?

»Ich denke, dass eine ordentliche Aufklärung ein friedliches Miteinander von Menschen und Bizach ohne den Schleier ermöglichen kann. Stattdessen sorgt der seit Jahrtausenden dafür, dass die Gräben zwischen unseren Spezies tiefer werden und den Nährboden für Vorurteile und Hass bilden.«

»Ihr wollt den Schleier abschaffen?«

Ein mattes Lächeln zog sich über seine Miene. »Er ist ein Relikt eines mehr als zweitausend Jahre zurückliegenden Friedensabkommens. Ich will die natürliche Ordnung wiederherstellen. Der Schleier ist widernatürlich und verhindert, dass die Menschen und die Bizach sich in dem Maße vermischen können, wie die Natur es vorsieht. Das Unwissen nährt die Vorurteile und die Ablehnung … auf beiden Seiten.«

»Der Schleier verhindert das nicht. Niemand verbietet Mischbeziehungen.«

Purson lachte mild. »Ihr habt recht. Nirgendwo steht geschrieben, dass Menschen und Bizach nicht zusammenleben dürfen. Aber braucht es einen staubigen Paragraphen, wenn Hass und Angst in der Gesellschaft herrschen? Tatsächlich gibt es nicht einen Gesetzestext, der sich mit Mischbeziehungen befasst. Die Menschen tun am liebsten so, als würden wir nicht existieren, außer in Form einer diffusen Bedrohung für ihresgleichen. Und die Bizach … nun, viele verstehen nicht, warum wir uns von ihnen wie Fußabtreter behandeln lassen. Sie wollen den Menschen einen Denkzettel verpassen.«

»Verstehe ich das richtig? Ihr seid dafür, den Schleier abzuschaffen, sodass sich Menschen und Bizach leichter mischen und …? Welchen Zweck verfolgt Ihr damit? Wollt Ihr Eure eigene Spezies aussterben lassen?« Ewanna bemühte sich nicht, ihren Unglauben zu verstecken.

»Ich sagte Euch bereits, dass die Bizach fehlerhaft konstruiert seien. Die Schöpfungsmacht erschuf die Menschen, um diesen Fehler auszugleichen. Das kann nur durch Mischung geschehen, aber der Schleier und … Adonai verhindern das.«

»Was ist mit ihm?«, fragte Ewanna interessiert, doch Purson schüttelte nur müde den Kopf und reichte ihr das Buch.

»Lest das. Lasst Euch allerdings mit solcher Lektüre nicht außerhalb dieser Mauern erwischen, Miss Kovanova.«

Sie griff nach dem Werk und zog die Augenbrauen zusammen. »Ihr seid gegen die Ordnung? Gar gegen Adonai selbst?«

Er nickte langsam.

»Ist es nicht gefährlich, dass ich so etwas über Euch weiß?«

Die Flammen in seinen Iriden waren kaum sichtbar und wirkten wie glühende Kohlen inmitten tiefer Dunkelheit. »Das ist es. Aber wie sollt Ihr mir jemals vollständig vertrauen, wenn ich mit Euch keine Risiken eingehe?«, fragte er. »Außerdem steht mein Schicksal fest, seit ich Euch bei mir aufgenommen habe und versuche, Eure Existenz vor den anderen Tams zu verbergen.«

»Warum tut Ihr das?«, fragte Ewanna irritiert, doch Purson schüttelte nur den Kopf und wandte sich ab. Mit ruhigen Schritten kehrte er zu seinem Schreibtisch zurück, griff nach einigen Papieren und ordnete sie.

»Ihr könnt nun gehen, Miss Kovanova.«

»Wollt Ihr gar nicht wissen, ob ich überhaupt hinter Euren Zielen stehe?«

Ein mildes Lächeln huschte über seine Züge und er ließ sich zurück auf seinen Platz fallen. Bei der Bewegung wurde das strahlende Rot seiner Haare im Sonnenlicht reflektiert.

»Das weiß ich bereits«, entgegnete er und entließ sie mit einer Handbewegung.

21. Ein bisschen näher dem Tod

Zanaa durchstreifte die Gänge von Byleths kleiner Festung, die die Tam sich im Schwefelbezirk errichtet hatte. Jeder regierende Bizach bewohnte einen Verwaltungssitz in seinem Bezirk, aber keiner war so aufwendig gesichert wie dieser. Sie hatte schon immer gefunden, der Bau schrie förmlich: Ich habe etwas zu verstecken!

Inmitten eines langen Flures blieb Zanaa stehen. Von allen Seiten umgaben sie anthrazitfarbene Steinblöcke. Die Oberflächen – kühl und kahl, gleichmäßige Rechtecke so weit das Auge reichte. Von dekorativen Elementen fehlte jede Spur. Wäre sie noch am Leben, hätten die fehlenden Fenster ihr zu schaffen gemacht. Kyal vertrugen keine geschlossenen Räume. Doch seit ihrem Tod spürte Zanaa immer weniger. Manchmal glaubte sie, das Leben zu vergessen. Wie lang, bis auch ihre Erinnerungen verblassten? Was würde das aus ihr machen?

Sie dachte nur noch selten an Gabriel. Ihr Bruder hatte nie nach ihr gesucht. Vor fünf Jahren hatte sie sich auf eigene Faust aufgemacht, weil Adonai sich ungewöhnlich gleichgültig gegenüber Byleths Missachtung des Friedens gezeigt hatte. Aber warum? Diese Frage verfolgte Zanaa noch immer, Tag und Nacht. Warum befahl der Unfehlbare nicht, diesem Wahnsinn Einhalt zu gebieten? Ihr Streben nach einer Antwort auf die Frage fühlte sich zuweilen wie das Einzige an, was sie noch an das Leben band.

Unschlüssig blieb sie stehen und sah sich um. Ihr war erlaubt worden, sich innerhalb der Festung frei zu bewegen und da sie sich einer direkten Anordnung von Byleth nicht widersetzen konnte, brauchte es weder Bewachung noch Ketten, um sie zu fesseln. Langsam hob sie ihre grünlich schimmernde rechte Hand, die früher so schwarz wie die aller Luftbizach gewesen war. Seit sie den Ndei mit dieser verfluchten Klinge erstochen hatte, kribbelte das Körperteil. Kein unangenehmes Gefühl, aber ein seltsames in Anbetracht ihrer sonstigen Empfindungstaubheit.

Zwei untote Wachen, einst Menschen, bogen in den Gang. Zanaa wusste von ihrer Gegenwart, bevor sie die merkwürdigen Kreaturen sah. Eine weitere neue Fähigkeit: eine Art siebter Sinn für in der Nähe befindendliche Untote oder Tote allgemein, ganz sicher war sie da noch nicht. Manchmal spürte sie zusätzlich eine Art Verbundenheit zu ihnen. Lag es daran, dass sie auch eine Verbindung zum Tod hatten? Aber warum umgab nur Zanaa dieser grünliche Schimmer?

Als die Wachen sie erblickten, machten sie ein schmatzendes Geräusch. Das Zeichen dafür, dass sie etwas zu sagen hatten.

»Was gibt es?«

»Bylethhh … will … Euchhh.«

»Natürlich.«

Zanaa setzte sich in Bewegung und die Wachen machten ihr Platz. Den meisten von ihnen fiel Sprechen schwer, einige konnten das aber noch ganz gut. Zu Beginn hatte sie die menschlichen Untoten für willenlose Sklaven gehalten, doch über die Jahre hinweg hatte sie beobachtet, dass manche von ihnen Teile ihrer ursprünglichen Identität behalten hatten, ähnlich wie sie.

Sie steuerte Byleths ›Thronsaal‹ an. Ein ausladender Raum, in dem die Tam für gewöhnlich residierte, und nahezu der einzige Ort innerhalb ihrer Festung, an dem sie mit anderen sprach. Beim

Eintreten saß die Tuk auf ihrem steinernen Monster von einem Thron und strahlte sie an. Nach Zanaas Erfahrung war das ein Zeichen zur Beunruhigung.

»Ah, meine Liebe!«

Die Tam erhob sich in einer geschmeidigen Bewegung und stieg langsam die Stufen ihres Podests hinab. Mit einem knappen Fingerzeig zitierte sie vier Wachen zu sich, die einen meterhohen, verhüllten Gegenstand in die Mitte des Raumes rollten. Er übte eine eigentümliche Anziehung auf Zanaa aus.

»Du machst mir Sorgen«, eröffnete Byleth die Konversation und setzte eine übertrieben besorgte Miene auf.

»Darf ich fragen, warum?«

»Du darfst. Schau, ich besitze kein mit dir vergleichbar mächtiges Wesen in meiner Sammlung, du bist also in gewisser Weise Neuland für mich. Ich habe deine Kräfte so streng limitiert wie möglich, und doch sehe ich nach wie vor einen Funken Leben in dir.« Byleth kam näher und umkreiste Zanaa, wie eine Raubkatze kurz vor ihrem todbringenden Angriff. »Du musst dich meinem Wort beugen und doch spüre ich deinen Widerwillen. Bei der Versklavung des Ndei hast du sogar gezögert.« Sie legte eine Effektpause ein und blieb mit nachdenklichem Gesichtsausdruck vor Zanaa stehen. »Das ist zutiefst besorgniserregend.«

»Was gedenkt Ihr zu tun?« Jedes Wort schnürte Zanaa die Kehle fester zu. Ihr siebter Sinn sagte ihr, dass sich die Situation von beunruhigend zu ernst entwickelte.

»Gut, dass du fragst. Dazu wollte ich gerade kommen.« Byleth wandte sich um und ging zu dem verhüllten Gegenstand. Ihre Hände schlossen sich um den Stoff. »Sei so gut und bleib da stehen«, sagte sie und zog mit einem kräftigen Ruck das Tuch hinunter. Zanaa keuchte erschrocken auf. Sie wollte vorpreschen, doch ihre Beine gehorchten ihr nicht. Unter dem Tuch kam ein Glaskasten zum Vorschein und darin befand sich ihr Körper –

oder vielmehr ihre Leiche. An der Stelle, an der ihr Herz hätte sein sollen, klaffte ein dunkles Loch. Zanaa war immer davon ausgegangen, dass Byleth ihre Überreste vernichtet hatte.

»Jede Seele braucht etwas, woran sie gebunden ist. Einen physischen Anker in dieser Welt. Für gewöhnlich handelt es sich dabei um den Körper«, sagte die Tam und ging um den Glaskasten herum. Auf der anderen Seite betätigte sie einen Mechanismus und mit einem leisen Klicken schwang die Rückwand des Kastens auf.

»Ich habe die örtliche Bindung zwischen dir und deinem Körper aufgehoben, aber er ist noch immer dein Anker. Immerhin ist er unvergänglich.«

Sie fuhr mit ihren braun-goldenen Händen sanft über die weißen Federn von Zanaas Flügel.

»Ich habe euch Kyal immer um diese Dinger beneidet.«

Byleth winkte einer weiteren Wache. Die brachte ein Kästchen herbei, bei dessen vertrautem Anblick Zanaa einen Anflug von Sorge empfand.

Die Tam öffnete es, nahm den widernatürlichen Dolch heraus und trennte mit einem einzigen kräftigen Streich einen der Flügel blitzschnell von dem leblosen Körper.

Eine schreckliche Sekunde lang starrte Zanaa reglos auf die Szene. Schock und Unglaube stritten in ihr, dann durchfuhr sie ein unerträglicher Schmerz, als würde ihre Seele entzweigerissen. Sie schrie spitz auf und fiel auf die Knie.

»Glaube mir, ich empfinde keinerlei Freude hierbei, Liebes, aber ich muss mir deiner bedingungslosen Loyalität sicher sein.« Gnadenlos sauste die Klinge auf den zweiten Flügel nieder.

Zanaa schrie sich die Seele aus dem Leib. »Bitte«, schluchzte sie, ohne wirklich weinen zu können.

»Keine Sorge, ich bin schon fertig«, sagte Byleth und schloss die Vitrine.

Sie legte den Dolch zurück in das Kästchen und betrachtete nachdenklich die am Boden liegenden Flügel. »Ich denke, ich sollte sie mir irgendwo hinhängen, was meinst du?«

Zanaa nickte, ohne aufzusehen.

»Was hältst du von … hinter meinem Thron?«

»Eine gute Idee«, murmelte Zanaa.

»Ja, ich glaube, da hast du recht.« Byleth winkte zwei Wachen herbei und wies sie an, die Flügel hinter ihrem Platz zu befestigen. Dann trat sie näher an Zanaa heran. »Sieh auf«, befahl die Tam und inspizierte eine Weile Zanaas Gesicht. »Sag, dass du mir vergibst.«

»Ich vergebe Euch.«

Byleths Ausdruck wurde weicher. »Ja, ich glaube, jetzt bist du dem Tod nahe genug.«

22. Quid pro Quo

Walkie besorgte ihnen Ausweise und Terry organisierte eines der langsamen und lauten Schwerlastenfahrzeuge. Der Händler schien froh darüber, das Ungetüm loszuwerden. Wahrscheinlich funktionierte die Karre nicht einwandfrei, aber etwas Besseres konnte er sich nicht leisten. Um ehrlich zu sein, besaß er nicht einmal genügend Geld für diesen klapprigen Blechhaufen. Walkie hatte ihm den Betrag auslegen müssen. Die Sonne schickte ihre ersten morgendlichen Strahlen in die Straßen von Sidarap, als Terry bei den Docks vorfuhr. Im Ketterer hatte er einige Male einen Wagen wie diesen fahren dürfen, aber eine richtige Fahrlizenz besaß er nicht. Zumindest bis gestern nicht, Walkie hatte das kurzfristig geändert. An der Zufahrtsschranke trat ein Wart aus seinem Wachhäuschen und verlangte Papiere. Aus dem Ex-Häftling Terry Dalton war darauf Lem Gibson geworden, Fahrer für den Kaffee-Großhändler Dalton & Söhne.

»Dalton & Söhne?«, fragte der Wachmann. »Noch nie gehört.«

»Komm'n aus Velleck im Norden und haben jrade erst in Sidarap uffjemacht, Mister. Werden Se jetze öfter seh'n!«, erklärte Terry mit breitem Akzent und schob sich seine Schirmmütze zurecht.

»Nun gut, welche Firma beliefert Sie?«

Terry kannte aus seiner Arbeit an den Hallen einige der großen Kaffeeimporteure. »Mokka O'Lin.«

Der Mann nickte, stempelte Terrys Ausweis und reichte ihn zurück.

»Das Schiff von ›Mokka O'Lin‹ liegt an Löschplatz vier vor Anker.«

»Danke!«, antwortete Terry und tippte sich zum Gruß an den Mützenschirm, während der Wachmann zur Schranke ging und sie hochkurbelte.

An der Zufahrt zu den Docks wurde er noch einmal kontrolliert, dann reihte er sich in eine Schlange von wartenden Schwerlastenfahrzeugen ein.

Terry zündete sich eine Zigarette an und las die aktuelle Ausgabe der Sidarap Tagesthemen. Die enthielt keine überraschenden Neuigkeiten. Seit Jahren waren die Vermisstenzahlen konstant hoch, beinahe täglich kamen neue Meldungen hinzu und mittlerweile breitete sich Furcht unter den Menschen aus. Viele sahen seit jeher in den Bizach die Schuldigen. Aber die Debatte schien zuletzt vor allem durch den radikalen Bürgermeister Viktor Jossum angeheizt worden zu sein.

Terry hatte im Radio gehört, dass der Mann kein Blatt vor den Mund nahm, wenn es darum ging, gegen die Bizach aufzuhetzen. Darüber konnte er nur den Kopf schütteln. Er mochte diese Dämonen ebenso wenig wie alle anderen. Und auch, wenn seine Gründe deutlich persönlicher waren als die der meisten, war es dumm und gefährlich, die Bizach derart herauszufordern. Er hatte gesehen, wozu sie fähig waren. Dagegen konnte kein Mensch bestehen.

Die Warteschlange bewegte sich endlich vorwärts und Terry warf die Zeitung beiseite, um an einen der Beladeplätze vorzufahren. Er hatte kaum gehalten, da werkelten schon einige Dockarbeiter an der Heckplane seines Fahrzeugs und begannen, Kaffeesäcke auf die Ladefläche zu hieven.

Ein rothaariger Mann mit Klemmbrett, der die Frachtverteilung beaufsichtigte, näherte sich der Fahrerkabine. »Hier bitte einmal den Erhalt Ihrer Waren gegenzeichnen, Mr. Gibson.«

Terry beugte sich aus dem Fenster und unterschieb mit einem unleserlichen Kringel. »Ich hoffe, dieses Papier wird bald wieder verschwinden, Mr. Mercer«, sagte er in geschäftsmäßigem Ton und zwinkerte Walkie zu.

»Oh, man kann nie wissen!«, antwortete der bedeutungsschwer.

Terry ließ sich wieder auf seinen Fahrersitz zurückfallen und schmunzelte einen Moment vor sich hin. Er brauchte nur noch ein paar Minuten zu warten, dann schlug jemand kräftig gegen den Kotflügel. Das Zeichen dafür, dass alles verstaut war. Er streckte einen erhobenen Daumen aus dem Fenster und fuhr zügig vom Gelände.

Zurück auf der Straße hielt Terry am Bordstein und atmete durch. Der erste Teil ihres Plans hatte funktioniert. Mehr als eine Tonne Kaffeebohnen befand sich hinter ihm im Fahrzeug. Nun galt es, die Ware in Bargeld umzuwandeln.

Am Vorabend hatte er mit Walkie ausgemacht, dass sie ihren Schmuggel so legal und einfach wie möglich aufziehen wollten. Ihre Wahl war nicht zufällig auf Kaffee gefallen. Die beiden größten Kaffeeproduzenten der Stadt führten einen erbitterten Wettbewerb. Nur eine der Firmen musste dazu bereit sein, diese Rivalität auch mit schmutzigen Mitteln für sich zu entscheiden, und sie hätten ihren Abnehmer. Terry hatte die Fabriken auf seiner Karte von Sidarap markiert und steuerte zuerst Schoom's im Bleibezirk an. Unweit des Firmengeländes parkte er sein Fahrzeug in einer Seitengasse.

Die Schirmmütze warf er auf den Beifahrersitz und ersetzte sie durch einen bereitliegenden breitkrempigen Filzhut. Aus dem Handschuhfach kramte er einen weiteren vorbereiteten Ausweis sowie eine Handvoll Visitenkarten hervor.

Lem Gibson wurde so zu Stig Greysson, Handelsvertreter für Dalton & Söhne. Aus dem Fußraum des Beifahrersitzes zog Terry noch einen langen Stoffmantel und eine Aktentasche hervor, dann verließ er das Fahrzeug und marschierte auf die Kaffeefabrik zu. An der Zufahrt zum Innenhof versperrte ihm eine Schranke den Weg, doch das Wachhäuschen war unbesetzt, weshalb Terry die Barriere unbeeindruckt umrundete. Gern wollte er eine seiner Münzen hervorkramen, aber das würde vermutlich eher die Vertrauenswürdigkeit seiner Rolle als Handelsvertreter untergraben.

Er ging bis zur Mitte des Innenhofes des Verwaltungsgebäudes und sah sich ratlos um, als eine aufgeregte blonde Sekretärin aus dem Gebäude gelaufen kam. »Entschuldigung! Wer sind Sie? Haben Sie eine Erlaubnis, hier zu sein?«

Terry setzte sein strahlendstes Lächeln auf und streckte der Frau die Hand entgegen. »Stig Greysson, Miss …«

»*Mrs.* Fitz.«

»Ah, natürlich, Mrs. Fitz. Ich komme von Dalton & Söhne und will Ihnen unsere exzellente Kaffeeauswahl präsentieren.«

»Tut mir sehr leid, Mr. Greysson, aber wir haben bereits feste Lieferanten und nehmen niemanden mehr auf«, sagte sie und ihre Miene verhärtete sich.

»Werfen Sie doch erst einmal einen Blick auf die Ware, ich verspreche Ihnen …«

»Mr. Greysson«, unterbrach sie ihn schroff. »Guten Tag.« Energisch wandte sie sich ab und stolzierte davon.

Terry schnaubte leise. »Eingebildete Ziege«, murmelte er in den Kragen seines Mantels. Hoffentlich hatte er bei der anderen Fabrik mehr Glück.

Knapp zwei Stunden später hielt Terry vor einem Backsteinbau im Schwefelbezirk. Die Firma ›KaffeeKyal‹ besaß keine Schranke vor der Zufahrt, sodass er erneut unbehelligt auf den Innenhof marschierte. Einige Arbeiter liefen geschäftig umher und in der Luft hing der Duft von frisch geröstetem Kaffee.

Ein paar Minuten stand er unbeachtet rum, dann stellte er sich kurzentschlossen einem der Arbeiter in den Weg. »Entschuldigung, wo finde ich hier die Verwaltung?«

Der Mann atmete schwer und wischte sich mit einem Hemdsärmel frischen Schweiß von der Stirn. »Da vorn links!«, sagte er und deutete auf einen unscheinbaren Eingang hinter Terry.

»Danke!«

Die Tür hakte, war jedoch unverschlossen. Auf der anderen Seite fand er sich in einem überraschend engen Zimmer wieder. Ein Schreibtisch nahm die meiste Fläche ein, dahinter saß eine ältere Sekretärin in einem pinken Kostüm. In dem düsteren Raum wirkte sie wie ein gerade aus dem Hut gezaubertes Kaninchen mit Schleife, sodass Terry verblüfft innehielt.

Sie sah von ihrer Schreibmaschine auf und für einen kurzen Augenblick hatte er den Eindruck, in ihren Iriden waberte weißer Nebel, doch mit dem nächsten Blinzeln war der verschwunden. Vielleicht hatte er nur irgendwelchen Staub im Auge gehabt.

»Ah, hallo«, sagte die Frau. »Der Herr Geschäftsführer erwartet Sie bereits, Mr. Greysson.«

Terry merkte, wie ihm die Gesichtszüge entglitten. »Wie …?«, stotterte er und vergaß seine einstudierte Begrüßung.

»Keine Sorge, er wird Ihnen alles erklären. Gehen Sie durch die Tür rechts von mir und dann die Treppe hoch. Sie können es gar nicht verfehlen.«

Noch immer völlig verblüfft kam Terry den Anweisungen der Sekretärin nach und erreichte eine doppelflügelige Tür. Er nahm einen tiefen Atemzug, sammelte sich und klopfte an.

»Herein!«

Das Büro des Geschäftsführers war geräumig und breite Fenster gewährten einen uneingeschränkten Blick auf den Innenhof.

»Mr. Greysson, bitte seien Sie nicht verwundert. Adonai informierte mich über Ihren heutigen Besuch. Er sagte, Sie hätten ein Angebot für mich, das mir dabei hilft, den Bastarden von Schoom's endlich zu zeigen, wo der Hammer hängt.«

»Ist das so?«, fragte Terry. »Dann ist wohl heute der Tag, an dem sich unser beider Träume erfüllen.« Seiner freundlichen Antwort zum Trotz fühlte er alles andere als Zufriedenheit über die Offenbarung des Mannes. Aber er lächelte und spielte mit. Walkie und er brauchten schließlich dringend finanzielle Mittel.

Doch sobald er eine halbe Stunde später mit einem unterzeichneten Liefervertrag die Fabrik verließ, setzte er sich auf die Fahrerseite seines Wagens und schlug heftig die Tür zu. Dokumententasche und Filzhut warf er achtlos auf den Beifahrersitz und drosch in einem unkontrollierbaren Anflug von Wut auf das Lenkrad ein.

Ja, er hatte eine Absprache mit Adonai getroffen, aber der Unfehlbare hatte ihn damit in etwas hineingelockt, das seinem Bruder das Leben gekostet hatte. Terry wollte dreimal lieber Francis zurückhaben, als tagtäglich das Gefühl zu ertragen, Adonai arrangiere alles für ihn. Wie würden die Dinge verlaufen, wenn der unsterbliche Regent von Sidarap nicht die Weichen zu seinen Gunsten stellen würde?

Terry wollte nichts davon. Von diesem Deal zu profitieren, bedeutete, implizit dafür den Tod seines Bruders zu akzeptieren, und diese Annahme könnte für ihn kaum weiter von der Wahrheit entfernt sein. Mit vor Anspannung und Wut zitternden Händen zog er eine Münze aus der Hosentasche und warf sie in die Höhe. Nach mehrfachem Wiederholen ebbte die ziellose Wut in seinen Venen ab und erlaubte ihm, nachzudenken.

Er hatte der Absprache zugestimmt und sich damit selbst in die Misere reingeritten, jetzt musste er sich da auch allein wieder rausholen. Francis war dafür gestorben. Aber welchen Preis, welchen ›Gefallen‹, würde Adonai in der Zukunft von ihm einfordern?

Ein paar Stunden später saßen Terry und Walkie in ihrer Stammkneipe und tranken zur Feier des Tages jeder ein großes Bier.

»Wir sind Füchse, das sind wir!«, verkündete der Rothaarige, dessen Nase langsam aber sicher den gleichen Farbton wie die Strähnen auf seiner Stirn annahm.

»Das war wirklich nicht schlecht«, sagte Terry mit einem Grinsen auf den Lippen. Der Ausdruck erreichte jedoch nicht seine Augen. Er hatte Walkie nichts von der Einmischung des Unfehlbaren erzählt.

»Jetzt müssen wir nur einmal im Monat eine Wagenladung mitgehen lassen.«

Terry nickte abwesend. »Ich denke, dafür sollten wir demnächst ein paar helfende Hände organisieren, damit wir uns auf andere Dinge stürzen können.«

»Andere Dinge?«, fragte Walkie und riss die Augen auf. »Du willst noch mehr machen?«

In dem Moment betrat Emma Skelling die Bar. Sie verharrte am Eingang und verschaffte sich einen Überblick über die Gäste, bis sie Terry entdeckte und auf ihn zusteuerte.

»Ist hier frei?«, fragte sie und deutete auf den Platz neben ihm.

Er machte eine einladende Geste und die Journalistin ließ sich sinken.

Walkie starrte Emma an. Die Kinnlade war ihm heruntergeklappt. Terry warf seinem Partner einen ernsten Blick zu und schüttelte kaum sichtbar den Kopf. Der scherte sich jedoch nicht darum, betrachtete Emma wieder mit leuchtenden Augen und formte mit seinen Lippen ein lautloses ›Hui‹.

Terrys Mundwinkel zuckten amüsiert. »Emma, darf ich dir meinen Partner Walter vorstellen?«

Wie auf Kommando sprang Walkie etwas wackelig von seinem Barhocker, ging zu Emma und hielt ihr eine Hand hin.

»Walter, das ist Emma Skelling von den Sidarap Tagesthemen.«

Bei der Erwähnung des Zeitungsnamens zuckte Walkie zusammen und sah einen Moment so aus, als wollte er die Hand zurückziehen, doch Emma reagierte schneller und packte sie mit einem strahlenden Lächeln. Schlagartig erweckte der Rothaarige den Eindruck, als wäre er krank. Feine Schweißperlen traten ihm auf die Stirn und sein Gesichtsausdruck nahm einen blass-grünlichen Schimmer an. Trotzdem gelang es ihm, sich ein leidliches Lächeln abzuringen.

»Ich kenne Euer Gesicht aus der Zeitung«, sagte sie. »Ihr seid ein Betrüger.«

»Äh …« Hilfesuchend sah Walkie zu Terry.

»Keine Sorge, Ex-Häftlinge sind genau ihr Typ. Das reiche Mädchen steht auf den Nervenkitzel.«

Emma ließ Walkie los und wandte sich mit ernster Miene Terry zu. »Das reiche Mädchen ist eine erwachsene Frau und heißt Emma.«

Er widmete sich wieder seinem Bierglas. »Ja, wie auch immer.«

Terry musste sie nicht ansehen. Er konnte sich lebhaft vorstellen, mit welch verärgertem Blick sie ihn bedachte. Besonders scheren tat ihn das jedoch nicht. Sollte sie halt empört sein, aber Wahrheit war nun einmal Wahrheit. Er nahm einen Schluck aus seinem Glas und begutachtete die Sammlung aufgereihter Spirituosen auf dem Wandregal hinter der Theke.

»Ich bin eigentlich hergekommen, um Ihnen zu gratulieren, Mr. Dalton.«

Terry schüttelte den Kopf. »Spar's dir!«

Er wollte keine Gratulation und auch auf ihre betonte Höflichkeit konnte er gerade getrost verzichten. Woher wusste sie überhaupt, was geschehen war? War das auch einer von Adonais

Kniffen? Falls ja, reichte es ihm heute eindeutig mit den Spielchen dieses aufgeblasenen Wichtigtuers.

Emma sparte es sich.

Terry bekam vage mit, wie sie sich eine Weile mit Walkie unterhielt, bis dieser meinte, er müsse jetzt wirklich los. Anscheinend war ihm die Arbeit der gutaussehenden Emma zu furchterregend, um über sie hinwegsehen zu können. Der Rothaarige verabschiedete sich von ihnen beiden, dann verließ er den Laden.

Emma machte ebenfalls Anstalten zu gehen. Sie kletterte gerade von ihrem Barhocker herunter, da packte Terry sie am Handgelenk. »Bist du nicht hergekommen, um Schreibmaterial für dein Käseblatt zu bekommen?«

»Ich habe es mir anders überlegt«, erwiderte sie scharf.

Terry lachte freudlos auf. »Meinst du, du hättest eine Wahl? Ich habe einen Deal mit Papa Adonai und er wird dafür sorgen, dass ich bekomme, was ich will.« Seine Stimme triefte vor Bitterkeit.

Emmas Blick wandelte sich von abweisend zu nachdenklich. »Ist es das, was dir heute über die Leber gelaufen ist? Hat sich Adonai irgendwo eingemischt?«

»Irgendwo …«, wiederholte Terry kopfschüttelnd. »Überall. Er steckt hinter allem. Was sind wir eigentlich, außer seine Spielfiguren?«

Emma dachte einen Moment nach. »Er versucht, unsere Träume zu erfüllen.«

Terry schnaubte. »Ja, genau. Aber unsere Träume schaden anderen. Warum hilft er *uns*? Er hat mich in eine Abmachung gelockt, die den Tod meines Bruders bedeutete. Sag mir: Ist das nicht eher das, was man sich über den Teufel erzählt?«

Sie legte den Kopf schief und ließ ihren Blick durch die Bar schweifen. »Du meinst, diese Stadt könnte nicht von Gott, sondern vom Teufel regiert werden?«

»Oder von beiden. Ich habe keine Ahnung.« Er kratzte sich an der Schläfe. »Ich bin nur ein Bauer in dieser Partie.«

»Ich auch«, sagte Emma und wand vorsichtig ihre Hand aus Terrys Griff. »Bist du deswegen so angefressen?«

»Es ist einfach scheiße, wenn nichts echt ist. Gibt's dann so etwas wie Entscheidungen überhaupt?«

Emma kletterte wieder auf ihren Barhocker und blieb schweigend neben ihm sitzen. Sie orderte ein kleines Bier und schien ebenfalls in ihre Gedanken zu versinken.

»Ich war sechzehn«, murmelte Terry, nachdem er sein Glas geleert hatte. »Ein Waisenkind. Ich hatte nichts und niemanden außer Francis.«

»Deinen Bruder?«, fragte sie.

Er nickte. »Ich weiß nicht einmal, ob er wirklich mein Bruder war, aber als Waisenkind bist du froh über jede familienähnliche Beziehung.«

Emma sagte nichts dazu, blieb einfach wortlos neben ihm sitzen und trank ihr Bier. Sie saßen lange stumm nebeneinander. Irgendwann begann Terry, von seinem Liefervertrag mit dem Kaffeeproduzenten im Schwefelbezirk zu erzählen.

Emma beschloss, einen Artikel über die Firma zu verfassen, um deren Position gegenüber der Konkurrenz aus dem Bleibezirk zusätzlich zu stärken.

»Terry, ich denke, du solltest jemanden mit Geld auftreiben und ihm einen Tipp geben, in den Kaffeeladen zu investieren«, sagte sie in den frühen Morgenstunden.

»Und im Gegenzug?«, fragte er und wischte sich über die Lider. Mittlerweile war er ziemlich müde.

»Na was schon? Im Gegenzug nimmst du Prozente von seinem Gewinn.«

»Was hält den Typen davon ab, mich einfach leer ausgehen zu lassen?«

Emma lachte leise und strich Terry mit einer sanften Berührung über das stoppelige Kinn. »Lass dir zwei Dinge von dem reichen Mädchen gesagt sein. Erstens: Du stellst demjenigen für die Zukunft weitere lukrative Tipps in Aussicht. Die meisten halten sich für zu ehrenhaft, um dir dann in den Rücken zu fallen.«

»Und zweitens?«

Ihre Lippen teilten sich zu einem fiesen Grinsen. »Wenn du mal wieder eine Frau in deinem Bett haben willst, solltest du dich entweder rasieren ... oder dir einen ordentlichen Bart stehen lassen.«

Terry lachte und wollte zu einer eindeutigen Antwort ansetzen, als der Wirt zu ihnen trat und auf den Tresen schlug.

»Feierabend!«, verkündete er. »Raus hier.«

23. DIE LODERNDE FURIE

Zurück in ihrem Zimmer ließ sich Ewanna auf den gepolsterten Stuhl an ihrem Schreibtisch sinken und legte Pursons Buch aus der Hand. Er hatte ihr wieder nicht verraten, was sie wissen wollte, aber zumindest hatte er ihr einen Teil seiner Ansichten offenbart. Vielleicht war das ein Anfang? Noch immer fühlte sie sich elend und wäre am liebsten zurück ins Bett gekrochen. Kraftlos saß sie eine Weile herum und starrte Löcher in die Luft. Da bemerkte sie eine Bewegung am Rande ihres Blickfeldes. Auf dem Fenstersims landete wieder dieser weiße Rabe, lief einige Schritte umher und verharrte dann reglos wie eine Statue. Eines seiner roten Augen war jedoch eindeutig auf sie gerichtet.

»Wer bist du?«, fragte sie ruhig und deutlich.

Die Nickhaut des Rabenauges schloss sich für einen Augenblick und der Kopf zuckte leicht. Hatte er sie verstanden? Im nächsten Moment stieß er sich vom Fenstersims ab und flatterte davon.

»Feigling!«, murrte sie, schnaubte genervt und griff nach ihren Karten. Gleichzeitig schüttelte sie über sich selbst den Kopf. Wie natürlich es ihr schon vorkam, bei offenen Fragen nach ihren allwissenden Karten zu greifen. Vor nicht allzu langer Zeit wäre ihr die Vorstellung absurd vorgekommen. Sie mischte und konzentrierte sich auf das Tier.

»Zeig mir dein wahres Gesicht«, flüsterte sie und das vertraute warme Kribbeln durchfuhr ihre Arme und ihre Brust. Entschieden deckte sie eine Karte auf und ›*Der Tod*‹ kam zum Vorschein. Ewanna lief ein Schauer über den Rücken. Sofort kramte sie das

›Ars Magica Tarot‹ hervor und las Näheres zu der Karte. Die Worte ›Ende‹, ›Verschwinden‹ und ›Neubeginn‹ standen ganz oben auf der Seite. Sie schluckte und las weiter:

Der Tod lehrt uns, dass Enden notwendig sind. Er diskriminiert nicht, ist ohne jede Leidenschaft, denn das Ende ist die große Gleichmachung. Leben ohne Verfall kann nicht existieren. Der Tod ist keine Prüfung oder Strafe, er ist eine freundliche Macht, die die natürliche Ordnung aufrechterhält und neues Leben ermöglicht.

Ewanna starrte auf die Zeilen. Der Tod? In einem Anflug von irrationaler Angst hob sie den Blick ruckartig zum Fenstersims, doch der mysteriöse Rabe war nicht zurückgekehrt. Seit sie unter den Bizach weilte, machten alle um sie herum Andeutungen über ihr Schicksal. Als wüssten sie etwas, was nur ihr selbst noch nicht bekannt war, und gleichzeitig schien niemand freiwillig vortreten zu wollen, um ihr die volle Wahrheit zu verraten. Sie klappte das Buch zu und schob es von sich. Noch einmal sah sie aus dem Fenster, doch der Vogel blieb verschwunden.

»Bist du mein Schicksal?«

Sie ging zur Fensterbank und beobachtete die Bäume und Straßen unter sich. Wann hatte sie das zum letzten Mal getan? Vermutlich damals in der winzigen Wohnung mit ihrer Mutter. Ewanna strich sich nervös über den Arm und schluckte einen Kloß hinunter. Wenn sie an die Vergangenheit dachte, versetzten die Erinnerungen ihrem Herzen einen Stich. Sie hatte in all den Jahren nicht getrauert und auch jetzt schob sie die brodelnden Emotionen zurück unter die Oberfläche. Alles zu verdrängen war ihr leichtgefallen. Sie hatte seit dem Vorfall keine Möglichkeit bekommen, ihr Zuhause noch einmal zu besuchen. Das Einzige, was sie von ihrer Mutter besaß, war die uralte Brotdose, die am Boden ihrer Schultasche begraben lag.

Die Sonne sank langsam dem Horizont entgegen. Ewanna kehrte zu ihrem Schreibtisch zurück und widmete ihre Zeit dem

Buch, das Purson ihr gegeben hatte. Der Einband trug keinen Titel, aber auf der ersten Seite stand ›Sidarap Seiloth – Chronik eines moralischen Verfalls‹ gedruckt. Ewanna unterdrückte ein Gähnen. Die Überschrift des Werkes versprach wenig Spannung. Ihr Blick glitt zum Namen des Verfassers weiter unten auf der vergilbten Seite: Sandoval Rakdei. Sie konnte sich nicht entsinnen, je von ihm gehört zu haben. Lustlos blätterte sie zum Inhaltsverzeichnis und überflog die Überschriften.

Plötzlich hielt sie inne. Doch! Es gab eine Person, die ihr die Wahrheit angeboten hatte: Lucian. Ein langgezogenes Seufzen entrang sich ihrer Kehle. Musste das sein? Sie wollte nicht in sein zu erwartendes selbstgefälliges Grinsen schauen, wenn sie ihn fragen würde. Aber wer blieb ihr sonst? Belia? Purson und Sudette hatten sie vor der Kyal gewarnt und aus irgendeinem Grund gab ihr Bauchgefühl den beiden Pleus recht. Sie fühlte sich nicht bereit, den Preis zu zahlen, den Belia von ihr verlangen würde. So blieb ihr also nur die Wahl zwischen Verbrennungen, lebenslanger Knechtschaft oder einem selbstgefälligen Grinsen. Bedauerlicherweise fiel ihr die Entscheidung ziemlich leicht und so ging sie zu ihrem Kleiderschrank und suchte frische Sachen heraus.

Im ›Himmel und Hölle‹ herrschte reges Treiben. Ewanna musste einige Minuten im Gedränge des Eingangsbereiches warten, bevor ihr ein Garderobier den Mantel abnahm.

Sie wollte keine unnötige Zeit mit Suchen verschwenden, weswegen sie sich direkt an den Mann wandte. »Ist Lucian Moldley da?«

Ewanna hoffte inständig, dass sie sich korrekt an den Namen erinnerte.

Doch ihre Sorge erwies sich als unbegründet, denn der Garderobier schien sofort zu wissen, von wem sie sprach. »Er sitzt an seinem üblichen Platz. Ganz vorn links!« Er deutete auf die Tische direkt vor der Bühne.

»Vielen Dank!«, entgegnete sie und schlug die gezeigte Richtung ein. Kaum an der Bar vorbei, stellte sich ihr eine breite Gestalt in den Weg. Ewanna musste hochsehen, um dem Bizach in die Augen schauen zu können. Er hatte in etwa die gleiche Größe wie die Wache am Gefängnistor und seine Haut sah ähnlich rau und brüchig aus: ein Ndei.

»Guten Abend«, sagte er zwanglos, aber mit einem merkwürdig gequälten Gesichtsausdruck.

»Guten Abend«, erwiderte Ewanna höflich desinteressiert. Sie versuchte, sich an ihm vorbeizuschlängeln, aber er trat ihr mit zwei großen Schritten erneut vor die Füße.

»Ich will dir meine Kraft zeigen«, sagte er.

»Äh …« Wie vor den Kopf gestoßen wich Ewanna zurück und sah sich fragend um, aber niemand beachtete sie. »Wie bitte?« Vielleicht hatte sie sich nur verhört.

»Ich möchte dich beeindrucken!«

»Oh!«, erwiderte sie wenig geistreich. War es das, was Sudette mit ›protzig‹ gemeint hatte? Wenn ein Bizach sie mit seiner Kraft beeindrucken wollte, könnte das alles Mögliche bedeuten. Keine der Ideen, die Ewanna spontan durch den Kopf gingen, wirkte beruhigend. Bilder ihrer Anstaltswächter schoben sich ungebeten in ihr Bewusstsein und verstärkten die nervöse Anspannung.

»Schau!«, sagte er und hob eine Sitzbank mit drei Gästen an, die sich über die Showeinlage köstlich amüsierten.

Ewanna blinzelte. Geschah das wirklich? Und warum schien das niemand sonst gruselig zu finden? Sie nickte und lächelte mechanisch. Konnte ihr bitte irgendjemand helfen? Wie ging man mit einem von dieser Sorte um?

»Du bist nicht beeindruckt«, sagte er.

»Doch, doch!«, beeilte sich Ewanna zu beteuern, trat aber einen weiteren Schritt zurück. Ihre Antwort zauberte ihm dennoch ein Lächeln auf die Lippen und er hob eine weitere Sitzbank mit zwei Gästen an.

Der Ndei könnte zweifellos die ganze Einrichtung zu Kleinholz verwandeln. Vermutlich galt das ebenso für jeden anderen Bizach, doch seltsamerweise befremdete Ewanna diese rohe Zurschaustellung von Muskelkraft mehr als Pursons Flammen. Eine Weile stand der Ndei mit je einer Sitzbank auf den Schultern zufrieden lächelnd da, dann setzte er die Gäste erstaunlich behutsam wieder auf dem Boden ab. »Lässt du dich jetzt von mir auf ein Getränk einladen?«, fragte er.

Wahrscheinlich hätte er vor seiner kleinen Einlage mehr Aussicht auf Erfolg gehabt. Warum half ihr denn niemand?

»Also …«, begann sie zögerlich, als ihr plötzlich jemand einen Arm um die Schultern legte und sie fest an sich presste.

Ewanna fiel nur eine Person ein, die eine solche Unverfrorenheit besitzen würde, und ihre Vermutung wurde prompt bestätigt.

»He, Mordag, sie gehört zu mir. Die Kleine ist nur zu höflich, um einem beeindruckenden Kraftprotz wie dir zu widersprechen.«

Ewanna verdrehte die Augen.

»Lucian«, seufzte der Ndei resigniert und warf Ewanna einen enttäuschten Blick zu.

»Es gibt keinen Grund, Angst vor ihm zu haben. Er ist eigentlich ganz lieb«, flüsterte Lucian, während er ein unsichtbares Staubkorn von der merkwürdigen silbernen Kralle auf seiner Schulter sammelte. »Lass dem Jungen ein bisschen Würde und gibt ihm eine höfliche, aber bestimmte Absage.«

Mit diesen Worten lockerte er seinen Griff und schob sie auf den großen Bizach zu. Ewanna schluckte, aber zwang sich erneut ein Lächeln auf die Lippen. »Es tut mir sehr leid, Mordag, du scheinst nett zu sein. Allerdings habe ich kein Interesse.«

Die aufrechte Haltung des Ndei sackte in sich zusammen. Seine Enttäuschung stand ihm so offen ins Gesicht geschrieben, dass Ewanna sogar Mitleid mit dem Bizach empfand. Mit hängenden Schultern trottete er Richtung Bar davon.

»Beeindruckend! Dein zweiter Besuch im Klub und dein zweites gebrochenes Herz«, stellte Lucian fest.

»Mein *zweites* gebrochenes Herz?«, fragte sie perplex.

»Oh, der Schmerz!«, rief er und fasste sich theatralisch an die Brust. »Tritt noch nach, Liebes.«

Skeptisch zog sie eine Augenbraue in die Höhe und sah ihn schräg von der Seite an. »Ich glaube, es ist deutlich mehr nötig, um dein Herz überhaupt zu streifen.«

Verdutzt hielt er inne und richtete sich auf. »Aua, du bist wirklich eiskalt.«

Ewanna zuckte mit den Schultern. »Danke für die Hilfe.«

»Dein Glück, dass ich dich seit unserem letzten Zusammentreffen so sehr vermisst habe, dass ich seither all meine Gedanken in deine Richtung offengehalten habe!« Er grinste sie verschwörerisch an.

Ewanna konnte nicht anders, als ihm einen ›Echt-jetzt?‹-Blick zuzuwerfen.

Lucian gluckste und machte Anstalten, zu seinem Tisch zurückzukehren. Doch nach zwei Schritten hielt er inne und wandte sich zu ihr um.

»Warum stehst du da wie angewurzelt rum? Ich dachte, du bist meinetwegen hier.«

Sie brummte missmutig und folgte ihm. »Du hast schon bei meinem Eintreten gewusst, dass ich hier bin!«

Lucian sah sie kurz über die Sonnenbrille hinweg an und zwinkerte. »Ich wollte mir angucken, wie du dich mit Mordag schlägst. Du bist echt niedlich, wenn du Angst hast.«

Ewanna zwang sich, ihre Hände zu Fäusten zu ballen statt ihm seine Sonnenbrille zu zertrümmern. Zumindest kam der wütende Impuls dazu in ihr auf, obwohl ihr die Umsetzung vermutlich nicht gelungen wäre.

»Korrekt«, kommentierte er kichernd ihre unausgesprochenen Gedanken.

Der Mann trieb sie zur Weißglut! Lucians Lachen wurde lauter.

»Raus aus meinen Gedanken!«, fuhr sie ihn an, gerade als er an einem Tisch stehenblieb.

Die rundherum sitzenden Personen beäugten sie skeptisch. Am liebsten wäre Ewanna im Boden versunken. Ihre Wangen begannen zu glühen.

»Das soll sie sein, Lucian?«, fragte eine harte, weibliche Stimme, die Ewanna aufhorchen ließ. Eine Frau, die sie auf den ersten Blick nicht gesehen hatte, beugte sich vor. In ihren Iriden spielten lodernde Flammen, doch sie besaß weder Krallen noch Hörner. Die Fremde musterte Ewanna abschätzig. Dabei kamen ihre scharfe Kieferpartie und das spitze Kinn zur Geltung. Rabenschwarze Haare umrahmten in einem strengen Bob-Schnitt das markante Gesicht.

»Darf ich vorstellen, Ewanna, das ist Ivy«, verkündete Lucian.

Nachdem Ivy mit ihrer Begutachtung fertig war, presste sie die Lippen aufeinander. Etwas schien ihr nicht zu gefallen. »Du bist Pursons neues Spielzeug? Zumindest scheint Ihr Euch in Eurem Temperament zu ähneln. Macht es dir Spaß, von ihm benutzt zu werden?«

Ewanna klappte die Kinnlade runter. »Entschuldigung?!«

Ivy grinste zufrieden, was ihrem Aussehen eine bösartige Note verlieh. »Was ist? Bin ich dir zu nahe getreten? Gewöhn dich besser dran. Wenn du gute Bizach nicht von schlechten unterscheiden kannst, dann haben wir ein Problem.«

»Ivy!«, rief Lucian dazwischen. »Gib ihr einen Moment.«

Der feurige Blick löste sich von Ewanna und heftete sich auf den Silberbegabten. »Schau sie dir an, eingewickelt in seichtes Unwissen, verhätschelt und naiv.«

Lucian trat vor und beugte sich über die Tischplatte. »Ja, und weißt du, wen ich dann sehe? Dich; vor zehn Jahren.«

Ivys Miene verzog sich zu einer angewiderten Grimasse und sie schnaubte unwillig. »Du kannst nicht glauben, dass an der Geschichte was dran ist.«

»*Er* glaubt daran!«

»Und warum hat er dann ausgerechnet sie am Leben gelassen?«

»Ich habe nicht auf alles eine Antwort, Ivy.«

Sie verschränkte die Arme vor der Brust. »Schön, renn deinem Ammenmärchen hinterher, aber erwarte von mir keine Ermunterung.«

Lucian nickte und richtete sich wieder auf. »Ewanna braucht nur ein wenig Anleitung. Wie soll sie zum jetzigen Zeitpunkt richtig von falsch unterscheiden können?«

Ivy schnaubte. »Das Leben kommt nicht mit Watte und einer Anleitung. Sie muss schon ihren Verstand einschalten. Ich werde nicht Babysitter spielen, dafür ist mir meine Zeit zu kostbar.«

»Schön«, antwortete Lucian. »Du bleibst unbehelligt und ich kümmere mich darum.«

»Viel Spaß«, spottete Ivy.

Ewanna konnte kein weiteres Wort hinzufügen oder darauf reagieren. Lucian hakte sich bei ihr ein und zog sie sanft aber bestimmt von dem Tisch fort. Wortlos brachte er sie zur Bar, wo sie sich setzten und er mit einer knappen Geste zwei Kurze orderte.

»Belia hatte recht«, sagte Ewanna mit einem Seufzen. »Ivy ist ein Mistvieh.« Lucian entfuhr ein kurzes Auflachen. »Sie ist … anders, wenn man sie besser kennt.«

Ewanna legte den Kopf schief und betrachtete ihn amüsiert von der Seite. »Ist sie deine Freundin?«

»Sowas in der Art«, antwortete er mit einem Schulterzucken und blieb dabei so ernst, dass sie fragend die Augenbrauen zusammenzog. »Glaub mir, die Dinge werden mit jedem weiteren Tag nur noch komplizierter für dich werden.«

Sie tranken zeitgleich und er orderte zwei neue Gläser.

»Ich fühle mit dir und mag dich, darum will ich dir helfen. Du musst Ivy entschuldigen, sie hat … ihre eigene Geschichte und ist der Meinung, du solltest erst ordentlich auf die Nase fallen, um zu einer Erkenntnis zu gelangen. Ich hingegen sehe das anders und will dir vorher zumindest die Chance zu einer Einsicht geben.«

»In Ordnung, ich höre. Welche Erkenntnis soll ich denn gewinnen?«, fragte Ewanna und beobachtete dabei den Barkeeper, einen Bizachrei, der ihnen schwungvoll die Gläser auffüllte, ohne auch nur einen Tropfen der blutroten Flüssigkeit zu verschütten.

Der Mann hatte kaum die Flasche abgesetzt, als Lucian ihn mit einer Handbewegung zum Warten aufforderte, sein Getränk hinunterstürzte, das Glas mit einem lauten Knall auf das dunkle Holz niedersausen ließ und sofort eine weitere Füllung verlangte.

»Purson will den Schleier abschaffen«, sagte er, den Blick abwesend auf das leere Schnapsglas gerichtet.

Ewanna nickte langsam. »So viel weiß ich auch schon.«

Sein Kopf zuckte hoch.

Sie vermutete, dass seine Augen Überraschung verrieten, genau sagen konnte sie es aufgrund der merkwürdigen Sonnenbrille nicht. »Wieso trägst du überhaupt dieses Ding auf der Nase und was hatte es mit dem Buch letztes Mal auf sich?«

Lucian lachte auf, lehnte sich auf seinem Hocker zurück und öffnete eine ausgebeulte Seitentasche an seiner Stoffhose. Zum Vorschein kam ein Buch, das er ihr hinlegte.

Ewanna warf einen Blick auf den Einband. »Du liest phantastische Geschichten?«

Eine Augenbraue wanderte hinter den Brillengläsern in die Höhe und zauberte zwei tiefe Falten auf seine Stirn.

»Epische Schlachten und attraktive Herrscherinnen!«, rief er aus, als wäre damit alles Wesentliche gesagt.

Ewanna schüttelte den Kopf, aber konnte ein schmales Lächeln nicht von ihren Lippen verbannen. »Nun gut, das erklärt jedoch nicht, warum du das Buch in einem Nachtklub und mit einer Sonnenbrille auf der Nase gelesen hast.«

»Das, Liebling, ist nicht irgendeine Sonnenbrille, sondern eine originale Biggens.«

»Aha«, entgegnete sie verständnislos.

Lucian seufzte theatralisch und nahm sich das Gestell von der Nase, um es Ewanna in die Hand zu drücken.

Verwirrt starrte sie ihn an. Lucian ohne die Brille zu sehen war ein ungewohnter Anblick. Seine Augen wirkten kleiner, als sie erwartet hatte, blassblau und unauffällig.

»Nun setz schon auf, sie wird dich nicht umbringen.«

Seine Aufforderung riss Ewanna aus ihren Gedanken und sie schob sich das Gestell auf die Nase. Sofort erstrahlte der Raum, als hätte jemand die Deckenbeleuchtung eingeschaltet.

Sie verzog das Gesicht. »Das nimmt dem Klub jegliches Ambiente.«

Er streckte auffordernd die Hand aus und sie legte die Brille hinein.

»Ich bin nachtblind«, sagte er schulterzuckend. »Ohne sie sehe ich hier drin meine Hand vor Augen nicht.«

»Oh.«

»Und außerdem sieht sie stylisch aus und bietet mir immer einen guten Aufhänger, um hübsche junge Frauen kennenzulernen.«

Ewanna leerte ebenfalls ihr zweites Glas und kratzte sich an der Nase. Sie fand dieses Ding nicht unbedingt geschmackvoll. Insbesondere der breite, goldene Steg und die je nach Lichteinfall von Braun zu Grün wechselnde Farbe der Gläser wirkten übertrieben lächerlich. »Ich denke, über Geschmack lässt sich in dem Fall streiten. Und hast du nicht gerade gesagt, Ivy wäre deine Freundin?«

»Ich hab dir weder einen Antrag gemacht, noch will ich mit dir durchbrennen! Ich hab nur festgestellt, dass du hübsch und jung bist. Das ist ja wohl legitim, schließlich bin ich nicht blind.«

Ewanna kicherte. Hätte das ein anderer Mann gesagt, wäre sie vermutlich verlegen gewesen, doch Lucian konnte sie nicht wirklich ernst nehmen. Schon gar nicht mit dieser Brille. Sie schob ihm das Buch über den Tresen zurück. »In Ordnung, das erklärt deinen denkwürdigen Auftritt.«

Doch als sie es loslassen wollte, legte er seine Hand auf ihre und schob das Buch bestimmt wieder zu ihr herüber.

»Lies es!«

»Warum?«

Lucian zog einen Mundwinkel in die Höhe. »Darin findest du den Schlüssel zu der Erkenntnis, nach der du suchst.« Ewanna wollte das Buch nehmen, doch er ließ ihre Hand nicht los, drückte sie leicht und beugte sich zu ihr herüber. »Der Schleier ist nicht das Einzige, was Purson aus dem Weg räumen will. Aber dafür braucht er dich.«

24. Eine Frage der Loyalität

Im Verlauf des Abends vergaß Ewanna zeitweise die drängenden Fragen und belastenden Ereignisse des Vortages. Lucian gab ihr das Gefühl, dass sie zur Abwechslung einmal nicht aufpassen musste, was sie sagte. Und obwohl ihr seine zweideutigen Kommentare nach wie vor zwielichtig vorkamen, war es doch schwer, ihn nicht zu mögen. Bis dahin hatte sie überhaupt nicht bemerkt, wie sehr sie das Umschiffen etwaiger Wutausbrüche von Sudette oder Purson anstrengte.

Ewanna verließ den Klub erfüllt von Sorglosigkeit und Neugier. Doch ihre Euphorie verflog, als sie an der nächsten Straßenecke auf einem der Dächer den weißen Raben erspähte. Sie gab sich keine Mühe, ihn zu ignorieren, sondern blieb stehen und warf ihm einen auffordernden Blick zu. Das Tier klackerte einmal mit dem Schnabel, dann flatterte es davon.

Während Ewanna ihm hinterherblickte, ergriff sie ein Gefühl von Beklommenheit. Verstohlen sah sie sich in den nahezu leeren Straßen um. Nur vereinzelte Passanten huschten durch die Dunkelheit, die mittlerweile von einem leichten Nebel durchzogen wurde. Unvermittelt sehnte sie sich nach den sicheren Mauern von Pursons Wohnsitz und lief los. Wer war der Rabe und warum beobachtete er sie? Ewanna zweifelte daran, dass es sich um den Tam handelte, aber wer könnte sonst seine Finger im Spiel haben? Sie zog ihren Mantel enger um sich und legte in einem strammen

Schritt die wenigen hundert Meter bis zu Pursons Türschwelle zurück. Mit Argusaugen überwachte sie jede Bewegung auf den Gehsteigen. Dieser Rabe war kein Rabe, sondern ein Bizach, und er wusste, dass sie ihn bemerkt hatte. Davon war sie überzeugt. Vermutlich würde er sich bei ihrem nächsten Aufeinandertreffen einfach in einer anderen Gestalt zeigen. Bizach mit einem hohen Zinnwert konnten jede beliebige Form annehmen, weniger begabte besaßen meist nur eine Alternativform. Mit etwas Glück gehörte der Vogel in die zweite Kategorie.

Durch das zügige Laufen ging ihr Atem stoßweise und milchige Wölkchen kräuselten sich vor ihrem Gesicht, die in Verbindung mit dem Nebel jede Bewegung verdächtig erscheinen ließen. Sie bog in die vertraute Straße, in der Pursons Haus stand, und beschleunigte ihre Schritte. Dort wartete Sicherheit auf sie. Der Rabe hatte sie immer nur von ihrem Fensterbrett aus beobachtet, was bedeuten musste, dass er nicht unbehelligt eintreten konnte, oder?

Sie erreichte den Vorgarten und schob die quietschende Eisenpforte auf, deren Eiseskälte sich blitzartig durch ihre zitternden Hände bohrte. Das Schloss der Eingangstür klickte leise, sobald sie die Klinke ergriff, und ließ sie eintreten. Kaum über die Schwelle, verschloss Ewanna den Eingang und lehnte sich mit wild pochendem Herzen rücklings dagegen. Die Augen geschlossen, atmete sie tief durch und dankte im Stillen der haltgebenden Tür. Sie wollte vor Erleichterung seufzen, als eine schrecklich-sanfte Stimme sie erschrocken hochfahren ließ.

»Miss Kovanova.«

Ewanna riss die Augen auf und löste sich von der Tür.

Purson stand keine zwei Meter vor ihr inmitten des Flures, die Stirn in Falten gelegt. Er trug wie immer einen dunklen Maßanzug mit dazu passender Weste, beides mit einem silbrig schimmernden Muster überzogen. Aus der Westentasche baumelte die schwarze Kette seiner Taschenuhr. Die rahmengenähten Schuhe, die sich ein gewöhnlicher Arbeiter in Sidarap nach zehn Jahren eiserner Sparsamkeit noch nicht leisten könnte, waren wie üblich auf Hochglanz poliert. Eigentlich sah der Tam ständig so aus, als wollte er ausgehen.

»Tam Purson«, grüßte sie zurück. Lucian sollte sich dringend Stylingtipps von dem Feuerbizach holen.

Er lachte auf und warf den Kopf in den Nacken. »Miss Kovanova, Ihr vergesst Eure Lektionen bei Sudette.«

Ewanna räusperte sich verlegen und wandte den Blick ab. »Ihr habt recht«, entgegnete sie kleinlaut und umarmte Lucians Buch vor ihrer Brust wie einen Schutzschild.

Der Tam kam näher, woraufhin sie den Blick senkte und interessiert die goldenen Muster betrachtete, die sich auf dem dunklen Teppich schlängelten.

»Was hat Euch heute aus dem Haus getrieben?«, fragte er und blieb in einer Armlänge Abstand stehen. Viel zu nahe, wenn es nach ihr ging. Von der Entspannung aus dem Gespräch mit Lucian war nun auch der letzte Rest verflogen.

»Ich hatte nichts anderes zu tun und war auf der Suche nach …« Ewanna verstummte. Sie konzentrierte sich auf ihre Gedanken, disziplinierte sie, holte sie alle zu sich zurück.

Sie wollte nicht, dass Purson ihre Gründe erfuhr, doch während sie mit sich haderte, zog er ihr das Buch aus den Armen und warf einen flüchtigen Blick auf den Einband. Mehr schien er nicht zu brauchen, um ihre Gedanken zu erraten.

»Ihr wart auf der Suche nach Antworten«, beendete er ihren Satz.

Vorsichtig sah sie zu ihm auf. Er wirkte nicht verärgert, eher interessiert.

»Wer hat Euch das hier gegeben, Miss Kovanova?«, fragte der Tam und hielt das Buch hoch.

»Was werdet Ihr tun, wenn ich es Euch verrate?«

Er zog die Augenbrauen zusammen. »Ich werde Euch ersparen, dieses Buch zu lesen, und stattdessen zeigen, wovon es handelt.«

Ewanna atmete tief ein. Sie kam sich wie eine miese Freundin und Verräterin vor. Dabei wusste sie nicht einmal, was eigentlich vor sich ging. Bisher hielt sie Pursons Ansichten durchaus für sinnvoll. »Lucian Moldley.«

Der Pleu schnaubte kopfschüttelnd, doch dann zog er eine Grimasse, die sie nur schwer deuten konnte. »Durftet Ihr schon Bekanntschaft mit der reizenden Ivy machen?«

»Sehr reizend, ja«, antworte Ewanna sarkastisch.

Pursons Blick wanderte zurück zum Einband des Buches, das er langsam in der Hand wendete.

»Sie ist eine Abnormalität, eine Missgeburt, wenn man so will. Haben sie oder Lucian Euch verraten, was es mit ihr auf sich hat?«

»Nein«, antwortete Ewanna wahrheitsgemäß und schluckte.

»Hm.« Schließlich breitete sich ein zufriedenes Lächeln auf seinen Lippen aus. »Kommt, Miss Kovanova. Gehen wir in mein Arbeitszimmer. Das ist kein Gespräch für die Diele.«

Ewanna folgte ihm und streifte sich ihren Mantel von den Schultern.

Die Bezeichnung ›Zimmer‹ war eigentlich eine schamlose Untertreibung für den Raum. Erstmalig bot Purson ihr einen Platz auf der Sitzgarnitur hinter seinem Schreibtisch an. Sie ließ sich auf das weiche Leder sinken und bewunderte die Aussicht, die das gigantische Fenster dahinter bot.

»Möchtet Ihr etwas trinken?«

»Nein, danke. Ich hab schon«, antwortete sie. Sein irritierter Blick ließ sie ergänzen: »Ich war im ›Himmel und Hölle‹.«

»Ah. Vernünftig«, kommentierte er und goss sich ein Glas mit rotbrauner Flüssigkeit ein, bevor er sich ihr gegenüber auf der

Couch niederließ und die Arme zu beiden Seiten der Rückenlehne ausbreitete.

»Ivy Brionnay«, sagte er, betrachtete sein Getränk und wirkte prompt in Erinnerungen versunken.

Ewanna lehnte sich zurück und wartete geduldig, bis er weitersprach.

»Sie ist als Mensch geboren und zu etwas Ähnlichem wie ein Bizach gemacht worden. Ihr Herz ist erfüllt von gierigem Hass, angefacht von den menschlichen Emotionen und der Prädisposition des Feuers in ihr.« Er machte eine kurze Pause, trank einen Schluck und schüttelte den Kopf. »Menschen und ihre Emotionen.« Er ließ seine Worte einen Moment wirken. Die rotbraune Flüssigkeit in seinem Glas zeigte im Licht der Gaslampen ein ähnliches Farbenspiel wie die lodernden Flammen in seinen Iriden. »Sie war drei oder vier, genau lässt sich das nicht mehr sagen, als Nekromanten sie und ihre Familie entführten. Bizach, die mit ihrer überdurchschnittlichen Schwefelbegabung verbotene Experimente durchführten, um Menschen mit Verstorbenen von unserer Art zu … vereinen.«

»So etwas ist möglich?« Bei der Vorstellung ergriff Übelkeit Ewannas Eingeweide.

Er schnaubte und warf ihr einen schiefen Blick über sein Glas hinweg zu. »Es gibt alles, Miss Kovanova. Glaubt mir, wenn Ihr hundert Jahre in meinem Amt zugebracht habt und jedes Verbrechen in dieser verdammten Stadt auf den Tisch bekommt, dann erschreckt Euch so schnell nichts mehr. Die meisten ihrer Testsubjekte starben qualvoll, so auch Ivys Familie. Organisierte Nekromanten haben in dieser Stadt schon immer für zahlreiche Opfer gesorgt, obwohl Adonai ihrem Treiben regelmäßig Einhalt gebot. Zuletzt griff er vor zweiundzwanzig Jahren durch. Damals fand ich Ivy als einzige Überlebende und nahm sie bei mir auf.«

»Ihr?«

Purson lächelte mild. »Verwundert?«

»Ich kann mir Euch nur schwerlich mit einem Kleinkind vorstellen.«

Er lachte und zeigte wie zur Bestätigung ihrer Worte seine spitzen Zähne. »Sie war ein Mensch, in dem die Kraft eines Pleus gebunden wurde. Seine Macht hätte sie töten sollen, doch sie überlebte Jahr für Jahr, wuchs heran und ... Ich bildete sie aus und lehrte sie, sich nicht selbst umzubringen und sich mit den anderen Bizach zu arrangieren. Was hätte ich sonst tun sollen? Es gab keine Heimat für sie.«

»Aber irgendetwas ist vorgefallen«, sagte Ewanna. So wie Ivy Pursons Namen im Klub ausgespuckt hatte, konnte das keine Kleinigkeit gewesen sein.

Das Lächeln des Tams erstarb. Er sah aus dem Fenster und ein Schleier legte sich über seine Augen, als würde er eine Erinnerung durchleben. »Ihr Hass und ihr Hunger nach Vergeltung waren von Anfang an grenzenlos, aber je älter sie wurde, desto mehr wuchsen diese Triebe mit ihr. Sie glaubt nicht daran, dass Menschen und Bizach jemals friedlich miteinander existieren könnten, und nannte mich einen alten, verblendeten, idealistischen Narren.« Er atmete tief ein und trank einen großen Schluck. »Ich bin nicht stolz darauf und es gibt keine Entschuldigung dafür, aber ich verlor meine Beherrschung und verletzte sie schwer. Sie floh und sorgt seither für Unruhe, indem sie immer wieder Selbstjustiz verübt und Bizach tötet, bevor sie verhaftet werden können.«

»Sie ... tötet Bizach? Einfach so?« Das Bild der schmalen Frau mit den scharfkantigen Gesichtszügen tauchte wieder vor Ewannas innerem Auge auf.

»Unterschätzt sie nicht, Miss Kovanova. Mittlerweile hat Ivy eine ganze Gruppe um sich geschart. Sie mag im Kern ein Mensch sein, aber neben dem Temperament einer Pleu verfügt sie auch über eine weit überdurchschnittliche Wahrnehmung. So etwas habe ich selbst bei einem Bizach nie zuvor gesehen. Sie erkennt Details auf unmögliche Distanzen und eine kurze Brise auf ihrem Gesicht genügt, damit sie weiß, wie stark der Wind aus welcher Richtung weht. Sie ist nicht so dumm, sich einem Bizach auf Augenhöhe zu stellen. Nein, sie wartet Stunden, gar Tage auf einem Dach und tötet sie mit einer Kugel aus dem Hinterhalt.«

Verdutzt legte Ewanna den Kopf schief. »Mit einer Kugel?«, fragte sie. »Wie ist das möglich? Ich dachte, Bizach können nur getötet werden, indem ihnen der Kopf oder das Herz entfernt wird.«

Purson lächelte. »Sie verfügt über spezielle explosive Munition.«

Angewidert verzog Ewanna das Gesicht.

»Ganz recht, der Anblick ist nicht schön.«

Eine Weile blieb er still und hing seinen Gedanken nach, während sie gegen Bilder von explodierenden Köpfen ankämpfte, die sich ihr aufdrängten.

Purson nahm einen weiteren Schluck. »Bei jedem neuen Fall frage ich mich, warum sie mir bis jetzt keine Kugel verpasst hat«, sagte er leise.

Betreten sah Ewanna aus dem Fenster. Was sollte sie darauf antworten? Warum umgab sich Lucian mit jemandem wie Ivy? Zwar kannte sie ihn noch nicht lang, aber er wirkte auf sie nicht wie ein verrückter Fundamentalist, der befürwortete, dass man Bizach auf offener Straße den Kopf wegpustete.

Andererseits hatte Ewanna Purson bis vor kurzem nicht für derart gemäßigt gehalten, dass er eine Vermischung von Menschen und Bizach guthieße. Aus den Augenwinkeln betrachtete sie ihn verstohlen. Er schien noch immer in Gedanken versunken und wirkte dabei so ruhig, dass Ewanna sich ein Herz fasste. »Ich habe das Gefühl … es gibt viel, was Ihr mir vorenthaltet. Nicht nur Ihr. Anscheinend kann ich niemandem trauen, aber …« Sie verstummte. Ihr wurde klar, dass sie allein mit dieser Aussage ein gewisses Maß an Vertrauen gegenüber Purson zeigte, aber alles, was sie für sich behielt, all die Dinge, die sie nicht verstand und die ihr niemand erklären wollte, machten sie verrückt. Bei ihrer Entscheidung das ›Himmel und Hölle‹ wieder aufzusuchen, hatte sie gehofft, wenigstens von Lucian Antworten zu bekommen, doch der hatte ihr stattdessen das Buch in die Hand gedrückt. Unwillkürlich wanderte ihr Blick zu dem Werk, das nun neben Purson auf der Ledercouch lag.

»Ihr habt recht, Miss Kovanova, Ihr könnt niemandem trauen.«

»Auch Euch nicht?«, fragte sie frei heraus.

»Auch mir nicht«, bestätigte er. »Aber für den Moment würde ich behaupten, dass ich Eure beste Option bin.«

Ewanna schluckte die aufkommende Enttäuschung hinunter, die sich wie Teer über ihr Herz ergoss. Gleichzeitig rügte ihre innere Stimme sie dafür, eine solche Hoffnung überhaupt genährt zu haben.

»Worum geht es in dem Buch?«, fragte sie und brachte damit ihre stille Schimpftirade zum Versiegen.

»Eine Geschichte über Zwietracht und Verrat. Die Erzählung basiert auf dogmatisch gefärbten Fakten zu einer umstrittenen politischen Säuberung unter den Bizach vor rund einhundert Jahren«, antwortete er langsam. Seine geschmeidige Stimme ließ die Worte wie eine Aneinanderreihung von Komplimenten klingen.

»Bedeutet das, dass Ihr auf der Seite der Säubernden gestanden habt?« Ewanna erinnerte sich wieder an die Bilder und Gefühle, die sie gesehen und gespürt hatte, als sie versehentlich in Pursons Vergangenheit eingedrungen war. Sein unbändiger Hass und der wehrlose Ndei, der von Flammen verschlungen worden war. Ein Schauer fuhr ihr über den Rücken und ließ sie frösteln.

»Ihr erinnert Euch«, sagte er mit einem betrübten Ausdruck in den Augen. »Dann kann ich Euch eine Wiederholung ersparen.«

»Was hat Eure Meinung geändert?«

»Das Leben«, antwortete er ausweichend und leerte sein Glas. »Ich gehe davon aus, dass Mr. Moldley Euch seinen und Ivys Standpunkt deutlich gemacht hat. Sie halten einen Frieden zwischen Menschen und Bizach für unmöglich und glauben, ich sei entweder ein Narr oder will den Schleier nur loswerden, damit meinesgleichen über die Menschen herrschen können.«

»Und dem ist nicht so?«, rutschte Ewanna heraus, bevor sie sich bremsen konnte. Ihr Herzschlag beschleunigte sich, aus Sorge vor einer ungehaltenen Reaktion.

»Ihr seid kritisch und beharrlich, Miss Kovanova.«

Er stellte das leere Glas zur Seite, stand auf und kam näher. Ewanna versuchte, gleichmäßig zu atmen, aber ihre Aufregung ließ sie stocken. Er ging in die Hocke und zeigte ein verstörend raubtierhaftes Lächeln.

»Ihr müsst Eure Furcht im Zaum halten, Miss Kovanova. Manche meiner Art reagieren darauf mit einem ausgeprägten Jagdinstinkt.«

»Warum helft Ihr mir, wenn ich Euch nicht vertrauen kann?«

Kurz betrachtete er sie ungläubig, dann legte er den Kopf in den Nacken und lachte herzhaft. »Denkt Ihr, ich lasse Euch unterrichten, damit Ihr sofort dem erstbesten Bizach zum Opfer fallt?«

»Ihr lasst mich mitten in der Nacht in einen Klub mit Mördern spazieren, die jeden Grund haben, Euch schaden zu wollen.«

Er grinste verschlagen und verengte dabei die Augen, sodass sich dünne Lachfalten in seinem Gesicht bildeten. »Miss Kovanova, ich möchte keinesfalls, dass Ihr Euch nach ... Euren früheren Einschränkungen Eurer Bewegungsfreiheit wie eine Gefangene in diesem Haus fühlen müsst. Aber ich versichere Euch, dass in jedem Moment mehrere wachsame Augenpaare auf Euch gerichtet sind.«

Sofort dachte Ewanna an den weißen Raben, presste die Lippen aufeinander und starrte Purson in die flackernden Augen.

»Ich verstehe«, brachte sie hervor.

Natürlich stand sie unter seiner Beobachtung. Es sollte sie nicht überraschen und dennoch durchfuhr sie ein kalter Stich der Enttäuschung. Ihre Freiheit war nichts als eine Illusion.

»Wofür braucht Ihr mich?«, fragte sie leise.

Eine gefühlte Ewigkeit sah er sie an, als versuchte er abzuschätzen, wie viel er ihr verraten konnte. Schließlich stand er auf und wandte sich ab.

»Lernt weiterhin die Grundlagen mit Sudette. Sobald Ihr Eure Fähigkeiten beherrscht, sage ich es Euch.«

»Versprochen?«, fragte sie leise.

»Ja«, antwortete er, ohne sich umzudrehen. Das schien alles zu sein, was er ihr geben würde. »Ihr solltet schlafen gehen, Miss Kovanova.«

Ewanna stand auf und verließ wortlos den Raum. Auf dem Flur fiel ihr auf, dass sie sich mittlerweile besser mit Purson arrangieren konnte, als sie vor einigen Tagen für möglich gehalten hatte. Was sie davon hielt, konnte sie jedoch nicht sagen, und sie verwarf den Gedanken sofort wieder zugunsten der Aussicht auf ihr weiches Bett.

25. Machtlos

Kinder. Sie hatte Kinder eingefangen, in winzige Zellen gesperrt und Byleth an ihnen experimentieren lassen. Mit jedem Tag verlor sie sich ein bisschen mehr, vergaß den Wert des Lebens, vergaß alle, die ihr einst etwas bedeutet hatten. Ihre Brüder Gabriel und Michael und ihren Glauben an Adonai.

Zanaa verging, nur ihr Jagdinstinkt blieb. Der war schon immer stark in ihr gewesen. Sie marschierte auf einen Spielplatz, hielt die Zeit an, nahm ihre Opfer und verschwand mit ihnen.

Die meisten Kinder litten und starben. Ihre Seelen wurden von den Körpern getrennt, zersplittert, an Gegenstände, Tiere oder gar andere Seelen gebunden, nur um herauszufinden, ob es funktionierte. Wo Zanaa einst Abscheu gespürt hatte, empfing sie nur noch Leere. Sie stand daneben und verfolgte das Elend. Nicht nur das von Kindern, auch das von Erwachsenen. Menschen, Bizach, Tiere … es spielte keine Rolle, Byleths Forscherdrang blieb unbezwingbar. Einige ihrer Experimente waren wahrlich der Stoff, aus dem die Gruselgeschichten der Menschen gemacht waren. Doch Zanaa … sie hatte vergessen. Vergessen zu fühlen, vergessen zu sein. Und die Welt hatte auch sie vergessen.

Es gab nichts, woran sie sich noch hätte festhalten können. Niemand war für sie gekommen. Selbst nach all der Zeit geboten weder Adonai noch sonst irgendjemand Byleth Einhalt.

Zanaa konnte nicht leben und sie konnte nicht sterben, nur bezeugen, was sie sah, bezeugen, was niemanden zu rühren schien. Würde sie auf ewig so existieren? Einem fremden Willen unterworfen?

Manchmal, wenn Zanaa allein durch die Gänge streifte, flüsterte eine Stimme zu ihr. Sie verstand die Worte nicht. Zu undeutlich klangen die Silben und zu weit war sie entfernt. Immer wieder zog sie Zanaa in den Ostteil von Byleths Festung. Aber was dort auf sie wartete, was dort nach ihr verlangte, blieb ein Rätsel.

26. Das Schosshündchen

Gabriel saß auf seinem angestammten Platz und wartete. Er war der Erste. Er war immer der Erste und verstand nicht, warum die anderen es anscheinend darauf ankommen lassen wollten, Adonai zu verärgern. Wenn der Unfehlbare einen der Tams bestrafte, hatte Gabriel nie Mitleid mit ihm. Schließlich hatten sie klare Anweisungen und wussten, was erwartet wurde. Wenn er es recht bedachte, hatte er schon längere Zeit kein Mitgefühl mehr gespürt. Wann war das letzte Mal gewesen? Gabriel atmete tief ein, schloss die Augen und kramte in seinem jahrtausendealten Geist nach einer Antwort, wurde jedoch von einem Geräusch unterbrochen. Er sah zur Tür und beobachtete, wie drei der fünf noch fehlenden Tams eintraten. Vine stolzierte voran. Sie war die Tam des Bleibezirks, eine Wasserbizach mit dem Beinamen ›die Chaosbringerin‹. Sie ignorierte Gabriel zunächst und schob sich mit schlangenartiger Anmut auf ihren Platz. Ihre dunkle Haut mit den goldenen Schuppen kam in der dämmrigen Beleuchtung kaum zur Geltung. Angriffslustig blitzten ihre katzenartigen blauen Augen zu ihm herüber. Er verstand die Warnung und wandte seinen Blick den anderen beiden Tams zu.

Nach Vine setzte sich Byleth auf ihren Platz und zwinkerte Gabriel amüsiert zu. »Das Schoßhündchen ist wie immer vorbildlich«, feixte sie.

Er verzog nur einen Mundwinkel zu einem müden Lächeln. Die Mimik war mehr Gewohnheit denn Gefühlsausdruck.

Er spürte nichts dabei.

»Ich glaube, er sieht einfach gern zu, wie andere unserer Art leiden«, antwortete ihr der Bizach, der als dritter mit ihnen den Raum betreten hatte: Paimon ›der Allwissende‹, Tam des Zinnbezirks. Ein Ndei und, wie alle seiner Art, ein Schrank von einem Mann.

Nur wenige Augenblicke später wurde die Tür erneut geöffnet und Belia trat ein, dicht gefolgt von Purson. Beide nahmen zu Gabriels Rechten Platz. Die anderen drei saßen auf der gegenüberliegenden Seite des Tisches. Belia grüßte ihn mit einem knappen Kopfnicken, als sie sich neben ihm sinken ließ. Purson hingegen schenkte ihm keine Beachtung.

Im Grunde glich eine Versammlung der nächsten, lediglich die Jahreszeiten vor dem Fenster sorgten für Veränderung. Adonai betrat den Raum, kaum dass Belia und Purson sich gesetzt hatten. Ihm folgte eine nervös dreinblickende Tuk, die heute wohl für ein makelloses Protokoll Sorge tragen sollte. Bei der letzten Versammlung hatte noch eine Kyal den Posten innegehabt. Unwillkürlich fragte Gabriel sich, was die Protokollführer anstellen mussten, damit Adonai sie ersetzte. Niemand wusste besser als er, was ›ersetzen‹ im Vokabular des Unfehlbaren bedeutete. War er doch derjenige, der gewöhnlich die Drecksarbeit erledigen musste.

Adonai setzte sich wortlos an den Kopf des Konferenztisches und sah abwartend in die Runde. Sein unmenschlich menschliches Antlitz wirkte zwischen den Tams spektakulär unspektakulär.

»Wer will anfangen?«, fragte er ohne eine Begrüßung. Aber nach tausenden von Jahren erschienen solche Gepflogenheiten auch völlig belanglos. Der Unfehlbare mochte auf andere unhöflich wirken, doch Gabriel verstand ihn. Er selbst konnte sich kaum dazu durchringen, irgendwem den Respekt oder die Zeit einer simplen Begrüßung entgegenzubringen.

»Ich«, sagte er und stand auf, die Flügel eng an den Körper angelegt, um nicht versehentlich Belia zu streifen.

Gabriel wollte seinen langweiligen Gedanken entfliehen, die sich anschickten durchzukalkulieren, wie häufig er sich mit Adonai in ihrer gemeinsamen Lebensspanne gegrüßt hätte, wenn sie das nicht irgendwann eingestellt hätten. Und obwohl er sich auf seinen Vortrag über den Zustand des Goldbezirks und den aktuellen Status der gesundheitlichen Versorgung in Sidarap konzentrierte, ratterte es dennoch in seinem Hinterkopf, der ihm schließlich eine grobe Schätzung von sechzigtausend Begrüßungen verkündete.

Gabriel berichtete und rechnete währenddessen weiter, dass dies täglich zwei Begrüßungen für die Dauer eines überdurchschnittlich langen Menschenlebens wären, ungefähr zweiundachtzig Jahre. Zwischen zwei Sätzen holte er Luft und schüttelte leicht den Kopf. Er lebte seit Jahrtausenden und die Häufigkeit potenzieller Begrüßungen zwischen ihm und dem einzigen Lebewesen, das noch älter war als er selbst, interessierte ihn im Moment am brennendsten. Eindrucksvoller konnte er sich einen Beweis für die Sinnlosigkeit der Existenz nicht ausmalen.

»Unterm Strich gibt es keine Veränderungen seit der letzten Versammlung«, endete er und nahm erneut Platz.

Er ordnete seine Papiere, als eine unsichtbare Kraft ihn dazu zwang, Adonai den Blick zuzuwenden.

»Danke, Gabriel.«

Er nickte steif. »Selbstverständlich.«

Ein schmales Lächeln zeigte sich auf den Zügen des Unfehlbaren, dann ließ der Druck um Gabriels Kiefer nach. Eine stumme Warnung; Adonai hatte seine Unaufmerksamkeit bemerkt. Dass er vor den anderen Tams nicht bestraft wurde, war dem Umstand geschuldet, dass er im Ansehen über ihnen stand. Ihm wurde der Vorzug einer Ermahnung zuteil, während die Jüngeren bei jeder Gelegenheit offen gedemütigt wurden. Eines von vielen Privilegien, aus denen sich die Ablehnung der übrigen Tams gegen ihn nährte.

»Der Nächste«, forderte Adonai gedehnt.

Paimon erhob sich. Seine Zuständigkeit lag im Ressort Bildung und Wissenswahrung, danach folgte Belia mit dem Thema Kultur. Nach ihr stand Byleth auf. Ihr Bericht war der, dem Gabriel zumindest einen Hauch von Interesse entgegenbrachte. Als Tam des Schwefelbezirks war sie verantwortlich für die Jagd auf Quecksilberbegabte, für die Entsorgung der Verstorbenen und für die Überwachung der Nekromanten. Seit geraumer Zeit hatte Gabriel allerdings den Eindruck, dass Byleth es nicht mehr so genau mit der Durchsetzung der besonders strengen Regeln für Schwefelbegabte nahm. Denn in den letzten Jahrzehnten häuften sich in Pursons Justizberichten die Fälle von Verbrechen an Menschen, die im Zusammenhang mit Nekromanten standen. Allerdings gab sich Byleth jedes Mal rat- und machtlos.

Gabriel linste für den Bruchteil eines Augenblicks zu Adonai hinüber. Er fragte sich zum vermutlich tausendsten Mal, warum sich der Unfehlbare nicht um diese Angelegenheit kümmerte. War ihm alles egal oder sah er darin eine Form von Unterhaltung? Gabriel war davon überzeugt, dass Byleth den Nekromanten absichtlich freie Hand ließ, um den Menschen zu schaden. Seine kleine Schwester hatte vor ihrem Verschwinden seine Meinung geteilt. Zanaa hatte ihre Wut über Adonais Untätigkeit kaum im Zaum halten können. Warum war sie dann plötzlich verschwunden? Hatte Byleth ihre Hände im Spiel oder hatte Zanaa – so wie Michael vor ihr – die Schnauze voll gehabt und sich fürs Exil entschieden? Gabriel hatte in den letzten Jahren oft überlegt, ob er seinen großen Bruder kontaktieren sollte. Doch bis jetzt hatte sich jedes Mal ein Grund gefunden, von einem Besuch abzusehen.

Sobald Byleth die Stimme erhob, konzentrierte er sich wieder ganz auf die Tuk. Sie gehörte zu der politischen Fraktion, die in dem letzten Frieden eine Kastration der Macht der Bizach sah und das Ärgernis der unterlegenen Menschen am liebsten ein für alle Mal vom Antlitz der Erde getilgt haben wollte. Die einzigen Wesen, die sie noch mehr verachtete, waren Bizach, die sich für Menschen einsetzten oder sich gar mit ihnen paarten. Auch mit diesen gab es seit einiger Zeit immer wieder Zwischenfälle im Schwefelbezirk.

Adonai ließ Byleths eher lapidaren Vortrag unkommentiert, dann folgte Vine mit dem Wirtschaftsbericht und zuletzt erhob sich Purson, der jüngste unter den Anwesenden, und trug seinen Bericht über die letzten Verbrecher und ihre Geständnisse vor.

Gabriel musterte den rothaarigen Bizach und musste sich verkneifen, den Kopf zu schütteln. Was hatte der Tam vor? Seit Tagen beobachtete er den Wohnsitz des Pleus und das Schimmerblut, deren Existenz Purson auch in seinem heutigen Bericht verschwieg.

Er konnte unmöglich so dumm sein anzunehmen, Adonai wüsste nichts davon. Ein Teil von Gabriel wollte Purson warnen. Sein jüngeres Selbst hätte es wohl auch getan, doch nach allem, was er gesehen hatte, regte sich kaum noch ein Gefühl bei dem Gedanken. Der Feuerbizach war nur ein weiterer unerfahrener Aufrührer mit Zielen und Idealen, die letzten Endes zu nichts außer Chaos, Blutvergießen und Wahnsinn führen würden. Nein, Gabriel hatte nach tausenden Jahren gut gemeinter Revolutionen kein Verständnis mehr für die Dummheit, die in jedem weiteren Versuch steckte.

Er wandte den Blick ab und betrachtete die dunkle Maserung der gigantischen Tischplatte, gefertigt aus einem einzigen Stück Holz. Wie alt der Baum wohl gewesen sein musste? Menschen fällten solche, die zu groß für ihre Maschinen geworden waren, nicht mehr. Der Mehraufwand lohnte sich schlicht nicht. In einem Anflug gewohnheitsmäßigem Selbstmitleides verglich sich Gabriel mit dem Baum. Auch er war zu groß, um gefällt zu werden. Wenn Adonai ihn nicht eines Tages abschlachtete, würde sich niemand jemals die Mühe machen.

Byleth meldete sich verärgert zu Wort und riss ihn aus seinen Gedanken. Gabriel schaute in die Runde und versuchte, die Situation zu erschließen. Purson hatte im Zuge seines Berichtes über eine Menschenfrau gesprochen, die mehrere Bizachrei und eine junge Kyal ermordet hatte.

»Ungeheuerlich!«, ereiferte sich Byleth.

Abermals fragte sich Gabriel, warum Adonai ihr Verhalten hinnahm. Doch der Unfehlbare scherte sich nicht um ihre Zwischenrufe. Seine gelben Iriden starrten unbewegt auf Purson. »Das ist ein umfassendes Geständnis«, sagte er.

Unwillkürlich spannte Gabriel die Muskeln an und machte sich auf das Schlimmste gefasst.

Der Pleu nickte und setzte eines seiner unsäglich charmanten Lächeln auf. Manchmal erschien es Gabriel, als glaubte Purson nicht mit Adonai, sondern mit einer Bizach zu reden, die er um den Finger zu wickeln versuchte.

Er musste beim Anblick von so viel zur Schau gestellter Dreistigkeit die Lippen zusammenpressen, damit ihm nicht eine scharfe Bemerkung entschlüpfte.

»Im Verhör dringen meine Silberfühler bis in die dunkelsten Ecken ihres Geistes«, bestätigte Purson.

Byleth mimte ein Würgegeräusch, doch plötzlich griff sie sich erschrocken an die Kehle, die Augen weit aufgerissen. Die Geduld des Unfehlbaren mit ihr war also doch nicht grenzenlos.

Adonai sah nicht einmal in ihre Richtung. Die Tam röchelte und kämpfte in einem Überlebensinstinkt verzweifelt gegen die Macht des Unfehlbaren an. Der betrachtete ungerührt Purson und nickte dann langsam. »Gute Arbeit. Beseitigt sie«, verkündete er sein Urteil.

Der Pleu neigte respektvoll den Kopf. Beim Wiederaufsehen flackerte sein Blick zu Byleth, die inzwischen bewusstlos auf ihrem Platz hing.

»Ist das alles?«, fragte Adonai mit entspannter Stimme.

»Ja«, antwortete Purson noch immer lächelnd, doch Gabriel beobachtete ein schwaches Schaudern. Wenn er die Regung bemerkt hatte, dann war sie auch dem Unfehlbaren nicht entgangen.

Adonais Gesicht zeigte eine leblose Freundlichkeit. »Danke.«

Der Pleu setzte sich.

»Die Versammlung ist beendet«, verkündete der Unfehlbare monoton. »Gabriel, bleib noch.«

Er nickte ergeben und beobachtete die anderen beim Verlassen des Raumes. Vine machte Anstalten, Byleth mit sich zu nehmen, doch Adonai winkte ab.

»Sie bleibt hier.«

Die Tuk zuckte zurück, als wäre sie geschlagen worden. Verzweifelt sah sie noch einmal zu Byleth, dann wandte sie sich ab und folgte den anderen eilig hinaus.

Sobald sie allein waren, richteten sich Adonais Augen auf Gabriel. »Soll ich sie umbringen?«

Jede Faser in seinem Körper schrie ›Ja‹, doch er zwang sich, ihre zusammengesunkene Gestalt mit betont unbeteiligter Miene anzusehen. »Was immer Ihr für angemessen haltet.«

Adonai seufzte leise und betrachtete die Tuk nachdenklich. Schließlich hob er eine Augenbraue und die Bizach erwachte panisch, als hätte sie einen Albtraum durchlebt. Sie sah sich um, stand auf und verließ fluchtartig den Raum.

Gabriel fragte sich, was Adonai sie hatte sehen lassen. Leider würde er es nicht erfahren.

»Berichte«, verlangte der Unfehlbare, sobald sie allein waren.

»Sie lebt in seinem Haus, als wäre es kein Geheimnis. Sudette unterrichtet sie täglich. Zweimal hat sie das ›Himmel und Hölle‹ aufgesucht. Wir können also annehmen, dass Belia mit Purson im Bunde ist. Das Schimmerblut weiß, dass es beobachtet wird, aber nicht von wem.«

»Was hat sie bisher erfahren?«

»Nichts Konkretes, aber sie ahnt etwas.«

Der Unfehlbare blieb stumm und zog seine Weste zurecht. Gabriel nutzte die Gelegenheit, um eine Frage zu stellen, die ihn schon seit einigen Tagen beschäftigte. »Denkt Ihr, Purson lässt sie an der lockeren Leine, weil er Ivy auf seine Seite ziehen will?«

Adonai fuhr sich mit zwei Fingern übers Kinn und starrte einen Punkt auf der Tischplatte an.

»Ivy …«, sagte er leise, »… könnte sich überzeugen lassen, auf Pursons Seite zu kämpfen. Aber ihr Bündnis wäre nie mehr als ein temporärer Opportunismus.«

»Wann ist der richtige Zeitpunkt, ihn zu töten?«

Adonai schüttelte den Kopf und sah auf. »Es gibt Unsicherheiten.«

»Ich verstehe nicht«, entfuhr es Gabriel überrascht. Wie konnte der Unfehlbare das nicht wissen?

»Die Details werden neuerdings … unscharf, wann immer ich versuche, weiter als eine Woche vorauszusehen.«

Gabriel brauchte einen Moment, um das soeben Gehörte zu verdauen. Das war ein Eingeständnis, das er nie von Adonai erwartet hatte. »Beunruhigt Euch das nicht?«, fragte er und spürte ein besorgtes Kribbeln in seiner Magengrube. So kompliziert sein Verhältnis mit dem Unfehlbaren auch sein mochte, es war ihm schier unmöglich, sich eine Welt ohne ihn vorzustellen.

»Gerade hat das Unwissen vor allem einen Hauch von Aufregung und Abenteuer«, antwortete Adonai und sah für einen Moment wirklich wie ein enthusiastischer junger Mensch aus.

»Dann glaubt Ihr, dass die Geschichten wahr sind?«, fragte Gabriel vorsichtig.

Der Unfehlbare lachte auf und fuhr sich durch die blonden Haare. »So weit würde ich nicht gehen. Aber ich denke, seit Jahrtausenden habe ich mal wieder etwas Neues zu erleben.« Er machte eine Pause und legte den Kopf schief. »Ich finde unsere Population selbstbewusster Schwefelbegabter mittlerweile zu hoch.«

»Byleth sollte geschwächt werden«, bestätigte Gabriel.

»Purson und Ivy werden sich mit ihr befassen.«

Gabriel zog die Augenbrauen zusammen. »Byleth wird die beiden in der Luft zerreißen, während sie ihre Nägel manikürt.«

»Exakt. Damit bekommt Purson genau das, was er für seinen Verrat verdient und Ivy bringt keine Unruhe mehr unter unseresgleichen. Sie hätte gar nicht erst existieren sollen. Für Pursons Tod kann ich Byleth zur Rechenschaft ziehen, ohne die Stabilität des Schwefelbezirks zu gefährden.«

Die Umsetzung des Planes bedeutete eine der größten politischen Umwälzungen seit Jahrhunderten.

»Ich habe einige Parteien in Position, es fehlt nur noch ein Auslöser«, erklärte Adonai weiter und betrachtete Gabriel auffordernd.

Er verstand und nickte ergeben. Vielleicht verwaltete Purson die Justiz, aber Gabriel beseitigte jene, die dem Unfehlbaren ein Ärgernis waren und aus seiner Sicht einer Anhörung nicht mehr bedurften.

Nicht umsonst nannten einige der Bizach Gabriel abschätzig ›Gottes Schoßhündchen‹. Er würde der Stein sein, der alles ins Rollen brachte, sobald er Purson die Erlaubnis erteilte, Byleth der Justiz zuzuführen.

»Das ist alles«, schloss Adonai.

Gabriel nickte erneut und erhob sich.

Ohne Widerworte verließ er den Raum. Er hatte die längste Zeit versucht, mit Adonai zu diskutieren. Mittlerweile tat er ungefragt, was von ihm verlangt wurde. Für ihn würde das Leben immer weitergehen und falls nicht, würde er das sogar begrüßen.

Purson, Byleth, Ivy, Ewanna … sie waren nicht die ersten ihrer Art und würden auch nicht die Letzten sein. Alles tendierte dazu, sich zu wiederholen. Gabriel wusste nicht, ob er hoffte, die Gerüchte wären wahr. Aber er konnte sich beim besten Willen nicht vorstellen, wie das ungeübte Schimmerblut die Welt aus den Angeln heben sollte.

27. DER REGELÄNDERER

Terry stand an einer Straßenecke und las die Sidarap Tagesthemen. Eine Kippe hing ihm im Mundwinkel, aber er hatte ihr seit einiger Zeit keine Aufmerksamkeit mehr geschenkt. Die Titelstory trug an jenem Morgen die wohlformulierte Überschrift ›Essen oder Seele?! – Dämonen reißen die städtische Nahrungsversorgung an sich.‹

Die Zeitung forderte im Verlauf des Artikels, dass Wirtschaftszweige, die die Grundversorgung und das Allgemeinwohl betrafen, nicht ausschließlich in die Hände der Bizach gelegt werden dürften. Da die Menschen aber dank des Schleiers für dumm verkauft wurden, wusste niemand, wie weit die Korruption schon reichte, weshalb der Artikel außerdem forderte, dass Geschäftsführer ihre Rasse offenlegen sollten. Schließlich hätten die Arbeiter ein Recht darauf zu erfahren, bei wem sie sich verdingten.

Terry faltete die Zeitung zusammen und beobachtete nachdenklich das Treiben auf den Straßen. Obwohl er mit dem Hetz-Vokabular des Blattes nicht einverstanden war, hielt er die aufgeworfenen Fragen durchaus für legitim. Seit die neuen Fabriken entstanden waren und Menschen ihre Arbeitskraft anstelle ihrer Waren verkauften, hatten sich die Abhängigkeitsverhältnisse geändert. Die Arbeitsbedingungen waren vielerorts eine Katastrophe. Das führte zu Unfrieden und alle suchten nach einem Verantwortlichen.

Terry besaß nicht genug Begeisterung für die Allgemeinheit, um sich mit Debatten der zukünftigen gesellschaftlichen Entwicklung auseinanderzusetzen. Ihn beschäftigte eine völlig andere Frage: Wie könnte er aus alldem Profit schlagen?

Der Kaffeehandel war nur der Anfang. Walkie kümmerte sich darum, dass künftige Touren von zwei neuen Jungs gefahren wurden, damit sie den Rücken für eine größere Nummer frei hatten, um für Emma Skellings Schlagzeile zu sorgen. Terry hob die Rückseite der Zeitung und betrachtete ihr Bild am Fuße einer schmalen Kolumne.

Kaum zu glauben, welche Abgründe hinter ihrer lieblichen Fassade steckten. Sie war mutig und dreist, das musste er ihr lassen, und je länger er mit ihr verkehrte, desto mehr wuchs sein Verlangen nach ihr. Bisher hielten ihn die Überreste seines Anstandes davon ab, sie gänzlich zu verderben. Schließlich war sie immer noch die Tochter irgendeiner einflussreichen Familie. Allerdings zweifelte Terry daran, dass ihn das noch lange aufhalten würde, denn sie hatte recht: Im Ketterer hatte es keine Frauen gegeben. Jemand rempelte ihn an und riss ihn damit aus den Gedanken. »Entschuldigung!«, sagte der Fremde und eilte weiter.

Terry warf ihm einen finsteren Blick hinterher und zog an seiner Zigarette. Er stopfte die Zeitung in den nächsten Müllbehälter und setzte seinen Weg fort. Er hatte kein bestimmtes Ziel, sondern war rausgegangen, um die Tagesthemen zu lesen und an der frischen Luft in Ruhe nachzudenken. Irgendwie musste es doch möglich sein, aus diesem Pulverfass von einer Stadt Geld zu ziehen.

Terry hatte ein paar hundert Meter hinter sich gebracht, als er eines der Schwerlastenfahrzeuge mitten auf der Straße stehen sah. Die offene Ladefläche war einem vornehmen Stadthaus zugewandt und eine Handvoll Männer räumten allerhand teuer aussehende Möbel und Kunstwerke aus dem Gebäude.

Terry hätte das Spektakel für einen Umzug gehalten und ihm keine weitere Beachtung geschenkt, wäre da nicht eine hysterische Frau im Türrahmen erschienen, die die Männer als Verbrecher und Diebe beschimpfte. Mit leidenschaftlicher Anstrengung versuchte sie, ihnen die Gegenstände wieder zu entreißen. Interessiert blieb Terry stehen. Was war da los? Kurzerhand zog er eine Münze hervor und warf sie in die Luft, dann überquerte er die Straße.

»Entschuldigung, Ma'am?«, fragte er über ihr Gezeter hinweg, sobald er vor dem dunklen Eisenzaun ihres Vorgartens zum Stehen kam.

Sie wandte sich um. »Gehören Sie auch zu denen?« Wütend deutete sie auf die Männer, die ungerührt fortfuhren, das Haus auszuräumen.

Terry zog die Schirmmütze zurecht und schüttelte den Kopf. »Nein. Hab nur gesehen, dass Sie Hilfe zu brauchen scheinen, und wollte fragen, was hier vor sich geht, Ma'am?«

Sie stieß ein Wehklagen aus. »Mein Mann ist kürzlich verstorben und vor ein paar Wochen erhielt ich einen Brief, dass das Haus noch nicht vollständig bezahlt sei, und ich die Summe sofort begleichen müsse. Und jetzt - sehen Sie sich das an! Ich hab alles versucht, aber es war nicht genug Zeit.«

»Hm«, machte Terry und sah sich nachdenklich um. »Welche Summe schulden Sie der Bank, wenn ich fragen darf, Ma'am?«

»Knapp hunderttausend Lin«, flüsterte sie.

»Und wie viel haben Sie jetzt zusammen?«

»Annähernd fünfzigtausend habe ich auftreiben können, alles andere ist fest angelegt, das kriege ich nicht sofort.«

Terry nickte abwesend. In seinem Kopf ratterte es auf Hochtouren. Er verwarf eine Idee nach der nächsten.

»Hm«, gab er erneut von sich, um der Frau zu signalisieren, dass er sie zumindest verstanden hatte. Während er nachdachte, flog seine Münze in einem steten Rhythmus durch die Luft. Noch immer nahmen die Arbeiter keinerlei Notiz von ihm.

Wahrscheinlich waren sie froh, endlich in Ruhe ihrer Tätigkeit nachgehen zu können.

»Wie heißen Sie, Ma'am?«

»Cordon. Margery Cordon.«

»In Ordnung, Madam Cordon. Ich weiß, Sie haben keinen Grund, mir zu vertrauen, aber wenn Sie mich lassen, sorge ich dafür, dass Sie Ihr Haus behalten können.«

»Bitte!«, rief sie mit einer auffordernden Geste. »So tun sie, was immer notwendig ist, damit ich nicht auf der Straße lande!«

Terry nickte. »Mein Name ist Dalton. Ich melde mich bei Ihnen.« Er tippte sich zum Abschied an den Schirm seiner Mütze und ließ die Münze in der Tasche verschwinden. Das Schwerlastenfahrzeug war von der gleichen Bauart wie jenes, das er von dem Händler gekauft hatte.

Ein glücklicher Zufall, flüsterte ihm eine sarkastische Stimme in seinem Hinterkopf zu. Wahrscheinlich hatte der Unfehlbare seine Finger im Spiel.

Terry umrundete den Wagen unbemerkt und setzte sich auf die Fahrerseite. Der Schlüssel steckte nicht. Das wäre auch lächerlich einfach gewesen.

Also holte er seine Dietriche aus der Hose. Bei Autoreparaturen im Ketterer hatte er gelernt, dass Zündschlösser nicht besonders komplex waren. Er brauchte nur stabiles Werkzeug. Terry benötigte keine halbe Minute, bis der Motor ansprang. Zügig legte er den Gang ein und trat aufs Gas.

Der vollbeladene Wagen bewegte sich nur schwerfällig, aber es reichte, um die überraschten Möbelpacker abzuhängen. Bei der erstbesten Gelegenheit hielt Terry und schloss die Klappe an der Ladefläche, dann fuhr er zielstrebig zum Hinterhof seines Wohnhauses.

Ein Blick auf seine Armbanduhr verriet ihm, dass Walkie sowieso jeden Moment eintreffen sollte.

Er sprang aus dem Fahrzeug, schloss das Hoftor und machte sich daran, die Kennzeichen mit denen seines anderen Lasters zu tauschen. Er war gerade fertig, als der Rothaarige sich mit dem Klappern der Hoftür ankündigte.

»Huch, wo kommt der denn her?«, fragte Walkie.

»Hab ihn gerade der Bank gestohlen«, sagte Terry und fuhr sich mit dem Hemdsärmel über die Stirn.

»Was?! Bist du wahnsinnig?«

»Ich habe ein Hauptquartier für uns. Du wirst es lieben, direkt an der Lin, spießige Nachbarschaft.«

»Terry, ich verstehe kein Wort von dem, was du sagst«, erwiderte Walkie langsam, als würde er mit jemandem reden, der geistig verwirrt war.

»Hat mit den neuen Jungs alles geklappt?«, fragte Terry.

»Ja, ich will die erste Tour mit ihnen zusammen machen, damit sie es nicht versauen.«

»Gut.«

»Sagst du mir jetzt, was hier los ist?« Terry berichtete knapp von seinem Zusammentreffen mit Margery Cordon. Mit jedem Wort wurden die Falten auf Walkies Stirn tiefer.

»Und jetzt?«, fragte er irritiert.

»Jetzt, mein Freund, habe ich dir den Wagen unverdächtig gemacht und möchte, dass du seinen Inhalt dem Schwarzmarkt zuführst.«

Walkie presste die Lippen aufeinander. »Terry, das letzte Mal, als die mich da gesehen haben, bin ich nicht unbedingt im Guten mit ihnen auseinandergegangen.«

»Wir werden den Schwarzmarkt aber brauchen, Walkie. Früher oder später wirst du da hingehen müssen. Also fang besser an, die Wogen zu glätten«, erwiderte Terry gereizt. »Sag ihnen, du arbeitest jetzt mit mir zusammen und wer dir ein Bein stellt, legt sich mit uns beiden an.«

»Das wird sie nicht beeindrucken«, murmelte Walkie.

Terry zog eine Münze hervor und marschierte zum Hofeingang. »Noch nicht, mein Freund, *noch* nicht.«

»Wo willst du hin?«, rief ihm der Rothaarige hinterher.

»Das Übliche - Bankbesuche, Waffengeschäfte und vielleicht für ein bisschen Aufmerksamkeit sorgen.«

28. Flucht

Seit Ewannas Gespräch mit Purson war eine Woche vergangen, in der sie weder mit ihm geredet noch das Haus verlassen hatte. Neben der Fortsetzung ihrer Ausbildung mit Sudette verbrachte sie die Tage damit, in den Büchern des Tams zu stöbern, auf der Suche nach weiteren Hinweisen auf das, was jeder außer ihr zu wissen schien. Zwar hatte Purson ihr versprochen, dass er ihr mehr verraten würde, sobald sie die Grundlagen beherrschte, aber ihre innere Stimme schimpfte sie ein Naivchen, sollte sie sich blind auf sein Wort verlassen. Schließlich hatte er selbst zugegeben, dass sie ihm nicht vertrauen konnte.

»Er wird mich wieder mit zum Gefängnis nehmen, oder? Mit wem will er, dass ich dort rede?«, fragte Ewanna, obwohl sie eigentlich einen Abschnitt über die Fähigkeiten von Zinnbegabten lesen sollte.

Ihre Ausbilderin antwortete nicht. Die weißhaarige Pleu stand mit dem Rücken zu ihr und sah aus dem Fenster hinaus auf die Straße.

»Warum hast du mich beim letzten Mal nicht vorgewarnt?«, bohrte Ewanna weiter.

Seit einer Woche ergab sie sich brav der Ausbildung, aber konnte nicht verhindern, dass ihre Ungeduld wuchs. Purson hatte Antworten versprochen, doch wann würde sie die bekommen?

»Halte mich nicht für deine Freundin, Ewanna«, sagte Sudette leise. »Ich bin dem Tam unterstellt und handele in seinem Sinne.«

»Und du verfügst über keine eigene Meinung?«, fragte Ewanna und wusste zugleich, dass sie wortwörtlich mit dem Feuer spielte.

»Nein«, antwortete die Pleu unerwartet leidenschaftslos.

Ewanna biss sich auf die Unterlippe. Lucians Buch befand sich noch immer in Pursons Besitz. Warum hatte sie es ihm überlassen? Manchmal würde sie sich gern selbst auf den Fuß treten. Da sie nicht wusste, wonach sie eigentlich suchte, nutzten ihr die Bücher, die sie aus dem Arbeitszimmer des Tams mitgenommen hatte, auch nur begrenzt.

»Machen dir deine Gefühle Angst?«, fragte Ewanna herausfordernd. Wenn sie eines in ihrer Zeit bei Purson gelernt hatte, dann, dass Pleus äußerst sensibel auf jede Provokation reagierten.

Sudette fuhr herum und im nächsten Moment wurde die Tischplatte so heiß, dass Ewanna die Hände hochriss.

»*Dich* sollten sie ängstigen«, grollte Sudette.

»Ich will nur wissen, was hier eigentlich passiert. Ist das so verwerflich? Was ist so wichtig an mir und meinen Kartentricks?«

Sudette verdrehte die Augen und fuhr sich über die raspelkurzen Haare, die im hereinfallenden Sonnenlicht zu leuchten schienen. Sie hatte einen dunklen Lippenstift aufgetragen, der ihrem Gesicht einen strengen Ausdruck verlieh.

»Purson wird dir alles sagen, wenn du so weit bist.«

»Und wann bin ich das?« Ewanna hatte unwillkürlich die Stimme erhoben, was sie im nächsten Moment selbst befremdete. Sie wusste nicht recht, warum sie auf einmal die Auseinandersetzung mit Sudette suchte. Steckte Frust oder Langeweile dahinter? Vielleicht beides.

Purson hatte in ihrem letzten Gespräch deutlich gemacht, dass er Ewanna für seine Pläne brauchte. Sudette konnte demnach keine Erlaubnis besitzen, ihr den Kopf abzureißen. Allein dieses Wissen hatte ihren Mut in den vergangenen Tagen wachsen lassen.

»Das wirst du dann erfahren«, presste Sudette zwischen zusammengebissenen Zähnen hervor.

Die Antwort klang nach einer billigen Ausrede. Ewanna konnte ihrer Ausbilderin ansehen, dass sie sich krampfhaft zu beherrschen versuchte, weshalb sie jetzt keinesfalls lockerlassen würde. Doch sobald sie den Mund zu einer weiteren Entgegnung öffnete, hob Sudette entnervt einen Finger.

»Du wirst jetzt ohne Widerworte das Kapitel lesen. Danach machen wir für heute Feierabend.«

Ewanna erwiderte ihren Blick. Was sie nun vorhatte, würde sich vermutlich als riesiger Fehler herausstellen. Doch etwas Besseres fiel ihr nicht mehr ein. Sie lehnte sich in ihrem Stuhl zurück und verschränkte die Arme demonstrativ vorm Oberkörper. »Und wenn nicht, was passiert dann?«

Kaum hatte sie den Satz beendet, stand Sudette schon direkt vor ihr und zerrte sie am Kragen ihrer Weste auf die Beine. »Mitkommen!«, knurrte die Pleu und zog Ewanna aus dem Raum. Sie schlugen die Richtung von Pursons Arbeitszimmer ein.

Offenbar machte Sudette keine Gefangenen. Ohne anzuklopfen, riss sie die Tür auf und zerrte Ewanna in die Mitte des Raumes. Sie stieß ihr in den Rücken, sodass sie über ihre Füße stolperte und auf den Teppich fiel.

Gut, das hatte sie sich selbst zuzuschreiben. Aber auf allen vieren vor Pursons Schreibtisch zu liegen sorgte dafür, dass ihr Gesicht verräterisch warm wurde.

Vorsichtig sah sie auf.

Der Tam betrachtete sie über die Tischplatte hinweg mit einer überrascht erhobenen Augenbraue. Er hatte sich auf seinem Platz vorgelehnt, um ihr ins Gesicht sehen zu können, dann glitt sein Blick fragend zu Sudette.

»Sie verlangt Antworten und weigert sich, weiterhin zu kooperieren, wenn sie keine erhält«, erklärte ihre Ausbilderin kühl.

»Ist das so?«, fragte Purson und sah wieder Ewanna an.

Die versuchte, sich vom Boden aufzurappeln, doch erhielt einen weiteren Stoß in den Rücken.

»Sudette!«, sagte der Tam scharf.

Ewanna schluckte, hielt einen Moment inne und brachte sich schließlich vorsichtig auf die wackeligen Beine. Mit einem Mal fühlte sie sich nicht mehr so sicher. Glaubte sie wirklich, sie könnte unersetzlich sein? Grenzte das nicht an Größenwahn?

»Nun, Miss Kovanova, ich dachte, wir hätten eine Übereinkunft.«

»Ich bin wohl nicht gut im Warten«, antwortete sie mit einem Schulterzucken.

Purson betrachtete sie wieder mit diesem abwägenden Ausdruck und bewegte seinen Drehstuhl langsam hin und her. Schließlich schnalzte er mit der Zunge und wandte sich seinen Papieren zu.

»Wenn das so ist, dann steht es Euch jederzeit frei, zu gehen, Miss Kovanova.«

Ewanna entglitten die Gesichtszüge. Sie hatte mit allem gerechnet, aber nicht damit. »Aber …«, setzte sie wenig geistreich an und ordnete ihre Gedanken. »Ich will nicht gehen, ich will Antworten.«

Plötzlich donnerte Purson so hart mit einer Faust auf den steinernen Tisch, dass Ewanna erschrocken einen Schritt zurücktrat und befürchtete, die Platte könnte zerbersten.

»Und ich versprach Euch, dass Ihr Eure Antworten erhaltet, sobald Ihr bereit seid, mit ihnen umzugehen, Miss Kovanova! Wenn Euch das nicht genügt, dann verlasst dieses Haus und geht zu Euren Freunden. Ohne Eure Kooperation habe ich keine Verwendung für Euch.«

Er konnte sie doch nicht einfach rauswerfen! Aber im nächsten Moment musste sie sich selbst korrigieren. Selbstverständlich konnte er das. Sie befand sich in seinem Haus. Wenn es ihm beliebte, könnte er sie aus dem ganzen verdammten Silberbezirk werfen. Sie atmete tief ein. Vielleicht konnte sie die Situation noch entschärfen, auch wenn seine lichterloh brennenden Iriden wenig Hoffnung versprachen. »Wann werde ich voraussichtlich Antworten erhalten?«

»Ich kann Euch keinen Tag nennen, falls Ihr das erwartet, Miss Kovanova. Aber ich weihe Euch ein, sobald Ihr das volle Ausmaß Eurer Kräfte kennengelernt habt.«

Trotz seiner offensichtlichen Gereiztheit bemühte er sich um Kontrolle. Scheinbar würde ihr Verschwinden doch für Komplikationen sorgen. Merkwürdigerweise erfüllte sie das mit einer grimmigen Zufriedenheit.

Ohne ein weiteres Wort wandte sie sich abrupt ab und verließ das Arbeitszimmer. Doch anstatt zu dem Raum mit dem Planetenmodell zurückzukehren, schlug sie den Weg zu ihrem Schlafzimmer ein. Dort packte sie ihre Karten und ihren Mantel, bevor sie zur Haustür eilte und hinaustrat, ohne dass jemand sie aufhielt.

29. Zuflucht

An der frischen Luft hielt Ewanna inne. Die Kühle prickelte durch ihren Körper und trug beim Ausatmen ihren Ärger mit sich fort. So hatte sie sich die Sache nicht ausgemalt, aber sie brauchte Antworten und wenn Purson ihr damit nicht helfen wollte, dann würde sie jemand anderen finden, und sie wusste auch schon genau, wen. Ewanna hatte keinen blassen Schimmer, ob ihr spontaner Plan funktionieren würde, aber sie schlug zielstrebig den Weg zum ›Himmel und Hölle‹ ein. Um diese Uhrzeit war der Klub noch geschlossen. Vor der Tür sah sie sich um und begann im Stillen, Lucians Namen zu rufen. Wenn er wirklich überragende Silberfähigkeiten besaß und angeblich nach ihr Ausschau hielt, musste er sie doch innerhalb eines gewissen Umkreises hören, oder?

Ewanna wusste jedoch nicht einmal, ob er sich tagsüber überhaupt in der Nähe des Klubs aufhielt. Sie durchstreifte die Gegend und rief in Gedanken weiterhin seinen Namen. Hin und wieder blieb sie stehen und hielt Ausschau, und nach einer Weile gewann sie den Eindruck, dass ihr seit einigen Straßenecken eine Pleu folgte und sich dabei um Unauffälligkeit bemühte. Dann entdeckte sie einen Tuk, der immer wieder aufzutauchen schien, für ein paar Minuten verschwand und kurz darauf erneut ihren Weg kreuzte. Sie wurde wirklich nicht nur von dem Raben beobachtet.

Ewanna begann, mit mehr Nachdruck nach dem Silberbegabten zu rufen. Warum hielt Lucian sich an jemanden wie Ivy? Gab es rationale Gründe, die für ihr völlig verrücktes Vorgehen sprachen? Falls ja, wäre er der Einzige, der Ewanna vielleicht davon überzeugen könnte.

Unvermittelt drang ein Gedanke in ihren Geist, der sich fremd anfühlte. Woher kam das auf einmal? Ewanna blieb stehen und schüttelte sich. Das Gefühl war widerlich, doch mit einem Mal wusste sie, dass sie nur noch zwei Straßen weiter musste. Im Gebäude mit der Nummer siebenunddreißig würde sie Lucian treffen.

Sie blieb stehen. Wo kam diese Idee her? Sie fühlte sich an wie ein Stachel, der sich kühl in ihr Bewusstsein schob. Doch je länger sie bei diesem Gedanken verweilte, desto mehr schien er zu ihrem eigenen zu werden und sich an sie anzupassen. Schließlich spürte sie keinen Unterschied mehr zu ihren übrigen Gedanken.

Die Erkenntnis ließ ihr einen eiskalten Schauer den Rücken hinunterlaufen. Sie folgte dem fremden Wissen, weil sie herausfinden wollte, was es damit auf sich hatte, obwohl sie die Erfahrung ängstigte.

Die Tragweite ihrer Eingebung wurde ihr erst bewusst, als sie in die betreffende Straße einbog. Dort stand tatsächlich ein Gebäude mit der Aufschrift siebenunddreißig, ein unauffälliges städtisches Reihenhaus wie jenes von Purson. Doch bei diesem bröckelte der Putz von der Fassade.

Zögerlich durchquerte Ewanna den Vorgarten und betrachtete die kaum lesbaren Namensschilder neben dem Eingang. Auf dem Dritten von unten entzifferte sie die Aufschrift ›Moldley‹. Mit einem Kopfschütteln drückte sie die Klinke hinunter und betrat den Hausflur. In der zweiten Etage stand bereits eine Tür offen, und ein warmer Lichtschein fiel aus der Wohnung auf die staubigen Dielen. An der Wohnungstür prangte wie erwartet ein Schild mit dem gleichen Namen.

Ewanna gab der Tür mit den Fingerspitzen einen vorsichtigen Schubs. Lucian trat mit gehetztem Gesichtsausdruck auf den Flur, doch grinste bei ihrem Anblick und winkte sie herein.

»Hallo, Schätzchen! Ich habe dich auch so sehr vermisst, wie du mich. Fühl dich ganz wie zuhause.« Er zeigte auf eine Tür auf der gegenüberliegenden Seite des Flures. Wortlos schloss Ewanna umsichtig die Eingangstür und folgte seiner Aufforderung. Die Wohnung war simpel und zweckmäßig eingerichtet. In dem Zimmer fand sie eine ältere Couchgarnitur vor und ließ sich nach einigem Zögern darauf sinken.

Auf der Gegenseite des Raumes stand ein überquellendes Bücherregal, vor dem sich bereits zahllose Wälzer auf dem Boden türmten. Durch zwei schlierige Fenster fiel gedimmtes Tageslicht und gerade, als Ewanna glaubte, einen weißen Raben auf dem gegenüberliegenden Dach sitzen zu sehen, kam Lucian klappernd mit einem Tablett in das Zimmer. Darauf balancierte er eine Teekanne, zwei Tassen, Milch, Zucker und Gebäck. Vorsichtig stellte er es auf dem niedrigen Couchtisch ab und ließ sich seufzend in einen Sessel fallen. Er trug keine Sonnenbrille, wodurch er merkwürdig … normal wirkte.

»Du wolltest mich dringend sehen, Liebling?«

Und doch war er unverkennbar Lucian.

Wo sollte sie anfangen? Ewanna lehnte sich zurück und ließ ihren Blick demonstrativ durch den Raum schweifen. »Hier wohnst du also?«

Auch er sah sich einmal um, dann nickte er entschieden. »Jap. Tee?« Ohne eine Antwort abzuwarten, füllte er die beiden Tassen und stellte ihr eine vor die Nase. »Bedien dich«, forderte er mit einer einladenden Geste zum Tablett.

Ewanna rührte sich jedoch nicht und betrachtete ihn skeptisch. »Du hast mich an diese Adresse denken lassen«, sagte sie nüchtern. »Hast du schon öfter in meinen Gedanken rumgepfuscht?«

Lucian, der seine Tasse bereits zum Mund geführt hatte, seufzte laut und ließ sie wieder sinken.

»Das ist der Grund, warum ich meine Fähigkeiten nur in Ausnahmefällen einsetze.«

Ewanna verschränkte die Arme. »Das ist keine Antwort auf meine Frage.«

»Nein, ich habe nie zuvor in deinen Gedanken rumgepfuscht. Zufrieden?«

Sie nickte und löste ihre Haltung ein wenig.

»Als Jugendlicher hab ich lange Zeit damit experimentiert, hübschen Mädels einzuflüstern, dass sie auf mich stehen würden. Leider entpuppte sich das jedes Mal als Desaster.«

»Das ist widerlich!«

Lucian grinste breit. »Glaub mir Kleine, kein Kerl von sechzehn Jahren würde das unversucht lassen, wenn er die Chance bekäme.«

»Das macht es nicht weniger widerlich«, beharrte Ewanna.

Sein Grinsen bekam eine schwermütige Note und er senkte den Blick auf den Tee in seinen Händen. »Tröstet es dich, wenn ich dir sage, dass ich mich dafür sehr schäme und aus meinen Fehlern gelernt habe?«

»Ein bisschen.«

»Heißt das, ich hätte Aussicht auf ein Mitleidsstelldichein?«

»Lucian!«

Er lachte herzhaft. »Fragen wird ja noch erlaubt sein.«

»Du bist …« Ewanna fand keine Worte dafür. In gewisser Weise stieß er sie damit ab und gleichzeitig machte ihn seine Ehrlichkeit auf seltsame Art sympathisch.

»… umwerfend? Unvergleichlich? Verheißungsvoll?«, fragte Lucian euphorisch grinsend.

»Absonderlich«, sagte Ewanna.

»Autsch!« Er verzog das Gesicht.

Sie zuckte entschuldigend mit den Schultern und griff nach ihrer Tasse.

»Ich kann dich verstehen«, antwortete er und kratzte sich an der kurzrasierten Schläfe. »Aber ich bin wirklich nicht der, vor dem du dich in Acht nehmen solltest.«

Ewanna nippte an ihrem Tee. Er schmeckte bitter mit einer Zitrusnote. »Versuchst du mich erneut gegen Purson aufzustacheln, ohne mir eine ordentliche Begründung zu nennen?« Lucian öffnete den Mund, doch sie ließ ihm keine Zeit zu antworten. »Aber da wir gerade so gemütlich zum Tee sitzen, freue ich mich über deine Redebereitschaft und Offenheit. Du darfst mir auch gern erklären, warum du und deine fundamentalistische Attentäterin von einer Freundin die bessere Wahl für mich wäret.« Sie lächelte ihn zuckersüß an und nahm wieder einen kleinen Schluck, bevor sie die Tasse zurückstellte. Wenn sie sich schon gegenüber Purson ein solches Verhalten nicht traute, dann musste Lucian das eben ausbaden.

»Du hast also doch Feuer in deinen Knochen.«

»Darauf scheinst du zu stehen.«

Er lachte leise. »Pass auf ... Ivy und ich, wir kennen uns seit zehn Jahren. Ich hab ihr geholfen und sie hat mir geholfen, wir sind ziemlich unkompliziert. Irgendwie schaffen wir es immer, den anderen aus der Scheiße zu ziehen. Sie mag unhöflich sein, aber dafür ist sie ehrlich. Sie hat keine Geheimnisse und nutzt mich nicht wegen meiner Fähigkeiten aus.«

Ewanna lehnte sich zurück und schlug die Beine übereinander. »Im Gegensatz zu ...?«

»Belia oder Purson oder jedem anderen selbstbewussten Bizach in dieser gottverlassenen Stadt.«

»Warum lassen die Tams euch in Ruhe? Ivy ist ein Mensch und du bist ein Bizachrei. Ihr solltet keine Herausforderung für sie darstellen.«

Er lächelte nachsichtig. »Zum einen sind Ivy und ich nicht so harmlos, wie unser unwiderstehliches Äußeres vermuten lässt. Ein Bizcharei ist nicht zwangsläufig schwächer als ein reiner Bizach. Gerade du dürftest das nicht glauben. Und zum anderen ist das hier Sidarap und nicht irgendein rechtsfreier Raum. Sie brauchen schon Beweise, um uns festzunehmen … oder zumindest eine Begründung«, fügte er mit einem schiefen Grinsen hinzu.

»Aber Purson schien ziemlich sicher, dass Ivy hinter einigen Anschlägen auf Bizach steckt.«

»Ah!«, machte Lucian und lehnte sich in seinem Sessel zurück, als würde er zum ersten Mal etwas verstehen. »Möglicherweise hat Purson bei seiner herzergreifenden Geschichte ein Detail ausgelassen.«

Er machte eine dramatische Pause und wartete darauf, dass Ewanna ihn zum Weiterreden drängte.

Nach einigen Sekunden verdrehte sie entnervt die Augen. »Und das wäre?«

Seine Mundwinkel zuckten amüsiert. »Wenn Adonai unsere Arbeit nicht befürworten würde, wären wir längst Staub.«

Ewanna brauchte einen Moment, um die Worte einzuordnen. »Nur weil der Unfehlbare nicht eingreift, seht ihr euch im Recht?«

»Er nennt sich ›der Unfehlbare‹ oder nicht?«

Seufzend ließ Ewanna die Schultern hängen und griff nach ihrer Teetasse, um sich an etwas festhalten zu können.

Lucian beugte sich vor und tippte gegen ihr Knie. »Schau nicht so betrübt, Liebling, das gibt Falten.«

»Nenn mich nicht so«, sagte sie und zog ihr Bein von seiner Hand weg.

»Gut, dann sag mir, warum du jetzt so ein Gesicht ziehst.«

Sie sah auf und musterte seine blauen Augen.

»Ich dachte, ihr hättet einen richtigen Grund.«

»Wir haben unsere Gründe.«

Ewanna schnaubte. »Und Purson hat seine für das, was er tut. Ich kann einfach nicht sagen, wer von euch schlimmer ist.«

Sie presste ihre Lippen aufeinander und umfasste die Teetasse fester, um das Zittern ihrer Hände zu beruhigen.

»Ich will nur Antworten. Meine Mutter wurde von einem Bizach getötet«, sagte sie leise. »Und seit ich unter den Bizach lebe, machen alle nur ominöse Andeutungen ... Was zum Teufel ist so wichtig an mir?«

Endlich hatte sie ausgesprochen, was sie seit ihrem einundzwanzigsten Geburtstag umtrieb. Nach ihrem letzten Wort herrschte eine Weile Stille, dann stand Lucian auf.

Ewanna beobachtete ihn dabei, wie er vor seinem Bücherregal auf und ab lief und die Titel auf den Buchrücken überflog.

»Wie genau sind deine Elemente verteilt?« Unvermittelt wirkte er sehr ernst.

Verwirrt starrte Ewanna ihn an, bevor der Sinn seiner Worte allmählich zu ihr durchsickerte. »Ähm ... ich habe alles auf eins, bis auf Gold ... da sind es Zwei-komma-zwei.«

Bei der Nennung der Zahl wandte sich Lucian mit hochgezogenen Brauen um. »Heilige Scheiße«, flüsterte er.

»Was?«

»Ich will eigentlich nicht derjenige sein, der ausspricht, was alle auf dieser Seite des Schleiers denken, wenn sie von dir erfahren«, sagte er nachdenklich und zog ein dünnes Buch aus dem Regal, mit dem er zu ihr zurückkehrte. »Fangen wir vielleicht so an ... was hast du bei Purson bisher gelernt?«

Bei der Frage holte Ewanna den schwarzen Samtbeutel mit den Karten hervor. »Tarot«, sagte sie. »Ich kann dadurch etwas über eine andere Person erfahren.«

Lucian nickte langsam und zog die Augenbrauen zusammen. »Was noch?«

Sie dachte an das Gefängnis zurück und die Farbe wich ihr aus dem Gesicht. »Ich kann … in die Vergangenheit einer anderen Person eintauchen.«

»Weiter«, forderte er, doch Ewanna zuckte nur die Schultern und schüttelte den Kopf.

»Das ist alles«, sagte sie schwach. »Ich musste einiges an Grundlagen nachholen.«

»Hui, das ist wirklich nicht viel«, kommentierte er und fuhr sich über die Kopfseite mit den langen Haaren. Dann grinste er vielsagend. »Hast du schonmal eine Karte über mich gezogen?«

»Nein.«

»Ach komm schon, so gar nicht?« Er klang ehrlich enttäuscht.

»Soll ich jetzt?«, fragte sie verwundert und zu ihrem Erstaunen nickte Lucian entschieden.

»Ich bitte darum, Liebling. Du verletzt mich mit deiner Gleichgültigkeit mir gegenüber.«

Ewanna ließ die Aussage so stehen und schüttelte nur den Kopf. Sie kramte das Deck hervor und mischte es auf die übliche Art und Weise. Dann zog sie eine Karte aus dem Stapel und deckte sie auf.

Ein leises Lachen entfuhr ihr, als sie die Darstellung sah. »Der Magier. Ziehst du jetzt ein Kaninchen aus dem Ärmel?«

30. Der Grund

Was bedeutet die Karte?«, fragte er leise. Seine Stimme hatte eine tiefere Klangfarbe angenommen und eine viel zu vertraute Note schwang darin mit. Instinktiv vergrößerte Ewanna den Abstand zwischen ihnen. »Manipulierst du mich gerade?«, fragte sie frei heraus.

Lucian schloss die Augen und zog eine Grimasse. »Die Meisten reagieren … sensibel, wenn ich Ihnen zum ersten Mal einen Gedanken eingebe. Ich war verwundert, dass du mich nicht direkt angefallen hast, als du zur Tür hereinkamst.«

»Du kannst es ihnen nicht verübeln. Ich meine … du bist dazu in der Lage, Gedanken zu manipulieren.«

Er zog die Augenbrauen zusammen, als würde eine schmerzhafte Erinnerung ihn heimsuchen. Blitzschnell streckte er eine Hand aus und schloss seine Finger fest um Ewannas.

Zu überrumpelt, um auszuweichen, gab sie nur einen erstickten Protestlaut von sich. Dann verschwand der Raum. Fremde Bilder fluteten ihren Geist und rissen sie aus der Gegenwart. Ewanna kannte das merkwürdige Gefühl, das sie ergriff. Sie fiel in Lucians Vergangenheit. Mit einem Mal saß sie auf den Dielen einer ärmlichen Wohnung und baute Türme aus Kohlestücken. Ewanna brauchte einen Moment, um sich zu orientieren. War sie eine Kindheitsversion von Lucian? Ein bedrückendes Gefühl, als hätte sie etwas angestellt, lastete auf ihr. Sie war allein im Raum, doch hörte die Stimme einer Frau, die merkwürdig sprunghaft redete, sodass der Sinn ihrer Worte erst nach einigen Sätzen verständlich wurde.

Abnormal. Das geht nicht. Sollten wir ihn weggeben? Was sollen die Nachbarn denken? Schulkinder … Ich muss mit Todd reden. Spätestens in der Schule wird rauskommen, dass Lucian einer von ihnen ist. Zum Glück ist Papa schon tot, er hätte mich erschlagen für den Jungen.

Ewanna sah sich in der Erinnerung um und entdeckte durch eine geöffnete Tür eine Frau in der Küche stehen. War das Lucians Mutter? Gedankenvertieft stand sie an der Küchentheke und hantierte mit einem Messer herum.

Die Szene löste sich auf und Ewanna befand sich auf einer Art Schulversammlung. Sie kniff die Augen zusammen und rieb sich die Schläfen. Zahllose Stimmen stritten in ihrem – also in Lucians – Geist, und heftige Kopfschmerzen plagten sie. »Zu viel«, murmelte sie aus seinem Munde und taumelte zur Seite.

Ein Mitschüler stieß sie kräftig mit dem Ellenbogen an. »He, Missgeburt, bleib an deinem Platz!«

Die Szene verschwamm und plötzlich stand Ewanna vor ihrer alten Oberschule, allerdings musste das etliche Jahre vor ihrem kurzen Besuch dort gewesen sein. Lucian, also sie, lehnte außerhalb des Schulgeländes locker an einem Laternenpfeiler und versuchte, den Mädchen auf der anderen Seite des Zauns gewisse Gedanken zu suggerieren. Eine Schülerin sogar glauben zu machen, sie wäre in ihn verliebt. So wie jede seiner Erinnerungen endete auch diese auf desaströse Weise. Enttäuschungen, Vertrauensbrüche, Herzschmerz und Einsamkeit reihten sich lückenlos aneinander und Ewanna wurde die Brust eng.

Unvermittelt ließ Lucian sie los und ihre Wahrnehmung kehrte in seine Wohnung zurück. Sie fuhr sich mit Daumen und Zeigefinger über die Lider, um zu sortieren, was sie soeben erfahren hatte. Langsam sah sie auf und erblickte ein mattes Lächeln auf den Lippen des Gegenwarts-Lucian.

»Ich dachte, du glaubst mir eher, wenn du es selbst siehst. Mit den Jahren habe ich gelernt, nur im äußersten Notfall meine

Fähigkeiten einzusetzen. Zum Beispiel, um jemanden zu warnen, oder … um auf jemanden aufzupassen.«

Ewannas Mund fühlte sich trocken an. »Mach das nicht noch einmal«, sagte sie, jedoch ohne Ärger in der Stimme.

Mitleid hatte sich ihrer bemächtigt. Auch wenn Lucian immer den Aufreißer spielte, so schien sich dahinter nur der Versuch zu verstecken, seine Unsicherheiten im Umgang mit anderen zu überspielen. Er war genau so ein Außenseiter gewesen wie sie.

»Schon gut, Liebling. Du kannst mein Herz heilen, indem du mir deine Unterwäsche zeigst.«

Ungläubig lachte Ewanna auf, auch wenn sie der brennende Drang überkam, ihm eine Ohrfeige zu verpassen. »Du bist unfassbar! Für einen Augenblick hatte ich so etwas wie Mitleid mit dir.«

»Würdest du mir aus Mitleid deine Unterwäsche zeigen?«

Sie wusste nicht anders zu reagieren, als wortlos eine Hand über ihre Augen zu legen und den Kopf zu schütteln.

Lucian lachte amüsiert auf und ließ sich gegen die Rückenlehne der Couch zurückfallen. »Ich kann nichts dafür, wenn du meine Fantasie anregst. Also, was bedeutet die Karte?«

Ewanna fühlte sich noch immer hin- und hergerissen zwischen dem Drang, ihn zu Boden zu ringen oder wutentbrannt die Wohnung zu verlassen.

Schließlich atmete sie tief ein und konzentrierte sich auf das eigentliche Thema: den Magier. Ein Blick auf die Karte sorgte dafür, dass sie grinsen musste. »Das wird dir gefallen. Sie besagt, dass der Magier andere dazu motiviert, aktiv am Leben teilzunehmen. Er bietet ihnen alle Mittel, um die ganze Erfahrung des Lebens auszukosten. Außerdem hat er die Fähigkeit, die Realität nach seinen Wünschen zu formen. Er ist ein Künstler, sozusagen.«

»Das hört sich nach mir an«, sagte Lucian leise. »Du solltest nicht dem ersten Eindruck vertrauen, Ewanna. Auch nicht dem Zweiten.«

Seine Worte trafen präzise einen wunden Punkt.

Nichts schien hier so zu sein, wie sie angenommen hatte. Angestrengt blinzelte sie aufsteigende Tränen fort. »Ich weiß … absolut nichts«, murmelte sie. »Über irgendetwas.«

Er hob das schmale Buch an, das er aus dem Regal gezogen hatte. Es besaß einen schlichten, gelblichen, vermutlich einst weißen Einband, der abgegriffen und an mehreren Stellen geknickt war. Durch die angestoßenen Ecken erweckte es den Eindruck, als hätte jemand es lange mit sich herumgetragen.

»Schon einmal etwas von dem Gleichgewicht gehört?«, fragte Lucian.

Purson hatte davon geredet. Er hatte zu Ewanna gesagt, dass sich alles immer um das Gleichgewicht drehe, und dass dies der Grund sei, weshalb er die Mischung von Bizach und Menschen für notwendig erachte.

Wie kam Lucian auf das Thema? Sie nickte, verbat sich aber davon zu erzählen, bevor er ihr mehr verriet.

»Es … gibt eine Geschichte«, sagte er zögerlich. »Mehr eine Theorie oder Legende, wenn man so will, die angeblich so alt ist, dass sie noch von den Gleichniswahrern stammen soll.«

»Die Gleichniswahrer?«

Lucian nickte. »Niemand weiß so richtig, wer damit gemeint ist, aber angeblich sind das jene Kräfte, die das Leben in dieser Welt erschaffen haben.«

»Ist das nicht Adonai?«

Lucian hob einen Finger, als hätte sie einen wichtigen Punkt angesprochen. »So sagt er, aber es gibt nicht wenige, die ihm nicht glauben.«

Ewanna hob eine Augenbraue, doch Lucian ließ sich davon nicht beirren.

»Viele Forscher der Elementmagie und der Naturgesetze sind über Jahrtausende hinweg immer wieder zu dem Schluss gekommen, dass Adonais Unsterblichkeit gegen jedes Gesetz unserer Welt verstößt.«

»Und das heißt?«

Lucian zuckte mit den Schultern. »Nun, sie kamen zu dem logischen Schluss, dass die Erklärung nur darin liegen kann, dass er nicht wirklich unsterblich ist.«

Ewanna runzelte die Stirn. »Das hört sich ziemlich spekulativ an, wenn du mich fragst.«

»Adonai hat seit jeher dafür gesorgt, dass solches Gedankengut vernichtet wurde. Allein diese Maßnahme überzeugt mich davon, dass etwas Wahres dran sein muss.«

»Was hat das mit mir zu tun?«

Lucian schlug das Buch auf und blätterte zu einer Seite, auf der eine einzige Strophe stand, die er ihr vorlas.

»Wenn der Abkömmling des Endlosen erscheint,
werden die Bizach im Neubeginn vereint.
Denn nur ihm ist es vergönnt,
dank des Schimmerblutes Macht,
in ewiges Gleichgewicht zu bringen,
wofür die Wahrer einst vergingen.«

Ewanna runzelte die Stirn. Davon hatte Purson nichts erwähnt und sie glaubte keinen Moment daran, dass er von der Erzählung nichts wusste.

Sie schnappte Lucian das Buch aus der Hand und las die Zeilen mehrmals. »Ist das alles?«, fragte sie.

»Ja.«

»Und deswegen haben alle solch ein Interesse an mir? Weil sie glauben, dass diese Verse irgendwas mit mir zu tun haben? Was soll das überhaupt bedeuten?« Sie garnierte jedes Wort mit nicht zu überhörendem Unglauben.

Lucian kratzte sich am Haaransatz und atmete tief ein. »Die allgemeine Lesart der Verse ist, dass ein Schimmerblut mit außergewöhnlicher Begabung, so wie du eines bist, dazu in der Lage sein könnte, der unendlichen Existenz des Unfehlbaren ein Ende zu setzen.«

Ewanna starrte ihn an und wartete auf den Moment, in dem er ihr grinsend auf die Schulter schlagen würde und erklärte, er hätte sie nur auf den Arm genommen.

»Das ist doch absurd und völlig aus der Luft gegriffen. Aus welchem Jahrtausend stammen die Worte überhaupt?«

Lucian zuckte mit den Schultern. »Ich für meinen Teil würde drüber nachdenken, wenn so viele davon überzeugt zu sein scheinen.«

Auf ihrer Unterlippe kauend warf Ewanna erneut einen Blick auf die Zeilen, dann schlug sie das Buch zu und knallte es auf den Tisch.

»Völliger Quatsch«, sagte sie und stand auf. Sollte das bedeuten, Purson wollte sie nur dazu benutzen, Adonai zu töten? Bei dem Gedanken wurde ihr schlecht.

»He!«, rief Lucian und erhob sich ebenfalls. »Ob du es willst oder nicht, viele dort draußen glauben daran, und mit jedem Tag erfahren mehr von deiner Existenz.«

»Und was soll ich deiner Meinung nach jetzt tun?« Hilflos streckte sie die Arme zu beiden Seiten aus. »Mir ein Schild umbinden mit: ›Bitte entschuldigt, aber ihr spinnt doch alle‹?«

»Ivy und ich, wir können dir helfen, dich selbst zu schützen.«

Ewanna seufzte schwer und packte ihre Karten zusammen. Ihr Blick verharrte einen Moment auf der Darstellung des Magiers. Konnte er ihr wirklich die Dinge geben, die sie zum Leben brauchte?

Sie sah zu Lucian auf, der einen abwartenden Ausdruck aufgesetzt hatte. Könnte sie sich tatsächlich selbst schützen? Der

Gedanke, von niemandem abhängig zu sein, war verlockend. So verlockend, dass sie dem auf den Grund gehen wollte.

»Wie?«

Einer seiner Mundwinkel zuckte triumphierend. »Zieh dir deine Jacke an, Schätzchen. Wir machen einen kleinen Spaziergang.«

31. Biggens

Du solltest wissen, dass ich beobachtet werde«, sagte Ewanna als sie das Ende des Treppenhauses erreichten, während Lucian mit großen Schritten auf die Eingangstür zumarschierte. Mit einer Hand auf der Klinke blieb er stehen und grinste sie verschwörerisch an. Er zog die Sonnenbrille aus der Innentasche seiner Jacke und setzte sie auf. »Das wird kein Problem sein«, sagte er und hielt ihr die Tür auf.

Ewanna trat hinaus und hob instinktiv den Blick zu den Häuserdächern. Dunkelgraue Wolken verdeckten den Himmel und drohten einen der häufigen Regenschauer an.

Lucian tauchte an ihrer Seite auf. »Hui.« Er stieß einen leisen, anerkennenden Pfiff aus. »Du hast nicht untertrieben. Ich hatte noch nie so viele Zuschauer, wenn ich mit einem Mädchen ausgegangen bin.«

»Du kannst sie sehen?«, fragte Ewanna, die Stimme zu einem Flüstern gesenkt.

Lucian tippte an das Gestell seiner Brille. »Ich sag doch, eine echte Biggens«, murmelte er. »Und jetzt hak dich bei mir ein.«

Ewanna runzelte die Stirn und warf ihm einen zweifelnden Seitenblick zu.

»Mach schon«, brummte er.

Sie gab sich geschlagen und kam der Aufforderung nach. »Wozu ist das notwendig?«

Er grinste, woraufhin sie den Arm wieder wegziehen wollte, doch er ließ ihr keinen Raum, sich loszureißen.

»Deine Verfolger sollen einen bestimmten Eindruck bekommen.«

»Und welcher wäre das?«

Sein Grinsen wurde breiter. »Dass du meinem Charme verfallen bist.«

Ewanna verdrehte die Augen. »Ist das wirklich notwendig oder braucht dein Ego nur eine Streicheleinheit?«

Nachdenklich legte er den Kopf schief und zuckte mit den Schultern. »Ein bisschen von beidem vielleicht.«

Sie atmete laut ein, aber ließ sich weiter von ihm durch die enger werdenden Straßen in ein durchschnittliches Wohngebiet ziehen. Die Häuser standen Wand an Wand gebaut und ragten vier Stockwerke in die Höhe.

»Wie viele sind es?«, fragte sie leise.

»Wie viele wovon?«

»Verfolger.«

»Fünf. Drei gehören zu Purson und einen kann ich nicht zuordnen, aber der Fünfte … verheißt nichts Gutes.«

Ewannas Herz begann, aufgeregt zu pochen, und sie sah sich um.

Sofort drückte Lucian ihren Arm. »Nicht so auffällig!«

»Was meinst du mit ›nichts Gutes‹?«

»Jetzt nicht«, raunte er und verstärkte den Griff um ihren Arm. Sie bogen in eine dunkle Gasse.

Bevor Ewanna sich erneut nach ihren Verfolgern umsehen konnte, zog Lucian sie mit ordentlich Schwung zur Seite und ließ sie dann los. Sie geriet ins Straucheln und sah sich auf eine Hauswand zustolpern.

Ihr entfuhr ein spitzer Schrei, als ihr Kopf mit dem unerbittlichen Stein zusammenprallte. Doch statt Schmerz durchfuhr sie das Gefühl einer kalten Dusche, dann landete sie auf den Knien. Vor ihr lag eine andere Gasse, breiter und heller.

Mit einem festen Griff unter die Arme half Lucian ihr wieder auf die Beine.

»Was war das? Wo sind wir?«, fragte sie.

»Eine getarnte Tür.«

»Aber ... werden sie sich das nicht zusammenreimen können?«

»Vielleicht. Doch diese Tür lässt nur ausgewählte Bizach passieren. Du bist offiziell unbeobachtet. Dank mir später mit einer Aussicht auf deine Unterwäsche.« Provokant zog Lucian einen Mundwinkel in die Höhe.

»Wird dir das nicht auch mal langweilig?«

»Oh, ich bin sehr ausdauernd«, antwortete er und zwinkerte demonstrativ.

»Warum sind wir hier?«, fragte Ewanna resigniert und bereitete sich mental auf die nächste anzügliche Antwort vor.

Obwohl Lucian sich pausenlos dermaßen unpassend aufführte, hatten seine Anspielungen doch etwas Vertrautes an sich. Etwas, worauf sie bauen konnte, wenn die ganze Welt um sie herum immer weniger Sinn ergab. Sein Verhalten schien das reine Gegenteil von Pursons Auftreten zu sein.

Der Gedanke an den Feuerbizach versetzte ihr einen Stich. Sie musste zurückkehren, und wenn auch nur, um ihn zur Rede zu stellen. Doch die Vorstellung löste eine Furcht in ihr aus, die ihr den Magen umdrehte. Bei Purson schien jede Reaktion vorstellbar und wenn seine Beobachter ihm von heute berichteten, wäre er sicherlich noch schlechter auf sie zu sprechen.

Ein sanfter Druck von Lucians Hand auf ihrem Unterarm holte sie in die Gegenwart zurück. »Wir besuchen jemanden.«

Sie bogen um die nächste Ecke und Ewanna blieb verblüfft stehen. »Was ...? Wie ...?« Hilflos zeigte sie auf die Gasse, aus der sie gekommen waren.

Vor ihr erstreckte sich eine Art Marktplatz, der um einen Springbrunnen herum aufgebaut war. Es gab kleine Läden und

Stände und jede Menge Menschen oder Bizachrei liefen durcheinander. Doch mehr noch als der Anblick des belebten Platzes überraschten sie der strahlend blaue Himmel und der warme Sonnenschein.

Süffisant grinsend wandte Lucian sich zu ihr um. Er schien Gefallen daran zu finden, sie beeindruckt zu haben. »Das Wetter ist nicht echt«, erklärte er. »Was du siehst, ist nur eine Illusion. Eine aufwändige und gute, aber nichtsdestotrotz eine Nachbildung.«

»Wie funktioniert das?«, fragte sie und sah erneut gen Himmel.

Er trat noch näher und legte seine andere Hand auf ihren Unterarm. »Eine Demonstration dessen, was möglich ist, wenn Kyals, Tuks und Pleus zusammenarbeiten. Feuer kümmert sich um die Sonne, Wasser um die Wolken und Luft sorgt für ein realistisches und harmonisches Zusammenspiel.«

Nach einer Weile riss sich Ewanna von dem Anblick los und sie gingen weiter.

»Was ist das für ein Ort?«

»Das hier …«, sagte Lucian leise und mit einem verschwörerischen Unterton in der Stimme, »… ist der Vielfarben-Markt. Hier bekommst du alles, was es nirgendwo sonst in Sidarap gibt.«

Erstaunt versuchte Ewanna, einen genaueren Blick auf die Geschäfte und ihre Auslagen zu erhaschen, als Lucian unvermittelt stehen blieb.

»Voilà, wir sind da.« Er deutete auf einen unscheinbaren Laden, um den die meisten der umhereilenden Einkäufer einen Bogen machten. Im Gegensatz zu den bunten, fröhlichen Farben der anderen Geschäfte hatte jemand diesem Laden ein düsteres Grau verpasst. Staub und Schlieren auf den Fenstern verhinderten, dass man hineinsehen konnte. Ewannas Blick glitt zu dem Schild über dem Schaufenster. Dort stand in schwarzer Schrift auf dunkelgrauem Hintergrund der Name des Ladens: ›Big Guns‹. Sie kniff die Augen zusammen und entzifferte zusätzlich die darunterliegende Zeile: ›Inhaber - Biggens‹.

»Sicher, dass wir hierher wollen?«, fragte Ewanna vorsichtig.

»Ja, keine Sorge, Biggens ist ein alter Freund von mir«, sagte Lucian lapidar und wollte schon die Tür aufreißen, als er noch einmal innehielt und sich umwandte. »Aber vielleicht solltest du mir das Reden überlassen. Oh, und achte darauf, höflich zu sein.«

»Was?«, fragte Ewanna.

»Biggens kann schlecht mit Unhöflichkeit umgehen und wenn ich schlecht sage, dann meine ich wirklich, wirklich schlecht. Aber mach dir keine Sorgen, du bist eine geborene Diplomatin, achte nur auf etwaige Stolperfallen oder Tretminen auf dem Boden und sieh ihm nicht zu lange in die Augen.«

»Ähm … du willst mich auf den Arm nehmen … oder?«

Lucians Ausdruck wurde ernst. »Ewanna, du musst wirklich nach Fallen Ausschau halten.«

»Was?!«, quiekte sie, unfähig die aufsteigende Panik in ihrer Stimme zu überspielen. Aber Lucian hatte bereits die Tür aufgerissen und zog sie erbarmungslos hinter sich her.

Sie betraten einen engen Verkaufsraum, in dem Warenregale kreuz und quer standen und Holzkisten verschiedener Größen sich bis zur Decke stapelten. Alles lag unter einer dicken Staubschicht. Das durch die verdreckten Fenster einfallende Sonnenlicht ließ umherschwebende Staubpartikel aufblitzen. Vom Inhaber fehlte jedoch jede Spur. Der Laden sah völlig verlassen aus. Verstohlen warf Ewanna Lucian einen Blick zu. Ob er womöglich weniger zurechnungsfähig war, als sie bisher naiv angenommen hatte?

Er wandte ihr seine Aufmerksamkeit zu und sie bemühte sich prompt, an etwas anderes zu denken. Anscheinend ließ sie ihre Gedanken schon wieder an einer zu langen Leine.

»Biggens!«, rief Lucian laut.

Ewanna hielt sich immer einen Schritt hinter ihm, und heftete ihren Blick auf die staubigen Dielen. Seine Erwähnung der Tretminen – auch wenn der Gedanke noch so absurd war – beunruhigte sie.

Nichts regte sich.

Lucian seufzte und fuhr sich durch die langen Strähnen. »Ich bin's! Lucian!«

Ein Klappern zu ihrer Rechten ließ Ewanna herumfahren. Sie stieß einen spitzen Schrei aus, als etwas durch die Luft auf sie zuschoss und explodierte. Eine Rauchwolke füllte den Raum und ließ sie beide husten.

»Biggens!«, schrie Lucian zwischen zwei Hustenanfällen.

»Raus aus meinem Laden, Verräter!«, ereiferte sich eine ungewöhnlich hohe Männerstimme.

»Alter Freund, ja?«, fragte Ewanna mit tränenden Augen.

»Hör auf mit dem Unsinn, ich bin kein Verräter!«, rief Lucian und fuchtelte mit den Armen, um den Rauch zu verteilen.

Ein kleiner Mann mit dunklen Locken und nervös durch den Raum huschendem Blick kam hinter einer Truhe hervor. Er näherte sich ihnen mit vorsichtigen Schritten und einer großkalibrigen Waffe im Anschlag.

Ewanna schluckte. Ihr wurde bei dem Anblick eiskalt.

»Du hast meinen Geburtstag vergessen!«, murrte der Mann und blieb einige Schritte vor ihnen stehen.

Nachdem er Lucian mehrere Sekunden mit bösen Blicken taxiert hatte, glätteten sich seine Züge schlagartig und er vollführte vor Ewanna eine tiefe Verbeugung.

»Meine werte Dame!« Er richtete sich wieder auf und legte die Waffe in eines der Regale.

Lucian warf Ewanna ein zufriedenes Lächeln zu, als Biggens ihn plötzlich am Kragen packte und zu sich heranzog.

»Wer ist sie? Warum stellst du mich nicht vor?«, fragte er schrill.

Seltsam gebannt starrte Ewanna ihn an. Die ihm in der Stirn hängenden dunklen Locken und sein regloser Blick ließen ihn wie den Inbegriff geistiger Verwirrung aussehen.

»Ist gut, ist gut, beruhige dich«, brummte Lucian und löste die Hände des Lockenkopfes von seinem Kragen. »Ewanna, das ist Biggens, Biggens, das ist Ewanna.«

Biggens schnurrte ihren Namen leise vor sich hin und verbeugte sich erneut tief. »Die Schönheit Eures Anblicks wird nur durch die Schönheit Eures Namens übertroffen. Sagt mir, seid Ihr auf der Suche nach einem Ehemann? Ich habe ausgezeichnete Fähigkeiten vorzuweisen und bin zufällig Junggeselle.«

»Ähm …« Den Mund unschlüssig geöffnet, trat Ewanna einen Schritt zurück.

»Mach dich nicht lächerlich!«, sagte Lucian an Biggens gewandt und stellte sich vor sie.

Bis eben hatte Ewanna den Silberbegabten für aufdringlich gehalten, aber neben Biggens wirkte er wie der perfekte Gentleman.

»Wie wäre es, wenn du Ewanna zeigst, was du im Sortiment hast, hm?«

Biggens riss die Augen auf und starrte sie über Lucians Schulter hinweg an. »Aber natürlich! Da ist sie zum Besten gekommen!« Sein Blick zuckte zum Silberbegabten. »Hast du ihr das gesagt? Lucian, du hast ihr gesagt, dass ich der Beste bin, oder?«

Biggens wartete keine Antwort ab, sondern wirbelte auf dem Absatz herum und bedeutete ihnen, ihm zu folgen. Er lief vornübergebeugt und tippelte dabei, gleichzeitig hielt er Hände und Arme nahe an seiner Brust. Unwillkürlich musste Ewanna an einen Nager denken.

Sobald er sich außer Hörweite befand, beugte sie sich näher zu Lucian. »Er ist verrückt, oder?«, hauchte sie ihm zu.

»Ein Quecksilberbegabter. Der Kerl hat einiges durchgemacht und das hat ihn ein wenig … verwirrt werden lassen. Aber keine Sorge, er ist harmlos.«

Harmlos kam Ewanna der Empfang mit einer Rauchbombe und einer angelegten Flinte nicht unbedingt vor, aber sie hielt ihren Kommentar zurück. Stattdessen überlegte sie, was sie über Quecksilberbegabte gelesen hatte. Sudette hatte das Element praktisch kaum erwähnt. Der offensichtliche Grund fiel ihr sofort wieder ein: Es existierten nur noch wenige in Sidarap. Die Schwefelbegabten unter Tam Byleth Spaantuk hatten den Auftrag, jeden mit diesem Talent zu töten. Quecksilber galt als das Einzige der sieben Sekundärelemente, das seinem Träger Schaden zufügte. Je höher die Ausprägung, desto stärker die daraus resultierende chronische Vergiftung.

Mit einem Schulterzucken wandte sich Lucian ab, als wäre damit alles gesagt, doch Ewanna packte ihn am Ärmel seiner Jacke. »Warum werden die Quecksilberbegabten gejagt?«, fragte sie so leise wie möglich.

Er sah sich um, als wollte er sicherstellen, dass sich Biggens nicht in der Nähe aufhielt, und raunte ihr das Wort »Beherrschung« zu. Dann folgte er seinem Freund und ließ Ewanna mit einem Kloß im Hals zurück. Beherrschung. Sie erinnerte sich.

Quecksilber zerstörte zwar den Körper des Begabten, doch ermöglichte es ihm auch, einen neuen vollständig zu übernehmen. Soweit Ewanna wusste, waren sie nicht wie Nekromanten, die ausschließlich verstorbene Seelen und leere Hüllen verbanden. Quecksilberbegabte, auch Merkurianer genannt, konnten lebend ihren Körper verlassen und den eines anderen Lebewesens stehlen. Das erklärte einiges.

Eine Weile stand Ewanna weiter unschlüssig im Laden herum, dann folgte sie Lucian durch einen Flur hinter der Theke, bis sie die beiden in einem angrenzenden Zimmer wiederfand.

Biggens entschärfte eifrig rund ein Dutzend Sicherheitsvorkehrungen und öffnete Schlösser vor dicken Metalltüren an den Wänden. Dahinter kamen Vitrinen mit den merkwürdigsten Waffen zum Vorschein, die sie jemals gesehen hatte.

Sobald er reihum alle Auslagen geöffnet hatte, eilte er auf Ewanna zu. Sie wäre vor ihm zurückgewichen, hätte nicht Lucians fester Händedruck auf ihrer Schulter sie zum Stillstehen gezwungen. Der Merkurianer schien nichts davon bemerkt zu haben, nahm sie bei der Hand und zog sie von einer Vitrine zur nächsten.

»Alles Unikate. Meine Erfindungen!«, murmelte er und sah sich nervös um. »Aber ich muss vorsichtig sein. Sie verfolgen mich.«

»Wer?«, fragte Ewanna.

»Das kann ich dir nicht sagen, es wäre zu gefährlich für dich. Aber sie dürfen mich nicht finden, darum sieht mein Laden leer aus. Diese Waffen können in den falschen Händen die Welt zerstören.« Er redete schnell, hastig, als galoppierten ihm seine Gedanken beim Reden davon. »Sie dürfen dich nicht kriegen. Aber bei mir bist du nicht sicher. Du darfst mich nicht lieben!«

Ewanna nickte. »In Ordnung.«

»Gut.« Er zog sie weiter zur nächsten Vitrine. »Du musst wissen, dass ich zu bekannt bin. Ich wäre nicht gut für dich. Du darfst keine Gefühle zulassen. Oh, diese Waffen sind gefährlich. Alles perfekte Einzelstücke für ihren Träger, wenn er kommt und sie holt.«

Hilfesuchend warf Ewanna einen Blick über die Schulter zu Lucian. Der stand breit grinsend und mit verschränkten Armen locker gegen den Türrahmen gelehnt und nickte aufmunternd. Offenbar sollte sie einfach weitermachen. Unbegeistert presste sie die Lippen aufeinander, doch sein Grinsen wurde nur breiter.

»AH!«, schrie Biggens auf einmal und Ewanna wirbelte erschrocken herum. Er hatte die Hände über dem Kopf zusammengeschlagen und starrte auf eine Waffe in der Vitrine, an der sie gerade vorbeikamen. Er ließ Ewanna los und hob das Exponat von der Halterung. Bei dem Anblick der Waffe in den Händen dieses verwirrten Mannes stellten sich die Härchen auf ihren Unterarmen auf. Zu ihrer Überraschung verbeugte er sich tief und hielt ihr das Tötungsinstrument entgegen.

»Das ist Eure, Schönheit!«

Erneut wandte sie sich hilfesuchend an Lucian, der sie jedoch nickend ermunterte, die Waffe entgegenzunehmen. Sie atmete tief ein und schloss die Hände um den gebläuten Stahl.

Biggens' Augen strahlten, als er wieder zu ihr aufsah. »Neun Schuss, Perkussion, Luftenergie, zehn Millimeter, eine Grazie, von einem Einäugigen gezogen.«

»Oh.« Ewanna wusste rein gar nichts mit diesen Informationen anzufangen.

»Ein Gottestöter«, flüsterte Biggens verschwörerisch. »Für ein Schimmerblut.«

Ein kalter Schauer lief Ewanna über den Rücken. »Woher …?«

»Du riechst nach Schicksal, Mädchen. Du Schönheit wirst Herzen wortwörtlich mit deinen bloßen Händen herausreißen«, murmelte er und kicherte.

Geschockt starrte Ewanna erst ihn und dann die Waffe in ihren Händen an. Sie sah aus wie eine altmodische Pistole mit einem magischen Kern.

Der Knauf bestand aus einem durchsichtigen, glasartigen Stoff. Darunter lief ein Mechanismus aus Dutzenden Zahnrädern. Es sah aus wie ein Uhrwerk und am Ansatz des Laufes pulsierte eine weiß schimmernde Substanz.

»Sie wird Herzen ausreißen! Oh, welch traumhafte Nemesis, die Göttin des Endes«, trällerte Biggens.

Ewanna fiel auf, dass Lucian seinen Freund nachdenklich betrachtete, als stellte er ihm gedanklich eine Frage. Wie zur

Bestätigung ihres Eindrucks schüttelte der Waffenbauer bedauernd den Kopf. »Purson ist ihr unter die Haut gegangen«, sagte Biggens so leise, dass sie ihn beinahe nicht verstanden hätte.

Lucian sah auf und erwiderte Ewannas Blick gelassen. Sie lächelte zaghaft, doch er wandte sich wieder seiner Konversation mit Biggens zu.

Kurze Zeit später kam der Waffenbauer zurück und versicherte Ewanna, dass die Waffe nur für sie angefertigt worden sei und sie sie behalten solle.

Überfordert von seinen Worten beugte sie sich dem Drängen und behielt die seltsame Pistole. Lucian hielt sich von da an im Hintergrund und sobald sie sich verabschiedet hatten, marschierte er ohne ein Wort voraus.

»Lucian?«, fragte Ewanna, aber er stoppte nicht. »Lucian!«, forderte sie lauter und packte ihn am Arm.

Er wandte sich abrupt um und nickte knapp. »Was?«

»Was? Das frage ich dich. Warum bist du so komisch?«

»Ich fühle mich nicht besonders, lass uns weitergehen«, antwortete er ausweichend und wandte sich ab.

Ewanna folgte ihm. Sie wollte keine Szene in der Öffentlichkeit veranstalten, aber was er gerade tat, fand sie überhaupt nicht in Ordnung.

Biggens hatte ihr ein passendes Holster für die Waffe gegeben und sie instruiert, wie sie sie zu benutzen hatte. Nun hing das unfreiwillige Geschenk als ungewohntes Gewicht an ihrem Gürtel.

Kurz vor der Wand mit dem versteckten Ausgang des Vielfarben-Marktes blieb Lucian stehen und hielt ihr auffordernd seinen Arm hin, damit sie sich erneut einhakte. Doch weder ein zweideutiges Grinsen noch eine anzügliche Bemerkung entschlüpften ihm. Er trug nur einen neutralen Gesichtsausdruck zur Schau und bis zu seinem Wohnhaus wechselten sie kein Wort miteinander. Davor hielt er noch einmal inne, atmete tief ein und betrachtete sie eingehend. »Du solltest jetzt zu Purson zurückkehren.«

Ewanna legte den Kopf schief. »Keine zweideutige Einladung in deine Wohnung?«

»Würdest du denn darauf eingehen?«

Sie kicherte. »Träum weiter.«

Doch statt mit einer provokativen Bemerkung zu kontern, nickte er ernst. »Das dachte ich mir.«

»Was ist los mit dir?«, fragte sie und zog die Augenbrauen zusammen.

Er zuckte mit den Schultern. »Wie ich schon erwähnte, ich fühle mich nicht besonders.«

»Dann hoffe ich, dass du bald wieder wohlauf bist«, sagte sie. Was sollte sie auch sonst dazu sagen? »Treffe ich dich morgen im Klub?«

»Vermutlich«, antwortete er, sah sie jedoch nicht an und wand seinen Arm aus ihrem Griff. »Komm gut nach Hause.«

Nach Hause. Konnte sie Pursons Wohnsitz als ihr Zuhause bezeichnen? Wohl kaum. Lucian wandte sich ab und erklomm die Stufen zur Haustür.

»Gute Nacht«, rief sie ihm hinterher.

Er hatte bereits eine Hand auf die Klinke gelegt, doch zögerte einen Moment.

»Gute Nacht«, antwortete er schließlich und verschwand im Haus.

Ewanna fühlte sich, als hätte sie etwas verbrochen, ohne zu wissen, was. Ratlos sah sie nach links und rechts die Straße entlang. Mittlerweile war die Sonne untergegangen und in der Dunkelheit überkam sie ein ungutes Gefühl. Sie zog ihren Mantel enger um sich und der harte Stahl von Biggens' Waffe drückte gegen ihre Hüfte. Auf merkwürdige Art ging es ihr dadurch mit einem Schlag besser.

32. Der Gute, der Böse und das Monster

Terrys Weg führte ihn zuerst zum Hauptgebäude der Sidarap Tagesthemen. Dort gab er eine kurze Nachricht für Emma Skelling beim Pförtner ab.

Um sechs bei mir. T.

Diese vier Worte sagten alles, was Emma wissen musste. Sie würde verstehen.

Der zweite Punkt auf seinem Tagesplan galt dem Thema Waffen. Terry blieb in einer Nebenstraße stehen und zog die Ausweise, die Walkie für ihn arrangiert hatte, aus der Jackentasche. Der Erwerb und Besitz von Schusswaffen galt in Sidarap zwar als legal, allerdings musste jede verkaufte Waffe auf den Namen des Trägers registriert werden. Nach kurzem Überlegen entschied sich Terry für Lem Gibson. Jene Identität, die er für seinen Kaffeefahrer verwendet hatte. Die würde er wohl demnächst nicht übermäßig brauchen. Er steckte alles wieder ein und begab sich auf die Suche nach einem Büchsenmacher.

Obwohl Terry mehrere Passanten fragte, konnte ihm keiner den Weg weisen. So dauerte seine Suche weit länger als erwartet. Er irrte von einer Straße zur nächsten, ohne Erfolg. Irgendwann spielte er mit dem Gedanken, zugunsten seiner Pläne für den Rest des Tages aufzugeben, als ihm schließlich ein Laden ins Auge fiel. Beinahe hätte er ihn übersehen, so unscheinbar wirkte die Fassade im Halbdunkel einer schmalen Nebengasse. Terry beäugte eine Weile das Geschäft und die Gegend. Er konnte nicht den Finger darauflegen, aber die gesamte Umgebung schrie ihm das Wort *›zwielichtig‹* entgegen. Allerdings war zwielichtig im Grunde genau das, wonach er suchte.

Terrys Eintreten wurde von einer hell klingenden Türglocke verkündet. Die erschien ihm, angesichts der Tatsache, dass das Ladeninnere kaum drei mal drei Meter maß, doch ein wenig übertrieben. Dank der Verkaufstheke inmitten des Raumes blieb ihm gerade so viel Platz, dass er sich einmal bequem um die eigene Achse drehen konnte; vorausgesetzt, dass er die Arme nahe am Körper behielt.

Hinter der Theke kippelte eine junge Frau mit langen schwarzen Haaren, die bis zur Sitzfläche des Stuhls hinabreichten. Mit einem Schienbein stützte sie ihre Position an der Kante eines niedrig hängenden Regals ab. Auf ihren Oberschenkeln lag ein Skizzenblock. Sie zeichnete eifrig und ließ sich durch Terrys Anwesenheit nicht davon abbringen. Aus einem Tischradio, das die halbe Theke einnahm, drangen leise Jazzklänge.

Er trat näher. »Hallo.«

»Wissen Sie schon, was Sie wollen?«, fragte die Frau gelangweilt und arbeitete konzentriert an ihrer Zeichnung weiter.

»Service«, antwortete Terry bissig. In einem dermaßen versteckten Laden konnte sie froh sein, dass überhaupt jemand reinkam.

Sie hielt inne und warf ihm einen schiefen Blick zu. »Ich kann Ihnen eine Fußmassage anbieten.«

Terry schnaubte. »Hältst du dich für witzig, Kleine?«

»So klein bin ich gar nicht.« Endlich legte sie ihren Stift beiseite und stand auf. Sie hatte recht. Wenn er sich nicht täuschte, überragte sie ihn sogar um ein paar Zentimeter. »Nun gut, hier ist meine Aufmerksamkeit. Da du die Höflichkeiten bereits in den Wind geschossen hast … Verrate mir doch, wie man dich nennt.«

Terry atmete tief durch und mit einem mal fühlte er sich ungewöhnlich ruhig und entspannt.

»Lem.« Um ein Haar wäre ihm ›Terry‹ über die Lippen gekommen. Ein solcher Patzer hätte seinen ganzen Plan durcheinandergebracht und er hätte einen neuen Laden suchen müssen. Aber warum brachte ihn das nicht aus der Ruhe?

»Nun, Lem, du siehst mir aus wie einer, der was Modernes sucht.«

Er nickte. »Was Kleines.«

»Revolver oder Selbstlader?«, fragte sie, doch hob dann einen Zeigefinger. »Moment, sag es mir nicht. Ich weiß genau, was du suchst.«

Sie verschwand hinter den Vorhang, der den Durchgang zum Hinterzimmer verdeckte, und kehrte kurz darauf erwartungsvoll dreinblickend zurück. In den Händen hielt sie ein Tablett, auf dem Terry einen schmalen Revolver erkannte.

»In Ordnung«, sagte er, nachdem sie die Waffe auf der Theke abgelegt hatte. »Ich beiße an. Was sehe ich hier vor mir?«

Sie grinste und in ihrem rundlichen Gesicht zeigten sich zu beiden Seiten Grübchen. In dem Moment fiel Terry auf, dass sie so gar nicht zu seiner Vorstellung von einem Büchsenmacher passte. Dann begann sie einen Vortrag über die Vorteile dieses kleinen Modells, das sie unter anderem als ›hahnlos‹ beschrieb.

»… außerdem hat ein Revolver sowieso weniger mechanische Probleme als die gängigen Selbstlader«, schloss sie und holte nach gefühlt fünf Minuten zum ersten Mal wieder Luft.

Terry hatte keinen blassen Schimmer von Waffen, aber er tat einen Moment so, als ließe er sich die dargelegten Informationen gründlich durch den Kopf gehen. Dann nickte er langsam. »Ich nehme vier.«

Zwei für sich und zwei für Walkie. Dazu wählte er noch passende Holster und Munition aus.

»Bar oder mit Scheck?«, fragte die Schwarzhaarige, als es ans Bezahlen ging.

»Bar«, antwortete er und gab ihr seinen falschen Ausweis.

Terry fühlte sich zufrieden mit seiner Ausbeute, bis er den Laden verließ und seine Anspannung schlagartig zurückkehrte. Zuerst hielt er den Straßenlärm für verantwortlich, doch dann kam ihm ein völlig anderer Gedanke.

Schnurstracks wandte er sich um und kehrte in den Waffenladen zurück. Die junge Frau saß erneut malend hinter der Theke.

»Du bist eine von denen, oder? Eine Bizach?«, platzte er heraus.

Sie sah auf und winkte dann lachend ab. Doch Terry wollte sich nicht so einfach abspeisen lassen. »Der Frieden verbietet den Einsatz von Bizach-Fähigkeiten an Menschen. Dass ich mich hier so ausgelassen gefühlt habe … das war Eisen, richtig?«

Ihr Lachen verstummte. »Ich fürchte, ich weiß nicht, wo das Problem liegt.«

»Du nimmst das falsch auf«, sagte Terry und hob beide Hände. »Ich habe nicht vor, dich zu verpfeifen.«

»Was willst du dann?«

»Ich könnte gut jemanden gebrauchen, der … mir von Zeit zu Zeit Waffen unter der Hand verkauft.«

Sie lachte auf, doch klang dabei wenig amüsiert. »Du bist einer von denen, die denken, dass alle Bizach Verbrecher sind, nicht wahr?«

»Nein. Aber ich weiß, dass du einer bist.«

Sie stand auf und verschränkte die Arme. »Du bist ganz schön dreist.«

»Das sagt man mir nach«, entgegnete Terry mit einem Schulterzucken. »Aber ich habe Ambitionen und da kann ich nicht die Hände falten und hoffen, dass mir irgendetwas in den Schoß fällt.«

»Menschen mit ihren kurzen Lebensspannen.« Sie verdrehte die Augen. »Bei euch muss immer alles sofort sein. Wofür brauchst du die Waffen?«

»Die sind nur eine Vorsichtsmaßnahme.«

Sie legte den Kopf schief und wieder nahm seine Anspannung ab. »Wirklich?«, schnurrte sie.

»Wirklich«, beharrte Terry. »Du kannst mit deinem Voodoo aufhören. Wie heißt du?«

»Du darfst mich Fiete nennen. Anscheinend bist du ja ganz clever. Haben sie dich schon getestet?«

»Ja«, antwortete Terry. »Ich bin ein gewöhnlicher Mensch.«

Ihre Unterlippe schob sich zu einem leichten Schmollmund vor. »Ein Jammer.«

»Was bist du für eine?«

»Eine Ndei.«

Eine Erdbizach. Nun, das erklärte, warum sie sich offenbar in diesem winzigen Raum wohl fühlte.

»Haben wir eine Abmachung?«, fragte Terry.

»Fürs Erste«, antwortete Fiete und legte den Kopf schief. »Du hast mich neugierig gemacht, Lem.«

Terry wollte sich nun endgültig verabschieden, doch dann zögerte er.

»Ja?«, fragte Fiete.

»Kannst du … den Schleier lüften?«

Sie lachte ausgiebig. »Vielleicht.«

»Vielleicht oder kannst du?«

»Ich kann und vielleicht mache ich das auch für dich.«

»Aber ...?«

»Nicht jetzt.«

Terry wollte protestieren, fühlte sich allerdings schlagartig matt und kraftlos.

»Kein Voodoo!«, giftete er, doch musste sich eingestehen, dass er nichts dagegen ausrichten konnte.

»Ich schließe jetzt den Laden«, sagte sie bestimmt.

Er nickte. Zu anstrengend erschien ihm die Aussicht auf unnötige Worte. Schließlich hob er die Hand zum Abschied und trat hinaus.

Kaum schloss sich die Tür hinter Terry, fiel die bleierne Schwere von ihm ab. Der Effekt erschien ihm beunruhigend intensiv und er brauchte einen Moment, um sich wieder an die frische Energie in seinen Gliedern zu gewöhnen. Was für eine bedrohliche Fähigkeit. Ob sie auf diese Weise töten konnte? Der Gedanke sorgte bei ihm für einen flauen Magen.

Sobald er sich besser fühlte, machte er sich mit seinen vier Revolvern im Gepäck auf den Weg zu seinem letzten Stopp. Laut seiner Armbanduhr blieben ihm noch dreißig Minuten, bevor die Hauptzentrale der Bank von Sidarap ihre Pforten schloss.

Vor dem Schalter stand eine lange Schlange Wartender, die er getrost ignorierte und direkt zu der Dame hinter dem Tresen lief.

Terry ermahnte sich in Gedanken, ein bisschen weniger er selbst zu sein, und setzte sein charmantestes Lächeln auf, als er sich gegen den Tresen lehnte und die Dame anstrahlte.

»Die Schlange endet da hinten«, sagte sie und die Temperatur im Raum nahm schlagartig um einige Grad ab. Dennoch verzog er keine Miene. Flüchtig las er das Namensschild an der Bluse der Angestellten. »Michella, sehen Sie, ich bin nicht wegen eines Themas hier, das *Sie* mir beantworten könnten. Ich suche einen ihrer Mitarbeiter, jemanden der verantwortlich ist für die Enteignung einer gewissen Madam Cordon.«

Die liebliche Michella betrachtete ihn, als wollte sie ihn in die Wüste verbannen. »Dritter Stock. Da sind Schuldnerverfahren«, antwortete sie dennoch missgelaunt.

»Danke!«, sagte Terry und lief zu den Aufzügen. Noch fünfzehn Minuten, verriet ihm ein Blick auf seine Armbanduhr. Das sollte genügen.

Im dritten Stock herrschte reger Betrieb und es gab weit mehr Büros, als er sich vorgestellt hatte. Jedes sah aus wie das Vorherige. Einzig an den Türen hingen fein säuberlich unterschiedliche Namensschilder. Wie in einem Zellentrakt, schoss Terry durch den Kopf. Schließlich blieb er an einer beliebigen Tür stehen und klopfte.

»Ja?«, dröhnte eine männliche Stimme durch das Holz.

Terry trat ein. Im Inneren saß ein Mann mittleren Alters, mit dünnen, zerzausten Haaren und einer schief gebundenen Krawatte. Für ihn schien ein stressiger Tag gewesen zu sein. Das passte Terry gut ins Konzept.

»Ich vertrete die Interessen von Madam Margery Cordon«, sagte er und trat an den Schreibtisch heran.

Er hatte Glück. Der Mann schien sofort zu wissen, von wem er sprach. Vielleicht war sogar seine wagemutige Aktion mit dem Laster verantwortlich für den anstrengenden Tag des Schlipsträgers. Der Gedanke ließ ihn schmunzeln. »Nun, dann haben Sie mit Sicherheit von dem Zwischenfall gehört.«

»Das habe ich, aber mir geht es eher um die Entwicklung Ihrer Beziehung zu Madam Cordon.«

Der Mann blinzelte. »Wie meinen?«

»Ich setze mich mal. Das dauert sicher eine Minute«, sagte Terry, ließ sich auf den Besucherstuhl sinken, der ihm nicht angeboten worden war, und zog eine Münze aus der Weste. Während er sie in gewohnter Weise durch die Luft fliegen ließ, machte er ein nachdenkliches Gesicht. »Nur für mich zur Rekapitulation: Der Ehemann von Madam Cordon verstarb vor ein paar Monaten, korrekt?«

»Ja.«

»Und daraufhin geriet Madam Cordon bei Ihnen in Zahlungsverzug? Oder hatte es zuvor schon Probleme mit den Tilgungen gegeben?«

»Es war der erste Verzug.«

»Wie viel Zeit haben Sie ihr gewährt, bis Sie die komplette Summe zurückgefordert haben?«

»Wir haben im Rahmen unserer Verträge …«

Terry unterbrach ihn: »Wie lange, Mr. Whin?« Den Namen las er von einem Schildchen ab, das er am Rand des Schreibtisches entdeckte.

Der Angestellte fuhr sich mit der Zunge über die Unterlippe. »Vier Wochen.«

»Nur damit ich das richtig verstehe: Vier Wochen nach dem Ableben ihres Ehemannes oder vier Wochen nach der ersten Mahnung?«

»Ersteres«, presste der Schreibtischheld zwischen den Zähnen hervor.

»Kam die freundliche Madam Cordon zu Ihnen und bat um Aufschub oder um sonstiges Verständnis für ihre Lage?«

»Mister, ich weiß wirklich nicht, was das zur Sache tut. Ich habe gleich Feierabend und will dann auch …«

»Zehn Minuten, Mr. Whin, ich habe noch zehn Minuten«, sagte Terry und tippte mit der Münze auf das Glas seiner Armbanduhr. »Die Fragen sind notwendig, um festzustellen, wie abstoßend ich Sie finde.«

»Wer sind Sie überhaupt?«, fragte der Mann verärgert.

»Ich bin der Kerl, der Sie aus dem Fenster wirft, Mr. Whin, wenn Sie nicht allmählich den Ernst der Lage verstehen. Sie berauben eine Witwe ihres Hauses, die alles versucht, um Ihnen entgegenzukommen. Wofür braucht Ihr Vorgesetzter die Immobilie?«

Der Bankangestellte lachte kopfschüttelnd und nahm den Hörer seines Telefons ab. »Ich rufe jetzt die Sicherheit.«

Terry fing seine Münze und presste die Lippen aufeinander. Immer wieder überraschten ihn die Arroganz und die Selbstverständlichkeit, mit der Leute auf ihrer Unantastbarkeit beharrten. Unzählige Male hatte er im Ketterer beobachtet, wie Gefangene den Wärtern ihre Rechte vorpredigten. Rechte. Als handelte es sich dabei um eine magische Formel, die Gewalt hinter verschlossenen Türen aufhalten könnte. Heute würde der Tag werden, an dem auch Mr. Whin verstehen würde, dass Recht nicht mehr war als Tinte auf Papier in dicken, staubigen Büchern. Ein unsichtbarer Konsens, eine Illusion.

Der Paragrafenreiter wartete geduldig am Telefon, während Terry in aller Ruhe aufstand, zum Fenster ging und es öffnete. Eine steile Falte bildete sich auf der Stirn von Mr. Whin, als Terry sich wieder umwandte, ihn am Kragen packte und von seinem Schreibtisch fortriss.

33. Unruhe

Irgendetwas Ungewöhnliches geschah. In Byleths kleiner Festung herrschte rege Betriebsamkeit. Normalerweise wirkte der triste Bau rund um die Uhr wie verwaist. Zanaa verließ ihre Kammer und packte den ersten Untoten, den sie zu fassen bekam.

»Was ist los?«, fragte sie.

Der bewegte den Unterkiefer, doch gab nur ein Stöhnen von sich.

Unzufrieden stieß Zanaa ihn von sich. Dann musste sie wohl selbst nachsehen. Sie wurde eins mit der Luft und materialisierte sich wieder in Byleths Thronsaal.

Die Tam war außer sich. Sie schrie und brüllte ihre umherlaufenden Untergebenen an. Mit entschiedenen Gesten scheuchte sie sie umher. Sobald sie jedoch Zanaa entdeckte, lächelte sie. »Du bist hier, meine Liebe. Das ist gut.«

»Ist etwas vorgefallen?«

»Ob etwas vorgefallen ist?« Byleth sah sie an, als hätte Zanaa den Verstand verloren. »Meine Kinder!«, schrie sie. »Sie sind allesamt tot!«

Die Tam des Schwefelbezirks nannte die Opfer ihrer Experimente ›ihre Kinder‹.

»Was ist schiefgelaufen?«, fragte Zanaa.

»Wenn du sie dir nachher ansiehst, wirst du wissen, was schiefgelaufen ist. Diese kleine rachsüchtige Missgeburt Ivy ist schiefgelaufen. Die Tat trägt eindeutig ihre Handschrift.«

»Was jetzt?«

Byleth kam näher und berührte Zanaas kühles Kinn. »Finde sie! Sie hat lange genug die Stadt unsicher gemacht. Ich will sie wieder an der Leine haben.«

»Das wird Purson nicht gefallen.«

»Soll er nur kommen. Er kann dir Gesellschaft leisten, nachdem wir sein Herz zerfetzt haben.«

Die Tam wandte sich ab und kehrte sichtlich ruhiger zu ihrem Platz zurück. Zanaa hielt den Blick auf Byleths Füße gerichtet. Sie vermied stets, den Flügeln Beachtung zu schenken, die hinter dem Thron die Wand schmückten. Jene Schwingen, die einst ihre gewesen waren und sie für Jahrtausende durch die Lüfte getragen hatten.

Sobald die Tuk saß, wedelte sie unwirsch mit der Hand. »Wieso stehst du da noch? Sieh dir die Kinder an und dann schaff mir die kleine Bestie her.«

Zanaa verbeugte sich und löste sich wieder auf.

34. Schicksal

Beim Betreten von Pursons Stadthaus erwartete Ewanna nur ein stiller Flur. Halb hatte sie damit gerechnet, wieder auf den wartenden Tam zu stoßen, doch ein erneutes Zusammentreffen blieb ihr erspart. Unbemerkt schlüpfte sie in ihr Schlafzimmer und schloss hinter sich die Tür. Erst allein in der Dunkelheit wurde sie sich ihres rasenden Herzschlages bewusst. Biggens' prophetische Worte ließen ihr keine Ruhe.

Du riechst nach Schicksal, Mädchen. Du, Schönheit, wirst Herzen wortwörtlich mit deinen bloßen Händen herausreißen.

Das konnte er nicht ernst gemeint haben, oder? Sie hatte mit Sicherheit nicht vor, irgendjemandes Herz herauszureißen.

Ewanna ließ sich auf den Schreibtischstuhl fallen und stöhnte sogleich gequält auf. »Verdammt!«, fluchte sie leise. Ihre neue Waffe hatte ihr in den Rücken gestoßen. Sie stand auf und entledigte sich des Holsters, das sie achtlos auf ihr Bett warf. Dann kehrte sie zu ihrem Platz zurück und holte die Tarotkarten hervor. Die Karte des Magiers lag noch immer zuoberst auf dem Stapel und ihr Anblick löste ein unangenehmes Ziehen in Ewannas Brust aus.

Was hatte sie falsch gemacht, dass sich Lucian urplötzlich dermaßen distanziert verhielt? Was hatten Biggens' Worte ihm verraten? Der Waffenbauer – oder was auch immer er war – hatte offensichtlich seine fünf Sinne nicht beisammen. Warum legte Lucian also so viel Gewicht in dessen … Meinung? Einschätzung? Vorhersage? Was war das überhaupt gewesen?

Ewanna seufzte laut und steckte die Karte zurück in den Stapel, bevor sie von Neuem mischte und dieses Mal an Biggens dachte.

Die Karte, die sie aufdeckte, nannte sich ›der Eremit‹. In der Darstellung saß eine verhüllte Gestalt inmitten undurchdringlicher Schwärze auf dem Boden. Vor ihr stand eine Laterne, in der ein einsamer Stern leuchtete.

Verwirrt zog Ewanna ihre Augenbrauen zusammen. Die Bedeutung der Karte betonte den Stellenwert von Wissen, das jemand bereits in sich trug und stand für Erkenntnisse, die aus der Einsamkeit und des Friedens erwuchsen. Wie sollte diese Beschreibung auf Biggens passen? Sie konnte sich keinen Reim darauf machen und obwohl sie noch eine Weile dasaß und nachdachte, blieb eine befriedigende Erklärung aus.

Wenn der Abkömmling des Endlosen erscheint,
werden die Bizach im Neubeginn vereint.
Denn nur ihm ist es vergönnt,
dank des Schimmerblutes Macht,
in ewiges Gleichgewicht zu bringen,
wofür die Wahrer einst vergingen.

Und als hätte sie nicht genügend Fragezeichen, tauchten unvermittelt die Verse der ominösen Geschichte in ihren Gedanken auf. Lucian hatte ihr helfen wollen, aber unterm Strich hatte er ihre Verwirrung nur noch vergrößert. Jede Antwort schien mehr Fragen aufzuwerfen. Sie ließ den Kopf hängen und stand auf. Mit einem Gähnen schloss sie die Vorhänge zu ihrem Zimmer, schälte sich aus ihrer Kleidung und verstaute die Waffe auf dem Boden ihres Kleiderschranks. Dort würde sie hoffentlich so schnell niemand finden. Ewanna wusste nicht, wie sie ein solches Instrument in ihrem Besitz Purson erklären sollte, aber fürs Erste brauchte er nichts davon zu erfahren.

Nachdem sie in ihr Nachthemd geschlüpft war und sich unter die schwere Decke ihres luxuriösen Bettes verkrochen hatte, betrachtete sie den Baldachin aus dunkelgrünem Samt. Sie hatte das Gefühl, immer weniger zu verstehen, je mehr sie erfuhr. Wer sagte die Wahrheit? Und was zur Hölle war zwischen Lucian und Biggens vorgefallen? Was in Adonais Namen konnte den sonst so sorglos erscheinenden Silberbegabten derart aus der Bahn geworfen haben? Ewanna grübelte lange, bevor sie endlich in einen leichten Schlaf driftete. In dieser Nacht kehrte sie ungewöhnlich häufig in die Anstalt zurück und wachte jedes Mal panisch um sich schlagend auf. Immer wieder musste sie sich daran erinnern, dass sie nicht mehr in einer Zelle festsaß. Doch vielleicht sah ihre Zelle jetzt schlichtweg anders aus? Sie verwarf den Gedanken entschieden und glitt ein weiteres Mal zurück in die Welt der Träume.

Am nächsten Morgen fühlte sie sich vollkommen gerädert und schleppte sich ins Badezimmer. Sie füllte die Wanne mit heißem Wasser und sank seufzend hinein. Allerdings musste sie aufpassen, während des Badens nicht einzuschlafen. Seit sie die Anstalt verlassen hatte, fühlte sie sich ständig müde. Vielleicht musste ihr Körper sich noch an ein normales Leben gewöhnen.

Sudette nahm ihr den Auftritt vom Vortag übel. Ihre Ausbilderin konnte sich offensichtlich nicht dazu durchringen, mehr als notwendig mit Ewanna zu reden, weshalb sie sie zum Lesen von Essays und zum Verfassen eines Aufsatzes verdonnerte. Am Ende des Unterrichts riss Sudette ihr das Papier mit einem ungeduldigen Schnauben aus der Hand.

»Mit tut leid, dass ich mich gestern so daneben benommen habe«, sagte Ewanna kleinlaut, obwohl sie Zweifel an ihrer eigenen Aufrichtigkeit hegte. Allerdings ließ sich nicht bestreiten, dass ihre Reaktion nur als ›unbesonnen‹ bezeichnet werden konnte. Selbst, wenn sie aus ihrer Sicht jeden Grund dazu gehabt hatte. Aber die drohende Aussicht auf weitere passiv-aggressive Unterweisungen durch Sudette war den Versuch einer Entschuldigung wert.

Die Pleu warf ihr einen schiefen Blick über den Rand des Blattes hinweg zu. »Der Unterricht ist beendet, du kannst gehen.«

Ewanna nickte und unterdrückte ein Seufzen. Zumindest blieb Sudette beim ›du‹ und verfiel nicht wieder in die Höflichkeitsform.

Zurückhaltend verabschiedete sie sich und trat auf den Flur hinaus. Unvermittelt stand sie Purson gegenüber, der sie mit versteinerter Miene musterte. Überrascht suchte sie nach passenden Worten, aber ihr Kopf war wie leergefegt.

»Miss Kovanova, würdet Ihr mir freundlicherweise aus dem Weg gehen? Ich habe Wichtiges mit Sudette zu besprechen.«

»Selbstverständlich«, sagte sie erleichtert und eilte davon.

»Allerdings …«, begann er mit seiner seidigen Stimme und brachte Ewanna so erneut zum Innehalten. Er hatte die krallenbewährte Hand bereits auf die Klinke gelegt. »… habe ich auch mit Euch ein Thema zu erörtern. Würdet Ihr mir heute beim Abendessen Gesellschaft leisten?«

Ewanna nickte instinktiv. Eigentlich hatte sie vorgehabt, am Abend ins ›Himmel und Hölle‹ zu gehen, in der Hoffnung, ein paar Worte mit Lucian tauschen zu können und womöglich in Erfahrung zu bringen, warum er am Vortag so seltsam reagiert hatte. Doch das konnte warten. Mit Purson hatte sie ebenfalls einiges zu klären, wenngleich sie sich nicht sicher war, wie das Gespräch wohl ausgehen würde.

Zurück in ihrem Zimmer las sie in den Büchern, die sie aus der Bibliothek des Tams heraufgeschleppt hatte. Sie suchte nach Hinweisen auf die Geschichte, die Lucian ihr aufgetischt hatte, oder wollte zumindest Näheres über ihre Fähigkeiten als Schimmerblut erfahren. Schließlich besaß sie mittlerweile mehr Anhaltspunkte. Doch wie erwartet fand sie nichts Brauchbares. Da die überwältigende Mehrzahl der Goldbegabten ein durchschnittliches Potenzial besaß, beschäftigten sich die meisten Passagen mit der Verwendung von Tarotkarten. Alles, was darüber hinausging, schien nicht Inhalt allgemeiner Lehrbücher zu sein. Soviel Ewanna bisher über ihr Talent wusste, würden für sie die Karten jedoch nur der Anfang sein. Tatsächlich behaupteten einige der Bücher in Nebensätzen, dass besonders talentierte und im Umgang mit dem Tarot geübte Schimmerblüter die Schicksale anderer Personen neu verknüpfen könnten. Wie das funktionieren sollte, stand allerdings nicht dabei. Das Eintauchen in Erinnerungen war anscheinend ebenfalls eine der leichteren Übungen Goldbegabter. Manche Bücher erwähnten sogar, dass talentierte Schimmerblüter die Zeit kontrollieren könnten. Eine Fähigkeit, die große Gefahren mit sich brachte und die Ewanna versehentlich bereits genutzt hatte. Ein einziges der Bücher ging zusätzlich auf das Konzept von Dimensionen ein, aber bei den verschiedenen Modellen und Erklärungen zu Zeit und Raum und der gleichzeitigen Ungleichzeitigkeit brummte Ewanna der Kopf und sie schlug das Buch zu.

Sudette oder jemand anderes, der besondere Goldfähigkeiten besaß, musste ihr das irgendwann genauer erklären. Die Behauptungen der Bücher erschienen Ewanna teilweise unvorstellbar. Wie sollte jemand allein die Zeit kontrollieren können? Das klang zu Recht absurd und extrem gefährlich.

35. Von Ungnade und Mitgefühl

Die letzten Sonnenstrahlen tauchten Ewannas Zimmer in satte Rot- und Violetttöne und sie saß noch immer an ihrem Schreibtisch und studierte einzelne Tarotkarten, als jemand an die Tür klopfte.

»Ja?«

Einer von Pursons Bediensteten, ein Kyal, der jeden Tag ihr Bett aufschüttelte und das Zimmer putzte, steckte den Kopf herein.

»Miss Kovanova, der Tam erwartet Euch zum Abendessen.«

Ewanna sprang auf und sah überrascht zur Uhr. »Ist es schon so spät? Oh! Ich bin in zwei Minuten soweit.«

Der Bizach schloss leise die Tür. Ewanna eilte ins Bad, um einen prüfenden Blick in den Spiegel zu werfen. Sie hatte nicht vor, sich für den fast vierhundert Jahre alten Hausherrn herauszuputzen. Vielmehr wollte sie nur kontrollieren, ob ihr Zopf neu gebunden werden sollte und ihre Kleidung nicht zu knittrig aussah.

Sie befand ihre Erscheinung für zufriedenstellend, strich ihre Sachen noch einmal glatt und ging zur Tür. Der Bedienstete erwartete Ewanna im Flur und führte sie ins Erdgeschoss zu einer Tür, die sie bisher nicht durchquert hatte. Sie betraten einen Raum, in dessen Mitte eine lange Tafel stand. Purson saß an einem Ende und nippte an einem Glas, das vermutlich Wein enthielt. Zu seiner Rechten war ein weiterer Platz gedeckt – das sollte wohl ihrer sein.

»Ich habe die Zeit vergessen«, sagte sie entschuldigend und eine Spur nervös.

Er deutete auf den gedeckten Platz. »Setzt Euch, Miss Kovanova.«

Sie folgte der Aufforderung und einer der Diener schenkte ihr ebenfalls von der rötlichen Flüssigkeit ein. Anschließend nickte Purson ihm zu, woraufhin er sowie zwei weitere Bedienstete den Raum verließen. Der Tam und sie blieben allein zurück.

Ewanna bekam eine Gänsehaut, doch sie tat sich etwas Suppe auf. Sie konzentrierte sich auf die Bewegung der Kelle, versuchte, ihre Gedanken bei sich zu behalten. Hoffentlich bemerkte er ihr Unbehagen nicht.

»Danke für die Einladung«, sagte sie und nahm einen ersten Löffel.

»Ihr seht nicht so aus, als würdet Ihr Euch besonders an dem Essen erfreuen. Schmeckt es nicht?«

»Oh! Doch, doch, es schmeckt hervorragend«, brachte sie hervor und versuchte sich an einem Lächeln. »Ich frage mich nur, was Ihr mit mir besprechen möchtet.«

Seine Miene nahm einen selbstgefälligen Ausdruck an. »Ich glaube, das wisst Ihr bereits.«

»Tatsächlich?« Ewanna fiel das Schlucken plötzlich schwer und sie mied seinen Blick.

Mit einem leise kratzenden Geräusch schob er eine seiner Krallen über die Tischdecke und berührte ihre linke Hand. Erschrocken zog sie sie zurück und starrte ihn an.

»Bin ich Euch zuwider, Miss Kovanova?«

Überrascht blinzelte sie und bemühte sich, ihre Gedanken zu sortieren. Mit einer solchen Frage hatte sie im Traum nicht gerechnet. »Das ist es nicht.«

»Aber Ihr hakt Euch lieber bei Mr. Moldley unter.«

Ewanna klappte die Kinnlade runter. Konnte er irgendeine Form von merkwürdigem Interesse an ihr haben oder wollte er nur herausfinden, was am Vortag passiert war? Sie tippte auf Letzteres – vielleicht auch nur, weil sie keinen blassen Schimmer hatte, wie sie mit der anderen Möglichkeit umgehen sollte.

»Wenn Ihr wissen wollt, was gestern geschehen ist, warum fragt Ihr mich nicht direkt danach?«

Er antwortete nicht, und in der entstehenden Stille pochte ihr Herz immer heftiger. Warum sagte er nichts? Sie hatte ihn noch nie essen gesehen und irgendetwas an diesen spitzen Zähnen faszinierte sie, während der Anblick sie mindestens genauso stark abstieß.

Ihre Laune sank mit der sich ausbreitenden Stille, bis er nach einer gefühlten Minute die Stimme wieder erhob. »Was ist gestern geschehen?«

Ewanna hielt inne. Sie hatte nicht mehr mit einer Erwiderung gerechnet und wappnete sie sich für die Reaktion, die ihre folgenden Worte sehr wahrscheinlich auslösen würden.

»*Wenn der Abkömmling des Endlosen erscheint, werden die Bizach im Neubeginn vereint. Denn nur ihm ist es vergönnt, dank des Schimmerblutes Macht, in ewiges Gleichgewicht zu bringen, wofür die Wahrer einst vergingen*«, zitierte sie die Verse aus Lucians Buch.

»Ah!«, machte Purson und wirkte nicht einmal sonderlich überrascht. »Und wisst Ihr auch, was das bedeutet?«

Immerhin blieb der befürchtete Wutausbruch aus. Das wertete Ewanna als Erfolg. Sie schüttelte den Kopf. Zu lügen ergäbe keinen Sinn, schließlich hoffte sie nach wie vor auf eine Aufklärung. Sie wollte die Wahrheit wissen und dafür war sie mehr denn je bereit, ein Risiko einzugehen. Jeder Hinweis half ihr, Teile des immer verwirrender werdenden Puzzles zusammenzusetzen.

»Ich hatte gehofft, dass Ihr mir mehr darüber verraten könntet.« Interessiert beobachtete sie die Verzierungen auf dem silbernen Löffel in ihrer Hand und rührte verlegen durch die Suppe.

Dabei bemerkte sie, dass ihre Fingernägel gewachsen waren, seit sie die Anstalt verlassen hatte. Dort hatte man sie ihr stets so kurz wie möglich geschnitten. Wie immer mit der Begründung, dass sie sich und andere nicht verletzen können sollte. Innerlich schüttelte sie den Kopf. Nun war nicht der richtige Zeitpunkt, um sich mit ihrer Vergangenheit zu beschäftigen.

Wieder sah sie zu Purson auf, dem Bizach mit den kurzen Hörnern, roten Haaren und Flammen in den Augen. Da wo sie herkam, galten diese Merkmale nicht unbedingt als Hinweise auf Vertrauenswürdigkeit. Aber in ihrer Heimat war sie nicht mehr willkommen. Also brauchte sie einen neuen Kompass. Sie musste herausfinden, wie diese noch immer fremde Seite der Welt funktionierte. Da Purson noch immer eine Antwort erwartete, räusperte Ewanna sich und setzte zu einer Erklärung an.

»Meinen Nachmittag habe ich mit der Lektüre der von Euch geliehenen Bücher verbracht. Wenn ich dem dort Geschriebenen Glauben schenken kann … dann stehe ich ganz am Anfang. Schlimmer noch, ich weiß im Grunde nichts über meine Fähigkeiten. Ich habe nicht einmal die Texte völlig verstanden, die erläutern, was ich angeblich zu tun imstande sein soll.«

Nachdenklich erwiderte er ihren Blick – oder abwägend? Sie war sich nicht sicher. Würde sie sich jemals sicher sein? An irgendeinem Punkt musste sie doch verstehen, welche Absichten er eigentlich verfolgte. Schließlich legte er sein Besteck zur Seite und streckte ihr eine seiner krallenbewährten Hände mit der Handfläche nach oben entgegen. Aus dem Nichts entzündete sich die Luft und nur wenige Zentimeter über seiner Haut züngelte eine kleine, kontrollierte Flamme umher.

»Wisst Ihr, wie das funktioniert, Miss Kovanova?«

»Nein, aber ich möchte es wissen«, sagte sie mit fester Stimme und sah zwischen seinen brennenden Augen und der Flamme in seiner Hand hin und her.

»In Ordnung«, erwiderte er, ließ das Feuer verlöschen und lehnte sich in seinem Stuhl zurück. »Niemand kann erschaffen, was nicht bereits existiert. Das müsstet auch Ihr in Eurem Schulunterricht gelernt haben.« Er sprach ruhig, seine Stimme ein wenig tiefer und brummender als gewöhnlich. Instinktiv wich ein Teil der Anspannung aus ihren Gliedern. Sie nickte, um ihm zu zeigen, dass sie so weit folgen konnte.

»Gleichzeitig existiert alles und es existiert nicht, abhängig von unserem Willen.« Nun runzelte Ewanna die Stirn, was ihn einen Mundwinkel hochziehen ließ. »Das ist erst der Anfang, Miss Kovanova.«

»Gut … also wie ist das genau möglich?«

»Was Ihr mit Euren Sinnen wahrnehmen könnt, alles um Euch herum, selbst Euer Körper … sind nur Ergebnisse eben jenes Vorgangs. Was wir fühlen oder sehen können, besteht aus winzigen Partikeln, die von einem Energiefeld umschlossen sind. Energie, die sich umwandeln und lenken lässt.« Er legte eine Sprechpause ein und betrachtete ihr vermutlich ziemlich ratlos aussehendes Gesicht. Ewanna nickte dennoch. Sie hoffte, an irgendeinem Punkt in seiner Erklärung einen Aha-Moment zu erleben.

»Ich bin ein Pleu. Neben den Sekundärelementen ist Feuer ein Bestandteil meines Selbst, etwas das so selbstverständlich für mich ist wie für Euch Euer Arm. Ich weiß ganz genau, wie Feuer beschaffen ist, aus welcher Partikelanordnung es besteht, wie es sich anfühlt und was es braucht. Und weil ich es so gut kenne, kann ich der Energie zwischen den einzelnen Partikeln, die diese Welt ausmachen, die Information geben, die sie benötigen, um Feuer nach meinen Bedürfnissen zu formen. Ergibt das für Euch Sinn?«

Tatsächlich konnte sich Ewanna das schon eher vorstellen und nickte abwesend, während sie weiter über seine Erklärung nachdachte. »Und wie ist es mit den Sekundärelementen?«, fragte sie.

»Genau das Gleiche«, antwortete er und fuhr mit dem Essen fort.

»Aber ... wir alle besitzen Blut, dennoch können nur Eisenbegabte es manipulieren.«

»Gut beobachtet«, lobte er. »Stellt Euch die Sekundärelemente wie Persönlichkeitseigenschaften vor. Sie sorgen dafür, dass Menschen gewisse Dinge leichter oder schwerer fallen, und definieren ihre Affinitäten und Abneigungen. Ihr habt ein völlig anderes Verhältnis zur Zeit als irgendjemand sonst, Miss Kovanova. Mit ausreichend Übung könntet Ihr zu einer Virtuosin werden – jemand, der bis an den Kern der Zeit vordringen und den Lauf der Dinge ändern kann.«

»Den Kern der Zeit?«

»Miss Kovanova, Ihr solltet noch etwas von Eurer Suppe essen, sie wird sonst kalt. Außerdem habe ich Euch nicht für Unterricht herbestellt.«

»Natürlich«, antwortete sie zerknirscht. Ginge es nach ihr, würde sie ihn tagelang mit Fragen löchern. Aber da er die Fäden in der Hand hielt, blieb ihr kaum etwas anderes übrig, als seiner Aufforderung nachzukommen und ihren Teller zu leeren.

Der Rest des Essens verlief schweigend. Ewanna fühlte sich beobachtet, obwohl sie Purson nie dabei ertappte, sie anzusehen. Nach dem Hauptgang wollte sie den Abend nur noch hinter sich bringen. Sie fühlte sich ermattet. Nicht zuletzt wegen ihrer ständigen Wachsamkeit gegenüber jeder Regung des Tams, die zusätzlich für einen leichten Kopfschmerz sorgte.

»Dessert?«, fragte er, sobald sie ihr Besteck beiseitelegte.

»Nein, vielen Dank.«

Er klatschte und sofort flogen die Türen auf. Zwei Bedienstete huschten herein, um eilig den Tisch abzuräumen.

Ewanna unterdrückte ein Gähnen und fragte sich, ob sie nun aufstehen und sich verabschieden konnte, oder ob sie auf eine

Entlassung durch den Tam warten musste. Plötzlich fiel ihr etwas wie Schuppen von den Augen. Wie hatte sie das nur übersehen können? »Warum habt Ihr mich eigentlich herbestellt?«

Purson lachte leise auf. »Damit Ihr heute Abend nicht schon wieder zu Euren neuen Freunden lauft.«

Er gab sogar zu, dass er sie nur hatte hierbehalten wollen.

Sie runzelte die Stirn. »Was soll das alles?«

»Vielleicht bin ich eifersüchtig.«

Unvermittelt versteifte sie sich.

»Schließlich war ich es, der Euch entdeckt hat.«

»Wenn Ihr mir von Anfang an Antworten gegeben hättet, müsste ich nicht anderswo danach suchen«, flüsterte sie und klang unüberhörbar verärgert.

Schneller, als sie es für möglich gehalten hätte, schoss Pursons klauenartige Hand vor und packte ihre. Die spitzen Enden der hornigen Krallen bohrten sich schmerzhaft in ihren Handrücken. Er ließ ihr keine Chance, sich aus seinem Griff zu winden.

»Ich, Miss Kovanova, muss nach wie vor gar nichts und dieses bockige Verhalten, das Ihr neuerdings immer mehr zeigt, hat aufzuhören. Ihr gehört mir. Bisher habt Ihr Eure Freiheiten und Privilegien genossen. Wollt Ihr die so schnell wieder verlieren? Fühlt Ihr Euch wirklich nur in einem Gefängnis wohl?«

Sie starrte ihn an. Zu mehr Reaktion war sie nicht fähig. Ihre Hand schmerzte zwar, aber davon spürte sie kaum etwas. Vielmehr versetzte ihr die Ruhe und Kälte, mit der er ihr seine Meinung mitteilte, einen durchdringenden Schock.

»Schaut nicht wie ein verschrecktes Reh, Miss Kovanova. Ihr solltet nicht überrascht sein, dass ich hierzu fähig bin … oder dazu«, flüsterte er und drückte so fest zu, dass sich die Spitzen seiner Krallen durch die Oberfläche ihrer Haut bohrten. Blut quoll hervor und Ewanna sog scharf die Luft ein.

Sofort lockerte er den Griff und der Schmerz ließ nach.

Sie begann zu zittern und versuchte, die Hand zurückzuziehen. Sie wollte nur so weit von ihm fort wie möglich.

Aber den Gefallen tat er ihr nicht.

»Ich bin wirklich sehr geduldig mit Euch und wie dankt Ihr es mir?«, fragte er durch zusammengebissene Zähne, stand auf und zog sie ebenfalls auf die Beine. »Aber ich bin noch immer geneigt, Euch gegenüber Milde walten zu lassen.«

Überraschend sanft strich er mit seiner anderen Hand über die verletzten Stellen ihrer Haut und erstaunt beobachtete Ewanna, wie sich die Wunden unter der Berührung schlossen.

»Ihr wisst nicht, was auf dem Spiel steht und was das alles bedeutet. Darum lasse ich Euch Eure Dummheiten durchgehen«, flüsterte er bissig.

Sie stand direkt vor ihm, sah die dichten rotbraunen Wimpern, die Nase mit der leichten Wölbung und die Haare, die er wie immer locker zurückgekämmt trug. Anhand von Nuancen seiner Haltung erkannte sie, dass er um Beherrschung rang. Er atmete schwerer, als gewöhnlich, den Unterkiefer hatte er vorgeschoben, die Augenbrauen leicht zusammengezogen. Ein unübersehbarer Kontrast zu seiner stets makellosen Kleidung und der distanzierten Anmut und Eleganz seiner jahrhundertelang einstudierten Bewegungen.

»Seid Ihr wirklich überrascht?«, raunte er.

Nie hatte er so nah vor ihr gestanden, zumindest nicht, wenn sie nicht gerade dabei war, zusammenzubrechen, und zum ersten Mal atmete sie seinen Duft ein. Ihn umgab ein Geruch von frischen Spänen. So intensiv, dass sich ihr die Erinnerung an eine Schreinerei aus ihrer Kindheit aufdrängte.

»Ja.« Ihre Stimme war nur ein Hauchen und sie verfluchte sich dafür, doch sie traute sich nicht, lauter zu sprechen.

Er kam noch näher. Instinktiv machte sie einen Schritt zurück, doch stieß gegen die Tischplatte. Purson war ihr keineswegs zuwider, aber er hatte zuweilen etwas an sich, das in ihr einen Fluchtreflex auslöste. »Ich bin der Henker von Sidarap. Für mich ist Folter eine Kunstform. Ein Handwerk, in dem alle meine oberflächlich verborgenen Neigungen und Wünsche Befriedigung finden, Miss Kovanova. Daran ist nichts Schönes, nichts Ehrenvolles und an den meisten Tagen ist es wahrlich ein Wunder, dass ich Euch nicht …« Er verstummte und atmete tief durch. »Vergesst es«, murmelte er. »Ich hätte gar nicht davon anfangen dürfen.«

Purson ließ ihre Hand los und brachte mehrere Schritte zwischen sich und Ewanna. Mit geschlossenen Augen stand er da und fuhr sich mit Daumen und Zeigefinger einige Male langsam über die Lider.

Ewannas Magen glich einem Eisklumpen. So sehr hielt ihre Angst sie mit grausigen Klauen umschlungen. Nie hätte sie sich träumen lassen, dass ihr jemand solche Dinge ins Gesicht sagen und sie jedes Wort glauben würde.

»Ich …«, begann sie zögerlich.

Was tat sie hier? Sie sollte den günstigen Moment nutzen und auf ihr Zimmer verschwinden, oder am besten gänzlich aus dem Haus fliehen. Der Pleu war gefährlich. Sudette hatte es ihr gesagt. Ivy hatte über ihre Naivität gelacht. Selbst Purson hatte es ihr mehrfach bestätigt. Also warum nahm sie nicht die Beine in die Hand?

»Ich möchte nur verstehen«, hörte sie sich sagen.

»Aber dabei zeigt Ihr keinerlei Geduld, Miss Kovanova. Nein, Ihr nutzt die erstbeste Gelegenheit, um mit Abtrünnigen gemeinsame Sache zu machen, die mit großer Wahrscheinlichkeit meinen Tod planen. Sagt mir, habe ich Euch wirklich so schlecht behandelt, dass Ihr mich verratet, sobald sich die erstbeste Möglichkeit ergibt? Oder besitzt Ihr einfach ein flatterhaftes Gemüt?«

Ewanna biss sich auf die Unterlippe und tat ihr Bestes, nicht allzu schuldbewusst auszusehen. Planten Lucian und Ivy wirklich seinen Tod? Hatte sie ihn verraten? Nein, sicher nicht.

Immer wieder war sie Zeuge von Pursons Kampf um Selbstbeherrschung geworden. Sudette fuhr deutlich schneller aus der Haut und von Ivy brauchte Ewanna gar nicht erst anzufangen. Sie wollte wirklich nicht erleben, was geschah, wenn der Tam seine Geduld endgültig verlor. Er hatte recht. Vielleicht sagte er ihr nicht alles, aber was erwartete sie? Sie war völlig neu in dieser Welt und wusste kaum, welche politischen Lager auf dieser Seite des Schleiers existierten.

Plötzlich schoss eine Feuersäule vom Boden zur Decke, wie an jenem Abend, als sie Purson in seinem Arbeitszimmer überrascht hatte. Der Tam schien daraufhin etwas entspannter zu werden, sodass Ewanna es wagte, einen verstohlenen Blick auf ihre Hand zu werfen und sich mit den Fingerspitzen über die eben noch blutigen Stellen zu fahren. Er hatte ihre Wunden vollständig geheilt. Wie viel schwerer musste ihm der Umgang mit ihr fallen als jedem anderen, den sie bisher hinter dem Schleier getroffen hatte?

Zögerlich stieß sie sich von der Tischkante ab und ging auf ihn zu. Er hielt die Augen geschlossen, aber musste merken, dass sie näherkam und direkt vor ihm stehen blieb, denn seine Atemfrequenz verlangsamte sich.

Sie hob eine zitternde Hand und berührte mit dem Handrücken seine Wange. Sie war glühend heiß. Purson schlug die Augen auf. Überraschung stand in ihnen geschrieben und Ewanna zog erschrocken die Hand zurück.

»Mich hat schon immer erstaunt, wie das menschliche Herz Mitgefühl für jede noch so gottverlassene Kreatur aufbringen kann«, murmelte er.

»Seid Ihr gottverlassen?«

»Wir alle sind es, Miss Kovanova.« Seine Stimme klang hohl und erschöpft. »Die Welt lässt sich nicht reibungslos in gut und böse oder richtig und falsch teilen. Egal, welchen Weg Ihr einschlagt, er wird immer zu einem gewissen Teil der Falsche sein.«

Ein schmales Lächeln schlich sich auf ihre Lippen. »Und zu einem gewissen Teil der Richtige.«

»Auch das«, sagte er. »Ich bin kein Schoßhund und kein Retter und kann Euch kein glückliches Ende versprechen. Ich habe Euch aus rein persönlichen Gründen hierhergeholt, Miss Kovanova. Das solltet Ihr wissen.«

»Darf ich darüber nachdenken, wo in Zukunft meine Loyalitäten liegen werden?«

Er presste missbilligend die Lippen zusammen, doch nickte. »Ich will morgen Abend Eure Antwort.«

»Das sollte ich einhalten können.«

»Gute Nacht, Miss Kovanova.«

»Gute Nacht.«

Sie wandte sich zum Gehen, doch nicht, ohne ein letztes Mal in seine Augen zu sehen. Manchmal wünschte sie sich, er hätte den Schleier für sie nicht gelüftet. Würde er menschlicher aussehen, fiele es ihr schwerer, sich gegen ihn zu entscheiden.

Ewanna hatte kaum einen Fuß auf die erste Treppenstufe gesetzt, als Schwindel sie erfasste. Sie krallte sich an das haltgebende Holz des Geländers und legte einen Handrücken an die Stirn. Das Gefühl von kaltem Schweiß erwartete sie dort. Sie schaffte eine weitere Stufe, bevor ihre Knie nachgaben. Bodenlose Schwärze tat sich auf und die Welt drehte sich erneut in rasender

Geschwindigkeit. Wieder kämpfte sie dagegen an, stemmte sich mit aller Kraft gegen den Strudel der Zeit, der sie unnachgiebig mit sich riss. Wohin, vermochte sie nicht zu sagen. Die Dunkelheit nahm ihr jede Orientierung, doch dann blitzte ein brennendes Schwert auf und Ewanna schrie spitz. Aber was sie sah, war nicht der Tod ihrer Mutter. Sie sah Sudette und Purson und ... Untote?!

Ihre Kehle brannte. Sie wollte nichts davon sehen und kniff die Augen zusammen. Aber die Bilder stammten nicht von außerhalb, sie kamen aus ihrem Inneren. Ewanna wand sich und betete, dass der Albtraum bald endete.

Heftiger Schmerz fuhr durch jede Zelle ihres Körpers, drohte sie zu zerreißen. Aber er zog sie fort von den Bildern und katapultierte sie zurück in die Gegenwart. Finsternis umgab sie und harte Stufen bohrten sich in ihren Rücken. Sie schrie aus Leibeskräften und irgendjemand verpasste ihr eine schallende Ohrfeige. So heftig, dass sie geschockt verstummte und nur noch schwer atmete. Ein fester Griff umklammerte ihre Schulter und sie schlug die Augen auf. Purson hockte neben ihr, über sie gebeugt. Er sah ernst aus, zwischen seinen Augenbrauen hatten sich zwei tiefe senkrechte Falten gebildet. Direkt hinter ihm stand Sudette, die Arme verschränkt.

»Sie braucht einen Lehrer«, zischte die Pleu ihm zu.

»Das weiß ich!«, entgegnete er ungehalten.

Zur Antwort schnalzte sie mit der Zunge und stolzierte davon.

Purson beugte sich tiefer über Ewanna. »Auf ein Neues«, murmelte er.

Durch den dichten Nebel, in den ihre Sinne abgetaucht sein mussten, bemerkte sie nur am Rande ihres Bewusstseins, wie er sie auf die Arme nahm und die Treppe hinauftrug. Ein leises Stöhnen entfuhr ihr, als er sie anhob. Ihr Körper bestand nur aus Schmerz. Wann immer sie für einen Augenblick die Augen schloss, rauschten die Bilder wieder auf sie zu. Sudette, blutüberströmt und mit leerem Blick am Boden liegend, Belia verunsichert und panisch hin und her blickend, und eine Armee aus Untoten die Purson überrannte. Was war das?

Ein Zittern lief durch ihre Glieder und ihr entfuhr ein ersticktes Schluchzen.

»Shhhh«, raunte der Pleu.

Heiße Tränen flossen ihr über die Wangen.

Selbst als Purson sie vorsichtig auf den weichen Decken ihres Bettes ablegte, protestierten ihre erschöpften Muskeln mit Schmerzimpulsen. Der Tam entfernte sich und zog die Vorhänge zu.

Ewanna versuchte, ihre Gedanken zu ordnen, zu verstehen, was passiert war. Sie musste jemandem davon erzählen, aber wem?

Pursons Schritte näherten sich und sie spürte, wie sich die Matratze zu ihrer Linken absenkte. Ewanna wandte den Kopf. Die Bewegung kostete so viel Kraft, dass ihr Schweißperlen auf die Stirn traten.

Purson holte ein Taschentuch hervor und tupfte ihr Gesicht ab.

»Untote«, sagte sie, aber ihre Stimme klang hohl und brach vor der letzten Silbe.

»Shhh«, machte Purson erneut.

Ewanna schüttelte leicht den Kopf. Sie musste ihm irgendwas sagen, bevor sie die Besinnung verlor. »Wir sterben … glaube ich.«

»Das ist jetzt unwichtig«, murmelte er, aber wischte sich mit einer Hand übers Gesicht und ließ die Schultern ein Stück sinken.

»Kann ich die Zukunft ändern?« Jede Silbe war ein Kampf, jedes Wort ein kleiner Triumph.

»Ihr solltet jetzt schlafen und Euch ausruhen, Miss Kovanova. Für den Moment habt Ihr genug geholfen.« Mit diesen Worten stand er auf, umrundete das Bett und verschwand durch die Zimmertür. Am liebsten hätte sie protestiert, doch dazu fehlte ihr die Energie. Die Schuhe auszuziehen und sich unter der Decke zusammenzurollen, kostete sie all ihre verbleibende Kraft, bevor sie in einen unruhigen Schlaf fiel.

36. Der weisse Rabe

Von Purson fehlte am darauffolgenden Tag jede Spur und Sudette zeigte sich verstimmter denn je. Ewannas Ausbilderin verweigerte ihr jegliche Auskunft und ließ sie erneut allein die trockene Theorie der angestaubten Lehrbücher durcharbeiten, bis sie am Nachmittag den Unterrichtsraum wieder verlassen durfte. Dieses Mal verschwendete sie nicht unnötig Zeit, sondern brachte ihre Sachen aufs Zimmer und verließ zügig das Haus. Wie so häufig in Sidarap begleitete sie ein feiner Nieselregen durch die Straßen. Die Luft strotzte vor Feuchtigkeit, die ihre Haare schwer werden ließ. Ewanna überquerte zielstrebig einige Kreuzungen und fand problemlos erneut den Weg zu Lucians Adresse. Vor dem renovierungsbedürftigen Reihenhaus hielt sie inne und sah sich um. Auf einem Dach am Ende der Straße erkannte sie die Konturen eines weißen Vogels. Natürlich. Aus einem ihr unerklärlichen Impuls heraus hob sie die Hand und winkte ihm zu. Er antwortete mit einem lauten ›Karrr!‹, das zwischen den eng gebauten Häuserfronten echote.

Ewanna schüttelte resigniert den Kopf. Ob über sich oder den Vogel vermochte sie nicht zu sagen. Sie durchquerte den Vorgarten und betrat das Haus. Vor der Wohnungstür des Silberbegabten atmete sie tief durch, dann klopfte sie fest dagegen. Sekunden verstrichen in Stille. In der Nebenwohnung hörte sie Gerumpel, doch durch die Tür, vor der sie stand, drang kein Laut. Erneut klopfte sie und wartete. Wieder geschah nichts.

»Lucian?«, fragte sie deutlich. »Ich bin es, Ewanna.«

Doch die Tür vor ihrer Nase blieb verschlossen.

Enttäuscht und ratlos sah sie sich um. Sie hatte nicht damit gerechnet, dass der Silberbegabte außer Haus sein könnte. Wo würde er sich zu dieser Uhrzeit rumtreiben? Frustriert stellte Ewanna fest, dass sie diese Frage nicht beantworten konnte. Eigentlich kannte sie ihn kaum.

Bei dem Gedanken, sofort wieder hinaus in den Regen zu stapfen, verzog sie das Gesicht. Also setzte sie sich stattdessen auf die Stufen des Treppenhauses und wartete. Minuten vergingen, dann eine halbe Stunde, dann die erste Stunde und bald darauf die zweite. Ab und zu kam einer von Lucians Nachbarn an ihr vorbei. Allesamt Bizachrei oder Menschen, die sie schief ansahen. Ewanna nickte allen höflich zu und entging zum Glück einer neugierigen Konversation. Doch von dem Silberbegabten, den sie so dringend sprechen wollte, fehlte jede Spur. Schließlich gab sie auf und erhob sich. Ihre mittlerweile steifen Muskeln protestierten, sodass sie sich ausgiebig streckte, bevor sie unzufrieden zurück auf die Straße trat. Überrascht stellte sie fest, dass der Regen aufgehört hatte. Vielleicht sollte sie den verrückten Waffenbauer aufsuchen? Womöglich hielt sich Lucian dort auf. Auf die Idee hätte sie auch schon früher kommen können.

Mit neuer Zuversicht folgte sie dem Weg, den sie zwei Tage zuvor an der Seite des Silberbegabten zurückgelegt hatte. Nur am Rande bemerkte sie, dass der weiße Rabe verschwunden war, schenkte dem Umstand aber keine weitere Beachtung. Schließlich bog sie in die Seitengasse, in der sie durch die Wand gestolpert waren, und blieb wie angewurzelt stehen. Vor der unsichtbaren Passage stand ein Mann und betastete die Steine und Fugen an genau der Stelle, die sie vorhatte zu durchqueren. Doch die Mauer gab für ihn nicht nach.

Der Durchgang lässt nur bestimmte Wesen eintreten, hallten ihr Lucians Worte durch den Geist.

Er hätte ihr ruhig verraten können, wen genau der Durchgang passieren ließ. Sobald der Fremde ihre Anwesenheit bemerkte, wandte er sich überrascht von der Wand ab. Dunkelbraune Strähnen fielen ihm dabei in die Stirn. Auf den ersten Blick sah er durch und durch wie ein Mensch aus. Wahrscheinlich war er jedoch ein Bizachrei.

Er starrte sie an, als sähe er einen Geist. Schnell fühlte sich Ewanna unter dem intensiven Blick unwohl und entschied sich zum Rückzug. Später zurückzukehren, wenn er hoffentlich verschwunden sein würde, erschien ihr die beste Lösung.

»Entschuldigung«, sagte sie und wollte forteilen.

»Ewanna.«

Sie erstarrte. Der Mann hatte sie nicht soeben bei ihrem Namen genannt, oder? Er hatte nur ein Wort gesagt, doch seine Stimme ließ ihr Blut aufwallen und tanzen, als würde es lebendig werden. Scheinbar hatte er nur ihren Namen ausgesprochen, aber seine Stimme fand Zugang zu Ewannas Kern, ihrer Essenz. Bei dem Gefühl musste sie schwer schlucken. Wer war er?

»Sollte ich Euch kennen?«, fragte sie zögerlich.

Ein Lächeln breitete sich auf seinen Zügen aus. Er hatte eine ausgeprägte Kinnpartie und Grübchen. Wäre die Begegnung nicht so merkwürdig, würde sie ihn attraktiv finden. Doch die Art, wie er sie angesprochen hatte und die Reaktion ihres Körpers auf seine Worte läutete bei ihr sämtliche Alarmglocken.

»Oh, Ihr habt mir doch vorhin zugewunken, Ewanna.«

Ihr wurde schlecht und in ihrer Magengrube breitete sich eine grauenvolle Kälte aus. *Er* war der Rabe, der Gestaltwandler, der sie seit ihrem Auftauchen in der Welt der Bizach beobachtete. Mit Schrecken und Enttäuschung musste sie feststellen, dass es nicht Purson war – oder vielleicht doch?

»Ist dies Euer wahres Gesicht?«

Er schüttelte den Kopf.

»Wer seid Ihr?«

»Wer ich bin, tut nichts zur Sache. Alles dreht sich um Euch.«

Sein Blick wanderte an ihr vorbei zur Straße, dann hinauf zu den Dächern, bevor er mit gesenkter Stimme weitersprach.

»Noch vor Ende dieser Woche werdet Ihr dringend Freunde und Verbündete benötigen. Bleibt wachsam und vertraut nicht dem Schein«, flüsterte er zügig, als stünde er unter Zeitdruck.

»Was …?«, begann sie, doch er schüttelte den Kopf.

»Gebt Euch nicht dem Hass hin«, sagte er geheimnisvoll und innerhalb eines Wimpernschlags verwandelte er sich vor ihr in den weißen Raben und erhob sich in die Luft. Die Federn einer Flügelspitze streiften sie an der Schulter, als er an ihr vorbeiflog. Ewanna wirbelte herum und sah ihm nach. Er flatterte zum Dach eines Hauses auf der gegenüberliegenden Straßenseite und ließ sich scheinbar unbeteiligt darauf nieder, marschierte auf und ab und beobachtete die Umgebung wie ein ganz gewöhnlicher Vogel.

Die versteckte Tür in der Wand sperrte bestimmte Wesen aus. Lucian hatte ihr das in einem Ton gesagt, der deutlich gemacht hatte, dass alles, was diese verborgene Gasse nicht betreten durfte, auch sehr gut daran tat, draußen zu bleiben. Mit einem Stirnrunzeln beobachtete sie den Raben eine Weile. Er schien keinerlei Notiz mehr von ihr zu nehmen, als hätte er mit seiner Verwandlung vergessen, dass sie existierte. Sie wusste, dass das nicht der Wahrheit entsprach, warum dann also dieses Verhalten? Ob es sicher wäre, die Gasse zu betreten, während er sie beobachtete? Einen Moment zögerte sie, doch verwarf dann ihre Sorgen. Schließlich hatte er sie schon einmal durch diese Wand treten sehen. Aber was hatte er ausgerechnet jetzt dort gewollt? Seufzend wandte sie sich von ihm ab und trat tiefer in den Schatten der Gasse. Warum musste alles mit jedem weiteren Fetzen neuen Wissens, den sie ergatterte, immer doppelt und dreifach so kompliziert werden?

Sie blieb an genau der Stelle stehen, wo Sekunden zuvor der Gestaltwandler gestanden hatte.

Noch vor Ende dieser Woche werdet Ihr dringend Freunde und Verbündete benötigen, hatte er gesagt. Die Vision vom Vorabend drängte sich Ewanna wieder auf. Das konnte nichts Gutes bedeuten. Auch die Art, mit der sie auf die Stimme des Fremden reagiert hatte ...

Vorsichtig streckte sie eine Hand nach den rötlichen Backsteinen aus. Möglicherweise ließ die Tür vorübergehend niemanden passieren? Ewanna hatte keinen blassen Schimmer, wie diese Form der Magie funktionierte. Sie musste ähnlich zu der des Schleiers sein.

Doch der Stein stellte ihrer Hand keinen Widerstand entgegen. Schnell setzte sie einen beherzten Schritt vorwärts und fand sich einen Augenblick darauf in derselben Gasse wieder, die sie gemeinsam mit Lucian betreten hatte.

Zum ersten Mal allein im Vielfarben-Markt sah sie sich genauer um als bei ihrem vorigen Besuch. Bizach, Bizachrei und womöglich sogar Menschen liefen kreuz und quer, von einem Geschäft zum nächsten. Die Läden warben mit allerhand Dingen, von denen Ewanna wusste, dass sie in der Stadt nicht frei angeboten werden durften.

An einer Auslage, auf der verschiedenfarbige Pulver in der Mittagssonne glänzten, blieb sie stehen und las die eingesteckten Schilder: *Energiezip, Wundercharme, Muskel-o-wachs* ...

Ewanna hob den Blick und betrachtete das im Schaufenster hängende Werbeplakat. Sie erkannte die Darstellung aus der Anstalt wieder. Diese Pulver wurden von Bleibegabten hergestellt und verliehen demjenigen, der sie einnahm, für einige Minuten bis Stunden eine Stärkung seiner Kraft, seines Charmes, seiner Energiereserven oder irgendeiner anderen Fähigkeit. Während Bizach nicht viel davon spürten, konnte es Bizachrei in manchen

Situationen entscheidende Vorteile bringen, auch wenn sie sich hinterher stark verausgabt fühlten.

Doch die Wirkung auf Menschen war verheerend. Wer Energiezip einnahm, konnte tagelang nicht schlafen. Durch die darauffolgende Kraftlosigkeit griffen viele erneut zu dem Pulver und begaben sich damit in den Lauf einer gefährlichen Abwärtsspirale. Die Meisten starben, wenn sie nicht zuvor in die Anstalt kamen. Zwei Wochen lang hatte Ewanna einen jungen Mann auf ihrem Flur gehabt, der rund um die Uhr elendig nach einer neuen Dosis gebettelt hatte, während sein Körper von heftigen Krampfanfällen geschüttelt wurde. Nie würde sie den wahnhaften Blick vergessen, mit dem er am Boden gelegen und verzweifelt einen Arm durch die Gitter seiner Zelle gestreckt hatte. Als hätte die Droge alles ersetzt, was ihn einst ausgemacht hatte. Am Ende der zwei Wochen lag er apathisch auf seiner Pritsche. Die Sucht hatte ihre Klauen gelöst, aber sie hinterließ eine leere Hülle. Einen Mann, der für nichts mehr Begeisterung empfinden konnte, wirkte die Welt doch trist und grau, verglichen mit dem, was er dank des Pulvers erlebt hatte.

Diese bunten Mittelchen, die sie so harmlos anstrahlten, forderten jedes Jahr hunderte Tote und unzählige Abhängige in der Stadt. Wahrscheinlich war das der Grund, weshalb ihr Verkauf und Besitz in ganz Sidarap streng verboten war und die Stadtwacht rigoros gegen ihre Verbreitung ankämpfte.

Ewanna setzte ihren Weg fort und betrachtete die nächsten Auslagen. Es folgten ein Giftladen und mehrere zwielichtige Geschäfte, in denen Bleibegabte auf Kundschaft warteten, um Stärkungen oder Schwächungen zu verkaufen.

Neben der Ladentür eines Schwefelbegabten hingen Schrumpfköpfe. Ewanna fröstelte. In dieses Geschäft würde sie freiwillig keinen Fuß setzen. Immerhin gab es auch viele Läden, die unverdächtig aussahen.

Sie schlenderte über den Markt, bis sie das verlassen wirkende Geschäft von Biggens erreichte. Auf den ersten Blick entdeckte sie keine Spur von Lucian, aber das musste bekanntlich nichts bedeuten.

Ewanna zögerte einen Moment, doch gab sich einen Ruck und trat ein. Wie schon bei ihrem letzten Besuch empfing sie nichts als dämmriges Licht, Staub und eine verlassene, zugerümpelte Ladenfläche. Sie kam bis zur Mitte des Raumes, da flog eine Seitentür auf und der lockenköpfige Merkurianer kam mit breitem Lächeln und ausgebreiteten Armen auf sie zugelaufen.

»Ah, meine Liebe! Ich habe gewusst, dass du zu mir zurückkehren wirst. Du bist nicht so ein treuloser Hund wie Lucian, dieses Schlitzohr.«

»Ähm …« Ewanna wusste nicht recht, was sie darauf antworten sollte, doch das schien wie schon bei ihrem letzten Besuch für den Waffenbauer kein Problem zu sein. Ihre Unschlüssigkeit interpretierte er wohl als Zustimmung.

»Ja, ganz meine Rede. Hat er dich jetzt auch schon sitzen lassen? Das sieht ihm ähnlich.«

Biggens berührte sie an der Taille und zog dann missbilligend eine Augenbraue in die Höhe. »Du hast die Waffe nicht dabei, die ich dir gegeben habe, meine Liebe.«

»Oh …«

Ewanna holte Luft, um zu einer Erklärung anzusetzen, doch er wartete gar nicht ab.

»Es ist wichtig, dass du die Waffe trägst, Liebes!«, ermahnte er sie und warf theatralisch die Hände in die Luft, während er hinter seine Theke marschierte. »Bleib da nicht wie angewurzelt stehen, komm mit.«

Reflexartig folgte Ewanna dem seltsamen Waffenbauer und fragte sich gleichzeitig, warum sie das überhaupt tat. Wohl fühlte sie sich dabei keinesfalls.

»Du musst vorbereitet sein. Jetzt, wo du mit mir gesehen wurdest, wird es gefährlich für dich, Liebes.«

»Weil?«, fragte sie und fühlte sich erleichtert, irgendetwas zu seinem Monolog beigetragen zu haben.

Mit hochgezogenen Schultern blieb Biggens abrupt stehen. Dann wirbelte er blitzschnell herum. Mit einem überraschend routiniert wirkenden Griff, als verfügte er über eine militärische Ausbildung, packte er Ewanna am Arm, drückte sie gegen die Wand und hielt ihr den Mund zu. Er legte einen Zeigefinger über seine Lippen, sah ihr in die Augen und nickte. Seine Hand roch nach Nickel. Der unangenehme Geruch verleitete Ewanna zu dem Versuch, ihr Gesicht ein klein wenig wegzudrehen, was ihr jedoch gegen seinen eisernen Griff nicht gelang.

»Sie können uns hören«, flüsterte er. »Ich kann dich beschützen, doch du musst tun, was ich dir sage. Ich bin mein Leben lang dazu ausgebildet worden, aber du bist neu. Du musst dich exakt an das halten, was ich dir sage, verstanden?«

Ewanna nickte, unschlüssig, ob wirklich Gefahr drohte oder der Mann einfach nur verrückt war. Aber allein dafür, dass er die Hand aus ihrem Gesicht nahm, lohnte sich das Risiko. Er lockerte sofort den Griff, bedeutete ihr jedoch erneut, still zu sein. Sie nickte abermals.

Er marschierte voraus, leise und lautlos. Tatsächlich schien er eine Ahnung von dem zu haben, was er da tat. Sie gingen in den Waffenraum, den sie auch mit Lucian betreten hatten, und sobald sie eingetreten war, schloss er eilig die Türen.

Ewanna stand unentschlossen rum, während Biggens damit beschäftigt war, sich mit den verschiedensten Waffen zu behängen.

Dabei redete er schnell und leise. Seine Stimme klang gehetzt und sein Blick flog wild umher, als wäre er sich seiner Umgebung nicht sicher. »Sie jagen mich schon so lange, aber ich bin Ihnen immer einen Schritt voraus. Sie werden mich niemals lebend kriegen. Aber mein ganzer Laden wird abgehört. Nur hier drinnen sind wir sicher. Dieser Raum ist der sicherste in der ganzen Stadt, ich habe ihn selbst gebaut.«

Nachdem er sich bis unter die Zähne bewaffnet hatte, reichte er Ewanna eine neue Pistole. »Weißt du, wie man damit umgeht?«

Sie nickte. Noch immer fehlten ihr die Worte für das, was sie gerade erlebte. »Ich suche Lucian«, brachte sie schließlich heraus.

Wieder stoppte Biggens wie an Ort und Stelle festgefroren, bevor er sie alarmiert ansah. »War er nicht zuhause?«

»Nein«, antwortete Ewanna kopfschüttelnd.

Ein wirrer Glanz trat in seine Augen. »Dann haben sie ihn! Für ihn ist es zu spät. Du musst jetzt stark sein, Liebes. Ich bin das gewöhnt, ich habe viele gute Männer verloren, auch wenn es schmerzt, er war einer der Besten. Aber immerhin hat er sein Leben für eine würdige Sache gegeben.«

Irgendetwas im Geist des Waffenbauers war definitiv ernstlich verwirrt. Was hätten sie wohl in der Anstalt zu jemandem wie ihm gesagt?

Nun hatte sie ihre Bestätigung. Lucian befand sich auch nicht hier.

»Ich muss jetzt gehen«, sagte Ewanna und versuchte, so viel Selbstbewusstsein und Überzeugung wie möglich in ihre Stimme zu legen. Tatsächlich blinzelte Biggens und sah sie überrascht an, als hätte er ihre Anwesenheit in der Zwischenzeit schon wieder vergessen. Dann nickte er ihr ernst zu, wie ein Soldat seinem Kameraden.

»Dann muss es so sein. Ich bringe dich so weit ich kann.«

Der Merkurianer, von Kopf bis Fuß mit Waffen und Munition behängt, schlich mit ihr aus dem Raum und durch den Flur. Kurz vor der Ladenfläche blieb er stehen und schüttelte bedauernd den Kopf. »Bis hierher kann ich dich begleiten. Ab jetzt bist du auf dich allein gestellt.« Er biss sich auf die Unterlippe und schluckte, als versuchte er, seine aufwallenden Emotionen bei sich zu behalten. »Es war gut, dich gekannt zu haben«, sagte er schließlich mit fester Stimme und presste eine Faust auf die Brust.

Ewanna erwiderte die Geste, weil ihr nichts Besseres einfiel, um der Situation zu entkommen, und wandte sich ab. Sie musste zugeben, dass sie sich ein wenig seltsam fühlte und sich genau umsah, als sie die leere Verkaufsfläche überquerte, doch nichts regte sich. Sie waren völlig allein.

Zurück auf der Straße wirkte alles unverdächtig. Schnell versteckte sie die Waffe unter ihrer langen Weste im Hosenbund. Lucian schuldete ihr definitiv eine Erklärung für sein Verschwinden, dachte sie bei sich, als sie zum magischen Ausgang des Vielfarben-Marktes lief. Gleichzeitig wurde sie auf ihrem Weg mit jedem Schritt unruhiger. Auch hier war der Silberbegabte nicht gewesen. Wo konnte er sein? Steckte in Biggens' Panik am Ende doch ein Funken Wahrheit?

Ewanna atmete tief ein. Nein, das war völliger Quatsch. Sie musste einen klaren Kopf bewahren und durfte sich von einem Verrückten nicht so leicht aus der Ruhe bringen lassen.

Die Sonne war untergegangen, als sie durch die Mauer in die Gasse hinaustrat. Reflexartig glitt ihr Blick zum Dach des gegenüberliegenden Hauses. Keine Spur von einem weißen Raben. Es war bereits so spät, dass sie zum Himmel und Hölle gehen könnte. Sie war sich sicher, dort auf Lucian zu treffen. Sie musste ihn dort treffen, sonst würde sie wirklich anfangen, sich Sorgen zu machen.

37. DER ERSTE SCHUSS

Eine halbe Stunde später saß Ewanna allein an der Bar des ›Himmel und Hölle‹. Lucian befand sich nicht unter den wenigen bereits anwesenden Gästen und ihr mulmiges Gefühl kehrte zurück. Steckte er in Schwierigkeiten? Oder versuchte er nur, ihr auszuweichen? Wann immer neue Gäste eintraten, sah Ewanna hoffnungsvoll zur Tür, wurde aber jedes Mal enttäuscht. Den Eingang im Blick zu haben, war der einzige Grund, weshalb sie einen Platz an der Bar ausgewählt hatte, aber das bedeutete auch, dass sie kontinuierlich etwas trinken musste. Da sie noch immer kein Geld besaß, hoffte sie, dass Belias Angebot mit den freien Getränken nach wie vor galt.

Wieder öffnete sich die Tür und Ewannas Magen rutschte ihr in die Kniekehlen, als sie anstelle von Lucian Ivy den Klub betreten sah. Sie bewegte sich mit einer kühlen Selbstsicherheit, die es Ewanna schwer machte, irgendetwas zu finden, was sie an der Assassinin mochte. Wenngleich eine Giftziege, war sie dennoch mit Lucian vertraut und neben Biggens wahrscheinlich ihre einzige Hoffnung, an Antworten zu kommen. Ohne Notiz von Ewanna zu nehmen, stolzierte die Menschenbizach allein zu einer der seitlichen Tischnischen und ließ sich dort nieder. Sie orderte ein Getränk und verharrte dann mit einer Seelenruhe, als könnte nichts sie aus der Fassung bringen. Vielleicht stimmte das sogar. Ewanna leerte mit einem beherzten Zug ihr Glas und näherte sich Ivy. In einem Anflug von Mut ließ sie sich ihr gegenüber auf die Polster gleiten.

Ein Mundwinkel in dem strengen, schmalen Gesicht der Assassinin zuckte. »Schon müde, das Liebchen des großen, bösen, gutaussehenden Tams zu sein?«

Irritiert blinzelte Ewanna. »Liebchen?«

Ivy gab einen spitzen Laut von sich, der mit viel Fantasie als ein Auflachen durchgehen konnte. »Mit deinen Rehaugen siehst du wirklich unschuldig aus, auch wenn ich da etwas anderes gehört habe.«

»Eigentlich bin ich auf der Suche nach Lucian«, sagte Ewanna und überging die Provokation.

»Ich glaube, für den Moment solltet ihr euch nicht sehen.«

»Was soll das heißen?«

»Das soll heißen, du hast dem lieben Lucian den Kopf verdreht und er braucht ein paar Tage Abstand, um sich wieder auf das Wesentliche zu konzentrieren.«

»Was hast du mit ihm gemacht?«, fragte Ewanna mit fester Stimme und ballte die Hände zu Fäusten.

Wie zum Hohn lehnte sich Ivy auf ihrem Platz entspannt zurück und schmunzelte. »Was hast *du* mit ihm gemacht? Das ist wohl die passendere Frage.«

Was sollte das? Warum redete die Assassinin so selbstgefällig daher, wenn sich Ewanna offensichtlich sorgte?

In der Zwischenzeit kam einer der Kellner und servierte Ivys Getränk. Als er wieder davoneilte, beugte sie sich weit über den Tisch. Ihre rabenschwarzen Haare umrahmten in einem akkuraten Schnitt das scharfe Kinn und unterstrichen die harten Konturen ihres jungen Gesichtes.

»Du könntest es ihm leicht machen, wenn du dich einfach nur für eine Seite entscheiden würdest«, sagte sie so leise, das niemand sonst sie hören konnte.

»Eine Seite?« Frustriert lachte Ewanna auf. »Ich weiß nicht einmal, welche Seiten es gibt!«

»Kannst du nur Entscheidungen treffen, wenn andere dir vorab ihre Konsequenzen auf einem Silbertablett servieren? Triff eine und steh dazu!«

Ewanna verschränkte die Arme. Sie kam sich vor wie ein bockiges Kind, aber für einen zweiten Gedanken war es nun zu spät. »Warum muss ich überhaupt eine Seite wählen? Das ist doch lächerlich!«

Ivys Lächeln blieb auf ihre Lippen gemeißelt, aber die Mimik strahlte nichts Freundliches aus. »Weil du süße, kleine, besondere Ewanna vor allen anderen *nicht* über das Privileg verfügst, in dieser Auseinandersetzung *keine* Meinung zu haben. Wenn du dich weigerst, eine Entscheidung zu treffen, dann wird die Entscheidung für dich getroffen werden.«

Ewanna atmete geräuschvoll aus und ließ die Schultern hängen. »Ich kann also zwischen Purson und Eurer Terrorgruppe wählen?«

Einer von Ivys Mundwinkeln zuckte und Ewanna beschlich das ungute Gefühl, mit dieser Formulierung etwas kundgetan zu haben, was sie besser für sich behalten hätte. »Für den Moment«, antwortete Ivy und betrachtete hochmütig ihre Fingernägel.

Nun konnte auch Ewanna etwas aus ihrer Reaktion ablesen: Es existierte mindestens noch eine weitere Partei. Sie bezweifelte, dass die Assassinin ihr eine brauchbare Auskunft dazu geben würde, daher versuchte sie etwas anderes. »Ist das hier mehr als Euer persönlicher Rachefeldzug gegen den Tam des Silberbezirks?«

Ivy nahm sich Zeit mit ihrer Antwort. Sie schlug die Beine übereinander und ließ ihren Blick wie beiläufig durch den Raum schweifen. Dann erstarrte die Szene.

»Ähm …?«

Ewanna sah sich zu allen Seiten um. Niemand rührte sich außer ihr. Konnte sie das getan haben? Das war unmöglich. Beim letzten Mal, als sie versehentlich die Zeit verlangsamt hatte, hatten sich ihre Kräfte schnell erschöpft. Jetzt spürte sie überhaupt nichts dergleichen, doch was geschah dann?

Etwas regte sich. Ein Wesen oder ein Geist – Ewanna konnte sich nicht so recht erklären, was sie da gerade erblickte – kam auf sie und Ivy zu. Eine weibliche, schemenhafte Gestalt, die sanft zu leuchten schien und einen feinen, grünlichen Nebel hinter sich herzog. Sobald sie Ewanna entdeckte, erstarrte sie in der Bewegung.

»Das ist unerwartet.« Ihre Stimme klang weit entfernt und als würden mehrere auf einmal sprechen.

Ewannas Blick glitt zu den Händen der Fremden. Schwarze Haut mit goldenen Nägeln. Eine Kyal? Aber wo waren ihre Flügel? »Wer seid Ihr?«

»Du bist ein Schimmerblut«, murmelte die Fremde und ihre Augen weiteten sich. »Du lebst.«

»Was soll das?«

Sie antwortete nicht auf die Frage. Stattdessen wanderte ihr Blick zu Ivy. »Ich habe den Auftrag, sie mitzunehmen. Dir will ich nichts tun.«

»Das geht nicht.« Ewanna stand auf und stellte sich zwischen die merkwürdige Bizach und Ivy. Es schien ihr das Richtige zu sein, auch wenn die Angst an ihr zerrte.

»Hm.« Die Fremde kniff die Augen zusammen. Sie überragte Ewanna um eine gute Kopflänge.

Möglichst unauffällig tasteten deren Finger nach der Waffe, die Biggens ihr vorhin gegeben hatte.

»Tut mir leid, aber ich habe keine andere Wahl. Wenn du dich mir in den Weg stellst, kann ich dich nicht verschonen.«

Die geisterhafte Bizach zog einen schwarzen Bogen von ihrer Schulter, doch Ewanna reagierte im gleichen Moment. Sie riss die Waffe aus ihrer Hose und zielte auf die Fremde.

Die Kyal zögerte. »Ich fürchte, damit wirst du mir nichts anhaben können.«

»Was bist du?«

»Unvollständig.« Sie hob den Bogen und zog elegant einen Pfeil aus ihrem Köcher.

Das konnte nicht sein, das durfte nicht geschehen! Sie musste *jetzt* handeln. Ewanna wusste sich nicht anders zu helfen als die Augen zu schließen und abzudrücken. Die Wucht des Rückstoßes ließ sie gegen die Tischplatte zurücktaumeln.

Noch nie hatte sie auf jemanden geschossen. Niemals hätte sie etwas Derartiges jemals tun wollen. Was war los mit ihr? Sie öffnete die Augen in der Erwartung, dass das Geschoss der geisterhaften Bizach keinen Schaden zugefügt hatte. Doch das war nicht der Fall.

Die Fremde sah ebenso überrascht drein, als schwarzes Blut und eine silberfarbene Flüssigkeit aus einem Loch in ihrer Schulter hervorquollen. Sie zuckte zusammen und gab einen gellenden Schrei von sich.

Instinktiv senkte Ewanna die Waffe und wollte auf die Bizach zueilen.

»Nein!«, zischte die und im nächsten Moment löste sie sich auf und die Zeit lief normal weiter.

Ewanna starrte schwer atmend auf die Stelle, an der die geisterhafte Kyal verschwunden war. Was war heute? Tag der denkwürdigen Begegnungen?

»Habe ich was verpasst?«

Erschrocken wirbelte Ewanna herum. Ivy hatte einen Arm über die Rückenlehne gelegt und sah sich irritiert um. Ihr Blick verharrte auf der gezogenen Waffe in Ewannas Hand.

»Könnte man so sagen. Gerade ist etwas sehr Seltsames geschehen.« Schnell ließ sie die Pistole wieder in ihrer Hose verschwinden.

»Seltsam?«, fragte Ivy und beugte sich vor. »Spuck's schon aus, Mädchen, was ist los?«

Ewanna kehrte zu ihrem Platz zurück und schloss für einen Moment die Augen, um sich zu sammeln. »Die Zeit fror plötzlich ein. Zuerst dachte ich, ich wäre das versehentlich gewesen, doch dann stand da diese andere Frau. Eine Kyal, aber ihre … Schwingen sahen merkwürdig aus und sie wirkte … gespenstisch. Sie wollte dich mitnehmen und dann habe ich auf sie geschossen und sie ist geflohen.«

Ivy runzelte die Stirn. »Gespenstisch?«

Ewanna nickte.

»Mit welchen Elementen ist deine Waffe aufgeladen?«

»Ich weiß nicht …« Sie zog die Pistole erneut hervor und besah sie zum ersten Mal richtig.

Ivy wurde ungeduldig, beugte sich über den Tisch und riss ihr die Waffe aus der Hand. Fachmännisch öffnete sie das Patronenlager und las die Beschriftung der Munition.

»Quecksilber, Silber und Feuer. Das ist eine Mischung gegen Untote.«

»Ich … hatte gestern eine Vision von einer Armee Untoter.«

Ivy schnaubte ungeduldig und baute die Waffe wieder zusammen. »Byleth macht ihren Zug. Etwas anderes kann es nicht sein. Ich muss los.« Mit diesen Worten stand sie auf und rauschte davon.

»Warte!«, rief Ewanna, doch Ivy ignorierte sie. »Ivy!« Nichts. »Gern geschehen«, brummte sie.

Die Assassinin verließ den Klub, ohne noch einmal zurückzusehen.

Kopfschüttelnd stand Ewanna auf und schlängelte sich an einigen Gästen vorbei. Sie sollte Purson berichten, was soeben geschehen war. Wenn Lucian nicht mit ihr reden wollte, dann hatte er die Entscheidung für sie getroffen. Der Gedanke versetzte ihr einen Stich. Ewanna hatte sich nur wenige Schritte der Garderobe genähert, als ein Kribbeln in ihrer Brust aufkam. Sie blieb stehen und sah sich um. Lange brauchte sie nicht, um die Ursache der intensiven Empfindung zu entdecken.

Er saß an der Bar. Auf dem Platz, auf dem sie vor einer Viertelstunde noch gesessen hatte. Fünfzehn Minuten, die ihr so viel länger vorgekommen waren. Sie näherte sich dem Mann, auf den sie am Nachmittag in der Gasse getroffen war. Der Rabe, der sie seit ihrer Ankunft bei Purson beobachtete.

Das Kribbeln wurde stärker, vergleichbar mit ihrem Gefühl beim Ziehen einer Tarotkarte. Eine Gänsehaut legte sich über Ewannas Körper. Seine Magie musste sie anziehen. Nur die Art und Weise, auf die er das anstellte, kannte sie nicht.

Eigentlich wollte sie nicht zu ihm gehen. Sie hatte genug von vagen Aussagen und verheißungsvollen Drohungen. Außerdem musste sie unbedingt Purson warnen. Dieser Mann stellte nur ein weiteres Fragezeichen auf ihrer Liste dar und sie bezweifelte, dass es schrumpfen würde, wenn sie sich erneut mit ihm unterhielt.

Ewanna bemerkte erst, dass sie bereits neben ihm stand, als er den Kopf wandte und sie aus haselnussbraunen Augen ansah. Sie ließ sich an seiner Seite auf einen der Barhocker sinken. Sein Gesicht, wenngleich sympathisch, machte auf sie einen eigenartig leblosen Eindruck.

»So schnell sieht man sich wieder«, sagte sie.

Er beugte sich zu ihr herüber. »Wir haben voraussichtlich zwanzig Sekunden, Ewanna«, sagte er und sprach dann schnell weiter. »Für dich gibt es keinen Grund, mich zu fürchten. Ich bin nicht dein Feind. Im Gegenteil, ich möchte dir versichern, dass ich ein Freund bin. Doch du wirst früh genug lernen, meine Worte anzuzweifeln. Darum habe ich alle Vorsicht in den Wind geschlagen, um dir dies von Angesicht zu Angesicht zu sagen. Wenn in deiner Geschichte ein Funken Wahrheit steckt, reden wir bald erneut. Bitte versprich, dass du mir dann die Gnade erweist, eine Erklärung vorzubringen.«

»Entschuldigung, aber ich habe für heute genug von seltsamen …«

»Raus!« Eine grollende, weibliche Stimme unterbrach Ewanna.

Irritiert drehte sie sich um und blickte in das vor Zorn fleckige Gesicht von Belia. Die Tam des Stahlbezirks beachtete sie gar nicht, sondern stierte den Mann an ihrer Seite an. Der hob beschwichtigend beide Hände und öffnete den Mund zu einer Antwort.

Bevor jedoch ein Ton über seine Lippen kam, fuhr ihm Belia dazwischen. »Spar dir die schönen Ausreden und kehre in deine eigenen Grenzen zurück. Du bist hier nicht willkommen!«

Sie kannten sich offensichtlich, doch Ewanna bemerkte, dass Belia seinen Namen nicht nannte.

»Vorsicht«, raunte der Mann, ein drohendes Knurren in der Stimme.

»Nein, du bist besser vorsichtig. Das hier ist mein Bezirk. Hier gelten meine Regeln! Kümmere dich um deine Angelegenheiten … Schoßhündchen.«

Das letzte Wort brachte sie nur leise über die Lippen, als wollte sie, dass niemand sonst es hörte.

Ewanna sah, wie der Mann neben ihr die Augenbrauen zusammenzog und sich dann von seinem Platz erhob. Er legte Geld auf den Tresen und verschwand, ohne ihr einen weiteren Blick zuzuwerfen oder ein Wort an sie zu richten. Belia funkelte ihm finster hinterher.

Erst als er den Laden verlassen hatte, wandte sie ihre Aufmerksamkeit Ewanna zu. Wut ließ einen grauen Orkan durch den Nebel ihrer Iriden wehen. »Hast du ihn schon einmal gesehen?«

Ewanna konnte sich nicht erklären, was sie in dem Augenblick ritt, aber sie schüttelte den Kopf, bevor sie wirklich darüber nachgedacht hatte. Was tat sie hier? »Wer war das?«

Die Reaktion schien Belia sofort zu beruhigen. »Niemand, mit dem du dich einlassen solltest«, sagte sie mit unheilverkündender Stimme und einer unwirschen Handbewegung.

Zerknirscht nickte Ewanna. Sie hatte gar nichts anderes erwartet, als erneut eine halbgare Antwort aufgetischt zu bekommen.

»Was hat er gesagt?«, bohrte die Tam weiter.

»Nichts außer einer Begrüßung. Ich hatte mich gerade erst hier hingesetzt.«

Belia musterte sie einen Moment skeptisch, aber schließlich seufzte sie. »Versuch, für den Rest des Abends bessere Gesellschaft zu finden.«

Ewanna nickte erneut. Doch für sie gab es keine ›bessere Gesellschaft‹. Zu wem sollte sie denn gehen?

Die Tam gab sich jedoch mit der Reaktion zufrieden und eilte mit einem Verweis auf ihre Pflichten davon.

Ewanna sollte das nur recht sein. Sie hatte zuvor den Klub schon verlassen wollen, jetzt würde sie das hoffentlich endlich tun können.

Keine Minute später stand sie auf dem Gehweg und atmete die kühle Nachtluft ein. Jeder in dieser Stadt schien verrückt zu sein. Langsam verstand sie die tief sitzenden Vorurteile vieler Menschen gegenüber den Bizach. Für einen Augenblick ergriff sie die Versuchung, erneut Lucians Wohnung aufzusuchen. Doch am Rande ihres Sichtfeldes nahm sie eine Bewegung wahr und wusste, bevor sie hinsah, dass dort ein weißer Rabe sitzen und sie beobachten würde. Er hockte auf einer Laterne und starrte auf sie hinab. Ewanna seufzte und fuhr sich über die Stirn. »Was tue ich bloß hier?«, flüsterte sie zu sich selbst. Mit einem entnervten Schnauben und einem grimmigen Seitenblick auf den Vogel stapfte sie davon.

Bis zu Pursons Haus hielt sie kein weiteres Mal an oder sah sich um. Der Weg ängstigte sie noch immer, obwohl sie ihren Verfolger kannte. Nun gut … sie wusste nicht wirklich, um wen es sich handelte. Aber sie hatte Kontakt mit ihm gehabt.

Richtig schlau wurde sie aus der Angelegenheit jedoch nicht. Wie kam Belia dazu, ihn als ›Schoßhündchen‹ zu bezeichnen? War das ein Hinweis darauf, dass er jemandem diente? Aber wem? Das war die große Frage.

Bei Pursons Haus angekommen, ging Ewanna schnurstracks in sein Arbeitszimmer, aber von ihm fehlte jede Spur. Sie trat an seinen Schreibtisch und nahm einen Zettel.

Etwas ist vorgefallen. Ich muss mit Euch reden. Ewanna, schrieb sie darauf.

Sie verließ den Raum und kehrte zu ihrem Zimmer zurück. Wie immer schloss sie die Tür hinter sich ab und zog dann die Vorhänge zu. Sie erschrak heftig, als sie das zweite Fenster erreichte. Auf dem Fenstersims saß der weiße Rabe. Ewanna hatte den Eindruck, dass er sich gar keine Mühe mehr gab, sich vor ihr zu verbergen. Dann kam ihr ein anderer Gedanke. Vielleicht hoffte er, dass sie ihn hereinlassen würde? Ein ungläubiges Lachen löste sich aus ihrer Kehle und sie schüttelte den Kopf. »Vergiss es!«

Mit einem entschiedenen Ruck zog sie die letzten Vorhänge zu und bereitete sich aufs Schlafengehen vor, auch wenn sie bezweifelte, dass sie ein Auge zutun könnte.

38. Der Himmel auf Erden

Terry betrat den Innenhof des Wohnhauses, in dem er lebte. Der zweite Transporter fehlte, was bedeutete, dass Walkie noch nicht zurückgekehrt war. Hoffentlich gelang es seinem Partner, die alten Spannungen mit dem Schwarzmarkt beizulegen. Alles andere würde den Fortschritt ihrer Pläne empfindlich behindern.

In seiner Wohnung angekommen, warf er Schirmmütze und Jacke beiseite und legte die Tasche mit den Pistolen unter den Tisch. Was für ein Tag!

Hektisch öffnete er die oberen beiden Knöpfe seines Hemdkragens und lief ins Badezimmer. Sobald er einen Blick auf sein Spiegelbild erhaschte, presste er die Kiefer aufeinander und sah weg. Terry hatte vor langer Zeit aufgehört, sich selbst in die Augen zu sehen. Irgendwie hatten Spiegel nie gute Nachrichten für ihn. Er nahm zwei Handvoll kalten Wassers und warf sie sich ins Gesicht, verharrte und genoss für einen Moment das kühle Prickeln des eisigen Nasses auf seiner Haut. Die Empfindung half jedes Mal, seine Gedanken zu klären.

Das Gesicht mit einem Baumwolltuch trockenrubbelnd, warf er einen Blick auf seine Uhr. Ihm blieb noch eine halbe Stunde, bevor Emma auf seiner Türschwelle erscheinen sollte.

Zügig entledigte er sich der Weste, des Hemds, des Unterhemds und der Armbanduhr, und begann mit seiner Rasur. Mittlerweile konnte er gut mit dem scharfen Rasiermesser umgehen. Im Ketterer hatten die Häftlinge selten Gelegenheit bekommen, sich zu rasieren. Meistens nur, wenn eine Inspektion anstand, und dann unter strengster Aufsicht. Die Stadtwacht konnte sich verständlicherweise nicht dafür begeistern, ihren Häftlingen irgendeine Form von Waffe in die Hand zu drücken. Nachdem Terry alle Stoppeln zufriedenstellend beseitigt hatte, kürzte er seine braunen Haare an den Seiten auf wenige Millimeter, die oberen ließ er ohrlang. Er wusch sich gerade die losen Haare aus dem Gesicht, als jemand an der Wohnungstür klopfte.

Terry warf sich sein Hemd über und sah erneut auf die Uhr. Fünf vor sechs, das musste Emma sein. Ein Handtuch noch um den Nacken gelegt, öffnete er die Tür. Die Journalistin stand modisch gekleidet, perfekt geschminkt und frisiert im Flur. Sie mochte von ihrer Familie verstoßen worden sein, aber ihre Herkunft konnte sie nicht verstecken.

Sie betrachtete Terry von Kopf bis Fuß und wieder zurück. Ihr Blick verharrte besonders lang an dem offenen Hemd und seinem Gesicht. »Du hast dich rasiert. Ich mag den neuen Haarschnitt.«

Er grinste schief. »Ich wünschte, ich könnte dasselbe sagen, aber du siehst aus wie immer.«

»Fabelhaft, nehme ich an?«

»Korrekt.«

Emmas rote Lippen verzogen sich zu einem schmalen Lächeln. »Darf ich jetzt reinkommen oder willst du mich im Hausflur verführen?«

Terry ging zur Seite, um ihr den Weg freizumachen. »Du bist also zum Verführtwerden hergekommen?«, fragte er im Plauderton und schloss die Tür hinter ihr.

»Nicht wirklich.« Sie trat ein paar Schritte in den Raum und sah sich eingehend um.

Das Zimmer musste in ihren Augen erbärmlich wirken. Alte Tapete hing in Fetzen von den Wänden, dahinter zeigten sich Feuchtigkeitsflecke. Die Dielen knarrten und ächzten bei jedem

Schritt und seine drei Möbelstücke waren alle simpel und funktionell. Himmel, er besaß nicht einmal ein richtiges Bett.

»Aber du scheinst deinen Gefallen an derlei Spielereien zu finden.«

Terry zuckte mit den Schultern. »Du wirkst darüber auch nicht gerade todunglücklich und sonst treffe ich nicht viele Frauen.« Eigentlich gar keine, aber das musste er jetzt nicht ausbreiten. Seine Pläne hielten ihn zu beschäftigt, als dass er sich auch noch darum kümmern könnte. Mit Emma verband ihn letztendlich ebenso nur seine Arbeit.

Sie ließ sich auf den einzigen Stuhl im Raum sinken, schlug die Beine übereinander und sah ihn erwartungsvoll an. »Du hast mich herbestellt, Terry. Gibt es eine Story?«

»Es gibt sogar mehrere«, verkündete er begeistert und schloss zwei Hemdknöpfe.

Sie kramte Notizblock und Stift aus ihrer Handtasche. »Ich höre.«

Terry warf das Handtuch beiseite und setzte sich in Ermangelung einer weiteren Sitzmöglichkeit auf die auf dem blanken Boden liegende Matratze.

»Ich bin heute in der Stadt zufällig Zeuge geworden, wie die Bank von Sidarap das Haus einer gewissen Madam Margery Cordon ausräumen ließ.« Terry erzählte Emma vom Verlauf des Geschehens und erwähnte besonders viele Details, als er zu seinem dreisten Diebstahl des Transportfahrzeuges kam. Emma schrieb zügig mit. Sie blickte geschäftsmäßig drein, bis er seinen Besuch bei dem Bankangestellten Mr. Whin schilderte.

»Du hast … was?!« In ihrem Blick lagen Schock und eine Spur von Verärgerung.

»Entspann dich, ich habe ihn nicht wirklich aus dem Fenster geworfen.«

»Nur unwirklich also?«

Terry verdrehte die Augen. »Ich wollte schließlich, dass er Madam Cordon mehr Zeit verschafft. Das hätte er schlecht tun können, wenn ich den Gehweg mit ihm gepflastert hätte!«

»Und was hast du wirklich gemacht?«

»Ihm einen Denkzettel verpasst. Ich hab ihn am Kragen gepackt und aus dem Fenster gehalten. Der Kerl hat sich tatsächlich bepisst, kannst du dir das vorstellen?« Bei der Erinnerung begann er leise zu lachen.

»Terry!«

»Hm?«

Emma sah ihn kopfschüttelnd an.

»Was?«

»Schon gut«, sagte sie knapp, senkte den Blick auf ihre Notizen und schrieb weiter.

»Emma?«, fragte er, doch sie ignorierte ihn. Einige Augenblicke später versuchte er es erneut. »Emma?«

Sie hielt inne und schlug mit ihrem Stift auf den Block. »Du gibst gerade damit an, dass du beinah einen unschuldigen Kerl aus dem Fenster geworfen hast? Sag mal, merkst du noch was?«

Einen Moment starrte Terry sie mit offenem Mund an. »Erst einmal ist der Mann alles andere als unschuldig – und überhaupt, wenn ich mich recht erinnere, dann war das alles deine Idee! Also, was erwartest du von mir? Dass ich der wohlerzogene Verbrecherboss bin? Ich meine … was?«

»Wie ich schon sagte, schon gut«, sagte sie kühl und wandte sich wieder ihren Aufzeichnungen zu.

Terry beobachtete sie eine ganze Weile nachdenklich. »Du weißt schon, worauf du dich hier eingelassen hast, oder?«

»Offenbar nicht wirklich«, sagte sie, ohne den Blick von ihren Notizen zu heben.

Er hatte sie immer für abgebrüht gehalten und fühlte sich überrumpelt von ihrer plötzlichen Leidenschaft für Rechtschaffenheit. Ihre Reaktion sorgte in seiner Magengegend für ein flaues Gefühl. Bis eben hatte er sich grandios gefühlt, einem sozial anerkannten Räuber ins Handwerk gepfuscht zu haben.

»Was denkst du jetzt von mir?«, brachte er über sich, zu fragen.

Emma hielt inne und sah von ihren Notizen auf. Mehrfach setzte sie zu einer Antwort an und brach ab, seufzte schließlich und erklärte: »Seit du mir das gerade gesagt hast, kann ich an nichts anderes denken als daran, dass du mich eines Tages aus dem Fenster werfen könntest.«

»Warum sollte ich sowas tun?«, fragte er brüskiert. Ihre Aussage traf ihn völlig unvorbereitet.

»Weil du dazu fähig bist«, murmelte sie.

Terry stand auf und ging vor ihrem Platz in die Hocke. »Und ich dachte, böse Jungs wären genau deine Vorliebe.«

Sie lächelte schwach. »Sie sind attraktiver, wenn sie nur in der Vorstellung böse sind.«

»Ich bin nicht böse! Manchmal braucht es drastische Maßnahmen, um irgendetwas zu bewirken, wie für Madam Cordon. Glaub mir, der Kerl fühlte sich hinter seinem Schreibtisch wie Adonai persönlich. Du hättest dabei sein sollen!«

»Ich denke, da passe ich lieber.« Eine Weile tippte sie gedankenverloren mit dem Radierer ihres Bleistiftes gegen die Kante des Notizblockes. »Versprich mir, dass du nicht irgendwann das Maß aus den Augen verlierst.«

»Sorgst du dich um mich?«, fragte Terry und legte seine Hände um ihre Taille.

»Ich sorge mich um mich!«

»Nur um dich?« Er zog sie ein Stück näher zu sich und ihr Blick wurde mit einem Mal weicher.

»Ja!«, antwortete sie dennoch entschieden.

Er streckte sich, näherte sich ihren Lippen. »Lügnerin.«

Emma lächelte erwartungsvoll, aber kam ihm nicht entgegen.

»Du musst dir keine Sorgen machen«, raunte er. »Nicht, solange du mein Gewissen bist.«

Terry überwand auch den letzten Abstand zwischen ihnen. Ihre Lippen schmeckten süß und verheißungsvoll. Genau wie in seiner Erinnerung. Er stand auf und zog sie mit sich auf die Beine. Ihr Block und der Stift fielen zu Boden. Erst überrascht, dann erfreut bemerkte Terry, wie ihre Finger schamlos die nackte Haut unter seinem Hemd erkundeten. Was sie spürte, schien ihr zu gefallen, zumindest wurden ihre Küsse gelöster, leidenschaftlicher. Er wirbelte sie herum und warf sie auf die Matratze.

Emma lachte auf. »Ich wette, das wolltest du schon immer mal tun.«

Eine vorwitzige Strähne löste sich aus ihrer makellosen Frisur, was Terry zufrieden zur Kenntnis nahm. Irgendwie machte ihn die Perfektion ihrer Erscheinung immer nervös, als trüge sie eine Rüstung.

Er zog seine Schuhe aus und schob sie beiseite, ging zu Emmas Füßen auf die Knie und befreite die ebenfalls, bevor er sich neben sie auf die Matratze fallen ließ. Einen Arm um sie legend fuhr er fort, sie zu küssen. »Und ich wette, du wolltest schon immer mal so überfallen werden«, murmelte er, während er langsam mit einer Hand ihre Bluse aufknöpfte.

»Das wirst du niemals erfahren«, sagte sie.

»Keine Sorge, ich kenne die Antwort schon«, raunte Terry ihr zu und sie kicherte. Er schob einen BH-Träger über Emmas Schulter und befreite vorsichtig eine ihrer Brüste, die er ausgiebig küsste und liebkoste. Währenddessen arbeitete er sich weiter durch die vielen Knöpfe ihrer Kleidung. Emma ließ sich in die Kissen zurückfallen und seufzte genüsslich. Terry kostete den Anblick vollständig aus. Jeder Ton, der sich ihrer Kehle entrang, wurde zu Musik in seinen Ohren, zu einer Melodie des Wohlbefindens. Kaum verwunderlich ließ seine Ausdauer bei ihrem

Liebesspiel zu Wünschen übrig. Fünf Jahre Zwangsabstinenz hatten ihre Folgen. Daher bemühte er sich, Emma auf jede weitere Art Vergnügen zu bereiten, die ihm einfiel.

Später verschwand Emma kurz ins Badezimmer und Terry lehnte sich zufrieden lächelnd zurück. Mit hinter dem Kopf verschränkten Armen überlegte er sich gerade, was er mit ihr anstellen wollte, sobald sie zurückkehrte, als wieder jemand an der Tür klopfte.

Er brummte verstimmt, raffte sich dann jedoch auf, zog behelfsmäßig seine Hose an und griff nach dem Hemd. Der Besucher klopfte ein zweites Mal, während Terry es sich überwarf. »Ja doch!«, rief er und riss die Tür auf. Walkie stand im Flur und beäugte ihn von Kopf bis Fuß. Sofort fuhr sich Terry mit einer Hand durch die Haare, in dem fruchtlosen Versuch, die losen Strähnen in eine Frisur zu verwandeln.

»Wie ist es gelaufen?«, fragte er. Beim Anblick seines Partners durchflutete ihn Erleichterung. Immerhin war der in einem Stück vom Schwarzmarkt zurückgekehrt.

»Kann ich reinkommen?«

Terry sah über die Schulter zurück. »Ist gerade schwierig. Könnte sein, dass gleich eine nackte Journalistin aus meinem Badezimmer kommt«, flüsterte er.

Walkie warf den Kopf in den Nacken und lachte laut auf. »Nein!«

»Pscht!«

Sein Partner verstummte, aber grinste ihn breit an.

»Sag mir einfach, wie es gelaufen ist!«, murrte Terry. Er wollte zurück in sein Bett und mit Emma da weitermachen, wo sie aufgehört hatten.

»Schon gut, schon gut. War zum Glück nicht besonders aufregend. Raibel sprühte natürlich nicht gerade vor Begeisterung, mich wiederzusehen, aber angesichts unserer Lieferung sah er sich geneigt, mir eine zweite Chance zu geben … unter der Bedingung, dass er dich kennenlernt.«

Terry zuckte mit den Schultern. »Dazu wäre es sowieso früher oder später gekommen.«

»Einige seiner Jungs hören sich in den nächsten Wochen bei ein paar Kunsthändlern um und organisieren eine Auktion für die Sachen.«

»Sehr gut.«

»Na gut.« Walkie wandte sich zum Gehen. »Dann will ich dich mal nicht länger abhalten, du hast sicher einiges nachzuholen. Alles andere können wir morgen klären.«

»Danke. Oh, warte einen Moment, ich habe etwas für dich.«

Terry eilte zu seiner Tasche, holte zwei der Revolver und das Holster heraus und drückte beides Walkie in die Hand. »Nur zur Sicherheit.«

»Danke.«

Sie verabschiedeten sich knapp voneinander, dann verschwand der Rothaarige wieder im Treppenhaus. Terry hatte gerade erst die Tür geschlossen, als Emma das Badezimmer verließ und mit langsamen Bewegungen auf ihn zukam.

»Wer war das?«

»Walkie. Er wollte mir berichten, wie sein Botengang lief.«

Sie kam näher und öffnete die Knöpfe seines behelfsmäßig geschlossenen Hemdes. Mit einer grazilen Bewegung schob sie ihm den dünnen Stoff über die Schultern und ließ ihn achtlos zu Boden gleiten.

»Meinst du, die Pause reichte zur Erholung?«, fragte sie ihn schnurrend und nestelte am Bund seiner Hose.

»Möglicherweise.«

Die Antwort entsprach der Wahrheit, denn er war sich tatsächlich nicht sicher, ob er schon wieder konnte.

Doch Emma schien das auszureichen. Sie hatte ihm die Hose

mittlerweile geöffnet und sank auf die Knie, um sie ihm bis zu den Knöcheln hinabzuziehen.

Er kickte das Kleidungsstück fort und ihre Finger fuhren erkundend über seine Beine und den Hintern. Sie grinste und ihr Blick wanderte zwischen seinen Augen und seiner entblößten Körpermitte hin und her. Schließlich spannte sie ihn nicht länger auf die Folter und ihre warmen, weichen Lippen sorgten schnell dafür, dass Terry alles um sich herum vergaß. Er taumelte gegen die Tür und legte den Kopf in den Nacken. Das war der Himmel auf Erden!

39. Unangenehme Fragen

Ewanna wurde von einer Erschütterung aus dem Schlaf gerissen. Mit klopfendem Herzen saß sie kerzengerade im Bett und rieb sich die Augen.

»Was soll …?«

Sie blinzelte und stöhnte leise. Auch diese Nacht hatte sie schlecht geschlafen. Wie immer plagten sie Albträume über die Anstalt. Tagsüber versuchte sie, die verstörenden Erlebnisse der letzten Jahre irgendwie auszublenden, aber nachts fanden sie auch aus den dunkelsten Winkeln ihres Selbst stets einen Weg an die Oberfläche.

Wieder erklang ein dumpfes Knallen, gefolgt von einer Erschütterung, die das ganze Haus erzittern ließ.

Unwillkürlich fühlte sich Ewanna an das baufällige Wohnhaus an der Bahnlinie erinnert, in dem sie mit ihrer Mutter gelebt hatte, bevor ihr Leben aus den Fugen geraten war. Die Erinnerung fühlte sich an, als käme sie von jemand anderem, fernab ihrer neuen Realität.

Sie schwang die Beine aus dem Bett und kleidete sich im Rekordtempo an. Nicht einmal Zeit zum Haarebürsten nahm sie sich. Gerade als sie aus dem Zimmer stürzen wollte, wurde die Tür von außen geöffnet und Sudette schob sie mit einer Hand auf der Brust entschieden zurück.

»Du solltest lieber hier oben bleiben«, sagte sie, presste sich vollständig durch den schmalen Türspalt und schloss eilig die Tür hinter sich.

»Was ist da unten los?«

»Oh, nichts«, sagte die Pleu in einem Tonfall, der auffallend deutlich machte, dass keinesfalls ›nichts‹ war. »Belia stattete nur Purson vorhin einen Besuch ab und erzählte, wer sich gestern in ihren Klub verirrt und mit dir geredet hat. Er tobt schon den ganzen Morgen.«

»Das …« Wie zur Bestätigung ihrer Worte dröhnte ein weiterer Knall durch das Haus. »… ist Purson?«

Sudette zuckte mit den Schultern und ließ sich auf den Stuhl an Ewannas Schreibtisch fallen.

»Wenn er schlechte Laune hat«, antwortete sie und beäugte oberflächlich die verstreuten Notizen ihrer Schülerin.

»Und jetzt?«

Ratlos stand Ewanna noch immer zwischen Tür und Bett und konnte nur ahnen, wie wenig geistreich sie wohl dreinblicken musste.

»Warten wir, bis sich der Tam wieder beruhigt hat«, antwortete die Pleu mit einem weiteren Schulterzucken.

Eine erneute Erschütterung ging durch das Mauerwerk und kurzerhand riss Ewanna die Tür auf. »Das ist doch verrückt. Ich kann ihm das erklären«, sagte sie im Hinausgehen.

»Ewanna!«, rief Sudette ihr nachdrücklich hinterher, aber sie rannte ungebremst zum Arbeitszimmer des Tams.

Sie hörte, dass ihre Ausbilderin ihr folgte, und da sie keine Lust hatte, sich von ihr zurückhalten zu lassen, stürmte sie einfach hinein.

In dem Raum herrschte das reinste Chaos. Statt Purson sah sie sich unvermittelt einer Flammenwand gegenüber, die durch das Zimmer fegte. Entsetzt sah sie die direkt auf sich zurasen, doch anstatt zu fliehen, stand sie wie angewurzelt da, unfähig, einen klaren Gedanken zu fassen. Sie starrte auf die Flammen und kniff kurz vor deren Aufprall die Augen zusammen. Doch der befürchtete Schmerz blieb aus, nur ein warmer Luftzug umspielte sie.

Sudette kam hereingestürzt, als Purson wutentbrannt von einem der Balkone brüllte: »Was ist so schwer an: Ich will nicht gestört werden?«

Ewannas Ausbilderin krümmte sich und sank im nächsten Moment mit schmerzverzerrtem Gesicht zu Boden.

»Halt!«, rief Ewanna. »Ich bin ihr entwischt, sie kann nichts dafür. Ich muss mit Euch reden.«

Purson fokussierte sie und am Rande ihres Sichtfeldes bemerkte sie, dass Sudette sich schwer atmend entspannte. Die Flammen in den Augen des Tams loderten unheilvoll. Ewanna konnte sich nicht erinnern, ihn jemals so wild, so unbeherrscht gesehen zu haben. *Bitte*, fügte sie in Gedanken hinzu, blieb jedoch angespannt. Sie erwartete ebenfalls einen brennenden Schmerz, doch wurde verschont.

Er wandte sich an die am Boden liegende Pleu. »Du kannst gehen, Sudette.«

Das ließ die Bizach sich nicht zweimal sagen. Schnell rappelte sie sich auf und verließ fluchtartig den Raum. Mit dem Klicken des Türschlosses stand Ewanna allein Purson gegenüber. Eine Weile starrten sie einander an.

»Sagt mir, warum Ihr so aufgebracht seid!«, forderte sie entschlossen.

»Vorsichtig«, entgegnete er. Seine Stimme war hart, eine Warnung und Drohung zugleich. »In diesem Haus gebe ich die Anweisungen.«

»Wie soll ich mich richtig verhalten, wenn Ihr mir nichts sagt?«

»Es geht nicht um Euch und Euer Verhalten, Miss Kovanova.«

»Sondern?« Abwartend verschränkte sie die Arme demonstrativ vor der Brust. Sie wusste selbst nicht, woher sie den Mut nahm, so provokativ aufzutreten und sie erkannte in Pursons

Gesicht, dass er sich ebenfalls wunderte. Der Ausdruck in seinen Augen wandelte sich von Wut zu einem Hauch Anerkennung.

»Ihr werdet selbstbewusster«, bemerkte er.

»Wer war der Mann gestern Abend?«

»Was hat er zu Euch gesagt?«

»Zuerst will ich wissen, wer der Mann war.«

Mit einem Satz, der Ewanna überrascht zurückweichen ließ, sprang der Tam des Silberbezirks über das Geländer der Plattform und landete unmittelbar vor ihr. Er hatte die Zähne gebleckt und in seinen Augen züngelten die Flammen lebhaft. Oh, sie war zu weit gegangen. Noch einen Schritt und er würde sie umbringen, dessen war sie sich sicher.

»Was. Hat. Er. Zu. Euch. Gesagt?« Jedes Wort eine Drohung.

Ewanna wich weiter vor ihm zurück, bis sie mit dem Rücken gegen etwas Hartes stieß. Die Wand. Ein Schauer überkam sie. »Beantwortet Ihr mir dann auch meine Frage?«

Er grollte. Sein Ausdruck hatte nun eindeutig mehr Ähnlichkeit mit einem Tier denn mit einem Menschen. Doch im nächsten Moment nickte er knapp und verdrehte dabei die Augen, als könne er nicht glauben, was er da tat.

Ewanna atmete ein wenig auf, auch wenn er noch immer fuchsteufelswild zu sein schien und ihr zudem so nahe stand, dass er vermutlich ihr wild pochendes Herz hören konnte. »Der Mann meinte, er habe nicht viel Zeit, schlage aber alle Risiken in den Wind, um mir zu sagen, dass er ein Freund sei.«

Pursons Augenbrauen zogen sich zusammen und er richtete sich kerzengerade auf. Nachdenklich fuhr er sich mit einer Krallenspitze über das Kinn. »Entweder sagt er die Wahrheit oder Adonai spielt mit uns.«

Jemand klopfte und Ewanna zuckte zusammen. Purson straffte die Schultern und öffnete. Sie konnte nicht sehen, wer dort mit ihm sprach. Anscheinend einer der Bediensteten.

»Schickt ihn herein«, sagte Purson so ruhig, als hätte er nicht vor wenigen Augenblicken fast das Haus abgerissen.

Ein Tuk betrat den Raum. Seine dunkle Haut glitzerte im schwachen Licht.

»Sprich«, forderte der Tam mit einer knappen Geste.

»Es gab einen Zwischenfall. Im Schwefelbezirk ist eine Gruppe Menschenkinder ermordet worden. Tam Byleth beschuldigt offiziell Ivy Brionnay für die Tragödie und fordert ihre Auslieferung aus dem Silberbezirk.«

Purson knurrte. »Brionnay ist mein Problem. Aber ich bin zu einem Gespräch bereit. Heute Abend in ihrer Festung. Ich bringe eine Gesandtschaft. Richte ihr das aus.«

Der Tuk nickte und deutete eine Verbeugung an, dann machte er auf dem Absatz kehrt und eilte hinaus.

Ewanna sah ihm so gebannt hinterher, dass ihr eine aus dem Boden schießende Feuerkaskade einen neuerlichen Schrecken durch die Glieder fahren ließ.

»Das ist ein Desaster!«, tobte Purson. Seine Stimme klang so ungezähmt, so animalisch, dass Ewanna sie kaum wiedererkannte. Er schlug seine Krallen in die Seite eines Bücherregals und zog eine tiefe Kratzspur durch das Holz.

Hatte er ihre Anwesenheit schon wieder vergessen?

Purson musste ihre Gedanken gehört haben, denn im nächsten Augenblick erlosch das Feuer und er wandte sich schwer atmend zu ihr um. »Ich habe Euch nicht vergessen, Miss Kovanova.«

Sie nickte vorsichtig. Eine falsche Bewegung würde seine brodelnde Wut sicher nur noch weiter anheizen.

»Gabriel«, sagte er unvermittelt, die Muskeln an seinem Kiefer immer wieder anspannend.

Ewanna blinzelte. »Wie bitte?« Hatte sie an irgendwas gedacht?

»Gabriel Maskyal ist der Mann, der mit Euch im Himmel und Hölle gesprochen hat.«

»Der Tam des Goldbezirks?«

Purson nickte. »Adonais Schoßhündchen.«

»Warum?« Warum verfolgte sie dieser Bizach, seitdem sie hier wohnte?

Ein freudloses Lachen erfüllte den Raum. »Bis heute hätte ich Euch darauf eine definitive Antwort geben können. Nach dem, was Ihr mir soeben erzählt habt, bin ich mir da nicht mehr so sicher, Miss Kovanova. Würdet Ihr Sudette holen? Ich muss dringend mit ihr sprechen.«

Ewanna nickte und verließ den Raum.

Lange musste sie nicht nach der Pleu suchen. Ihre Ausbilderin saß auf der Treppe neben dem Arbeitszimmer und betrachtete sie mit Argusaugen.

»Schön, du bist noch in einem Stück. Hat sich deine Dummheit also wieder ausgezahlt.«

Vorsichtig schloss Ewanna die Tür hinter sich und senkte den Blick. Die Erinnerung der sich vor Schmerzen am Boden krümmenden Pleu befeuerte ihr schlechtes Gewissen. »Es tut mir leid, Sudette. Wenn ich gewusst hätte, dass er dir das antut …«

Die Pleu machte eine wegwerfende Handbewegung. »Dann hättest du es auch getan. Gib schon zu, du magst mich nicht besonders.«

Ewanna seufzte. »Nein, aber ich respektiere dich und ich hätte das nicht gewollt.«

Nachdenklich legte Sudette den Kopf schief. »Ich bin eifersüchtig auf dich«, gab sie schließlich zu. »Das mag mein Urteil über dich getrübt haben.«

»Wieso eifersüchtig?«, entfuhr es Ewanna.

Ein trauriges Lächeln breitete sich auf dem schmalen Gesicht der Feuerbizach aus. »Ich arbeite seit Jahrzehnten als Pursons Zweite, aber er hat mich nie besser behandelt als eine Dienstbotin. Das gipfelte darin, dass ich auch noch dazu abkommandiert wurde, deine Kindergärtnerin zu spielen. Kannst du dir vorstellen, wie respektlos das von ihm ist?«

Das konnte Ewanna nicht, aber dafür sprach der Ausdruck auf Sudettes Miene Bände. Im nächsten Moment verschwand er jedoch und sie stand auf, räusperte sich und strich sich unnötigerweise die Hosenbeine glatt.

»Du solltest mich bestimmt holen kommen.«

»Ja …« Ewanna wollte noch so viel mehr sagen, aber die Worte blieben ihr im Hals stecken und so standen sie sich eine Weile still gegenüber, bis Sudette einen Mundwinkel hochzog.

»Schon gut, vielleicht kann ich mich doch noch mit dir arrangieren. Aber jetzt sollten wir zurückkehren, bevor er wieder die Beherrschung verliert.«

Bei ihrer gemeinsamen Rückkehr saß Purson hinter dem steinernen Tisch und schrieb. »Sudette, ich brauche dich heute Abend. Wir statten Byleth einen Besuch ab«, sagte er, den Blick unverwandt auf das Papier gerichtet.

»Was ist geschehen?«, fragte sie.

»Einer ihrer Tuks machte Mitteilung, dass eine Gruppe Menschenkinder getötet worden sei. Sie sieht in Ivy die Schuldige und verlangt ihre Auslieferung.«

In dem Augenblick fiel Ewanna wieder ein, was sie eigentlich mit Purson hatte besprechen wollen. Wie hatte sie bis jetzt nicht daran denken können? »Ähm …«, meldete sie sich zurückhaltend zu Wort.

Der Tam hielt in seiner Tätigkeit inne und sah auf. »Miss Kovanova? Was tut Ihr noch hier?«

»Ich hatte Euch gestern Abend einen Zettel auf den Schreibtisch gelegt, weil auch etwas anderes geschehen ist.«

»Was?«

Betreten sah sie zwischen Sudette und Purson hin und her. »Gestern im Himmel und Hölle habe ich auch Ivy getroffen, bevor … Gabriel mich angesprochen hat.«

»Was wollte sie?«, fragte der Tam.

»Nicht sie wollte etwas von mir, sondern ich von ihr.« Ewanna wurde mit jedem Wort ihrer Antwort leiser. Da die anderen jedoch nichts unmittelbar dazu sagten, sprach sie schnell weiter. »Jedenfalls gefror mitten im Gespräch plötzlich die Zeit. Zuerst dachte ich, ich wäre dafür verantwortlich, doch dann tauchte diese … Gestalt auf.«

»Gestalt?«, fragte Purson.

»Ja. Sie sah aus wie eine Kyal, aber ihre Flügel waren merkwürdig, sie waren nicht wirklich da und …« Ewanna atmete schwer aus und kratzte sich an der Schläfe. Würden sie sie für verrückt halten? »Sie erschien mir durchsichtig, irgendwie geisterhaft, aber … das kann nicht sein.«

»Sie ist aus dem Nichts aufgetaucht?«, fragte Sudette.

»Ja. Wie ist es überhaupt möglich, dass die Zeit für mich nicht stehen geblieben ist?«

»Wenn Eure Begabung die eines Anderen mit dem gleichen Talent um ein gewisses Maß überschreitet, seid Ihr in den meisten Fällen gegen seine Einflüsse immun. In meinen Gedanken könnten beispielsweise nur sehr begabte Silbertalente rumstöbern. Zwar kann jeder seine Gedanken grundsätzlich abschirmen … aber wenn ein Bizach mit Silberbegabung gewaltsam in den Geist eines anderen eindringen will, steht ihm dieser Weg offen. Ein solches Vorgehen hat jedoch oft … schwerwiegende Folgen.«

Ewanna schluckte. Das hatte sie gar nicht so genau wissen wollen. Bisher war sie recht naiv davon ausgegangen, dass ein wenig geistige Disziplin ausreichen würde, alle auszusperren. »Das war also eine Goldbegabte?«, fragte sie.

»Scheint so«, antwortete Purson.

»Es gibt nicht viele goldbegabte Kyals, die derart mächtig wären, die Zeit in einem ganzen Nachtklub anhalten zu lassen. Wie lange hielt der Zustand an?«, fragte Sudette.

»Ein, vielleicht zwei Minuten.«

Purson schüttelte den Kopf. »Das ist nicht möglich.«

»Was ist in der Zeit passiert?«, bohrte ihre Ausbilderin weiter.

»Die Kyal war überrascht, mich zu sehen. Sie meinte, sie wolle mir nichts tun und sei nur da, um Ivy mitzunehmen. Ich … ich konnte das nicht zulassen und habe auf sie … geschossen.«

Unverhohlene Überraschung zeigte sich auf den Gesichtern beider Bizach. »Geschossen?«, wiederholte Sudette.

»Ich …« Ewanna stockte. Sie wollte niemanden in Schwierigkeiten bringen.

»Woher habt Ihr eine Waffe?« In den Augen des Tams loderten die Flammen wieder höher.

Fest presste sie die Lippen aufeinander. Nein, sie konnte niemanden verraten. Konzentriert dachte Ewanna an die Wohnung, in der sie mit ihrer Mutter gelebt hatte. Nur am Rande ihres Blickfeldes nahm sie wahr, dass Purson Sudette zunickte.

Rasend schnell stand die Pleu hinter ihr und verdrehte ihr die Arme auf den Rücken. »Tut mir leid«, raunte sie ihr kaum hörbar zu und tastete Ewanna ab. »Sie hat nichts bei sich«, verkündete sie schließlich.

Purson atmete schwer aus. »Schön, wir kommen darauf zurück. Für den Moment gibt es Wichtigeres, worum wir uns kümmern müssen. Ihr habt also auf sie geschossen? Was ist geschehen?«

Ewanna wurde von Sudette wieder losgelassen und sie schüttelte ihren Arm aus. »Ich habe nur auf sie geschossen, weil ich ehrlich dachte, dass ich damit nichts ausrichten würde. Sie selbst erwartete das. Aber scheinbar verletzte ich sie. Auf jeden Fall hat sie einen Schmerzenslaut von sich gegeben und geblutet. Dann ist sie verschwunden. Ivy erklärte mir hinterher, dass ich Munition gegen Untote in der Waffe hätte.«

Purson strich sich die Falten auf der Stirn glatt. »Byleth hat also zuerst versucht, Ivys selbst habhaft zu werden. Jetzt ordnet sie ihre Auslieferung an.«

»Wer könnte die Kyal gewesen sein?«, fragte Sudette.

»Ich habe keine Ahnung, aber wenn Byleth eine untote Bizach mit solcher Macht erschaffen konnte …« Er seufzte. »Adonai sollte das nicht dulden.«

Sudette schnaubte. »Und doch tut er genau das. Seit Jahrzehnten geht das schon so.«

Stille kehrte ein, in der Purson angestrengt nach einer Lösung zu grübeln schien.

»Habt Ihr wirklich vor, Ivy auszuliefern?«, fragte Ewanna vorsichtig.

»Nein«, antwortete der Tam sofort. »Ich sehe allerdings auch nicht, was wir Byleth entgegenzusetzen hätten.«

»Wir könnten Belia hinzuziehen. Sie wollte doch unbedingt dabei sein«, sagte Sudette.

»Ja.« Purson nickte langsam, die Stirn in Falten gelegt.

Ewanna sah ihm an, dass die Tam des Stahlbezirks in seinen Augen keinen großen Unterschied machen würde.

»Ich komme auch mit«, hörte sie sich sagen und wie auf Kommando flogen die Köpfe der beiden Bizach zu ihr herum. Der Satz war Ewanna einfach so in den Sinn gekommen und sie hatte ihn ausgesprochen. Sollte Byleth hinter Ivy her sein, würde sie auch vor Lucian nicht haltmachen. Und wenn alle, die Ewanna bisher kannte, in Gefahr schwebten, dann wollte sie helfen. Sie hatte nicht vor, erneut untätig mitanzusehen, wie sie jemanden verlor, der ihr wichtig war.

»Nein«, donnerte Purson sofort. »Kommt gar nicht in Frage.«

»Und wer soll dann etwas unternehmen, wenn sie wieder mit ihrem Zeit-Anhalte-Trick kommt?«

Der Tam grollte laut. Anscheinend brachte Ewanna das Problem auf den Punkt. »Das ist viel zu gefährlich.«

»Und doch hat sie recht«, schaltete sich Sudette ein. »Wir sind zu Gesprächen da, nicht um Krieg zu führen. Wenn Ewanna dabei ist, kann Byleth zumindest in der Hinsicht nichts Zwielichtiges unternehmen.«

Purson schüttelte den Kopf, doch Ewanna konnte sehen, dass er haderte.

»Durch ihre verletzte Kyal wird sie sowieso schon von der Existenz des Schimmerblutes wissen oder es zumindest ahnen. Du kannst Ewanna nicht auf ewig geheimhalten.«

»Es ist zu früh!«, donnerte er zornig und schlug mit der Faust auf die Tischplatte.

»Ich weiß«, sagte Sudette und ihre Stimme hatte eine bedauernde und weiche Note angenommen. Eine Tonlage, die Ewanna von ihr noch nie gehört hatte. »Die Dinge verlaufen selten so, wie wir sie uns wünschen.«

»Diese Sache ist dazu verdammt, schiefzugehen«, sagte der Tam.

»Aber dann haben wir es zumindest versucht.«

»Und sind gescheitert … so wie alle anderen vor uns«, stieß er verächtlich aus.

»Ein Versuch ist keine Schande. Die Schande liegt im Nicht-erst-versuchen. Immerhin haben wir für etwas gekämpft, woran wir glauben.«

Der Pleu sah zu seiner Zweiten auf. Sie tauschten einen langen Blick, dann nickte er zerknirscht. »Na schön. Ich gebe Belia Bescheid. Ihr zwei bereitet Euch besser vor.«

40. Beobachtungsposten

Wie jeden Tag saß Gabriel in seiner Rabengestalt auf dem Dach des Nachbarhauses und beobachtete das Zimmer des Schimmerblutes.

Im Geiste schimpfte er sich einen Vollidioten. Seit Wochen saß er hier, wechselte nur gelegentlich den Winkel und bemühte sich, sie nicht aus den Augen zu verlieren. Vor einiger Zeit hatte sie herausgefunden, dass er kein gewöhnlicher Vogel war, und verhielt sich seither anders. Immer wieder sah sie zu ihm auf, anfangs verängstigst, dann argwöhnisch, und nun zunehmend verärgert.

Ewanna. Missbilligend klackerte er mit dem Schnabel. Von Beginn an hatte er Purson belächelt und verurteilt, aber kaum hatte ihm das Mädchen gegenübergestanden und ihn mit diesen traurigen Augen angesehen, waren all seine klug kalkulierten Pläne vergessen gewesen.

Er wusste ehrlich nicht, was ihn geritten hatte. Die Begegnung in der Gasse konnte er noch vor sich rechtfertigen, aber sein Auftritt im Himmel und Hölle brach alle Grenzen der Vernunft. Adonai würde ihn pfählen oder ihm jede Feder einzeln ausreißen, wenn er wüsste, was geschehen war. Und das – da machte sich Gabriel nichts vor – war nur eine Frage der Zeit. Natürlich hatte Belia ihn sofort erkannt. Nur Tams trauten sich, auf diese Weise mit ihm zu reden, und nach Jahrtausenden besaß er genügend Geduld, ihnen das lange durchgehen zu lassen. Früher hätte er sie buchstäblich in der Luft zerrissen und seine Familie hätte ihm den Rücken gedeckt. Aber mittlerweile stand Gabriel allein da. Raphael war tot, Michael hatte die Stadt verlassen und Zanaa galt als verschollen.

Müdigkeit zerrte an seinen Knochen. Tausende von Lebensjahren nagten an ihm. Ihr Gewicht lag so schwer auf seinen Schultern, dass er seit langer Zeit nur noch einen einzigen Wunsch hegte: Sich endgültig zur Ruhe legen zu können. Niemand außer Adonai besaß die dafür notwendige Macht, aber der Unfehlbare verwehrte ihm den unendlichen Frieden.

Vielleicht könnte das Mädchen der Schlüssel sein. Der Gedanke war ihm durch den Kopf geschossen, als er ihr zum ersten Mal von Angesicht zu Angesicht gegenübergestanden hatte. Eine aberwitzige Idee, die für ihn alles durcheinandergewirbelt hatte. Wie viele Jahrhunderte wartete er nun schon auf eine solche Chance?

Doch er musste vorsichtig bleiben. Denn wenn sich die Schriften über das Schimmerblut als niedergeschriebenes Geschwätz herausstellten und herauskam, welche Rolle er gespielt hatte, würden seine Qualen nie mehr enden. Und ›nie‹ bedeutete sogar für Gabriel eine verdammt lange Zeit.

Ewanna erschien ihm so überaus gewöhnlich, menschlich und zerbrechlich. Wie sollte sie jemals *dazu* in der Lage sein? Aus den Augenwinkeln nahm er eine Bewegung wahr. Das Schimmerblut hatte wieder ihr Zimmer betreten und zog die Vorhänge zu.

»Krrrar!«, rief er.

Beim zweiten Fenster hielt das Mädchen inne und sah ihn an. Er war der Tam des Goldbezirks, in seinen Adern floss die gleiche Begabung wie in ihren. Sie verstand die Möglichkeiten, die sich daraus ergaben, bisher nur in Ansätzen, und auch von ihrer natürlichen Verbindung zueinander schien sie keinen blassen Schimmer zu haben. Gabriel hatte dies bereitwillig ausgenutzt, um sich ihr Vertrauen zu sichern. Andernfalls käme er unter Pursons Aufsicht nie an sie heran.

In ihrem Blick lag Entschlossenheit. Immerhin war sie nicht aufgewühlt. Oft hatte er sie in seiner Beobachtungszeit weinen sehen und jedes Mal fragte er sich, wann er selbst eigentlich zuletzt geweint hatte. Aber die Antwort darauf blieb ihm stets verborgen.

Das Schimmerblut zögerte einen weiteren Moment, dann breitete sich Unwille auf ihrer Miene aus und sie zog die Vorhänge zu. Nun stand er also wieder allein da.

Gelangweilt zog er auf dem Hausdach seine Kreise. In den vergangenen Wochen hatte er jeden Winkel hier oben ausgiebig studiert. Vermutlich könnte er mittlerweile mit geschlossenen Augen patrouillieren, aber damit wäre seine Anwesenheit obsolet. *Die blinde Wachkrähe.* Nun, die Komik ging nicht an ihm vorüber.

Seinen Posten durfte er erst später verlassen. Bis dahin saß er mit sich selbst fest. Stunden vergingen, in denen er weiter im Kreis marschierte und regelmäßig die Flügel streckte, damit sie nicht steif wurden. Die Vogelgestalt war durchaus praktisch, aber auch sehr limitiert. Leider konnte er nicht einfach in seiner wahren Gestalt hier sitzen, und die Menschenmaske, derer er sich in den letzten Tagen mehrfach bedient hatte, war mindestens genauso langweilig und beschränkt wie die Vogelgestalt.

Wieder klackerte er unzufrieden mit dem Schnabel. Purson hatte sein Todesurteil unterschrieben, als er Adonai nicht sofort über die Existenz des Schimmerblutes informiert hatte, Belia ebenso.

Gabriel mochte sie beide, sofern er überhaupt noch jemandem zugeneigt war. Aus seiner Sicht wäre ihr Tod verschwendetes Potenzial. Adonai würde darin jedoch nur die rechtzeitige Eliminierung einer Bedrohung sehen. Zum Glück wollte der Allmächtige diese Aufgabe Byleth überlassen und nicht ihm. Gabriel würde lediglich die Rolle des Beobachters zufallen. Er sollte nur eingreifen, wenn die Dinge nicht so verliefen, wie Adonai es erwartete.

Wieso hatte Purson sich zur Geheimhaltung entschieden? Auf diese Frage fand Gabriel einfach keine Antwort. Der Tam des Silberbezirks besaß alles und hätte auch weiterhin eine glänzende Zukunft vor sich gehabt. Wie konnte er so dumm sein und dem Mädchen so etwas wie emotionale Verbundenheit entgegenbringen?

Ein Stich traf Gabriel mitten ins Herz und eine verräterische Stimme stellte die Frage, ob er denn wirklich so viel besser war. Verurteilte er nur den Tam des Silberbezirks? Oder auf unbewusste Weise auch seine eigenen Hoffnungen für das Schimmerblut?

Immerhin lebte er selbst noch. So dumm konnte er sich also nicht angestellt haben. Die Stimme stritt nicht weiter mit ihm, aber der treffsichere Schmerz hielt an.

Wenige Stunden später flog er zum Rapport auf den obersten Turm des Quecksilberpalastes zu und verwandelte sich im Landeanflug auf die Aussichtsplattform zurück. Ein durchaus ansehnlicher Trick, den er vor einer ganzen Ewigkeit gelernt hatte. Seither war er immer wieder für dramatische Auftritte gut gewesen.

So weit oben über der Stadt wehte ein straffer Wind, der ihm die schneeweißen Haare in alle Richtungen zerzauste, in seinen Ohren brannte und wütend gegen sein Gesicht peitschte. Wenn er nur lang genug in der Vogelgestalt blieb, vergaß er immer wieder, wie intensiv sich Wind auf nackter Haut anfühlte.

Beim Abstieg durch den Turm lief er niemandem über den Weg. Unbehelligt gelangte er bis zu Adonais Räumlichkeiten, vor denen er stoppte. Die bronzenen Türen stammten aus einer Zeit vor seiner Geburt. Ihre Oberfläche zeigte ein Relief mit Abbildungen aus einer Ära, bevor Menschen oder gar Bizach auf Theah gelebt hatten. Selbst Gabriel musste bei ihrem Anblick immer wieder daran denken, wie relativ Zeit doch war. Im Vergleich mit dem Wesen, das ihn auf der anderen Seite dieses Portals erwartete, war er ein Jungspund.

Er schluckte schwer und ergriff die Türklinken, die die Form zweier schrecklich grotesker, menschenähnlicher Köpfe besaßen.

Datzu und Kene. Der Legende nach terrorisierten sie in grauer Vorzeit die ersten Menschen. Datzu flößte ihnen Albträume ein und Kene ernährte sich von ihrer Angst. Sie waren eine Einheit, die nur gemeinsam funktionierte. In manchen Geschichten wurden sie als Brüder oder Zwillinge bezeichnet. Gabriel erinnerte sich an eine Interpretation, in der sie einen Körper, aber zwei Gesichter besaßen.

Der Legende nach hatte Adonai die beiden aufgefordert, die Menschen in Frieden zu lassen. Sie ignorierten ihn, und so lockte er sie in eine Falle, überwältigte und tötete sie. In Gabriels Jugend behaupteten manche Bizach, ihre echten Köpfe wären unter der Bronze der überdimensionalen Klinken eingeschlossen. Aber das war lange her und er hatte Adonai nie danach gefragt. Nicht einmal in Tausenden von Jahren. Soweit er wusste, waren sie Adonais Brüder gewesen, andere seiner Art. Doch ihre Verderbtheit führte zu ihrem Niedergang. Der Mord an ihnen war nur einer von vielen, die Adonai an seinen zahlreichen Brüdern verübte. Für sie erhoben die Menschen ihn zu einem Gott. Wenn sie nur wüssten, was für ein Wesen sie da anbeteten.

Das Schloss klackte und Gabriel brachte die Kraft auf, die gigantischen Türen zu bewegen. Zügig disziplinierte er seine

Gedanken. Der Allmächtige durfte unter keinen Umständen erfahren, dass er mit dem Schimmerblut geredet hatte. Das war seine Sache, seine persönliche Angelegenheit.

»Ah, Gabriel«, begrüßte ihn der junge Mann mit einem emotionslosen Lächeln auf den Lippen. »Verläuft alles wie geplant?«

Gabriel sank auf ein Knie und senkte demütig sein Haupt. Erst nachdem er sich wieder erhoben hatte, begann er zu sprechen: »Purson ist auf dem Weg zu Belia, um Gespräche mit Byleth zu führen. Ivy bereitet sich derweil darauf vor, Byleth zu neutralisieren, um eine Wiederholung der Ereignisse im ›Himmel und Hölle‹ zu verhindern.«

Adonais Lächeln wurde breiter. »Ich hätte es nicht besser planen können.« Er stand auf. In den Händen hielt er ein dünnes Büchlein.

Gabriel musste dem keinen zweiten Blick schenken, um zu wissen, dass es sich um die Schrift mit den Versen handelte.

»Ich habe noch einen Weg zu erledigen und komme später nach. Du kennst deine Aufgabe.«

Gabriel nickte ergeben und der Unfehlbare verschwand.

41. Ruf der Pflicht

Als Terry am Morgen erwachte, fehlte von Emma jede Spur. Auf dem Haufen mit seinen Sachen hatte sie jedoch einen Zettel hinterlassen.

Das reiche Mädchen muss ihre Schlagzeile tippen. Emma.

Er schmunzelte, stand auf und schlurfte ins Bad, wo eine eiskalte Dusche auf ihn wartete. Er bevorzugte warmes Wasser, aber einen solchen Luxus gab es in diesem Haus nicht. Die Kälte besaß jedoch einen Vorteil: Sie klärte den Nebel des Schlafes in seinem Kopf.

Terry wollte heute zu Madam Cordon zurückkehren und ihr mitteilen, dass die Bank ihre Meinung geändert und ihr einen weiteren Zahlungsaufschub gewährt hatte. Das fehlende Geld zur kurzfristigen Tilgung ihrer Schulden würde er der Witwe durch die Versteigerung ihrer Sachen beschaffen.

Natürlich tat er all das nicht aus reiner Nächstenliebe. Er wollte die gute Madam davon überzeugen, als Gegenleistung ihn und Walkie bei sich wohnen zu lassen. Das war vermutlich keine besonders schmackhafte Idee für die ältere Dame, zumindest nicht, wenn sie an Recht und Ordnung glaubte. Recht und Ordnung hatten ihr allerdings um Haaresbreite ihr Zuhause gestohlen.

Terry hoffte, damit einen ausreichend überzeugenden Argumentationshebel zu haben. Entweder das oder Adonai hatte die Sache längst für ihn geklärt. Bei dem Gedanken ballte Terry die Hände zu Fäusten. Er wollte und brauchte die Hilfe dieses aufgeblasenen Bizach nicht!

»Dann solltest du deinen Teil unserer Abmachung einlösen.«

Terrys Herz setzte einen Schlag aus und er wirbelte herum. Hastig wischte er sich mit beiden Händen Duschwasser aus dem Gesicht und blinzelte angestrengt. Vor ihm erschienen strahlend gelbe Augen in einem verstörend makellosen, jugendlichen Antlitz. Der Unfehlbare höchstpersönlich stand mit ihm unter der Dusche. Allerdings schien kein Wassertropfen Haare oder Kleidung seines ungebetenen Gastes zu berühren.

»Was zur Hölle?«, fluchte Terry. Gott hin oder her, das ging ihm eindeutig zu weit. Fünf Jahre hatte er die Kreatur nicht mehr gesehen, die sein Leben zerstört hatte. Und nun entschied sich der Unfehlbare, ausgerechnet in seiner verdammten Dusche zu erscheinen? Mit einem wütenden Aufschrei stürzte sich Terry auf Adonai, doch der löste sich im selben Moment in Luft auf, sodass er durch den Duschvorhang flog und auf den nackten Fliesen seines Badezimmers landete. »Argh!« Heftig stechender Schmerz breitete sich in seinen Knien und Unterarmen aus.

»Wie wäre es, wenn du dich beruhigst, und wir uns unterhalten?« Der Unfehlbare hatte sich neben ihm wieder materialisiert.

»Einen Scheiß werde ich tun!«, presste Terry zwischen zusammengebissenen Zähnen hervor. Sein halber Körper schmerzte.

Adonai ging um ihn herum, drehte das Wasser ab und warf ihm ein Handtuch zu. »Sei nicht albern.«

»Lackaffe!«, schimpfte Terry. Er befand, dass der erste Schmerz ausreichend abgeklungen war, um einen Versuch zu wagen, sich auf die Beine zu bringen. Er würde nicht vor Adonai kriechen. Mühevoll stemmte er sich auf die Füße und band das dargebotene Handtuch um seine Hüften.

»Na siehst du, war doch ganz leicht.« Der Unfehlbare trat näher und lächelte in einer selbstzufriedenen Art und Weise, die Terrys Blut sofort erneut in Wallung brachte. »Oder nicht?«

»Spar dir die blöden Kommentare!«

Adonai lachte auf. »Erfrischend.«

Nun reichte es Terry. Er holte aus und verpasste dem Unfehlbaren einen Schlag ins Gesicht. Überraschenderweise traf seine Faust tatsächlich auf Haut und Knochen und ließ den Kopf des Gottes herumfliegen. Doch der taumelte weder zurück, noch fiel er. In einer grotesk anmutenden Bewegung wandte er ihm einfach wieder den Blick zu.

»Fühlst du dich jetzt besser?«, fragte Adonai.

»Kaum.« Wäre ja auch zu leicht, wenn er dem Unfehlbaren eigenhändig den Hals umdrehen könnte.

»Ich habe etwas zu sagen, das dich interessieren wird.«

Terry griff nach einem weiteren Handtuch. »Rede ich undeutlich? Fahr. Zur. Hölle. Dämon.«

»Da muss ich dich enttäuschen. Die Hölle existiert nicht«, hörte Terry Adonai sagen, während er sich die Haare trockenrubbelte.

»Hätte mir klar sein sollen, da du noch hier bist.«

Ein kehliges Lachen entfuhr dem Unfehlbaren. »Wahrlich unterhaltsam. Eigentlich ein Jammer, dich schon so bald gehen lassen zu müssen, aber ich fürchte, die Zeit drängt.«

Terry hängte das zweite Handtuch zurück. »Ach, es ist tatsächlich dringend? Und ich dachte, du erschreckst nur gern Menschen unter der Dusche. Machst du das auch mit Frauen? Die sind bestimmt irre beeindruckt.«

Adonai legte den Kopf schief und schien einen Moment nachzudenken. »Ich verstehe nicht, was du damit andeuten willst.«

Abrupt hielt Terry inne und sah sich zum Unfehlbaren um. »Kennst dich nicht besonders gut mit Menschen aus, was?«

»Doch, ich denke schon.«

»Dann solltest du wissen, dass Frauen nicht gern von Männern in Duschkabinen überrascht werden«, sagte Terry. »Zumindest meistens nicht«, schob er nach kurzer Gedankenpause hinterher.

»Ich bin kein Mann«, antwortete der Unfehlbare. »Und, bevor du fragst, auch keine Frau.«

Terry verließ das Badezimmer und begann, sich anzuziehen. »Was bist du dann?«

»Adonai.«

Kopfschüttelnd schnaubte Terry. »Was bedeutet das? Nichts von beidem oder beides?«

»Such es dir aus.«

»Also das Kompliment mit der Unterhaltsamkeit kann ich nicht zurückgeben.«

Der Unfehlbare beobachtete ihn eine Weile ausdruckslos. »Da deine Wut nun abgeklungen ist, möchte ich dir eine Lösung für uns beide anbieten.«

Terry hatte sich Unterhose und Hose angezogen. Bei den Worten verschränkte er die Arme vor der Brust und wandte sich Adonai zu. »Offensichtlich kann ich dich ohnehin nicht aufhalten. Also, was willst du von mir?«

»Du erinnerst dich an den kleinen Gefallen, um den ich dich vor fünf Jahren bat?«

»Vage. Viel von deinem Ende des Handels hast du ja nicht eingehalten.«

»Du lässt dir nicht besonders leicht helfen. Tue, was ich dir jetzt sage, und du bist mich los. Das wäre zwar früher als geplant, aber da du sowieso nichts mit mir zu tun haben willst …«

»Du wirst mich nie wieder belästigen?«, fiel Terry ihm ins Wort.

»Wenn du erfolgreich bist, gewähre ich dir dein freies, gottloses Leben«, sagte Adonai und grinste mit einem Mal so bösartig, dass Terry beinahe einen Schritt zurückgewichen wäre.

»Nun, dann rück mit der Sprache raus. Was willst du?«

»Sei heute Abend spätestens um sieben im Schwefelbezirk nahe dem Stolter Platz. Dort wirst du eine junge Frau sehen.«

Terry fragte sich gerade, um wen es sich konkret handeln sollte, als sich ein Bild in sein Bewusstsein schob. Instinktiv wehrte er sich gegen den fremden Gedanken, der sich ihm aufdrängte. Ein pochender Schmerz breitete sich in seinen Schläfen aus und ergriff bald seinen ganzen Schädel.

»Die Prozedur tut weniger weh, wenn du es einfach zulässt.« Er vernahm Adonais Stimme wie durch eine Wand aus Watte.

Doch Terry dachte gar nicht daran. Mit aller Kraft, die er aufbringen konnte, stemmte er sich gegen das Unvermeidbare. Schwer stöhnend fiel er auf die Knie, Schweiß lief ihm über den Rücken und dann war das Bild mit einem Mal da.

Eine junge Frau mit langen, dunkelbraunen Haaren, die als geflochtener Zopf über ihre Schulter hingen. Sie hatte traurige Augen. Groß und braun und mit einem Ausdruck, als trüge sie das Leid der Welt mit sich herum. Sie schien ungefähr so alt zu sein wie er.

»Na siehst du, war doch gar nicht so schlimm«, sagte der Unfehlbare.

»Und was ist mit ihr?«, fragte Terry.

Adonai zog den Stuhl zu sich und ließ sich darauf sinken.

»Lass mich dir eine Geschichte erzählen.«

Terry verspürte keine besonders ausgeprägte Lust, diese zu hören, doch er war völlig erschöpft von seinem Gedankenkampf und der Unfehlbare gab ihm damit eine Möglichkeit, noch länger am Boden verweilen und sich ausruhen zu können. »Schön. Wenn's sein muss«, brummte er.

»Einst, in einer Zeit, die du dir nicht einmal vorstellen kannst, lebten nur Wesen wie ich auf Theah.«

»Du bist also gar nicht besonders.«

Ein amüsiertes Lächeln stahl sich auf die makellosen Züge des Unfehlbaren. »Ja und nein. Hast du jemals davon gehört, dass alles in der Natur immer nach einem Gleichgewicht strebt?«

»Ja«, antwortete Terry mechanisch und kramte in seiner Erinnerung, was er in der Schule über das Thema gelernt hatte. Dunkel fiel ihm der Begriff ›ökologisches Gleichgewicht‹ ein, aber damit hörte sein Wissen auch schon auf.

»Wesen wie ich … sind unvergänglich. Doch nichts Natürliches ist mehr unvergänglich. Seit meiner Entstehung änderte sich die Natur, die Welt. Irgendwann waren die Zeiten von mir und meinen Brüdern vorbei. Wir kämpften gegeneinander, aus Langeweile, aus Frust. Mittlerweile waren neue, uns ähnliche Wesen auf der Welt erschienen. Jene, die ihr Bizach oder Dämonen nennt.«

Terry zog die Augenbrauen zusammen. So hatte er die Geschichte nicht in Erinnerung. Aber wenn er ehrlich war, kannte er die Geschichte der Bizach kaum. Im Waisenhaus war ihnen nur die Menschheitsgeschichte gelehrt worden. Das einzige Buch, was sich mit den Bizach befasste, war viele tausend Jahre alt und das nahm niemand wörtlich.

Adonai ließ sich von Terrys Verwirrung nicht aus dem Konzept bringen. »Ein Teil von uns setzte sich für den Schutz der Bizach ein, während die Übrigen ihre Vernichtung forderten. Dann kämpften die Überlebenden meiner Art eines Tages mit den mittlerweile zahlenmäßig weit überlegenen Bizach. Es ist immer das Gleiche. Irgendwann werden die Unterschiede zu groß, um friedlich nebeneinander zu existieren.«

»Und dann kamen die Menschen?«

Der Unfehlbare nickte. »Die Natur lernte. Während meinesgleichen sich noch nicht fortpflanzen konnte, gelang es den Bizach, wenngleich vielen nur einmal in ihrem Leben. Die Menschen hingegen vermehrten sich ungleich schneller und schon bald gab es mehr von ihnen als von den Bizach und den restlichen meiner Art zusammen. Und das, obwohl sie nur so kurz lebten. Ihr Menschen seid das Ergebnis der Entwicklung aus tausenden und abertausenden von Jahren. Schwächer, aber effizienter. Heute bin ich der Letzte der Ersten, und in Folge des letzten Krieges zwischen unseren Spezies erhielt ich den Beinamen Gott.«

Ab hier kannte sich auch Terry wieder aus. »Und warum ist das für mich von Belang?«

»Schon immer existierten Gerüchte, Geschichten oder eine Art Aberglaube daran, dass ich durch irgendetwas zu beseitigen sein müsse. Eine Art Hintertür der Natur, da bisher nur ein anderer meiner Art mich töten konnte, ich allerdings der Letzte bin. Viele Theoretiker glaubten daran, dass das Gleichgewicht etwas erschaffen müsste, womit ich zu besiegen wäre.«

»Okay. Und jetzt verrätst du mir, wie ich dich zur Strecke bringen kann, richtig?«

Adonai seufzte leise und strich sich unsichtbaren Staub von der Schulter. »Ich habe diesen Blödsinn nie geglaubt, aber ich habe es auch nie darauf ankommen lassen. Wann immer eine neue angebliche Waffe gegen mich erschien, beseitigte ich sie.«

»Warum habe ich das Gefühl, dass jetzt ein ›aber‹ kommen wird?«

»Aber nach so vielen Jahrtausenden konnte ich kaum verhindern, dass die Neugier mich schließlich packte. Vielleicht ist es auch einfach Langeweile.«

»Das klingt so menschlich.«

Adonai grinste. »Wir sind verwandt. Du und ich. In den tiefsten Urzeiten war jeder Mensch einmal ich oder einer meiner Brüder und Schwestern.«

»Merkwürdige Vorstellung. Ich dachte, du kannst dich nicht fortpflanzen?«

Der Unfehlbare überging die Frage geflissentlich und Terry kam nicht umhin, sich zu wundern, warum.

»Jedenfalls habe ich jetzt genug gesehen. Meine Neugier ist befriedigt und ich möchte, dass du mir einen einzigen Gefallen tust, Timothy Dalton, danach werde ich dich nie mehr belästigen und dein Leben ganz dir überlassen.«

»Was ist es?«

»Halte dich heute Abend um sieben an dem Platz auf. Sobald du das Mädchen siehst, dessen Bild ich dir gezeigt habe, töte sie.«

42. Die Versammlung

Ewanna schrie, aber kein Laut drang über ihre Lippen. Unerträgliche Bilder von engen Räumen und grellen Lichtern fluteten ihren Geist. Hilflosigkeit bemächtigte sich ihrer. Würde Purson sie hören, ihr helfen? Diese Gräuel, diese Grausamkeiten mussten aufhören. Sie riss die Augen auf und rollte wild gestikulierend durch die Decken. Plötzlich griff sie ins Leere. Mit einem spitzen Aufschrei fiel sie über die Bettkante und schlug dumpf auf dem Boden auf.

»Ah!«, entfuhr ihr und sie fluchte leise. So viel zu ihrem friedlichen Mittagsschlaf. Die Bilder aus ihren Träumen ließen sie selbst in wachem Zustand nicht in Ruhe. Sie rappelte sich vom Boden auf und drückte an ihrem pochenden Ellenbogen herum. Morgen zierte bestimmt ein blauer Fleck die Stelle. Sie ging zum Fenster und schob die schweren Vorhänge beiseite. Aus Gewohnheit wanderte ihr Blick über das Dach des gegenüberliegenden Hauses, doch keine weiße Rabengestalt erwartete sie dort.

»Scheint so, als hättest selbst du mal einen Tag frei«, murmelte Ewanna und schüttelte gleich darauf den Kopf. Jetzt führte sie schon imaginäre Gespräche mit ihrem Verfolger.

Die Sonne verschwand allmählich hinter den Hausdächern und ihre ersterbenden Strahlen färbten das Firmament in zarten Rosa- und Orangetönen. Ewanna öffnete eines der Fenster und atmete die kühle Abendluft ein. Vielleicht bildete sie es sich ein, aber abends schien ihr die Luft stets stickig und verbraucht. Am Morgen roch die Stadt hingegen frisch und sauber.

Noch war es zu früh für das Treffen bei Byleth, weshalb Ewanna mit wenig Elan eine ihrer Tarotkarten zog. Sie vertrieb sich des Öfteren damit die Zeit, um allmählich alle Bedeutungen zu lernen. Sudette fragte sie gelegentlich zufällige Karten ab, weshalb Ewanna unablässig weiter übte. Während sie die drei zuvor gebauten Stapel wieder zusammenlegte, überkam sie plötzlich ein unerwartet intensives Kribbeln. Zielgerichtet griff sie nach der Karte, die sich ihr aufzudrängen schien, und legte sie offen vor sich. Die Abbildung war so eindringlich wie eingängig. Die Bedeutung dieser Karte würde sie nicht vergessen. ›Drei der Schwerter‹ prangte die goldene Unterschrift, auf die das Blut eines von drei Klingen durchbohrten Herzens tropfte.

Ewannas Brust fühlte sich eng an, als würde sie sich krampfhaft zusammenziehen. Die Karte stand für Schmerz und Verrat der schlimmsten Sorte. All jene Dinge, die einem das Herz bluten ließen. Warum gerade heute? Warum an dem Tag, an dem sie zu Byleth gingen? Angst kroch über Ewannas Rückgrat und sie warf die Karte zurück auf den Stapel. Doch damit konnte sie das Bild nicht abschütteln. Würde jemand, den sie als Freund betrachtete, sie hintergehen? Beging sie Verrat an jemandem? Oder meinte die Karte jemand völlig anderen? Warum konnten diese Karten nicht ein bisschen konkreter sein?

Ewanna stöhnte, erhob sich und zog die Türen zu ihrem Kleiderschrank auf. Kurz hielt sie in ihrer Bewegung inne, bevor sie eine lange, weinrote Weste mit goldenen Stickereien herauszog. Ihr Blick fiel auf die mittlerweile zwei Waffen, die auf dem Boden des Schrankes lagen. Ohne bewusst eine Entscheidung getroffen zu haben, streckte sie eine Hand aus und hob die Pistole auf, die mit der Munition gegen Untote geladen war. Sie sollte vorbereitet sein. Ihre Karten flehten sie praktisch an, nicht blauäugig in dieses Treffen zu gehen, aber gleichzeitig … Was, wenn ihre Befürchtung von Verrat und Gewalt beides gerade erst heraufbeschwor?

Unschlüssig stand sie da, wägte ihre Optionen ab. Schließlich seufzte sie, zog sich ihre Weste wieder von den Schultern und legte sich das Waffenholster an. Sie steckte beide Pistolen hinein, bevor sie sich erneut anzog. Eine kurze Drehung vor dem Spiegel bestätigte ihr, dass ihre Bewaffnung unter der Kleidung nicht auffiel. Jetzt musste sie nur achtgeben, nicht unnötig an die Waffen zu denken, um keinen der neugierigen Silberbegabten aus ihrem Umfeld darauf aufmerksam zu machen.

Sie verließ ihr Zimmer. Ein Blick auf eine der Wanduhren im Flur verriet ihr, dass sie noch immer ausreichend Zeit hatte, aber sie wusste nichts mehr mit sich anzufangen.

Ihre Füße trugen sie wie von selbst zu Pursons Arbeitszimmer, vor dessen Tür sie einen Moment innehielt. Gedämpfte Stimmen drangen durch das dunkle Holz zu ihr.

»Wir haben das besprochen! Wenn Gabriel von ihr weiß, brauchen wir die anderen, um überhaupt den Funken einer Chance zu haben«, ereiferte sich Belia.

»Wir haben keine Chance«, antwortete der Pleu. Seine Stimme wurde von einem tiefen Brummen unterlegt. »Nicht, solange Ewanna nicht das volle Potenzial ihrer Fähigkeiten erreicht hat. Erst recht nicht, wenn uns auch noch Byleth in die Quere kommt, die Gott weiß was auf eigene Faust plant.«

»Und dennoch sagt die Geschichte etwas anderes.«

»Ist dir jemals in den Sinn gekommen, Belia, dass diese Geschichte nichts anderes ist als das? Ein Ammenmärchen, eine Gute-Nacht-Geschichte für die Leichtgläubigen und Hoffnungsvollen?« Purson klang wütend und verzweifelt zugleich.

»Diese Worte vom größten Verteidiger des Gleichgewichts«, erwiderte Belia und ein höhnisches Lachen entfuhr ihr.

Ewanna wagte kaum zu atmen, aus Angst, die beiden könnten sie hören. Vorsichtig sah sie sich immer wieder um und betete still, dass Sudette sie nicht unverhofft beim Lauschen erwischte.

»Die meiste Zeit fällt es mir schwer, nicht zu zweifeln. Wir hängen unsere Leben da an einen sehr dünnen Strohhalm.« Purson sprach die Worte ruhiger als zuvor.

Belia ließ sich Zeit mit einer Antwort und Ewanna stellte sich vor, wie sie in ihrer anmutigen und gelegentlich überheblich-kühlen Art ihre Fingernägel betrachtete oder unbeeindruckt mit den Schultern zuckte. »Die Geschichte hat nie gesagt, dass wir überleben«, antwortete sie schließlich.

Neuerliche Stille kehrte ein, in der Ewanna in Unruhe verfiel. Was, wenn einer der beiden Bizach mit lautlosen Schritten den Raum verließ und sie spionierend im Flur vorfand? Gerade noch rechtzeitig brachte sie sich in eine unverfängliche Pose, als Sudette am oberen Treppenabsatz hinter ihr erschien.

»Ah, du bist auch schon da, komm.«

Ewanna nickte, bemüht, ihr klopfendes Herz zu beruhigen. Die Pleu ging voran und gemeinsam betraten sie das Arbeitszimmer, ohne anzuklopfen.

Die beiden Tams standen mitten im Raum und Belia hatte ihre Arme um Purson geschlungen. Betreten sah Ewanna schnell in eine Ecke des Raumes. Sie fühlte sich beklommen, in diesen privaten Moment geplatzt zu sein, und ihre Wangen kribbelten, obwohl zwischen den beiden nichts weiter geschehen war. Doch sie hatte in ihrer Zeit hier den Eindruck gewonnen, dass Zuneigungsbekundungen unter den Bizach nur sehr selten vorkamen, und schon gar nicht vor Publikum.

Purson räusperte sich und Belia löste wie auf Kommando die Umarmung. Die Tam wandte sich um, nickte erst Sudette zu und lächelte dann in ihre Richtung.

Ewanna bemühte sich, das Lächeln zu erwidern. In ihrem Austausch lag keinerlei Bosheit und doch fiel es ihr schwer, ehrliche Freude zu empfinden. Der Anblick hatte sie daran erinnert, dass sie niemanden besaß, der sie im Angesicht der vor ihnen liegenden Risiken in den Arm nehmen würde, dabei wünschte sie sich gerade nichts mehr als das. Ein warmer Lufthauch umspielte ihre Schultern und sie zuckte erschrocken zusammen. Instinktiv sah sie zu Purson, der sie merkwürdig musterte. Oh nein! Das Kribbeln in ihren Wangen wurde stärker. Wie hatte sie dermaßen unaufmerksam sein können? Purson war der Letzte, der etwas von ihren Bedürfnissen nach Nähe und Zuneigung hören sollte.

»Belia und Sudette, würdet ihr uns für einen Moment allein lassen? Ich habe noch ein paar Dinge mit Miss Kovanova zu besprechen, bevor wir aufbrechen.«

Seine Worte trugen nicht zu Ewannas Beruhigung bei, aber sie bemühte sich, möglichst wenig von ihrem Unbehagen zu zeigen. Die beiden Bizach nickten und verließen sofort den Raum.

Sobald die Tür ins Schloss gefallen war, wandte Purson Ewanna seine uneingeschränkte Aufmerksamkeit zu. »Ihr seid mir noch eine Antwort schuldig, Miss Kovanova.«

Sie blinzelte. Mit dieser Eröffnung hatte sie nach ihren peinlichen Gedanken nicht gerechnet. »Eine Antwort?«

»Auf die Frage, wo zukünftig Eure Loyalitäten liegen.«

Ein trauriges Lächeln schlich sich auf ihre Lippen. Sie hatte gar nicht mehr daran gedacht, weil ihr keine Wahl gegeben worden war.

Lucian hatte für sie entschieden. Es fühlte sich falsch an, Purson zu antworten, ohne ein letztes Mal mit dem Silberbegabten geredet zu haben, aber was sollte sie tun? Er wollte jetzt hören, was sie zu sagen hatte.

»Ich bleibe bei Euch«, erwiderte sie zaghaft. Sie brauchte ihm nichts vorzuspielen. Er würde ihre Gedanken sowieso hören, weil sie Sudettes Anweisungen in den letzten Tagen viel zu wenig Beachtung geschenkt hatte.

»Hm«, machte Purson. »Wenn Mister Moldley einfach verschwindet, sobald Ihr ihn braucht, Miss Kovanova, dann solltet Ihr vielleicht nicht zu viel Eurer Zeit auf Trauer verschwenden.«

Er hatte recht. Trotzdem klangen seine Worte in ihren Ohren kalt und hart. Irgendwie wollte sie an dem Glauben festhalten, dass Lucian seine Gründe hatte, ihr aus dem Weg zu gehen. Purson legte den Kopf schief und die Stirn in Falten. Wahrscheinlich spionierte er noch immer jeden ihrer Gedanken aus.

»Ich wäre Euch dankbar, wenn Ihr das unterlassen könntet«, fuhr sie ihn an. Nach Angst kam wieder einmal Wut in ihr hoch.

Doch statt sie zurechtzuweisen, wie sie erwartet hatte, räusperte er sich und wandte den Blick ab. »Ich habe noch ein anderes Thema. Bei Eurem letzten Anfall habt Ihr gesagt, Ihr hättet eine Armee Untote und unseren Tod gesehen.«

Ewanna schluckte schwer und nickte betreten. Die Bilder hatten sie bis in ihre Träume verfolgt.

»Gab es irgendwelche Anhaltspunkte dafür, dass Ihr den heutigen Abend gesehen habt?«

»Ich …«, stammelte sie und dachte angestrengt nach. Sie versuchte, sich jedes Detail wieder ins Gedächtnis zu rufen, doch fand keine eindeutige Antwort. »Ich weiß es nicht.«

Er kam langsam näher. »Dann müssen wir uns wohl überraschen lassen. Ängstigt Euch der Tod, Miss Kovanova?«

»Er ängstigt jedes lebende Wesen, oder nicht?«

»Manchmal frage ich mich, wie man sich an uns erinnern wird«, sagte er unvermittelt ernst. »Wir besitzen keinerlei Einfluss darauf, wer überleben und wer sterben wird, und wer, wenn überhaupt, am Ende unsere Geschichte erzählt. Wird der Verfasser uns wohlgesonnen sein oder nicht?«

»Uns?«, fragte Ewanna überrascht.

Er stand mittlerweile direkt vor ihr, seine Augen so dunkel wie zwei schwach glimmende Kohlestücke.

»Ihr seid ein Teil meiner Geschichte und ich bin ein Teil Eurer, nicht wahr?«

Ewanna antwortete nicht, beobachtete nur aufmerksam jede Regung in seinen Zügen. Er stand ihr viel zu nahe. Einerseits wollte sie den Abstand zwischen ihnen vergrößern, andererseits hoffte ein Teil von ihr, dass er sie einfach in den Arm nehmen würde, so wie Belia zuvor.

Augenblicke verstrichen, dann räusperte er sich, trat einen Schritt zurück und straffte die Schultern.

»Machen wir uns auf den Weg.« Mit diesen Worten ging er an ihr vorbei und auf die Tür des Arbeitszimmers zu. Er hatte sie schon fast erreicht, da wirbelte Ewanna herum, als wäre sie soeben aus einem Traum erwacht.

»Werdet Ihr an mich denken, wenn ich sterbe?« Ein tiefer Abgrund tat sich in ihrem Herzen auf. Sie hatte niemanden. Ihre Mutter war tot, ihren Vater kannte sie nicht. Die letzten fünf Jahre ihres Lebens hatte sie weggesperrt verbracht. Es gab keine Seele, die sich um ihren Tod scheren würde.

Er hielt inne und drehte sich langsam zu ihr um. »Miss Kovanova, Ihr seid einzigartig. Jeder erinnerte Moment mit Euch wird mich durch die letzten Jahrhunderte begleiten, die mir vielleicht noch verbleiben.«

Ewanna blinzelte und schluckte schwer. »Danke«, flüsterte sie. Eine Welle von Emotionen schlug über ihr zusammen, zu viel, um auch nur eine davon zu zeigen. Aber Purson blieb an Ort und Stelle stehen und wartete mit ungewöhnlicher Geduld, bis sie sich wieder gesammelt hatte. Schließlich traten sie auf den Flur hinaus und verließen gemeinsam mit Sudette und Belia das Haus. Die beiden Tams führten die Gruppe an, Ewanna und ihre Ausbilderin folgten ihnen.

»Byleth ist eine Tuk, ein Wasserbizach. Sie hat gute Goldwerte, ihr stärkster Wert ist allerdings Schwefel, wie du dir sicherlich denken kannst«, erklärte Sudette und begann, Ewanna über alles Mögliche zu unterrichten, was die Tam des Schwefelbezirks betraf.

Sie hörte allerdings nur mit halbem Ohr zu. Ihre Anspannung nahm jeden Fetzen ihrer Aufmerksamkeit in Anspruch, sodass sie unmöglich neue Informationen aufnehmen konnte, wenngleich sie Sudette für ihre Mühe dankbar war.

Die längste Strecke des Weges, der sie einmal durch die komplette Stadt führte, legten sie in einem der modernen Fahrzeuge zurück, die in immer größerer Zahl die Straßen von Sidarap eroberten. Belia erwies sich mit ihren Flügeln als besonders raumgreifend, aber der Wagen war groß genug für sie alle. Punkt sechs Uhr hielten sie am sogenannten Stolter Platz. Ein quaderförmiger Bau aus riesigen Steinen erhob sich an der kurzen Seite der freien Fläche. Der Anblick erinnerte Ewanna unangenehm an ein weiteres Gefängnis und ließ sie erstarren. Purson, der nach ihr ausstieg, legte ihr eine Hand zwischen die Schulterblätter. »Atmen, Miss Kovanova. Schafft Ihr das?«

Ewanna zögerte einen Moment. »Ich muss«, erwiderte sie entschlossen. Innerlich wollte sie jedoch so weit wie nur irgend möglich von diesen Wänden entfernt sein. Sie redete sich ein, dass dies kein Gefängnis sei. Der klobige Bau erweckte nur von außen den Anschein. Sie konnte hinein- und hinausgehen, wie es ihr beliebte.

Mit weichen Knien folgte sie der Gruppe. Sie war nicht allein. Auch dieser Gedanke half. Ein warmer Luftzug umspielte ihren Nacken und zum ersten Mal fühlte sie nichts außer Dankbarkeit für die magische Berührung des Tams.

Sobald sie sich dem Bau bis auf wenige Meter genähert hatten, öffnete sich quietschend die doppelflügelige Stahltür. Ewanna schaffte es, äußerlich seelenruhig einzutreten. Als sich jedoch die Türen hinter ihnen schlossen, überkam sie eine kurze, aber intensive Panikwoge. Wieder spendete ihr ein warmer Lufthauch die schmerzlich ersehnte Sicherheit und Zuversicht. Sie bedankte sich in Gedanken und Purson nickte ihr über die Schulter hinweg zu. Ein Tuk führte die Gesandtschaft aus dem Silberbezirk in einen Saal mit einer langen Tafel in der Mitte. Er bat sie, sich zu setzen und zu warten. Ewanna ließ sich auf einen der angebotenen Plätze sinken und sah sich um. Der Raum war schmucklos und erinnerte eher an eine mittelalterliche Burg denn an einen modernen Regierungssitz.

Sie saßen nur wenige Minuten, ehe an der gegenüberliegenden Seite des Raumes die Tür aufging und Byleth eintrat. Die dunkle Haut der Tam des Schwefelbezirks schimmerte im dämmrigen Licht und ihre knappe Kleidung gab den Blick auf goldglänzende, schuppenartige Verzierungen auf ihrer Haut frei. Ewanna hatte schon ein paar Tuk gesehen, doch diese konnte mit keinem anderen Wort als *exquisit* bezeichnet werden.

»Belia!«, sagte Byleth erfreut und kam mit ausgestreckten Armen näher. »Ich habe nicht erwartet, dich hier zu sehen. Seid du und Purson immer noch …? Na was solls, wir reden später.«

Die beiden Tams schlossen sich kurz in die Arme, obwohl Belia für ihre Verhältnisse reserviert wirkte. Ewanna bemerkte, dass sie sich immer wieder nervös umsah. Vermutlich schlugen ihr die massiven Wände als Kyal ähnlich aufs Gemüt wie Ewanna.

Nach Belia wandte sich Byleth an Purson. »Schau nicht so düster, mein Lieber. Die Lage ist ernst, aber ich bin mir sicher, wir finden eine Lösung, die uns allen zusagt.«

Der Tam des Silberbezirks nickte ihr knapp zu. Ewanna fiel sofort auf, dass er Byleth nicht besonders viel Liebe entgegenbrachte.

Sudette wurde von der Tuk geflissentlich ignoriert, dann hefteten sich ihre ozeanblauen Augen auf sie. »Ist das dein heimliches Schimmerblut?«

»Ich bezweifle, dass sie noch ein großes Geheimnis ist«, antwortete Purson betont gleichgültig.

»Sie ist schon so … alt«, sagte Byleth und musterte Ewanna ausgiebig. »Adonai lässt sie leben?«

»Scheint so«, knurrte der Pleu.

Die Tuk kicherte gekünstelt. »Kein Grund, ungemütlich zu werden. Von mir wird er sicher nichts erfahren.«

Sie wandte sich ab und ging zum Ende der Tafel, wo sie sich mit ausschweifenden Bewegungen wie in Zeitlupe niederließ. Diese Frau wusste sich offensichtlich möglichst vorteilhaft in Szene zu setzen.

»Kommen wir doch direkt zur Sache. Ich will Ivy.«

»Warum?«, fragte der Tam des Silberbezirks.

»Sie gehört mir. Du hast sie mir gestohlen, Purson.«

»Du hast sie zuvor von ihrer Familie gestohlen.«

Byleth schnaubte. »Das Mädchen, was ich gestohlen habe, ist tot. Ivy ist das, was ich erschaffen habe, sie gehört mir.«

»Willst du sie nur aus Sentimentalität wiederhaben?«

»Oh nein. Ich will dieser Plage Arme und Beine einzeln ausreißen und sie dann in kleinen Stücken meinen Hunden servieren. Sie ist ein Ärgernis.«

Ewannas Blick flog zwischen den beiden Parteien hin und her. Sie konnte Ivy wahrlich nicht leiden, aber wenn sie die Tuk so reden hörte, erklärte das aus ihrer Sicht so einiges an dem Verhalten der Assassinin.

»Als Bizachrei fällt sie unter die Gerichtsbarkeit von Sidarap und es obliegt mir, sie zu verhaften, wenn sie ein Verbrechen begangen hat.«

»Warum tust du es dann nicht?«

Purson blieb eine Antwort erspart.

Die Tür, durch die sie eingetreten waren, flog erneut auf und knallte mit einem heftigen Wums gegen die Wand.

Ivy, ein Gewehr im Anschlag, betrat langsam den Saal. »Ich bin nicht so der Typ für Gefängnisse. Deswegen!«, entgegnete sie anstelle des Tams und ihre Augen loderten so hell, als stünden sie wahrhaftig in Flammen.

»Tiere kommen immer zu ihrem Herrchen zurück«, sagte Byleth und grinste bösartig. »Du hast meine Kinder ermordet.«

Ivy lachte trocken. »Glaubst du wirklich, ich würde mich an *deinen Kindern* vergreifen?« Ihre Stimme triefte vor Hohn. »Wenn ich dir schaden will, puste ich dir den Kopf weg, nicht ihnen.« Blanker Hass sprang aus der Miene der Assassinin. »Da das längst überfällig ist, kümmere ich mich jetzt darum.«

Byleth kam nur dazu, skeptisch eine Augenbraue zu heben, als etwas durch die noch offen stehende Tür hinter Ivy geflogen kam und über den Tisch rollte. Ein kleiner Gegenstand, der Ewanna verdächtig bekannt vorkam. Im letzten Moment riss sie den Stoff ihrer Weste hoch und presste ihn sich auf den Mund, bevor eine von Biggens' Rauchbomben explodierte. Kurz darauf ging eine Zweite los.

Ewanna konnte trotz größter Anstrengung nichts erkennen und ihre Augen tränten. Ein Schuss ertönte. Erschrocken rutschte sie vom Stuhl und suchte unter dem Tisch Deckung. Was geschah hier auf einmal?

Blind hörte sie das Geräusch aufschlagender Türen und schlurfender Schritte. Eine Feuersäule erhellte den Raum, doch nur Nebelschwaden waren zu erkennen. Ein weiterer Schuss durchriss das Durcheinander wie eine Zäsur.

Ein Lachen. Biggens?

Holz brach und ein Ende des Tisches sackte ab. Mit einem Aufschrei rollte sich Ewanna darunter hervor und kroch bis zur nächsten Wand. Flach dagegen gepresst, richtete sie sich langsam auf. Noch immer verhinderten dichte Rauchschwaden die Sicht über eine Armlänge hinaus. Wieder ein Schuss, dann ein Schrei.

Ewanna zitterte am ganzen Körper. Unfähig eine Entscheidung zu treffen, stand sie nur an die Wand gepresst da und hoffte, dass das, was auch immer gerade passierte, bald vorüber sein würde. Etwas Kaltes packte ihr Handgelenk und riss sie mit einem brutalen Ruck von der Wand fort.

43. Furienkampf

Byleth gab das Zeichen, sobald der Tumult losbrach. Zanaa sendete sofort die bereitstehenden Untoten in den Saal. Sie folgte ihnen dicht auf den Fersen, löste sich an der Schwelle auf und erschien direkt neben ihrer Herrin erneut. Die Tuk hatte eine Schusswunde am Oberarm, die jedoch bereits heilte. Mit gebleckten Zähnen stierte sie in den Nebel. »Finde Ivy und bring sie zu mir.«

Zanaa nickte und wurde wieder eins mit der Luft. In dem Raum herrschte das reinste Chaos. Die Untoten hatten sich wahllos auf die Fremden gestürzt, die sich mit allen Mitteln verteidigten.

Sie entdeckte Ivy Schulter an Schulter neben einem Mann mit Sonnenbrille. Beide standen mit dem Rücken zur Wand und feuerten in den Raum.

Zanaa materialisierte sich nahe Ivy und sprang im selben Moment mit einem Satz auf die Assassinin zu. Eine sengende Flammenwand erhob sich vor ihrer Nase und sie flog ungebremst durch die Flammen. Ein schier unerträglicher Schmerz fuhr durch jede Faser ihres untoten Körpers. Wie war das möglich, wenn sie doch sonst nichts mehr spürte?

Wasser hüllte sie ein, besänftigte den Schmerz, der sie in die Knie gezwungen hatte. Schwer atmend blickte sie sich um. Anscheinend hatten Purson und Sudette bereits einen Angriff auf Ivy erwartet und gemeinsam das Feuer hervorgerufen. Byleth stürzte sich auf den rothaarigen Tam und verwickelte ihn in einen Kampf. Seine Zweite blieb davon unbehelligt und beschwor erneut Flammen herauf. Zanaa hob ihre Hand, um die Zeit anzuhalten, als goldene Fingernägel sich mit sengender Hitze in ihren Körper bohrten. Der Schmerz ließ sich aushalten, störte jedoch ihre Konzentration und die Zeitmanipulation schlug fehl. Bevor sie erneut ansetzen konnte, gruben sich die goldenen Nägel von Belias anderer Hand brennend heiß in ihre Haut und rissen eine tiefe Wunde über Schulter und Rücken.

Sudette musste bleibegabt sein und Belia mit ihrem Feuer unterstützen. Andernfalls hätte die Kyal wenig gegen Zanaa ausrichten können. Die Wunde blutete weder, noch schmerzte sie, als Belia sie losließ. Zanaa nutzte ihre Chance, wurde eins mit der Luft und tauchte hinter ihrer Angreiferin wieder auf. Doch abermals wurde sie sofort attackiert. Ein Schuss traf ihren Oberschenkel. Sie heulte auf, sank auf ein Knie. Das war wieder diese verfluchte Munition, die auch das Schimmerblut im ›Himmel und Hölle‹ genutzt hatte. Sie versuchte, sich aufzurappeln, als ein sengend heißer Wind von Belia sie erfasste und am Boden hielt. Zanaa wand sich, stemmte sich gegen die verfluchte Hitze, als die Tam plötzlich stoppte und den Kopf zur Seite neigte. Schock und Unglaube standen ihr ins Gesicht geschrieben.

»Zanaa?«, hauchte Belia und schlug eine Hand vor den Mund.

Ein Teil von ihr krümmte sich, wollte sich vor dem entsetzten Blick ihrer alten Freundin verstecken. Aber dieser Teil besaß keine Macht über den Rest von ihr. Sie hatte einen Auftrag und wer sich ihr in den Weg stellte, würde sterben. Zanaa sprang blitzschnell auf die Beine und preschte auf Belia zu.

Die Kyal, die sie einst gewesen war, hing tot in einer Glasvitrine. Die goldenen Fingernägel auf Belias Herz gerichtet, bewegte sie sich rasend schnell, wurde jedoch im Lauf von einer Druckwelle zur Seite gestoßen.

Sie knallte gegen die Wand und rutschte zu Boden. Sudette kam auf sie zu, die Krallen erhoben. Ein spitzer Schrei von der anderen Seite des Raumes lenkte die Pleu für einen Sekundenbruchteil ab. Genug für Zanaa, um in der Luft zu verschwinden und direkt hinter Sudette wieder aufzutauchen. Bevor Pursons Zweite reagieren konnte, versenkte sie ihre Nägel in deren dunkler Haut. Rippen knackten und brachen wie trockenes Stroh unter der gezielten Bewegung.

»Das ist eine Gnade«, flüsterte Zanaa Sudette ins Ohr, packte ihr schlagendes Herz und riss es ihr aus dem Leib.

Die Pleu brach zusammen. Ihre Glieder zuckten noch ein paar Mal und dann regte sie sich nicht mehr. Achtlos ließ Zanaa das Herz neben ihr zu Boden fallen.

Ein animalischer Laut hallte durch den Raum. Purson. Er wandte sich von Byleth ab und stürzte rasend schnell auf Zanaa zu. Sie konnte sich nicht mehr rechtzeitig dematerialisieren und ging mit ihm zu Boden. Dann verschlangen Flammen ihre Welt.

44. Zufall oder kein Zufall?

Kurz nach fünf verließ Terry seine Wohnung, um den Weg zum Stolter Platz einzuschlagen. Bis zuletzt hatte er gezweifelt und gehadert. Er besaß keinen Grund, Adonai zu trauen. Fünf Jahre hatte er wegen dieses Hochstaplers im Ketterer zugebracht und nun sollte er für den gewissenlosen Gott zum Mörder werden?Die Sache fühlte sich falsch an. All die Jahre hatte er unschuldig gesessen, aber wenn er jetzt tat, was von ihm verlangt wurde, könnte er zu Recht wieder da drin landen. Wollte er wirklich die junge Frau töten? Natürlich nicht, aber blieb ihm ein Ausweg? Er war so dumm, sich mit einem Gott eingelassen zu haben, oder einem gottgleichen Wesen, was auch immer. Dafür gab es keine Heilung, keine Wunderlösung. Er war nur ein Mensch. Ihm blieb nichts anderes übrig, als zu tun, was von ihm verlangt wurde. Was würde er dafür geben, diesem aufgeblasenen Bizach in den Arsch treten zu können?

Terry ging zu Fuß, aber verschwendete nicht viele Blicke auf seine Umgebung, zu sehr nahmen ihn seine Gedanken ein. An seiner Seite flog beständig eine Münze durch die Luft.

Auf halbem Weg machte er einen Schlenker zum Wohnhaus von Madam Cordon. Anscheinend hielt sich die Bank an ihre neuerlichen Zusagen, denn weit und breit konnte er keine unerwünschte Menschenseele erblicken.

Terry öffnete die dunkle schmiedeeiserne Zaunpforte. Das Metall war feucht vom ständigen Regen und die Scharniere gaben einen unangenehmen Quietschlaut von sich. Er durchquerte den Vorgarten, erklomm die drei Stufen vor der Eingangstür und klopfte.

Nichts regte sich. Er versuchte es noch einmal, bevor er eine Klingel an der Wand entdeckte und sie betätigte. Ungeduldig wippte er auf den Fußballen und sah sich zur Straße um. Niemand schenkte ihm einen zweiten Blick.

Er wollte sich gerade abwenden, als endlich ein leises Rütteln an der Tür zu hören war und sie sich öffnete. Doch auf der anderen Seite des Türspalts erschien nicht Madam Cordon, sondern … Verflixt, wie hieß sie nochmal?

Ihre langen schwarzen Haare umrahmten das bleiche Gesicht zu beiden Seiten in geraden Linien. Sie lächelte und im nächsten Augenblick entspannte sich Terry auch schon. *Fiete*. Ihr Name war Fiete. Die eisenbegabte Erdbizach, die ihm seine Waffen verkauft hatte.

»Hallo, Kleiner.«

»Was tust du denn hier?«, fragte Terry.

»Das, was Eisenbegabte nach Feierabend so tun, um sich ein Taschengeld zu verdienen.«

Er wartete einen Moment, ob sie ihren Ausführungen noch etwas hinzufügen würde, doch sie grinste ihn nur breit an.

»Und das wäre?«, fragte er schließlich mit einem Augenrollen. Anderen Leuten Informationen aus der Nase ziehen zu müssen, gehörte nicht zu seinen Lieblingsbeschäftigungen. Leider konnte er gegen eine Ndei reichlich wenig ausrichten, um seinen Willen durchzusetzen.

»Wir sind auch Heiler, Lem, und Madam Cordon ist nicht mehr die Jüngste. Ich lindere ihre täglichen Beschwerden.«

»Aha.« Terry verschränkte die Arme.

»Was?«

»Tagsüber Waffenverkäufer und abends plagt dich das Gewissen, oder wie lässt sich das in Einklang bringen?«

Sie zog die Tür auf und ließ ihn mit einer Geste eintreten. »Hältst du jeden für dermaßen einfach gestrickt?«

»Meistens«, antwortete er mit einem Schulterzucken und sah sich im Flur um.

Fiete schüttelte den Kopf, doch verkniff sich offenbar einen weiteren Kommentar dazu.

»Sie ist oben. Ich werde ihr Bescheid geben, dass du hier bist. Du wartest und lässt in der Zwischenzeit besser alles an seinem Platz, Kleiner.«

Terry schnaubte, beließ es aber bei der Reaktion. Fiete verschwand die Treppe hinauf, während er sich eingehend umsah. Ihre Warnung war völlig überflüssig gewesen. Viel gab es nämlich nicht, was er noch hätte stehlen können. Die Möbelpacker hatten zumindest im Erdgeschoss anscheinend den Großteil der Einrichtung bereits eingesackt.

»Ah, Sie sind es!« Madam Cordon trug ein langes Nachthemd, darüber einen glänzenden Satin-Morgenmantel.

»Ma'am«, grüßte Terry mit einem Nicken und nahm sich die Schirmmütze vom Kopf.

»Sagen Sie, haben Sie mit der Bank reden können? Kommen Sie mit in die große Stube, da hat man mir eine Couch stehen lassen, auf die können Sie sich setzen.«

»Vielen Dank, Ma'am. Ich habe allerdings nur wenig Zeit mitgebracht.«

»Auf dem Flur ist es aber so unbequem.« Sie verzog das Gesicht, wie um ihre Worte zu untermalen.

Terry seufzte in sich hinein. »In Ordnung, Ma'am.«

»Guter Mann«, sagte sie und führte ihn in ein großes, leeres Zimmer, das über eine Fensterfront mit Blick auf den Garten verfügte. »Ich mache Ihnen auch gern einen Tee.«

»Nein, nein.«

»Wirklich nicht?«

»Wirklich nicht.«

»Hm.«

Sie zog ihre Mundwinkel ein Stück runter und schmollte leicht. Doch schließlich setzte sie sich auf einen kleinen gepolsterten Hocker und bedeutete ihm, sich auf der Couch ihr gegenüber niederzulassen.

»Sie waren also bei der Bank?«

»Ja, morgen wird dazu etwas in der Zeitung stehen.«

Erstaunt zog die ältere Dame zwei ordentlich gezupfte und dunkel gefärbte Augenbrauen in die Höhe. »In der Zeitung?«

Aus dem Augenwinkel nahm Terry eine Bewegung wahr und entdeckte Fiete, die in der Tür stand und sich mit verschränkten Armen gegen den Rahmen lehnte.

»Die Bank hat sich Ihnen gegenüber schändlich verhalten, Ma'am. Ich habe Freunde bei der Zeitung, die ganz Sidarap auf diese Praktiken aufmerksam machen werden.«

Madam Cordon legte sich eine Hand auf die Brust. »Hast du das gehört?«, fragte sie Fiete ergriffen.

»Durchaus«, erwiderte die Bizach und runzelte die Stirn.

»Jedenfalls haben die Herren von der Bank es sich noch einmal anders überlegt und gewähren Ihnen einen weiteren Zahlungsaufschub.«

Bei den Worten sprang Madam Cordon mit einem spitzen Schrei auf und fiel Terry um den Hals. Er blieb stocksteif sitzen und ließ den Freudenausbruch über sich ergehen. »Euch schickt Adonai!«, rief sie.

Terry wollte gar nicht daran denken. »Vermutlich«, presste er zwischen den Zähnen hervor.

Sie ließ ihn los und setzt sich wieder, da ergriff er erneut das Wort. »Es gibt allerdings ein ›Aber‹. Eigentlich sogar mehrere ›Abers‹.«

»Und die lauten?«, fragte Madam Cordon interessiert.

Terry bemerkte, dass Fiete sich neugierig ein wenig weiter in den Raum vorbeugte. »Die Sachen, die die Herren bereits verladen hatten, werden versteigert.«

Die ältere Dame nahm die Nachricht mit weit mehr Fassung auf, als er erwartet hatte. Sie nickte nur mit nachdenklichem Gesichtsausdruck.

»Das Geld geht an die Bank, zusammen mit den fünfzigtausend Lin, die sie bereits gesammelt haben.«

»Die Sachen sollten mehr wert sein«, warf Madam Cordon ein.

»Richtig«, sagte Terry. »Alles, was über die geschuldete Summe hinausgeht, wandert in meine Taschen.«

Eine Weile sah sie ihn nur aufmerksam an. »Schön, Sie hatten schließlich auch ihren Ärger.«

Er nickte langsam. Gut, den einfachen Teil hatte er damit hinter sich gebracht.

»Und Ihre weiteren ›Abers‹?«, fragte sie, als könnte sie seine Gedanken lesen.

»Ich möchte bei Ihnen einziehen.«

Madam Cordons überraschter und verwirrter Blick wandelte sich schnell in ein herzhaftes Lachen. »Sie sind sehr direkt, Mister Dalton!«

Fiete zog bei der Nennung seines Namens eine Augenbraue in die Höhe. Richtig, Terry hatte sich ihr als Lem Gibson vorgestellt. Sofort warf er ihr einen warnenden Blick zu, den sie mit einem kaum sichtbaren Kopfschütteln quittierte.

»Ich kann dafür sorgen, dass Sie sich langfristig keine Gedanken um die Finanzierung des Hauses und ihres Lebensabends machen müssen, Ma'am.«

Fiete schnaubte laut. »Mary, der Kerl ist ein Verbrecher. Der will nicht dein Liebhaber sein, sondern deine Adresse haben.«

»Wer sagt das?«, fragte Terry wie aus der Pistole geschossen.

»Du bist wahrscheinlich nicht der Einzige, der hier einziehen will, habe ich recht?«, fragte sie und stieß sich vom Türrahmen ab. Breitbeinig baute sie sich im Raum auf und schien einige Zentimeter zu wachsen.

Terry stand auf, damit er ihr zumindest halbwegs auf Augenhöhe begegnen konnte.

»Stimmt das, Mister Dalton?«, fragte Madam Cordon.

»Ich habe noch einen Freund«, sagte er.

»Er will Ihr Haus als Hauptquartier nutzen«, kommentierte Fiete verächtlich und mit einem Mal wurde Terry nervös. Eine unangenehme Gänsehaut zog sich über seine Arme und er fühlte sich, als bekäme er keine Luft.

»Kein Voodoo!«, knurrte er.

Sie lächelte nur müde.

Sein Magen machte einen unerwarteten Satz und der Geschmack von Galle stieg ihm in den Mund.

»Ich denke, du solltest jetzt gehen«, sagte Fiete. »Sonst sorge ich dafür, dass sich dein Inneres nach außen kehrt.«

»Halt, halt, halt«, rief Madam Cordon, sprang mit wedelnden Armen auf die Beine und streckte den beiden Kontrahenten ihre Handflächen entgegen.

»Fiete, ich weiß deine Sorge zu schätzen, aber …«

»Aber …?«, fragte die Bizach und blinzelte irritiert.

Terry entwich ein erleichtertes Aufseufzen, als der Druck auf seine Eingeweide nachließ.

»Aber ich denke, ich möchte die Herren bei mir wohnen lassen.«

»Wie bitte?«

»Kindchen, du verstehst mich nicht. Vierzig Jahre hatte ich meinen James an der Seite und wie jeder Mann hatte er seine Fehler, die gelegentlich für Abwechslung gesorgt haben … Aber jetzt bin ich völlig allein! Was könnte ich Aufregenderes mit meinen letzten Jahren anfangen als das? Ein echtes Abenteuer!«

Nun musste Terry Madam Cordon einen irritierten Blick zuwerfen. Mit einer solchen Antwort hatte er nicht gerechnet und aus der Stille am anderen Ende des Zimmers schloss er, dass Fiete wohl ähnliche Gedanken durch den Kopf gingen.

»Also, Mister Dalton?«, fragte Margery Cordon und streckte ihm eine Hand entgegen. »Haben wir eine Abmachung?«

Mit einem Mal bekam er Zweifel, ob er der Sache zustimmen sollte. Das war zu einfach, ergo musste irgendetwas an der Frau nicht stimmen, oder?

»Was haben Sie von der Sache?«, fragte er argwöhnisch.

Ein spitzbübisches Grinsen zeigte sich auf ihren Zügen. »Sie haben mich erwischt.«

Terry lächelte ebenfalls. Hatte er es doch gewusst.

Sie atmete tief ein und warf einen Blick zur Decke des Raumes. »Ich möchte verhindern, dass die Spannungen zwischen den Menschen und den Bizach in dieser Stadt zunehmen«, sagte Madam Cordon und seufzte leise. »Aber dafür müssten die werten Herren in der Stadtversammlung mir zuhören. Und ich denke, Sie, Mister Dalton, sind der richtige Mann dafür, die alten barttragenden Salzsäulen da drinnen einmal ordentlich wachzurütteln. Habe ich recht?«

Terry warf Fiete einen Blick zu.

Sie verschränkte erneut die Arme und musterte ihn unter zusammengezogenen Augenbrauen. »Liegt Ihnen das Thema ihretwegen am Herzen?«, fragte Terry und deutete auf die Ndei.

»Auch. Aber hauptsächlich geht es mir um meine Kinder«, sagte Madam Cordon.

»Ihre Kinder?« Nun war er verwirrt. Nach all ihrem Drama um Einsamkeit hatte er nicht erwartet, dass sie Kinder besaß.

»Mein James, nun …« Sie brach ab und warf einen hilfesuchenden Blick auf Fiete, die prompt ihre noch immer raumgreifende Haltung aufgab und an Madam Cordons Seite eilte.

»Mary hatte in ihrer Ehe eine längere Affäre, weil sie mit James keine Kinder bekommen konnte«, erklärte Fiete.

»Ich … ich hatte Angst, es läge an mir«, warf Madam Cordon ein und Terry bemerkte, dass ihre Hände heftig zu zittern begannen. »Ich … hatte Angst, er würde mich verstoßen.«

»Hm«, machte er, ratlos, was er darauf am besten erwidern sollte. Was hatte das überhaupt mit der ganzen Sache zu tun?

»Ihr Liebhaber war ein Bizach«, erklärte Fiete weiter. »Und sie wurde schwanger.«

»Zwei Mal«, murmelte Madam Cordon. »Zwei Jungen. Wunderschön, mit dunklen Haaren.«

»Unmittelbar nach der Geburt des zweiten Kindes gestand sie James ihre Untreue«, sagte Fiete.

»Er hat Francis so geliebt, ich dachte, er könnte die beiden akzeptieren«, hauchte Madam Cordon.

Terry blinzelte. »*Francis?*« Das konnte nicht sein!

»Er …«, stammelte sie, doch nun begann die ältere Dame zu schluchzen und Tränen rannen über ihre Wangen, sodass Fiete erneut den Faden aufnahm.

»Er hätte die beiden Jungs vielleicht sogar akzeptiert, doch als er erfuhr, dass der Vater ein Bizach war, zögerte er keinen Moment und brachte die Kinder fort, ohne Mary etwas davon zu sagen. Sie weiß bis heute nicht, ob sie noch leben oder ob er sie in die Lin geworfen hat.«

Ein heftiges Schluchzen unterbrach ihren Bericht und Fiete legte aufmunternd einen Arm um Madam Cordon.

»Er hatte Angst, sie würden zu *Abnormalitäten* heranwachsen. Damit hätte für jedermann festgestanden, dass er nicht der Vater sein konnte.«

Lange starrte Terry Madam Cordon an. Unwillkürlich musterte er ihre Gesichtszüge, ihre Augen, die Nase … Konnte er in diesem Gesicht sich selbst oder Francis wiedererkennen? Nein, nicht wirklich. Vermutlich war das nur ein Zufall. Außerdem hatte sein Test ergeben, dass er ein Mensch war.

»Hatte ihr zweiter Sohn schon einen Namen?«, hörte er sich dennoch fragen.

Sie schüttelte den Kopf. »Ich hatte ihn aber Theodor nennen wollen.«

Theodor und Timothy waren sich nicht unbedingt ähnlich, abgesehen vom Anfangsbuchstaben. Natürlich könnte das genau einer jener perversen Scherze nach dem Geschmack eines gelangweilten Gottes sein.

Terry schnaubte. »Nicht unbedingt eine feine Art, so mit den Kindern umzugehen.«

»Glauben Sie mir, Mister Dalton, es vergeht kein Tag, an dem ich nicht an meine beiden Söhne denke.«

»Ich bin mir sicher, das wird ihnen Sicherheit, Liebe, Essen und einen warmen Schlafplatz schenken«, sagte er mit so viel Spott in der Stimme, dass beide Frauen ihn entgeistert anstarrten.

Terry räusperte sich und sah zu Boden. »Ich muss mich entschuldigen«, sagte er und strich sich mit Daumen und Zeigefinger über die Lider. »Ich bin selbst in einem Waisenhaus aufgewachsen und … nun, elternlos aufzuwachsen ist kein Zuckerschlecken.«

Madam Cordon nickte mitfühlend. »Hätte mein James nicht solche Vorurteile gehabt …«

Den Frust in seiner Brust herunterzuschlucken fiel Terry unendlich schwer. Aber der nutzte in der Situation niemandem. »Ich werde mich darum bemühen, Ihnen Gehör zu verschaffen, Ma'am«, sagte er und warf einen Blick auf seine Armbanduhr. »Ich muss jetzt allerdings dringend los.«

»Wann höre ich wieder von Ihnen?«, fragte Madam Cordon, als Terry schon auf halbem Weg zur Haustür war.

»Ich melde mich morgen, Ma'am«, sagte er über die Schulter und verließ dann fluchtartig das Haus.

Vor dem Treppenabsatz atmete er tief durch. Verrückt. Aber er hatte jetzt wirklich keine Zeit, die mögliche Konsequenz aus den Erkenntnissen seines Besuches an sich heranzulassen. Zuerst musste er seine Probleme mit Adonai klären. Mit entschiedenen Schritten durchquerte er den Vorgarten und schlug den Weg zum Stolter Platz ein. Doch an der nächsten Straßenecke stieß er beinahe mit Emma zusammen.

»Emma? Was machst du hier?«

Sie grinste. »Ich brauche noch ein Foto vom Haus für den morgigen Artikel.«

»Ah.«

Er wollte sich an ihr vorbeischieben, aber sie hielt ihn am Revers seiner Jacke fest.

»Ich brauche nicht lang und wenn du willst, treffen wir uns nachher bei dir.« Sie warf ihm einen eindeutig zweideutigen Blick zu.

Zu jeder anderen Gelegenheit hätte er ihre Bemerkung mit einer entsprechenden Erwiderung gewürdigt. Doch beim Gedanken daran, dass er drauf und dran war, eine junge Frau zu ermorden, erstarb jeder Funken Lust im Keim.

»Ich muss dringend weiter, Emma«, brachte er hervor und versuchte, ihre Hände vom Stoff seiner Jacke zu lösen.

»Was ist los?«

»Wir reden später«, sagte er undurchsichtig und riss sich von ihr los. Mit schnellen Schritten tauchte er in den vorbeiziehenden Menschenstrom ein und hoffte, dass sie ihm nicht zu böse sein würde. Nach einigen Metern warf er einen Blick über die Schulter. Zu ihrer beider Glück verfolgte Emma ihn nicht.

Nur wenige Minuten vor sieben traf er am Stolter Platz ein. Im Gegensatz zu den geschäftigen Straßen herrschte hier gähnende Leere. Die freie Fläche diente ausschließlich als Vorplatz des Regierungssitzes der Tam des Schwefelbezirks. Es gab in der

Gegend keine Arbeit und nur wenige Wohnhäuser, weshalb nur Personen den Platz überquerten, die ihn überqueren mussten. Hin und wieder rannten hier vermutlich auch die üblichen Urlaubergruppen aus anderen Teilen der Welt herum, um die Festung von Byleth Spaantuk zu bewundern.

Terry eilte in eine dunkle Ecke und zog unauffällig seinen Revolver. Fietes skeptischer Blick kam ihm in den Sinn, während er die Munition kontrollierte. Er hatte ihr gesagt, er bräuchte die Waffen nur zur Selbstverteidigung. Wahrscheinlich würde sie mit ihrer Drohung bezüglich seiner Eingeweide ernst machen, wenn sie hiervon erfuhr. An Emma traute er sich gar nicht erst zu denken.

Er schüttelte den Kopf, wie um eine Fliege zu vertreiben. Die Zeit für Zweifel war abgelaufen. Den Konsequenzen würde er sich stellen, wenn alles vorbei war. Er steckte den Revolver wieder weg. Jetzt blieb nichts weiter zu tun, als auf das arme Mädchen zu warten.

45. Das Opfer

Zwischen den grauen Nebelschwaden konnte Ewanna die Umrisse des Wesens ausmachen, das sie zu Boden gerissen hatte. Sie spürte ein Gewicht auf sich und kalte raue Haut an ihren Armen. Ein Mensch? Ein Bizach?

Es beugte sich näher zu Ewanna hinab, gewährte einen Blick in milchige Augen und auf aschfahle Haut. Sie hatte solche Wesen in ihrer Vision gesehen: Untote. Es schnappte nach ihrem Hals und Ewanna stemmte die Fäuste gegen die Brust des Ungeheuers. Den Blick auf die braunen Zähne geheftet, brachte sie all ihre Kraft auf, doch kam nicht dagegen an. Fauliger Atem schlug ihr entgegen, ließ prompt ihren Magen rebellieren. Sie wollte nicht sterben – nicht so; gefressen von einem Untoten.

Ein Schuss erscholl in unmittelbarer Nähe und ließ Ewanna zusammenzucken. Tropfen irgendeiner Flüssigkeit benetzten ihr Gesicht. Der halbe Kopf des Untoten fehlte. Sein Körper verkrampfte, zuckte und erschlaffte, begrub sie unter sich. Ewanna spürte etwas Feuchtes auf ihren Lippen. Der Geschmack von fauligem, geronnenem Blut breitete sich auf ihrer Zunge aus und gab ihrem Magen den Rest. Sie riss den Kopf zur Seite und übergab sich. Jemand zog das Gewicht des toten Untoten von ihr und sie brachte sich auf alle viere; hustend und würgend. Jemand zog an ihrer Schulter, drängte sie zum Aufstehen. »Ewanna!«

Sie sah auf und blickte in Lucians lächerliche Sonnenbrillengläser. Nie hatte sie sich über diesen Anblick mehr gefreut als in diesem Moment.

»Ich bin auch überwältigt, Liebes, aber du musst hier weg«, sagte er, half ihr auf die Beine, packte ihren Unterarm und zog sie hinter sich her.

Das Brüllen eines Raubtieres hallte von den Wänden wider und Ewanna erhaschte einen flüchtigen Blick auf Purson, bevor der Raum in einem Flammenmeer versank.

Lucian warf sich zu Boden und riss sie mit sich. Beim Aufprall schürfte sie sich Knie und Handinnenflächen auf, doch ihr blieb keine Zeit, dem Schmerz Beachtung zu schenken. Eine Flammenwalze jagte über ihre Köpfe hinweg und zog sengende Hitze hinter sich her. Ewanna fühlte sich benommen, Schweiß trat ihr aus jeder Pore, während Lucian sie drängend am Arm zu einer Nische in der massiven Steinwand schleifte und hineinschob.

Die bot ein wenig Deckung für den Moment, aber sicherlich bei weitem nicht genug, sollte das Feuer weiterhin mit solcher Kraft wüten.

»Nein!«, protestierte Ewanna, als ihr klar wurde, dass der Platz kaum für sie allein ausreichte. Lucian passte unmöglich noch mit hinein.

»Doch«, sagte er entschieden.

Ewanna zwängte sich so weit es ging in den spitz zulaufenden Spalt. Er blieb trotzdem zu winzig, um auch dem Silberbegabten vollständigen Schutz zu bieten. »Lucian!«

»Es gibt keine andere Lösung!«, brüllte er und presste sich an sie. Er holte tief Luft, wie um sich zu sammeln, und lehnte seine Stirn gegen ihre.

Heiße Tränen liefen ihr über die Wangen, als er ihr einen Gedanken zuschob: *Du bist wichtig, Ewanna. Ich bin entbehrlich.*

Sie schüttelte den Kopf, wollte irgendetwas erwidern, aber aus ihrem Mund drang nur ein klägliches Schluchzen. Der Kampf und alles Drumherum verlor sich in ihrer Wahrnehmung. Sie fokussierte sich ganz auf Lucian.

Dann hörte sie erneut das Rauschen der Flammen.

Der Silberbegabte biss die Zähne zusammen, doch seine Beherrschung wich schnell einem durchdringenden Schmerzensschrei. Schweißtropfen rannen an seinen Schläfen hinab und Geruch von schmorender Kleidung und verbrannter Haut drang Ewanna in die Nase.

Sie konnte unmöglich mitansehen, wie er bei lebendigem Leib gegart wurde! Sie musste die Zeit anhalten oder zumindest verlangsamen! Aber wie? Warum war das nicht schon längst geschehen? War mehr notwendig als ihr verzweifelter Wunsch? Wieso geschah nichts?

Tränen der Wut und Verzweiflung verschleierten ihre Sicht. »Es tut mir so leid«, flüsterte sie schluchzend und legte eine Hand auf seine glühend heiße Wange.

Mit einem Mal fluteten Bilder ihren Geist, rissen sie fort von dem Tod und Leid und katapultierten sie auf eine winzige Waldlichtung. Ewanna blinzelte verwirrt. Vereinzelte warme Sonnenstrahlen bahnten sich einen Weg durch das sanft wogende Blätterdach und kitzelten ihre Haut. Sie saß am Ufer eines Rinnsals aus klarem Quellwasser und sah hinein. Ihr Spiegelbild war das eines Jungen – Lucian. Sie hielt einen kurzen Stock in der Hand und stocherte damit in der funkelnden Flüssigkeit herum. Ewanna hatte noch keinen solchen Wald gesehen. Sie kannte nur Sidarap und seine Parkanlagen, die sich überall in der Stadt verstreut befanden. Nie hatte sie einen derart unberührten und friedlichen Ort erlebt.

Sie murmelte etwas Unverständliches mit einer kindlichen Jungenstimme. Ewanna hatte das Gefühl, dass die Grenzen verschwammen. Sie war nicht mehr nur ein Gast in seiner Erinnerung, sie verschmolz mit ihm, sah, was er sah, hörte, was er hörte. Und das war überwältigend. Nach und nach wurde ihr – Lucians – Geist überflutet von den Gedanken aller Wesen um sie herum, wie ein stetiges Flüstern umgaben sie hunderte, tausende Stimmen gleichzeitig. Immer wieder fischte sie eine heraus, hörte ihr zu. Jenen Tieren, denen sie helfen konnte, half sie, jenen, die Angst vor ihr hatten, ging sie aus dem Weg und manche der Tiere redeten anscheinend sogar gern mit ihr. Die Erfahrung war faszinierend. Sie hatte sich mit der Welt nie so verbunden gefühlt wie in jenem Moment.

Schlagartig verschwanden die Bilder und mit ihnen das Gefühl von Frieden. Lucian sackte in ihren Armen zusammen. Er atmete röchelnd und Rauch stieg von seiner Kleidung auf. Soweit sie erkennen konnte, standen seine Sachen nicht mehr in Flammen, aber sein Rücken sah aus wie ein einziger verbrannter Klumpen aus Muskeln und Fett. Ewanna starrte darauf und rutschte mit ihm in den Armen auf die Knie. Sie hatte versagt. Warum war sie so nutzlos?

Mit einem Mal stand Belia vor ihr. Ein gehetzter Ausdruck lag in ihren Augen. »Da bist du! Ich dachte schon, du seist tot.«

»Lucian!«, rief Ewanna.

Belias Blick wanderte über den Mann in ihren Armen. »Atmet er?«

»Hilf ihm!« Ewannas Stimme überschlug sich, aber sie hatte auch keine Zeit zu verlieren – *Lucian* hatte keine Zeit zu verlieren! Belia war eine Eisenbegabte, sie konnte heilen.

Die Tam des Stahlbezirks warf einen zweifelnden Blick über ihre Schulter. »Ich fürchte …«, setzte sie an, doch Ewanna brüllte dazwischen.

»Jetzt!« Ihr war egal, was da hinten geschah. Belia sollte nur endlich helfen.

Mit einem Seufzen ging die Kyal in die Knie und hob ihre schwarzen Hände über Lucians Rücken. Eine weitere Flammenwand schoss auf die drei zu, doch Belia beschwor einen Luftschild, der die tödlichen Wellen ablenkte. Dennoch drang eine fast unerträgliche Hitze zu ihnen durch. Ewanna wischte sich mit dem Handrücken Schweiß von der Stirn und starrte gebannt auf Lucians Rücken. Sie musste diesen Verrückten retten!

Am Rand ihres Blickfeldes regte sich etwas. Drei Untote tauchten an der Ecke auf und suchten Schutz vor den Flammen. Ewanna zog ihre Waffe keinen Moment zu früh, denn kaum dass die Wesen die drei entdeckten, stürzten sie geradewegs auf sie zu.

Wie um Ewanna zu verhöhnen, beugte sich die Zeit mit einem Mal ihren Wünschen, verlief langsamer und gab ihr ausreichend Möglichkeit zum Zielen. Sie schoss drei Mal, bevor ihre Umgebung wieder zur Normalgeschwindigkeit zurückfand und die Untoten beinahe synchron mit einem Kopfschuss zu Boden fielen.

»Hm, du kannst ja doch was«, sagte Belia leise.

Ewanna schluchzte und sah zu Lucian hinab. Warum hatte sie zuvor nichts unternehmen können?

»Hör auf zu heulen und schau um die Ecke. Wir müssen wissen, was da vor sich geht«, kommandierte die Tam. »Beim Heilen bist du mir sowieso keine Hilfe.«

»Kannst du ihn retten?«

»Vielleicht, wenn du mich in Ruhe lässt.«

Ewanna presste die Lippen aufeinander, legte dann aber Lucians Kopf sanft auf den Boden und brachte sich mit wackeligen Knien auf die Füße. Sie stieg über ihn hinweg und linste vorsichtig in den Raum. Auf dem Steinboden lagen zahllose verkohlte Körper, nichts regte sich. Wo waren Purson, Sudette und Byleth? Unruhig sah sich Ewanna zu Belia um, die mit konzentriertem Ausdruck und geschlossenen Augen über Lucian kniete. Sie sollte die Tam jetzt besser nicht noch einmal stören. Am anderen Ende des Raumes standen die Türen offen. Ewanna schlüpfte aus ihrem Versteck und folgte dem Durchgang. Tote pflasterten ihren Weg durch die Flure bis zum Eingang der Festung. Sie trat hinaus auf den Stolter Platz und erstarrte bei dem sich ihr bietenden Anblick.

46. Verrat

Gabriel saß auf seinem Beobachtungsposten am Stolter Platz und behielt die Umgebung im Auge. Vor einer Stunde hatten das Schimmerblut, Belia, Sudette und Purson gemeinsam Byleths Festung betreten. Kurz darauf waren ihnen Ivy, Lucian und dieser verrückte Quecksilberbegabte, den sie seit Jahren versteckt hielten, gefolgt.

Gabriel war ihnen in seiner Rabengestalt hinterhergeflogen und hatte versucht, von außen einen Blick in den Raum zu erhaschen, in dem sie sich aufhielten. Das Unterfangen blieb jedoch erfolglos, weshalb er zu seinem Posten auf einem nahen Laubbaum zurückkehrte.

Wenig später betrat ein junger Mann den Stolter Platz – ein Mensch, dem Gabriel zunächst keine Beachtung schenkte. Doch im Gegensatz zu den gelegentlich vorbeieilenden Passanten ging er zielgerichtet auf Byleths Festung zu, bevor er sich vor neugierigen Blicken geschützt im Schatten einer Hauswand verbarg. Dadurch erregte er Gabriels Aufmerksamkeit und er verfolgte, wie der Mensch einen Gegenstand hervorholte und damit herumhantierte. Erst auf den zweiten Blick identifizierte er das Objekt als Feuerwaffe. Der Fremde hatte offensichtlich etwas vor. Der Ort und der Zeitpunkt, den er sich dafür ausgesucht hatte, konnten kaum ein Zufall sein. Über den Glauben an Zufälle war Gabriel seit langer Zeit hinaus.

Noch ganz in seine Gedanken vertieft, erschrak er mit einem erbosten Aufkrähen, als etwas oder jemand mit einem lauten

Knall von innen gegen den Festungseingang flog. Der Aufprall war derart heftig, dass eine Verformung in der Stahltür zurückblieb.

Der Mensch zog sich tiefer in sein Versteck zurück und verschwand aus Gabriels Blickfeld. Er konnte ihm auch nicht länger Beachtung schenken, denn jemand riss die Türen zur Festung auf. Ein weiterer Knall ertönte, Flammen und Wasser schossen in einer brutalen Kaskade aus dem steinernen Gebäude hervor, verdampften und erstickten sich gegenseitig in der Mitte des Stolter Platzes.

Dem Strudel der Elemente folgte Purson über die Schwelle hinaus in die Dämmerung. Die sonst so makellose Erscheinung des Tams war in besorgniserregende Unordnung geraten. Der typische feine Anzug hing an manchen Stellen nur noch in Fetzen am Körper des Pleus und von seinen Schultern stieg Rauch auf. In Pursons Gesicht klebten Blut und Ruß. Einige rote Strähnen hingen ihm feucht auf der Stirn, der Rest stand wild in alle Richtungen von seinem Kopf ab.

Ihm dicht auf den Fersen folgte Byleth und hinter ihr eine kleine Gruppe schlurfender Gestalten, die wie Menschen aussahen. Im Gegensatz zum Tam des Silberbezirks wirkte die Tuk weniger derangiert, eher gelangweilt. Wie eine Katze, die bis zum unausweichlichen Tod mit ihrer Maus spielte.

Im unmittelbar folgenden Schlagabtausch zwischen den beiden Tams fiel Gabriel auf, dass sich Purson zu sehr darauf konzentrierte, Byleth vom Zeitanhalten abzubringen und ihre Untoten zu verbrennen. Die Tuk hatte im Grunde nichts zu tun, außer gelegentlich auszuweichen. Sie wartete nur darauf, dass Purson sich vollkommen verausgabte, was Gabriels Einschätzung nach nicht mehr allzu lang dauern würde.

Er sah zum Hausschatten hinüber, in dem sich bis vor wenigen Minuten noch der Fremde versteckt gehalten hatte. Wohin war der Mensch gegangen? Hatte er bei dem Schauspiel Angst bekommen?

Etwas blinkte im Restlicht der untergehenden Sonne und lenkte sofort Gabriels Aufmerksamkeit von dem fehlenden Fremden ab. Was, oder vielmehr *wen*, er jedoch am Eingang der Festung entdeckte, erschütterte ihn auf einer Ebene, die seit Jahrhunderten, vielleicht sogar seit Jahrtausenden niemand mehr berührt hatte: Zanaa.

Seine Schwester stand auf der Schwelle der Festung und beobachtete ungerührt das Spektakel. Doch ihre Erscheinung hatte sich verändert. Sie war … tot? Eine von Byleths willenlosen Sklaven?

»Zanaa …«, murmelte er, was in seiner Krähengestalt nur als leises Gurren aus seiner Kehle drang.

Er hatte nie etwas Schrecklicheres oder Groteskeres gesehen. Seine Schwester umgab ein grünlich-fahler Schimmer, graue Haut spannte sich über ihre Wangen und ihre Schwingen – was war mit ihnen passiert?

Er fühlte sich, als würde jemand nach seinem Magen greifen und diesen einmal um den Ast wickeln, auf dem er saß.

Adonai hatte davon gewusst …

Der Gedanke formte sich klar in seinem Bewusstsein, begleitet von dem Gefühl der eiskalten Dusche des Verrats.

Adonai hatte davon gewusst.

Zanaa Maskyal, die goldene Streiterin, seine kleine, wunderschöne Schwester und einst eine der Elitewachen im Quecksilberpalast.

Adonai hatte davon gewusst!

In ihrer Hand lag ein bläulich pulsierender Dolch, der die Lichtreflexion ausgelöst hatte. Bis zu diesem Augenblick hätte Gabriel bei seinem Leben geschworen, dass er und sein Bruder vor Ewigkeiten sämtliche magischen Waffen und das Wissen für ihre Herstellung vernichtet hätten. Alle bis auf Michaels Flammenschwert. Aber das befand sich seit Jahrzehnten in seinem

Besitz. Magische Waffen bargen ein kaum kontrollierbares Risiko. Falsch justiert konnten sie ein Eigenleben entwickeln und ihre Träger korrumpieren.

Adonai hatte davon gewusst!

Das Schimmerblut tauchte hinter Zanaa auf. Sie hielt eine Schusswaffe in der Hand, zielte auf seine Schwester und drückte ab. Die schrie auf, taumelte zwei Schritte vor und griff sich an den Nacken. Schwarzes Blut klebte an ihren Fingerspitzen, doch sie ging nicht zu Boden.

Sie wandte sich Ewanna zu, näherte sich ihr. Das Schimmerblut drückte abermals ab und Zanaa geriet durch die Wucht des Geschosses ins Taumeln.

Ein weiterer Schuss hallte über den Platz und schlug in Zanaas Schulter ein. Doch dieses Projektil war aus einer anderen Richtung gekommen. Gabriel sah sich verwirrt um und entdeckte auf einem Dach an der gegenüberliegenden Seite des Platzes Ivy, die mit ihrem Gewehr im Anschlag Zanaa konzentriert ins Visier nahm. Wie war der Feuermensch unbemerkt dort hinaufgelangt?

Zanaa steckte den Dolch weg und griff nach ihrem Obsidianbogen. Sie schoss schneller als jeder andere und ein Pfeil seiner Schwester traf immer sein Ziel. Ivy musste schleunigst Deckung suchen, oder ihr Leben würde in wenigen Augenblicken enden.

47. DER VERSUCH

Das Spektakel war an Unglaublichkeit kaum zu überbieten. Bizach, die für Terry wie Menschen aussahen, kämpften erbittert miteinander. Flammen und Wasser schossen durch die Luft, der Boden erbebte unter den brutalen Kräften. Er verließ sein Versteck und suchte nach einem geschützteren Ort. Eilig umrundete er das Gebäude, an dem er bisher gelehnt hatte, und stieß zum zweiten Mal an diesem Tag beinahe mit Emma zusammen.

»Emma!«

Was in Adonais Namen tat sie hier? Sie musste sofort weg! Die Situation erschien selbst ihm viel zu riskant. Diese Bizach waren weit gefährlicher, als er jemals angenommen hatte.

»Terry!«, sagte sie und stemmte einen Arm in die Hüfte. »Du hast mich vorhin abgespeist.«

»Emma, das ist jetzt gerade wirklich nicht der richtige Ort oder die richtige Zeit, um das zu besprechen. Können wir das auf später legen?«

»Warum?«

»Du musst verschwinden!«

Wie zur Untermalung seiner Worte durchriss ein Schuss den frühen Abend.

»Was geht hier vor sich?«

»Die Bizach kämpfen. Die ganze Gegend ist nicht sicher!« Hoffentlich würde er Emma mit diesen Worten zur Vernunft bringen können.

Doch anstelle von Angst blitzte Begeisterung in ihren Augen auf. »Ich brauche ein Foto«, erklärte sie und kramte in ihrer Tasche herum.

»Was?! Bist du irre?«, schrie Terry und riss verzweifelt die Arme in die Luft.

»Verstehst du nicht? Das könnte mein Durchbruch sein!«

»Oder dein Tod!«

Emma schnaubte, wandte sich ab und schlug unbeirrt den Weg zum Platz ein.

Terry war so perplex, dass er ihr einige Augenblicke nur mit offenem Mund hinterherstarren konnte. »Das darf doch alles nicht wahr sein!«, schimpfte er. »So eine gottverdammte Scheiße von einem verdammten Scheißgott!« Er sprintete ihr hinterher, packte sie am Arm und wirbelte sie unsanft zu sich herum.

»Wir sollten beide von hier verschwinden«, sagte er betont ruhig, doch seine Stimme zitterte.

»Ich gehe nicht ohne ein Foto, Terry.«

Er starrte sie an, suchte jeden Quadratzentimeter ihres Gesichts nach einem Hinweis darauf ab, ob Adonai seine Finger im Spiel hatte. Der Gott spürte womöglich, dass er der Aufgabe auszuweichen versuchte.

»Ich glaube, du bist nicht du selbst«, murmelte er mit einem Kopfschütteln.

»Und ich denke, du verhältst dich wie ein chauvinistisches Arschloch«, konterte sie und riss sich von ihm los.

»Ich … was?!«, murmelte Terry atemlos und preschte ihr hinterher. Offensichtlich ließ sie sich von ihrer fixen Idee nicht abbringen. »Warte!«

Zu seiner Überraschung blieb sie tatsächlich stehen. »Geh nicht da lang. Wenn du dein Foto willst, folge mir.«

Sie legte nachdenklich den Kopf schief, doch nickte zu seiner Erleichterung.

»Ich bin kein Chauvinist«, erklärte er entschieden auf dem Weg zu dem neuen Versteck, das er zuvor für sich ausersehen hatte.

Emma lachte. »Oh doch.«

Der Klang ihrer Erheiterung beruhigte seine angespannten Nerven ein wenig.

Sie zwängten sich zwischen die Zweige eines Gebüschs und schlichen gemeinsam näher an den Platz heran.

»Ich bin kein Chauvinist, nur weil ich verhindern will, dass du dich in Gefahr bringst.«

Emma verdrehte die Augen, erwiderte jedoch nichts darauf, da sie nun einen ersten Blick auf den Stolter Platz erhaschen konnte. Spuren des Kampfes prägten unübersehbar die freie Fläche. Blätter und Zweige lagen kreuz und quer, dazwischen verkohlte Leichen. Um etliche Krater im Kopfsteinpflaster herum verteilten sich wahllos herausgerissene Steine und die Fassaden der umstehenden Häuser erweckten den Eindruck, als wären Kanonenkugeln in sie eingeschlagen.

Emma brachte sich in Position und zog ihre Kamera aus der Tasche. Sie beschäftige sich eifrig mit dem Aufbau ihres Stativs, als Terry das traurige Mädchen erblickte.

Im ersten Moment durchflutete ihn Erleichterung, doch im nächsten erfasste ihn Grauen. Er konnte sie unmöglich vor Emmas Augen töten, oder? Allerdings fiel ihm keine Alternative ein. Ihm blieb nur dieser Weg in seine Freiheit und so zog er unbemerkt von Emma seine Waffe und zielte auf die Brust der braunhaarigen, jungen Frau.

48. Die fehlende Variable

Ewanna konnte ihre Waffe gar nicht so schnell erneut heben, wie die untote Kyal aus dem Nachtklub einen schwarzen Pfeil anlegte und auf Ivy feuerte. Starr vor Schock folgte ihr Blick dem schlanken Geschoss und wartete auf den unvermeidlich tödlichen Einschlag.

Aus dem Nichts schoss ein gleißender Lichtblitz hervor und kollidierte mit dem Pfeil. Nein, kein Lichtblitz – etwas Kleines, Weißes … ein Vogel?

Ewanna keuchte – der Rabe? Nein, das war völlig unmöglich! Ein Rabe könnte niemals einen solchen Pfeil aus der Luft abfangen. Kein gewöhnlicher Rabe zumindest.

Auch die untote Kyal schien überrascht. Sie starrte dem Tier hinterher, das in halsbrecherischem Tempo beinahe mit dem Boden kollidierte, sich jedoch im letzten Moment fing und wieder an Höhe gewann. Den Pfeil ließ es achtlos fallen.

Byleths Stimme durchschnitt die Dämmerung und zog ihrer beider Aufmerksamkeit auf sich. »Es ist so weit, töte ihn!«

Die untote Kyal steckte ihren Bogen weg und zog einen bläulich pulsierenden Dolch hervor. Ewanna wurde eiskalt und sie taumelte einen Schritt zurück. Eine instinktive Abscheu durchströmte beim Anblick der Klinge jede Faser ihres Körpers.

Die Kyal bewegte sich von Ewanna fort, wodurch der Einfluss des Dolches nachließ und sie zu ihrer Fassung zurückfand. Erst dann begriff sie, welches Ziel Byleth mit ihren Worten gemeint hatte: Purson.

Der Tam des Silberbezirks hatte seiner Kontrahentin kaum noch etwas entgegenzusetzen. Selbst für Ewannas ungeschulten Blick war deutlich, dass er den Kampf unweigerlich verlieren würde.

»Nein!«, hauchte sie und schoss ein weiteres Mal auf die Kyal. Die taumelte, hielt jedoch unbeirrt auf Purson zu.

»Nein!« Ein zweiter Schuss. Ewannas Arme zitterten, ihre Augen füllten sich mit Tränen, ließen ihre Umgebung verschwimmen.

Der dritte Schuss verfehlte sein Ziel und Ewannas Knie gaben nach.

Byleths Untergebene hatte Purson erreicht und die schreckliche Klinge erhoben.

»Nein!« Halb blind schoss Ewanna ein viertes Mal. Im gleichen Moment sauste der weiße Rabe erneut auf die kämpfenden Bizach nieder. Knapp über dem Boden nahm er die Gestalt eines Kyals an – Gabriel. Das musste sein wahres Antlitz sein. Er packte die erhobene Dolchhand der Untoten und rammte die Klinge nicht in Pursons, sondern in Byleths Brust.

Die Tam schrie markerschütternd auf und starrte fassungslos auf den aus ihrem Körper ragenden Dolchgriff.

Ohne in ihre Richtung zu sehen, lenkte Gabriel Ewannas letzte Kugel mit einem Fingerzeig ab, sodass sie wie ein Querschläger in eines der Gebüsche flog.

Ein Schrei gellte über den Platz und im nächsten Moment erstarrte das Bild.

Ewanna blinzelte, wischte sich Tränen von den Wangen und stand auf. Niemand rührte sich. Die Situation lag eingefroren vor ihr, wie ein Gemälde. Ambition, Angst und Abschied in einem einzigen Bild festgehalten.

Etwas regte sich. Von der anderen Seite des Platzes kam ein junger Mann in cremefarbenem Anzug auf sie zu. Er runzelte die

Stirn bei dem sich ihm bietenden Anblick. Langsam hob er beide Hände und klatschte kopfschüttelnd. Wer war das?

»Diese Dramatik. Ich habe wahrlich nicht vorhergesehen, dass Gabriel sich einmischen würde.«

Der Fremde blieb neben dem Kyal stehen, der einen Arm um die Untote gelegt hatte und Byleth beim Sterben zusah, und betrachtete die Szene eingehend, als würde er eine Skulptur studieren.

»Faszinierend. Wieso blieb mir dieser Moment im Nebel des Schicksals verbogen?«

Ewanna sah sich um. Sie fühlte sich fehl am Platz. Woher kam der Fremde auf einmal? Was hatte er mit allem zu tun?

»Ah«, machte er und sein Paar unnatürlich gelber Augen richtete sich auf Ewanna. Langsam kam er auf sie zu. Ihr fiel auf, dass er nicht einmal blinzelte. »Du kannst mich Adonai nennen.«

»Adonai?«, fragte sie ungläubig. »*Der* Adonai?«

»Korrekt.« Im Mimen einer nachdenklichen Geste legte er eine Hand an sein Kinn und musterte Ewanna von den Füßen bis zum Scheitel. »Du bist gewachsen. Ich habe keinen deiner Vorgänger so alt werden lassen.«

»Vorgänger?«

Er musterte sie noch einen Moment, ohne zu antworten, dann wandte er sich ab und schlenderte auf einen der Büsche zu. »Du bringst Unordnung in meine Welt«, sagte er mit einer Spur von Schärfe in der Stimme. »Sieh dir an, welch ein Chaos du verursachst.«

Auffordernd wandte er sich ihr zu und hob einige der Äste an. Ewanna trat näher, erblickte im Gebüsch einen jungen Mann. Ein Mensch? Oder ein Bizachrei? Er hielt eine dunkelhaarige Frau im Arm, ihre weiße Bluse blutgetränkt. In seinem Blick las Ewanna Schock und Panik. Die von Gabriel abgelenkte Kugel hatte die Frau mitten ins Herz getroffen.

»Etliche haben heute ihr Leben deinetwegen verloren, Ewanna.«

»Meinetwegen?« Sie legte so viel Unglaube wie möglich in die Betonung des Wortes. »Ich wollte niemals irgendjemandes Tod.«

»Und doch ist genau das dein Schicksal. Wohin du auch gehst, Tod und Vergänglichkeit werden dir folgen.« Er machte eine Pause und trat näher, streckte eine blasse, schmale Hand aus und berührte damit fast ihre. Tatsächlich hielt er sie einige Millimeter von ihrer Haut entfernt, doch Ewanna spürte die Kälte, die von ihm ausging. »Nur wenn du aufgehalten wirst, kann Frieden und Stabilität herrschen.«

Ein Schauer lief ihr über den Rücken. »Ist das mein Ende?«, fragte sie tonlos.

Adonai schüttelte den Kopf. »Ich befürchte, das ist erst der Anfang. Meinst du, ich hätte ein solches Theater veranstaltet, wenn ich dir eigenhändig den Lebenshauch austreiben könnte?«

»Warum …?«

»Die Wunder der Natur.« Seine Stimme triefte vor Sarkasmus. »›Wenn der Abkömmling des Entlosen erscheint‹«, zitierte er den ersten Vers.

Ewanna riss die Augen auf. »Bist du …?«

Er lachte schallend. »Nein, nein, keine Sorge. Die Vaterschaft für dich ist jemand anderem vorbehalten.«

»Aber wie sind die Worte dann gemeint?«

»Wir tragen den gleichen Kern in uns. Ich nehme an, das macht uns zu so etwas wie Familie. Sind es nicht immer jene, die uns am nächsten stehen, die die Klinge gegen uns erheben?«

Ewanna konnte den Worten nicht vorbehaltlos zustimmen, also wartete sie stumm.

»Diese Familienbande schützten dich und mittlerweile anscheinend nicht mehr nur die.« Sein Blick glitt wieder zu dem

Kyal namens Gabriel. »Ich werde mir eine neue Lösung einfallen lassen müssen.«

»Und wenn ich verspreche, mich aus allem herauszuhalten?«, fragte Ewanna.

Adonai verengte die Augen zu Schlitzen. »Dieses Versprechen wirst du nicht einhalten können. Zu viele wollen mich loswerden; glauben, sie könnten es besser machen. Am Ende wird es immer heißen: du oder ich. Und du wirst nie wirklich ein Mitspracherecht in dieser Sache bekommen. Sieh dich um. Deine *Freunde* sehen in dir einen instrumentellen Wert. Für sie bist du nur die Summe deines Potenzials. Verweigere ihnen den Dienst und schau, was passiert.«

Ewanna sah zu Boden und kaute auf ihrer Unterlippe. »Und jetzt?«

»Jetzt ziehen wir uns zurück, lecken unsere Wunden und warten auf den Moment, an dem wir uns erneut gegenüberstehen, Ewanna Lutizil Kovanova.«

»Aber ich will nichts davon!«, rief sie mit einem Anflug von Verzweiflung in der Stimme.

Der Gott lächelte. »Wenn das Schicksal sich einmischt, verliert die Naturgewalt des Willens jede Grundlage.«

»Es muss eine andere Lösung geben.«

»Finde eine«, antwortete Adonai. »Und wenn wir uns das nächste Mal sehen, können wir womöglich ohne Blutvergießen auseinandergehen. Aber ich bezweifle es.«

Mit diesen Worten verschwand er, und Schreie, Stöhnen und Schluchzer erfüllten erneut die Luft.

Unschlüssig, in welche Richtung sie sich zuerst wenden sollte, blieb Ewannas Blick an den bis vor kurzem kämpfenden Bizach hängen. Byleth lag neben Purson auf dem Boden. Beide rührten sich nicht. Von Gabriel oder der Untoten mit dem Dolch fehlte jede Spur. Mit auf die Tuk gerichteter Waffe trat Ewanna langsam näher.

Der Tam des Silberbezirks hustete und stöhnte gequält auf.

»Ihr lebt« murmelte sie und ließ sich an seine Seite sinken. Tränen der Erleichterung flossen ihr über die Wangen.

Der Pleu wandte sich hastig zu Byleth um und drehte die Tam des Schwefelbezirks auf den Rücken. Beim Herumrollen rutschte ihr Arm leblos zur Seite und gab den Blick auf die in ihrer Brust klaffende Wunde frei. Ihre Augen waren starr und weit aufgerissen, das Gesicht noch immer vor Schock und Unglaube verzerrt.

Angespannt suchte Purson nach irgendeinem Lebenszeichen in der Tuk und erst nachdem er offenbar überzeugt war, dass sie wirklich nicht mehr lebte, atmete er tief aus und ließ sich mit einem schmerzerfüllten Seufzen zurück auf den Boden fallen.

Er hielt die Augen geschlossen. »Ich befürchtete, ich hätte Euch umgebracht.« Seine Stimme klang heiser.

Ewanna wollte lächeln und sagen, dass alles nur halb so schlimm gewesen sei, aber nichts davon gelang ihr. Sie dachte an all die Geheimnisse, die er und die anderen vor ihr verbargen.

»Ich …«, setzte er an, doch seine Stimme versagte und eine Träne drang unter seinen geschlossenen Lidern hervor.

Sie wollte seine Hand nehmen, ihm Trost spenden, aber noch immer kam sie nicht gegen die Mauer in ihrem Inneren an.

Dann dachte sie an Lucian. Hatte Belia ihn retten können? Abrupt sprang sie auf die Füße.

»Ich muss …« Sie ließ den Satz unvollendet und rannte zur Festung zurück.

Der Anblick und der Geruch der verbrannten Untoten auf den Fluren schockierte sie nun, nachdem alles vorbei war, weit mehr als zuvor. Ihr Magen rebellierte heftig und sie übergab sich in eine der vielen steinernen Flurecken. Dennoch stolperte sie auf zitternden Beinen weiter, tiefer hinein in das Zentrum der Vernichtung. Der Raum, in dem das Treffen stattgefunden hatte, bot einen Anblick der Zerstörung. Verkohlte Leichen, die schwelenden Überreste der hölzernen Tafel und die ohnehin dunklen Wände waren rußgeschwärzt. Wieder übergab sie sich, aber schaffte es auf zitternden Knien zu der Nische, bei der sie Lucian und Belia zurückgelassen hatte.

Die Kyal saß noch immer an Ort und Stelle. Mit geschlossenen Augen beschrieben ihre Hände ein unsichtbares Muster durch die Luft über Lucians Rücken. Ewanna traute sich nicht, Belia in ihrer Konzentration zu stören. Im Näherkommen stellte sie fest, dass seine Verletzungen viel besser aussahen. Erleichtert schluchzte sie auf und schloss für einen Moment dankbar die Augen.

Ein Geräusch hinter ihr ließ sie erschrocken herumwirbeln. Purson stand im Türrahmen. Sein Blick glitt von Ewanna zu Belia und Lucian, wo er kurz verweilte, bevor er zu einer anderen Stelle im Raum wanderte.

Langsam und unter sichtbaren Schmerzen humpelte er zwischen den Leichen hindurch und fiel schließlich inmitten der Zerstörung auf die Knie. Ewanna eilte zu ihm, doch erst an seiner Seite verstand sie, dass der Tam nicht aus Kraftlosigkeit zu Boden gegangen war.

Sudettes Anblick war ein Schock. Ewanna erkannte sie nur an den Überresten ihrer Kleidung und einem schmalen Überbleibsel ihrer kurzen weißen Haare. Die Pleu war genauso übel zugerichtet wie alle anderen verkohlten Toten um sie herum.

Pursons krallenbewehrte Hand zitterte, als er sie auf ihre Brust legte. Er öffnete den Mund, wie um etwas zu sagen, doch dann ließ er den Kopf kraftlos hängen und begann heftig zu schluchzen.

Ewanna sank neben ihm auf die Knie. Sie strich ihm über den Rücken.

»Sie starb in dem Glauben, dass ich sie nicht schätzen würde«, sagte er leise.

»Ich weiß«, murmelte sie.

Er schniefte und wandte ihr den Blick zu. In seinen Iriden entdeckte sie zum ersten Mal keine Spur seines Feuers.

»Ihr hättet niemals hierherkommen dürfen, Miss Kovanova.«

»Dafür ist es jetzt zu spät.«

Er presste die Lippen aufeinander und wandte sich erneut Sudette zu. Die Trauer in seinem Blick wich einem Ausdruck von Entschlossenheit.

»Verabschiedet Euch von Mr. Moldley, Miss Kovanova. Wir kehren zurück.«

Ewanna betrachtete Purson einen Moment, dann stand sie auf und kehrte zu Belia und Lucian zurück. Neben dem Kopf des Silberbegabten sank sie zu Boden und strich ihm über die kurzgeschorene Seite seiner Haare.

»Komm zurück. Wenn du das hier überstanden hast, will ich kein Versteckspiel mehr«, flüsterte sie so leise wie möglich an seinem Ohr.

Ewanna zuckte zusammen, als Pursons Stimme direkt hinter ihr erklang. »Belia, ich kümmere mich um Sudette und kehre später für die offizielle Untersuchung zurück. Bring Mr. Moldley in mein Haus, sobald er transportfähig ist.«

Er trug die Leiche seiner Zweiten auf dem Arm, die nur unzureichend durch die Reste seines Jacketts verhüllt wurde. Ewanna stand auf, streifte ihre lange Weste von den Schultern und legte sie ebenfalls über die Tote.

Ein kaum sichtbares Lächeln zeigte sich auf Pursons Gesicht. »Danke.« Er wartete keine Reaktion ab, machte auf dem Absatz kehrt und humpelte voraus.

Ewanna sah ein letztes Mal zu Lucian, dann folgte sie ihm.

49. Tiefschläge

Emmas Blut hatte jede Faser ihrer Bluse und Terrys Hose durchdrungen und sickerte weiterhin durch den Stoff. Sie war sofort tot gewesen und er konnte sich noch immer nicht recht erklären, was eigentlich geschehen war. Sein Zeitgefühl hatte ihn verlassen. Waren seit ihrem Tod Minuten oder Stunden vergangen? Wie lang würde es dauern, bis sie erstarrte und schließlich zerfiel?

Terry war nicht dazu in der Lage, etwas anderes zu tun, als sie auf seinem Schoß festzuhalten und ihre mittlerweile kühle Wange zu berühren. Sie war so blass, doch gleichzeitig sah sie so friedlich aus, als würde sie nur schlafen. Zu schön und zu jung für den Tod. Was war nur geschehen? Wie hatte abermals jemand, der ihm am Herzen lag, sterben können? Er hatte doch alles getan, was von ihm verlangt worden war!

Es war längst tiefste Nacht, als Terry sich aus seiner Lethargie reißen konnte. Er zog Emma seine Jacke an, damit niemand das Blut sah, und trug sie aus dem Gebüsch.

Bis zur Stadtgrenze war es nicht weit, dahinter befand sich der Stadtfriedhof. Immer wieder musste er Pausen einlegen, doch schiere Willenskraft hielt ihn in Bewegung. Er schleppte sie bis zum Friedhof, knackte das Schloss einer monumentalen Krypta und legte ihren Körper darin ab.

Erschöpft ließ er sich an ihrer Seite auf eine steinerne Sitzbank sinken. Wie sollte es jetzt weitergehen? Terry konnte sich nicht erinnern, seit Francis' Tod einen vergleichbar schrecklichen Tag gehabt zu haben. Lange saß er in dem steinernen Totenbau und versuchte, sich eine Lösung für den Schlamassel zu erdenken.

Immer wieder endeten seine Überlegungen mit einem Kopfschütteln. Ihm war unbegreiflich, wie die Kugel in Emmas Brust hatte einschlagen können. Generell ergaben rückblickend so wenige von den Dingen, die er an dem Abend gesehen hatte, einen Sinn.

Wie viel von dem, was geschehen war, hatte er wegen des Schleiers nicht wahrnehmen können?

Der Gedanke machte ihn wahnsinnig. Er brauchte dringend irgendetwas, um seine Nerven zu beruhigen.

Die Kippe, die er sich vor wenigen Minuten angezündet hatte, und auch seine neben ihm durch die Luft fliegende Münze halfen kaum. Die Gewissheit, dass Emma völlig sinnlos und nur seinetwegen gestorben war, heizte sein Schuldgefühl weiter an, steigerte es auf ein schier unerträgliches Maß. Ein Zittern ging durch seine Glieder und die Münze fiel klirrend zu Boden.

Terry ließ den Kopf hängen und schluchzte.

Das ganze Gewicht seiner Verantwortung schlug wie eine Welle über ihm zusammen. Er warf die Kippe beiseite, vergrub das Gesicht in den Händen und ließ seiner Verzweiflung freien Lauf.

»Das habe ich nicht vorhergesehen.«

Erschrocken sprang Terry auf die Beine, taumelte und stieß rücklings unsanft gegen einen der steinernen Särge.

»Scheiße!«, fluchte er erzürnt.

Adonai saß auf der Steinbank und taxierte ihn. »Adonai, angenehm«, antwortete der Unfehlbare ruhig.

»Haha, sehr witzig.«

Adonai blinzelte und sein Blick wanderte zu Emmas totem Körper. »Das hätte nicht passieren dürfen.«

»Doch nicht so unfehlbar, was?«, giftete Terry.

»Was willst du von mir hören?«

»Nichts! Ich will, dass du verschwindest und in das Loch zurückkriechst, aus dem du gekommen bist.«

»Hm.« Der Gott schien darüber nachzudenken. »Ich weiß nicht, woher ich komme.« Er stand auf und betrachtete Emma eingehender.

»Wäre ja auch zu leicht gewesen. Was willst du hier überhaupt?«

»Nach dir sehen.«

»Hast du nicht wen anders, den du belästigen kannst? Ich …«

»Du willst ungestört in deiner Verzweiflung baden, ich weiß.«

»Nein.«

»Doch.«

Terry schnaubte und wischte sich verärgert Tränenreste aus dem Gesicht. Er hatte große Lust, Adonai eine reinzuhauen. Nur die Erinnerung an seinen letzten Versuch hielt ihn davon ab.

»So als selbsternannter Gott kannst du doch sicherlich etwas gegen den Tod tun, nicht? Oder tauchst du nur auf, wenn du eine dicke Gelegenheit für Schadenfreude witterst?«

Adonai richtete sich auf und seine gelb strahlenden Augen fokussierten Terry mit einem merkwürdig starren Blick. »Ich bin kein selbsternannter Gott.«

Terry lachte trocken auf.

»Na klar, *das* war jetzt der wichtige Teil meiner Aussage!«

»Den Namen gaben mir deine Vorfahren. Sie bestanden gar darauf. Hast du schon einmal versucht, jemanden, der mit dem Herzen an etwas glaubt, vom Gegenteil zu überzeugen?«

Terry brummte und musste unwillkürlich an Francis zurückdenken. Francis, der ewige Idealist.

Adonai nickte wissend. »Ich komme zu dir, weil wir einen Handel haben. Leider kann auch ich gegen den Tod nichts ausrichten. Er ist endgültig.«

»Es gibt Untote«, beharrte Terry.

Adonai legte den Kopf schief.

»Möchtest du Emma zu einem solchen Schicksal verdammen?«

Wollte er nicht. Dennoch musste er irgendwas unternehmen. Das alles hätte nie passieren dürfen.

»Vielleicht …«, sagte Adonai und legte seine Hand direkt über die Wunde.

Ein grauenvoll schmatzendes Geräusch erklang und dann lag das tödliche Geschoss auf der offenen Handfläche des Unfehlbaren.

Terry überkam der Drang, sich zu übergeben, und er presste verzweifelt die Zunge gegen den Gaumen, um dem Gefühl Herr zu werden.

»Was soll das?«, brachte er auf wundersame Weise über sich, zu fragen.

»Ein plötzlicher Tod und starke, damit verbundene Gefühle hinterlassen Spuren. Das ist der Ansatz, über den Nekromanten arbeiten. Niemand kann vollständig ins Leben zurückgeholt werden, aber es lassen sich Türen öffnen. Gib mir deine Waffe, Timothy.«

Eigentlich hatte sich Terry geschworen, nie wieder diesem merkwürdigen Wesen zu vertrauen, und doch griff er an sein Holster und reichte dem Unfehlbaren den Revolver.

Der legte das Projektil, das er soeben aus Emmas Körper geholt hatte, auf den Rahmen der Waffe und bedeckte es mit beiden Händen.

»Ich brauche dein Blut«, sagte Adonai. »Nur einen Tropfen.«

Nun wurde es Terry doch zu merkwürdig. »Kommt gar nicht in Frage! Ich weiß nicht einmal, was das da werden soll.«

»Das war keine Frage«, erwiderte der Unfehlbare und mit einem Mal durchfuhr ein schneidender Schmerz Terrys Hand.

Ein paar Blutstropfen flogen durch die Luft auf den Gott zu und landeten zwischen seinen Fingern auf der Waffe. Terrys Wunde schloss sich sofort und ließ keinerlei Spuren zurück.

Ein merkwürdiger Schimmer umgab Adonai für wenige Augenblicke, dann wurde alles wieder dunkel und er hielt ihm den Revolver hin. »Voilà.«

Terry nahm die Waffe in die Hand. Auf dem Rahmen waren rätselhafte Zeichen eingraviert, die golden schimmerten und das Projektil umgaben, das nun darin eingefasst war. Als Terry jedoch wieder aufsah, um Antworten zu verlangen, war der Unfehlbare verschwunden.

DAS WORT ADONAIS

Ich will nicht sterben.
Die Vorstellung vom Tod ängstigt mich.
Wie könnte sie nicht?

Kein lebendes Wesen möchte seine Existenz verlieren, ganz gleich, wie widernatürlich sie in den Augen eines anderen sein mag. Wie die Menschen und die Bizach besitze auch ich völlig banale und egoistische Gründe für meinen Wunsch, weiterzuleben. Schließlich haben wir alle eine gemeinsame Herkunft. Ich bin bereit zu tun, was immer nötig ist, um zu überleben. Wenn einige Menschen und Bizach deswegen ihr Leben verlieren, ist das verschmerzbar. Ihr Tod wird stets das kleinere Übel sein.

Denn wer könnte mich jemals ersetzen?
Die Menschheit braucht einen Gott.
Jemanden, dem sie die Schuld
für ihr Elend und ihr Unglück zuschieben können.
Jemanden, der ihnen vergibt,
wenn sie etwas Unentschuldbares getan haben.
Jemanden, der ihnen zuhört,
wenn niemand sonst ein offenes Ohr schenken will.
Und jemanden, der sie nie im Stich lässt,
der sie bis zu den Toren des Todes begleitet.
Oder nach wem rufst du in höchster Not?

Fortsetzung folgt

Danksagung

Der größte Dank geht wie immer an meinen Lektor und Ruhepol Cao Krawallo (@cao_krawallo). Ohne deine Vehemenz wäre ich heute eine bedeutend schlechtere Autorin.

Auch meinem zweiten Lektor David Pawn (@davidpawn2022) gilt besonderer Dank. Deine Ehrlichkeit, Neugier und Offenheit haben mir entscheidend geholfen, der Welt von Uhrwerk den letzten Schliff zu verpassen. Außerdem hast du die Leser vor meiner experimentellen Versakkrobatik bewahrt.

Dank gebührt auch meiner Kritikleserin Juliet May (@prinnycup), die sich nicht davor scheute, immer wieder provokante Fragen an den Inhalt zu stellen. Auf diese Weise konnte ich noch einige Lücken flicken.

Voll Dankbarkeit blicke ich auch auf das Feedback meiner tapferen Alpha-Testleserinnen Mary Stormhouse (@mary_stormhouse) und Dajana Mähler (@janada.love.books), ihr habt mir gezeigt, wie die Geschichte von anderen wahrgenommen wird und an welchen Stellen, ich noch nachzubessern hatte.

Vielen Dank auch an Monika Schulze (@suechtignachbuechern), die final dem Fehlerteufel auf den Fersen war.

Ein persönlicher Dank gilt Maddi (@feelings_books_love) und Lindi (@moth.lostinpages), nicht nur als Bloggerinnen, sondern auch als ein wichtiger Teil meiner Autoren-Familie. Ich möchte euch nicht mehr missen!

Natürlich danke ich auch allen anderen Bloggerinnen, die dafür gesorgt haben, dass Uhrwerk Silberstahl innerhalb von Bookstagram an Bekanntheit gewinnen konnte! Ihr seid klasse! Lou (@living_the_nerdgirls_dream), Feli (@felis.woerterregen), Isa (@buch_phantastismus), Jadranka (@jadranka.loves.books), Lena (@herzvollerseiten), Jessica (@readerallejahre), Kyra (@kyrasbooksworld), Laura (@eule_und_buch), Jenny (@legend_of-_bookworm), Sarah-Jane (@miss_pumpkin_reads) und Romy (@romys.book.diary).

Ein ganz besonderer Dank geht an Jenny (@books_of_namine), die einfach in der Organisation des Releases ein fantastischer und verlässlicher Partner für mich geworden ist.

Und zum Abschluss: Vielen, vielen, vielen Dank, an all die wunderbaren Vorbesteller, die mir den Druck dieses Werkes überhaupt erst möglich gemacht haben! Ihr sollt nicht unerwähnt bleiben:

Tina, Philipp,
Angelina, Valentina,
Jochen, Judith, Nadia, Gina,
Lenya, Kendra, Lena, Martin,
Katharina, Rachel, Lena, Louise, Jenny,
Vanessa, Michaela, Stefanie, Pamelam Ali-

Heike, Angela,
Selin, Anna, Sina, Lena,
Julia, Alina, Linn, Anne, Silke,
Romy, Sergej, Sandra, Kerstin, Ka-
Charleen, Nicole, Maren, Denise, Va-
ciam Joana, Marie, Elis, Luna, Sabine,

Stefanie, Elena, Jennyfer, Hannah, Maria, Laura, Melanie, Kerstin, Franziska, Martina, Miriam, Sonja, Michaela, Danielle, Linda, Mcihelle, Teresa, Lisa, Jasmin, Nona, Elif, Alrik, Hanan, Lena, Katharina, Nathalie, Eileen, Sophia, Lara, Milena, Polly-Jean, Franziska, Shania, Anna, Sonja, Antonia, Rabea, Silke, Anke, Rebecca, Katrin, Frauke, Lisa, Reinhard, Cheyenne, Verena, Vivien, Ute, Claudia, Josephine, Bianca, Jennifer, Sarah, Mario, Tom, Clarese, Catharina, Ramona, Michaela, Janina, Nora, Lisa, Felicia, Svea, Angelique, Hannah, Loreen, Sydney, Anna, Denis, Luise, Josefine, Cindy, Elke, Rebecca, Chiara, Jana, Cornelia, Angelique, Mela, Julia, Denise, Peter, Luisa, Sarah, Denise, Tiada, Loreen, Corinna, Sabrin, Antonia, Carina, Lea, Alexandra, Arzu, Nathalie, Magdalena, Kristin, Laura, Sabrina, Celine, Vanessa, Lea, Lena, Melanie, Djamila, Stefan, Christina, Sandra, Thomas, Jaskirat, Melina, Vivian, Jessica, Marie, Christine, Melina, Stephanie, Patricia, Lisa, Maren, Meike, Lena, Selina, Marvin, Lena, Lyn, Bianca, Oliwia, Charleen, Jana, Ramona, Nadine, Susan, Svenja, Jan, Melissa, Jannika, Kristin, Stefanie, Katharina, Katharina, Elena, Darius, Melanie, Manisha, Marc, Eva, Maike, Sophie, Antonia, Stephanie, Helga, Michelle, Marie, Sarah, Naja, Jennifer, Jonas, Anne, Hannah, Florian, Cassandra, Christina, Melinda, Jessica, Cosima, Sabine, alina, Jeanette, Kathrin, Julia, Alexandra, Franziska, Fenja, Flavia, Sarah, Inka, Jaqueline, Vera, Janine, Lilia, Sandra, angelique, Jamie, Marie, Talisa, Nicole, Susann, Walter, Laura, Tamara, Andrea, Nicole, Daeny, Stefanie, Nina, Sabrina, Binaca, Diana, Julia, Bettina, Yvonne, Diana, Laura, Lisa, Marisa, Birgit, Daniela, Vanessa, Leona, Natalie, Tanja, Maike, Anne, Anja, Stefanie, Ines, Samantha, Jessica, Sophia, Nina, Michaela, Jennifer, Sabrina, Maria, Denise, Lara, Vanessa

GlitzerSquad

Du willst, eine **unabhängige Künstlerin** unterstützen und selbst davon **profitieren**?

Werde Mitglied im GlitzerSquad!

Das GlitzerSquad ist meine Unterstützer-Community auf Patreon. Schon ab 1€ im Monat erhältst du zugang zu **exklusiven Boni**, wie:

Mitgliedsausweis (ab 8€)
Kurzgeschichten (ab 3,50€)
Rabatte (ab 5€)
Illustrationsfortschritte (ab 3,50€)
Einblicke hinter die Kulissen meiner fantastischen Welten
(Uhrwerk, Rauer Glanz & Der WunderZeilen Shop)
Early Access(ab 1€)
Bücher zu jedem Release (ab 8€)
und
tatsächlich noch einiges mehr.

Schau direkt einmal rein!
www.patreon.de/vinachiaburke

PATREON

Jeder noch so kleine Betrag hilft -
abonniere direkt für 1 Jahr und spare 10%!

Ewiger Dank geht raus an meine bestehenden Patrons:

Glitzerkuratoren
Maddi * Christin
Regenbogenprisma
Bettina
Glitzerlinge
Maren * Simone * Angela * Jascha * Lia * Julie * Ash * Sebastian
Flimmerkristalle
Tanja * Tukamako * Sandra * Vivian * Naja * Dorothea * Sharlence * Ani * Susanne * Lindi * Juliet
Funkelfacetten
Dominique * Meike * Eva * Eva * Dannii
Strasssteinchen
Suse * Birgit * Michaela * Mary * Jenny * Feli * Dajana * Melinda * Sandra
Paillette
Susann * Jassi * Martina * Rebecca * Emely

Nur dank euch, ist mein Autorendasein möglich!

Siche dir auch einen Platz in meinen Büchern und in meinem ♥

www.patreon.de/vinachiaburke

PATREON

Kein Risiko für dich -
die Mitgliedschaft ist monatlich kündbar.

Partner

Weitere Titel von Vinachia Burke

Rauer Glanz

Rauer Glanz ist eine Fantasy-Trilogie in der Tradition von Game of Thrones: politische Intrigen, zerrissene Charaktere und die Fehler der Vergangenheit bestimmen das Leben in den Ländern Matrienna und Ronland.
Ein packendes Politdrama in einer Welt zwischen Feudalgesellschaft und Steampunk-Matriarchat für Leser:innen, die gerne High Fantasy abseits ausgetretener Pfade lesen.

Band 3 erscheint vsl. Herbst 2023

ISBN Band I: 978-3966988353
ISBN Band II: 978-3985950133

Empfehlungen

Askeria - Juliet May

Mit dem Brandmal einer verstoßenen Rasse gezeichnet, führt die 14-jährige Piara ein vorsichtiges Leben: Sie soll stets wachsam sein, nicht weiter als ins umliegende Gebirge gehen und niemandem verraten, warum sie ständig diese ungewöhnliche Frisur trägt. Rigoras hingegen ist ein Freigeist, der Regeln nur zu gerne umgeht. Als Sohn des obersten Clanführers seiner Heimat liegt ihm die Welt zu Füßen. Dennoch teilen die beiden ein gemeinsames Schicksal, ohne einander überhaupt zu kennen: Um sie herum häufen sich Widersprüche und seltsame Geschehnisse.

Band 4 erscheint vsl. Herbst 2022

Signierte Exemplare auch im WunderZeilen Shop!

Empfehlungen

Die Märchenhochzeit fällt aus - David Pawn

Dornröschens großer Tag ist gekommen. Sie wird den Prinzen, der sie wachgeküsst hat, heiraten. Einziges Problem: Sie will nicht. Erstens hatten sie kaum Zeit, einander kennenzulernen, und zweitens will sie nach hundert Jahren Schlaf erst einmal ihre Jugend auskosten. Deshalb flieht sie aus dem Schloss und in ein abenteuerliches Leben hinein. Aber Prinz Gregor hat sie aus Liebe von ihrem Fluch erlöst. Deshalb schwingt er sich auf sein Ross und folgt ihr, um sie erneut zu retten. Diesmal vor den Folgen ihrer eigenen verrückten Einfälle.

Ein heiter-beschwingtes Märchen für alle die Romantik lieben

ISBN: 979-8708355829

Lass uns in Verbindung bleiben

Liebe Leserin und lieber Leser!

Danke, dass du Uhrwerk Silberstahl deine Zeit gewidmet hast!

Die Arbeit, die in diesem Werk steckt, ist unvorstellbar. Für mich als multipassionierter kreativer Person bedeutet das: tausende Stunden von Arbeit - nicht nur schreiben, auch illustrieren, designen und überarbeiten, bis du das Buch in der aktuellen Fassung vor dir liegen haben kannst

Wenn du das honorieren möchtest und dir die Geschichte gefallen hat, dann nimm dir bitte in paar Minuten und verfasse eine Rezension auf den einschlägigen Plattformen (Amazon, Thalia, Lovelybooks, Goodreads etc.) Als Selfpublisher sind Rezensionen von unschätzbarem Wert und deine Stimme zählt!

Ich freue mich immer über die Zusendung deiner Eindrücke, Gedanken und Ideen. Gern schreib mir direkt auf Instagram (@vinachia_burke) oder schau auf meiner Webseite vorbei (www.vinachiaburke.com). Dort gibt es auch noch weitere Inhalte zu meinen Büchern, mir und meiner Arbeit zu entdecken.

In tiefer Verbundenheit und Dankbarkeit,

♡ Vinachia Burke

VINACHIA
BURKE

AUTORIN & VISUAL ARTIST

Willkommen in der Heimat des Glitzers!

/vinachiab

/vinachia_burke

Vinachia Burke

/vinachiaburke

PATREON

/vinachiaburke